HEYNE
BÜCHER

Fantasy

Herausgegeben von Friedel Wahren

Von **R. A. Salvatore** erschienen in der Reihe
HEYNE SCIENCE FICTION & FANTASY:

DIE LUTHIEN-TRILOGIE

Das Joch der Zyklopen · 06/5953
Luthiens Wagnis · 06/5954
Blutrote Schatten · 06/5955

R. A. Salvatore

Luthiens Wagnis

*Zweiter Roman
der Luthien-Trilogie*

Aus dem Amerikanischen übersetzt von
MICHAEL WINDGASSEN

Deutsche Erstausgabe

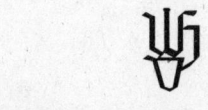

WILHELM HEYNE VERLAG
MÜNCHEN

HEYNE SCIENCE FICTION & FANTASY
Band 06/5954

Besuchen Sie uns im Internet:
http://www.heyne.de

Titel der Originalausgabe
LUTHIEN'S GAMBLE
Übersetzung aus dem Amerikanischen von
MICHAEL WINDGASSEN

Das Umschlagbild malte
JANNY WURTS

Umwelthinweis:
Dieses Buch wurde auf chlor- und
säurefreiem Papier gedruckt

2. Auflage

Redaktion: Diethild Deschner
Copyright © 1996 by R. A. Salvatore
Erstausgabe 1994 bei Warner Books, Inc., New York
Copyright © 1997 der deutschen Ausgabe und der Übersetzung
by Wilhelm Heyne Verlag GmbH & Co. KG, München
Printed in Germany 1999
Umschlaggestaltung: Atelier Ingrid Schütz, München
Technische Betreuung: M. Spinola
Satz: Schaber Datentechnik, Wels
Druck und Bindung: Presse-Druck Augsburg

ISBN 3-453-13349-8

INHALT

PROLOG 7

1. KAPITEL   Das Ministerium 9
2. KAPITEL   Bis zum bitteren Ende 32
3. KAPITEL   Aufbruch 49
4. KAPITEL   Eines weisen Mannes Augen 61
5. KAPITEL   Stück für Stück 74
6. KAPITEL   Fehl am Platze 95
7. KAPITEL   Der Blutrote Schatten 109
8. KAPITEL   Port Charley 123
9. KAPITEL   Vorbereitungen 136
10. KAPITEL   Moskitos 145
11. KAPITEL   Ungenießbar 157
12. KAPITEL   Felling Downs 165
13. KAPITEL   Mit dem Rücken zur Wand 176
14. KAPITEL   Zwielicht 189
15. KAPITEL   Schachspiel 198
16. KAPITEL   Luthiens Wagnis 208
17. KAPITEL   Auswirkungen 228
18. KAPITEL   Freundlicher Willkomm 239
19. KAPITEL   Frühling 245
20. KAPITEL   Die Felder von Eradoch 252
21. KAPITEL   Glen Albyn 267
22. KAPITEL   Vorausschau 276
23. KAPITEL   Bündnispartner 285
24. KAPITEL   Gezwungenermaßen 296
25. KAPITEL   Gespenster 303
26. KAPITEL   Dämon und Paladin 316
27. KAPITEL   Diplomatie 334
28. KAPITEL   Das Wort 341

EPILOG 347

Es war eine für Eriador düstere Zeit, die Zeit, da König Grünspatz und seine Hexenmeister-Herzöge über sämtliche Inseln von Avonsee einen Schleier der Unterdrückung ausbreiteten und da die verhaßten Zyklopen als prätorianische Garde dienten und sich mit der Herrschaft verbündeten gegen das gemeine Volk. Es war die Zeit, da die acht großen Kathedralen, gebaut als geweihte Monumente der gläubigen Ehrfurcht vor himmlischen Mächten, mißbraucht wurden als Abgabenkataster.

Es war aber auch eine Zeit der Hoffnung, denn in Montfort am nordöstlichen Rand des Gebirgsstocks, der das Eiserne Kreuz genannt wurde, in jener größten Stadt von Eriador wurden Rufe nach Freiheit laut, nach offener Revolte. Der böse Herzog Morkney, einer von König Grünspatz' Vasallen, war tot; sein dürrer Leichnam hing nackt am höchsten Turm des Ministeriums, der großen Kathedrale von Montfort. Die wohlhabenden Händler und ihre zyklopischen Leibwachen, allesamt Verbündete des Throns, wagten sich nicht mehr aus ihren Häusern in der Oberstadt, während unten in den ärmeren Vierteln unter den einfachen Leuten die Erinnerung an die Könige von einst wach wurde, vor allem an Bruce MacDonald, der vor Jahrhunderten aus dem bitteren Zyklopenkrieg siegreich hervorgetreten war.

Noch war der Anlaß für Hoffnung klein, nicht mehr als ein Lichtfleck in weiter Finsternis, ein einziger Stern am Nachthimmel. Einer der Herzöge war tot, doch der König der Hexenmeister würde bald Ersatz gefunden haben. In Montfort wütete ein mörderischer Kampf; die Rebellen trotzten der herrschenden Kaste und deren zyklopischen Garden. Noch waren die riesigen Heere von Avon nicht in Marsch gesetzt worden, da der Winter das Land fest im Griff hielt. Doch wenn sie anrückten, wenn Grünspatz mit seiner ganzen Waffengewalt gen Norden zöge, würden alle, die gegen ihn waren, spüren, was wahre Finsternis bedeutet.

Aber daran mochten die Rebellen nicht denken; in Hoffnung vereint, stellten sie sich Kampf um Kampf aufs neue. So beginnt eine Revolution.

Die Nachricht von den Kämpfen in Montfort verbreitete sich wie ein Lauffeuer unter dem stolzen Volk von Eriador, das es nicht länger ertragen konnte, dem Avonschen Königreich im Süden unterworfen zu sein. Den ruhmreichen Namen Bruce MacDonalds im Gedächtnis, rief es nun seinem jüngsten Helden zu: dem Rächer an Morkney, dem tapferen Anführer einer aufflammenden Revolution – dem Blutroten Schatten.

1. KAPITEL

Das Ministerium

Hier im hohen Hauptschiff des Ministeriums hatte die Revolte begonnen. Noch immer war das getrocknete Blut der Gefallenen in dieser ersten Schlacht zu sehen; es klebte am hölzernen Gestühl, auf den Steinplatten am Boden, an den Wänden und Standbildern ringsum.

Die Kathedrale stand unmittelbar vor der Stadtmauer, die den Bezirk der reichen Händler von den Wohnquartieren des einfachen Volkes trennte. Darum war sie strategisch von großer Bedeutung. Um ihre Besetzung wurde am heftigsten gefochten. Doch bislang war es den Zyklopen nicht gelungen, das Kirchenschiff auf Dauer in Beschlag zu nehmen, den Turm zu besteigen und die Leiche des Herzogs Morkney abzuschneiden.

Nun aber stürmten die einäugigen Monstren mit aller Gewalt herbei; sie rammten das Westportal nieder und auch den kleinen Zugang zum Seitenschiff. Zu Dutzenden fielen sie über die Aufständischen her, und frisches Blut ergoß sich über die getrockneten Flecken am Gestühl und auf dem Boden.

Innerhalb weniger Sekunden waren die Schlachtreihen beider Seiten aufgelöst zu einem wilden Getümmel aus erbitterten Feinden und zu einem Mordgemetzel Mann gegen Mann geworden.

Der Lärm drang bis in die tieferliegenden Gassen, die den Rebellen gehörten, und lockte Verstärkung an.

Siobhan, halb Elfenwesen, halb Mensch, eilte zu Hilfe mit ihrem Gefolge – einem Trupp aus vierzig Kämpferinnen, die insgesamt über ein Drittel der gesamten Elfenschaft von Montfort ausmachten. Durch jenen Wall, der die beiden Stadtteile trennte und an die große Kathedrale angrenzte, hatten die listigen Zwerge in den seltenen Pausen, wenn die Waffen ruhten, einen Stollen gezogen. Auf diesem heimlichen Weg kamen Siobhan und ihre Gefährtinnen nun herbeigeschlichen.

Sie hörten über sich den Kampf im Kirchenschiff toben, als sie sich im grob gehauenen Stollen näherten. Dieser teilte sich nun vor ihnen, folgte zur einen Seite dem Stadtwall und zur anderen um das Fundament der Apsis herum. Einen direkten Zugang zur Kirche anzulegen, hatten die Zwerge nicht mehr geschafft, zumal die Kirchenmauern an allen Stellen über zehn Fuß dick waren. Aber da gab es ja noch etliche andere Tunnelwege, benutzt von all denen, die in der Kathedrale Kustosdienste verrichteten.

Die Elfen hielten sich auf westlichem Kurs und hatten bald das Ende des Stollens erreicht. Eine Leiter führte sie auf die nächsthöhere Ebene hinauf. Von dort aus schlichen sie südwärts, dann wieder in westliche Richtung und schließlich nach Norden, wobei sie dem Rand des südlichen Seitenschiffs folgten. An ihrem Ziel angelangt, stieß Siobhan einen schweren Stein beiseite und kroch hinaus in das Triforium, einen in der Wand des Seitenschiffes ausgesparten Laufgang, fünfzig Fuß über dem Boden des Mittelschiffs. Erleichtert seufzte die schöne Halbelfe, strich die langen strohblonden Locken aus dem Gesicht und blickte hinab auf die schreckliche Szene, die sich ihr in der Tiefe bot.

»Wählt euer Ziel mit Bedacht«, ermahnte sie ihre Gefährtinnen. Einzelne Ziele waren wegen des Getümmels nur schwer auszumachen, aber es gab nur wenige Bogenschützen in ganz Avonsee, die sich mit den Elfen messen konnten. Es surrten die Sehnen der großen

Langbögen, die Pfeile schwirrten durch die Luft und streckten einen um den anderen Zyklopen nieder.

Ein Viertel der Elfentruppe rückte, von Siobhan angeführt, bis zum westlichen Ende des Triforiums vor. Dort befand sich ein enger Säulengang, der um den Portalvorbau herumführte und dann im gegenüberliegenden Triforium mündete. Die Elfen eilten an den Schatten hoher Standbilder vorbei. Unten strömten immer mehr Zyklopen durchs Portal. Nur wenige Verteidiger stemmten sich ihnen entgegen. Die zehn Elfen spannten ihre Bögen, verschossen Pfeil um Pfeil, und nicht einer von ihnen verfehlte sein Ziel, so daß die Leichen gefallener Zyklopen bald den Vorraum füllten.

Im Kirchenschiff schien sich daher das Blatt zu wenden. Um seine Verstärkung gebracht, geriet der zyklopische Ansturm ins Stocken.

Doch dann wurde ein Krachen laut, und das Tor am Ende des südlichen Seitenschiffs zerbarst unter der Gewalt eines Rammbocks. Die zur Abwehr davor errichteten Barrikaden gingen schnell in Trümmer, und eine neue Welle von Zyklopen schwemmte herbei. Weder die Bogenschützen im Triforium noch die Kämpfer im Hauptschiff vermochten es, sie aufzuhalten.

»Es scheint, wir haben's mit allen Einäugigen von Montfort auf einmal zu tun«, rief eine der Elfen hinter Siobhan.

Siobhan nickte. Offenbar setzte Vicomte Aubrey alles daran, das Ministerium aus den Händen der Aufständischen zurückzugewinnen. Er war, wie es hieß, der neue Anführer der königlichen Streitkräfte von Montfort, ein Aufschneider zwar wie all die anderen Vicomtes und Barone von Eriador, die zu Unrecht behaupteten, königlicher Abstammung zu sein – doch er hatte die Garde unter seiner Kontrolle und rückte nun mit aller Macht gegen die Rebellen in der Kathedrale vor.

»Luthien hat das vorausgesehen«, klagte Siobhan.

Luthien war ihr Geliebter, den das Schicksal dazu bestimmt hatte, die Rolle des Blutroten Schatten zu übernehmen. Vor einer Woche erst hatte er prophezeit, daß sie, die Rebellen, das Ministerium nicht mehr lange würden halten können.

»Wir haben ihnen nichts mehr entgegenzusetzen«, sagte die Elfe hinter Siobhan mutlos.

Am liebsten hätte Siobhan die Elfe angeherrscht, doch sie konnte ihr nicht widersprechen. Vicomte Aubrey wollte das Ministerium zurückhaben, und er würde sich früher oder später durchsetzen. Das große Gebäude war nicht länger zu halten. Es galt jetzt, die Verbündeten zu retten, so viele wie möglich. Und dabei sollte den Zyklopen noch möglichst viel Schaden zugefügt werden.

Siobhan spannte den Bogen und schoß einem der einäugigen Monstren einen Pfeil mitten in die Brust, als dieses gerade mit dem schweren Schwert ausholte, um einem Mann, der reglos am Boden lag, den Garaus zu machen. Der Zyklop starrte mit seinem einen Auge ungläubig auf den zitternden Pfeilschaft, so, als könnte er nicht fassen, was er sah. Sein Gegner sprang schnell vom Boden auf, schwang den Knüppel ins Gesicht des sterbenden Monstrums und beschleunigte so dessen Fall.

Dann wirbelte der Mann herum, blickte zum Triforium auf und grüßte Siobhan mit erhobener Faust. Und gleich darauf stürzte er sich erneut in die Schlacht.

In geschlossener Linie traten derweil die nachrückenden Zyklopen den Rebellen gegenüber.

»Zurück auf die andere Seite!« befahl Siobhan. Ihre Kampfgenossinnen starrten sie fragend an. Zu den anderen zurückzukehren würde bedeuten, eine wichtige Stellung aufzugeben.

»Zurück!« brüllte Siobhan, denn sie dachte bereits einen Schritt weiter. Das Kirchenschiff wäre bald verlo-

12

ren, und dann würden die Zyklopen ihr Augenmerk auf die Laufgänge richten und der kleinen Gruppe den Fluchtweg über dem Westportal abschneiden.

»Lauft los!« rief Siobhan, und obwohl ihre Gefährtinnen den Befehl immer noch nicht verstanden, setzten sie sich gehorsam in Bewegung.

Siobhan verharrte noch einen Moment lang am Rand des nördlichen Triforiums und blickte hinunter ins Hauptschiff. Ihrer Elfentruppe würde die Flucht gelingen; dessen war sie sicher. Doch es war zu fürchten, daß von denen, die das Ministerium zu verteidigen suchten, kein einziger überleben würde.

Die Elfen eilten durch den schmalen Gang auf die andere Seite zurück. Siobhan war im Begriff, ihnen zu folgen, schaute sich aber noch einmal um, und was sie sah, erfüllte sie mit neuer Hoffnung.

Unterhalb des Einstiegs in den geheimen Tunnel, durch den sie in das Ministerium gelangt waren, löste sich ein quadratischer Ausschnitt aus der Seitenwand und stürzte der Länge nach in den Raum. Doch anstatt krachend am Boden zu zerschellen, wurde dieser Ausschnitt wie eine Zugbrücke von schweren Ketten abgefangen. Darauf laufend stürmte ein Mann herbei, dessen blutroter Umhang durch die Luft flog, als er vom Rand der geneigten Brücke zu Boden sprang, in die Apsis lief und den Altar bestieg. Dort stieß er sein herrliches Schwert in die Höhe. Siobhan lächelte. Offenbar hatten die listigen Zwerge nicht nur den versteckten Tunnel angelegt, sondern auch diese Zugbrücke ins Werk gesetzt – wahrscheinlich auf Luthiens Befehl hin, denn der weise junge Mann hatte diesen gefahrvollen Tag lange vorausgesehen.

Die Verteidiger kämpften weiter, doch die Zyklopen blickten angstvoll zurück.

Der Blutrote Schatten war aufgetaucht.

»Guter Luthien«, flüsterte Siobhan, und sie schmunzelte vergnügt, als dessen Knappe, der geckenhafte

Halbling Oliver deBurrows, herbeigewieselt kam. Er hielt seinen großen Hut in der einen Hand, das Rapier in der anderen; der purpurne Samtumhang flatterte hinter ihm her. Er erreichte den Altar und war bemüht, ihn zu erklimmen. Doch der kleine, drei Fuß hohe Knirps hätte es kaum geschafft, wäre ihm nicht Luthiens zweite Begleitung zur Hilfe gekommen. Sie packte den Halbling beim Hosenboden und hievte ihn hinauf.

Das Lächeln verschwand aus Siobhans Gesicht, obgleich sie froh darüber war, Luthien in solch schlagkräftiger Begleitung zu sehen: einer Kriegerin aus Bedwydrin, der Heimatinsel Luthiens, groß, stark und unbestreitbar schön mit ihrem zerzausten roten Haar und den Augen, die so strahlend grün waren wie die von Siobhan.

»Willkommen, Katerin O'Hale«, murmelte die Halbelfe vor sich hin. Sie versuchte ihre Eifersucht zu verdrängen, denn deren Ankunft und ihr Gefolge aus sechzig Männern, die nun über die Zugbrücke herbeistürmten, war die letzte Rettung der in die Enge getriebenen Verteidiger.

Wie befürchtet, stellte sich aber nun den Elfen ein Dutzend Zyklopen im Gang über dem Westportal in den Weg. Doch unterstützt von den Gefährtinnen auf der anderen Seite, gelang es ihnen, sich freizukämpfen und sich auf das südliche Triforium durchzuschlagen, ohne großen Schaden zu erleiden.

Unten im Hauptschiff drängten die Verteidiger dem Fluchtweg entgegen, den Luthien geöffnet hatte.

»Kämpft bis zum letzten Pfeil«, rief Siobhan die Ihren auf. »Und haltet die Stricke bereit; wir werden uns womöglich im Südflügel abseilen und an die Seite der Freunde stellen müssen.«

Die Elfen nickten, obwohl sie mit einem solchen Befehl nicht gerechnet hatten. Für gewöhnlich bestand ihre Taktik darin, überraschend anzugreifen und wieder abzuziehen, bevor der Feind zurückschlagen konnte. Doch Siobhan erklärte eilig, daß es nun, da das Ministerium verloren sei, nur noch darum ginge, möglichst viele Freunde zu retten.

An der Spitze seiner Truppe schlug Luthien mit seinem großen Schwert, dem *Blender*, auf die Zyklopen ein, flankiert von Oliver und Katerin. Der Halbling hatte seinen Hut auf die langen braunen Locken gesetzt und kämpfte nun mit Rapier und Dolch. Die Frau brachte ihre leichte Lanze zum Einsatz. Oliver und Katerin waren hervorragende Kämpfer, so auch die Männer hinter ihnen. Vom halbrunden Altarraum aus schlugen sie einen Keil in den Pulk der Feinde und zogen die Verbündeten in ihren Schutz.

Die ganze Kampfeswut der Zyklopen richtete sich fast ausschließlich auf Luthien, den Blutroten Schatten, den Rächer an Morkney. Die Einäugigen erkannten in ihm den gefährlichsten Gegner; sie erkannten ihn am Umhang und am Schwert, dessen großer, goldener und mit Edelsteinen besetzter Griff nach einem Drachen geformt war, mit ausgebreiteten Flügeln, die als Parierstange dienten. Luthien war der Gefährliche, derjenige, der die Rebellen von Eriador um sich vereinte. Mit seinem Tod käme der Aufstand in Montfort bald zum Erliegen. Viele Zyklopen nahmen auch Reißaus vor dem mächtigen jungen Bedwyr, doch etliche waren mutig genug, sich mit ihm zu schlagen. Sie buhlten um die Gunst von Vicomte Aubrey, denn der würde aller Voraussicht nach der nächste Herzog der Stadt sein.

»Du solltest es auch mal mit einem zusätzlichem Dolch versuchen«, sagte Oliver mit Blick auf Luthien, der sich gerade gegen zwei Monstren auf einmal zur Wehr setzen mußte. Um die Güte seines Ratschlags unter Beweis zu stellen, hob der Halbling die breite Dolchklinge und fing den Speerstoß des Gegners mit dem Handschutz auf, und mit einem Schlenker aus dem zarten, aber kräftigen Handgelenk zerbrach er die Spitze des Zyklopenspießes, wich behende einen Schritt zurück und stach dem Monstrum das Rapier in die Brust.

»Die Linke ist viel zu nützlich, als daß man nur die Balance mit ihr zu halten versuchte«, erklärte der Halbling und nahm eine heldenhafte Pose ein, die Waffenhand an die Hüfte gelegt, während die Degenspitze auf den Boden zeigte. Aber als ein weiterer Zyklop ihn von der Seite attackierte, war er wieder gefechtsbereit.

Luthien schmunzelte trotz der Gefahr, in der er schwebte, und schon hatte er es wieder mit zwei Gegnern zu tun. »Wenn ich wie du zwei Waffen trüge«, sagte er und hob das Schwert, »wäre ich hierzu nicht in der Lage. Gib acht.« Und er packte das Schwert mit beiden Händen, ließ es in weitem Bogen um den Kopf kreisen und stürmte nach vorn. Wuchtig fegte die massige Klinge die Spieße der Angreifer beiseite, zersplitterte die Spitze des einen.

Und weiter schleuderte Luthien den *Blender* herum, diesmal in umgekehrter Richtung. Dem einen fuhr die Spitze von der Schulter quer über die Brust; der zweite versuchte, mit dem Spieß dagegenzuhalten. Doch es schleuderte ihm die Waffe aus den Händen, als das Schwert auf ihn niedersauste, den Panzer zerschlug und dann tief eindrang in die Brust. Der Zyklop taumelte zurück, nur gehalten von dem Schwert, das Luthien gepackt hielt.

Der andere Zyklop verwischte hektisch das Blut, das aus seiner Rüstung sickerte, und machte kehrt, um dem jungen Kämpfer zu entkommen.

Der zog sein Schwert aus dem Körper und ließ das Opfer zu Boden sinken. Bevor er sich dem nächsten Gegner stellte, warf er kurz einen Blick über die Schulter, um zu sehen, ob sein Streich auf Oliver Eindruck gemacht hatte.

Der Halbling aber verzog keine Miene. Er ließ sein

Rapier um die Spitze eines zyklopischen Spießes kreisen, was die Gegenseite sichtlich verblüffte. »Finesse!« rief der Kleine und betonte das Wort mit seinem gaskonischen Akzent dreisilbig. »Würdest du mit zwei Waffen kämpfen, müßte ich mir jetzt nicht den häßlichen Kerl vorknöpfen, den du hast entkommen lassen.«

Seufzend gab sich Luthien dem Halbling geschlagen und hob das Schwert, um einen Hieb aus dem Hinterhalt zu parieren. Bevor er selbst zum Schlag ausholen konnte, sah er von links einen Schatten herbeifliegen. Da brüllte der Zyklop auf; Katerin O'Hales Lanze steckte in seinem Bauch.

»Wir könnten hier schon fertig sein, wenn ihr nicht so viel reden und statt dessen lieber kämpfen würdet«, schimpfte sie und wandte sich sogleich einer neuen Herausforderung zu.

Luthien wußte ihre Kritik durchaus richtig einzuschätzen. Er kannte sie seit vielen Jahren. Ihre Zunge war so spitz wie die Waffe, die sie führte. Mit Oliver teilte sie eine unbändige Kampfeslust, und auch jetzt, trotz des schrecklichen Gemetzels, trotz der unheilvollen Tatsache, daß das Ministerium in Aubreys schmutzige Hände zurückfallen würde, zeigte sich deutlich, daß sie wie Oliver Gefallen fand an dieser Schlacht.

Luthien Bedwyr erkannte in diesem Augenblick wieder einmal, daß er keine besseren Freunde hätte um sich haben können.

Da fiel brüllend ein Zyklop über ihn her; Luthien duckte sich schnell. Plötzlich geriet das Monstrum ins Wanken und stürzte der Länge nach zu Boden. In seinem Schädel steckte ein Pfeil. Luthien blickte auf in die Richtung, aus der das Geschoß gekommen war, und entdeckte hoch oben auf dem Laufgang zwischen den Säulen die Halbelfe Siobhan, die ihn mit ernstem Blick bedachte. Er ahnte, daß sie es nicht schätzte, ihn an der Seite von Katerin O'Hale zu sehen.

Doch darum konnte sich Luthien im Moment nicht kümmern. Er und seine Gefährten hatten eine Schneise in die Reihen der Gegner geschlagen und einen Großteil der Freunde aus der Umzingelung befreit. Doch noch befand sich ein halbes Dutzend in äußerster Gefahr, bedroht von mindestens doppelt so vielen Zyklopen.

»Zum Rückzug bereitmachen«, forderte er Katerin auf.

Sie warf ihm einen flüchtigen Blick zu und erriet sofort, was er nun zu tun gedachte: ein mehr als gewagtes, ja geradezu selbstmörderisches Vorhaben. Aber aus Liebe zu ihm drängte es sie, ihn zu unterstützen, doch als gehorsame Soldatin fügte sie sich seinem Befehl. Nur Luthien, Oliver oder sie konnten die Hauptgruppe durch die Apsis zur Rampe führen, die aus der Ostwand herausgetrennt war, zurück in die Gassen der Unterstadt, wo sie in Sicherheit wären.

»Oliver!« rief Luthien und setzte sich gegen den Angriff eines häßlichen Kolosses zur Wehr. Der Halbling eilte von hinten herbei, als Luthien mit all seiner Kraft dem Zyklopen die Arme samt Spieß in die Höhe riß, gleich darauf in die Luft sprang und die Beine grätschte.

Geduckt lief Oliver voran, so daß er zwischen Luthien und dem Riesen zu stehen kam, dem er die spitze Klinge des Rapiers so weit in den Bauch rammte, bis es an der Wirbelsäule auf Widerstand stieß.

»Bist du sicher, daß du dich da durchschlagen willst?« fragte Oliver mit Blick auf die feindliche Mauer, die sie von den bedrohten Mitstreitern dahinter trennte. Er verlangte nicht nach einer Antwort, sondern warf sich den Zyklopen entgegen und zwang gleich zwei von ihnen mit fuchtelnder Klinge, sich auf ihn zu konzentrieren.

»Habt ihr schon meinen Freund kennengelernt?« rief

der Halbling, als der *Blender* über seinen Kopf hinwegsauste und die beiden Monstren traf, die auf diesen Hieb nicht gefaßt waren. Oliver schüttelte den Kopf, verwundert darüber, wie leicht sich die Zyklopen ablenken ließen. Er und Luthien hatten diese Finte allein während der vergangenen zwei Wochen wohl an die zwanzig Mal eingesetzt und stets Erfolg damit gehabt.

Abseits bei der Hauptgruppe stehend, schüttelte auch Katerin den Kopf. Sie staunte über das harmonisch abgestimmte Zusammenwirken von Luthien und Oliver. Die beiden ergänzten einander perfekt, Schritt für Schritt und trotz aller Widernisse. Sie sprengten den Riegel der Zyklopen und drängten voran im Mittelgang zwischen dem hohen Gestühl.

Hoch oben im Triforium erkannten Siobhan und ihre Elfen, daß Luthien, sein kleiner Freund und die sechs Eingeschlossenen nur noch mit zusätzlicher Hilfe eine Chance hatten, mit heiler Haut davonzukommen. Katerin organisierte mittlerweile den Rückzug der Hauptgruppe; sie erkämpfte sich den Weg zum Ausgang hin und kam gut voran. Also richteten Siobhan und die anderen ihre Pfeile auf die Gegner von Luthien und Oliver.

Als die beiden zu dem kleinen Trupp der Verbündeten vorgestoßen waren, standen nur noch vier von ihnen auf den Beinen. Einer war tot, der andere lag verwundet auf einer der Holzbänke und wimmerte kläglich.

Ein Zyklop tauchte hinter der hohen Rückenlehne auf und hob den Spieß, um dem Sterbenden den Rest zu geben. Luthien war blitzschnell zur Stelle; der *Blender* wurde seinem Namen gerecht und zerschlitzte das Gesicht der Bestie in Höhe der Augen.

»Lauft los! Ab durch die Mitte!« brüllte Oliver, und ohne zu zögern folgten die vier seiner Aufforderung. Doch einen von ihnen erwischte es von hinten; von einem Spieß in den Rücken getroffen, ging er zu Boden.

»Laß ihn liegen!« rief der Halbling Luthien zu, als die Zyklopen von allen Seiten näher rückten. »Aber was kann ich dir schon raten?« murmelte Oliver vor sich hin; er kannte den Freund nur allzu gut. Luthien ließ sich auf die Knie fallen und hievte den Verwundeten auf die linke Schulter.

Vor den dreien, die fliehen konnten, hatte sich die Reihe der Zyklopen wieder geschlossen; die drängte nun auf Oliver und Luthien ein, als sie zurück in den Mittelgang hinausliefen.

»Immerhin wird er uns als Schutzschild dienen«, meinte der Kleine mit Blick auf den Mann, den der Gefährte geschultert hatte.

Luthien aber hatte keinen Sinn für makabere Scherze. Mit ausgestrecktem Schwert stürmte er voran und war selbst überrascht darüber, daß sich der erste Zyklop, der sich ihm in den Weg stellte, durch eine einfache Täuschung irritieren und außer Gefecht setzen ließ.

Doch schon stand ihm der nächste gegenüber. Behindert durch den Mann auf der Schulter, konnte Luthien sich nur verteidigen und die wüsten Hiebe des Gegners parieren. Er wußte um die Gefahr jeder weiteren Verzögerung. Aus den Sitzreihen rechts wie links strömten immer mehr Monstren herbei, um ihm und dem Halbling im Mittelgang zu begegnen. Ihm war klar, daß er mit der Bergung des Verwundeten ein tödliches Risiko eingegangen war, und doch bereute Luthien Bedwyr seinen Entschluß keinen Augenblick lang. Um jemanden retten zu können, würde er immer wieder so handeln, und mochte seine Lage auch noch so aussichtslos sein.

Auch in seinem Blickfeld beeinträchtigt durch den geschulterten Mann, konnte Luthien den Gegner kaum sehen, als der nach links wich. Wäre der Zyklop gewitzt genug gewesen, von dieser Seite aus anzugreifen, hätte es den jungen Bedwyr wohl erwischt. Doch das Ungetüm sprang nach rechts zurück, und ihm folgte ungesehen eine schlanke Klinge. Als der Zyklop erneut mit einem Ausfallschritt nach links ausscherte, durchbohrte ihn Olivers Rapier.

Der tödliche Stoß traf aus einem Winkel, den Luthien in Erstaunen versetzte. Er wandte sich zur Seite und sah den Halbling oben auf dem Rand einer Rückenlehne balancieren.

»Mir nach!« rief Oliver und hüpfte auf die nächst vordere Stuhlreihe.

»Hinter dir!« warnte Luthien. Blitzschnell wirbelte der Knirps auf dem schmalen Sims herum, sprang in die Höhe, um einem seitlich geführten Hieb auszuweichen, und noch ehe er wieder auf den Füßen landete, hatte er einem Zyklopen das Rapier ins Auge gestochen.

Das Monstrum schleuderte die Waffe von sich, stürzte rücklings auf die Bank und schlug sich beide Hände vors Gesicht.

»Tut mir leid, aber ich habe keine Zeit, dich zu töten«, sagte Oliver entschuldigend und hastete tiefer in die Sitzreihe hinein.

Luthien versuchte zu folgen, doch eine Horde von Zyklopen versperrte ihm den Weg, und von hinten spürte er den heißen Atem weiterer Gegner im Genick. Unter wütendem Gebrüll schlug er um sich und rechnete in jedem Augenblick damit, von einem Spieß festgenagelt zu werden.

Plötzlich waren Geräusche zu hören wie von einem Schwarm aufgebrachter Hummeln. Es surrte und sirrte in der Luft ringsum. Luthien schrie aus Leibeskräften und schlug weiter blind vor Wut um sich, nicht begreifend, was hier passierte.

Und so unvermittelt, wie der Aufruhr eingesetzt hatte, war es plötzlich still. Rings um Luthien herum lagen tote und sterbende Zyklopen am Boden, getroffen von den Pfeilen der Elfen. Luthien ließ sich jedoch nicht die Zeit, um zum Triforium aufzublicken; er eilte schnell durch die Bankreihen dem kleinen Freund hinterher.

Als sie die Nordseite der Kathedrale erreicht hatten, sahen sie zu ihrer Erleichterung, daß die drei befreiten Männer den Rand der Zugbrücke erklommen und sich zu Katerin und den anderen gesellt hatten.

Oliver und Luthien näherten sich vom nördlichen Seitenschiff der Apsis. Eine Handvoll Zyklopen trat ihnen entgegen, stob aber auseinander, als einer von ihnen, von Siobhans Pfeil getroffen, zu Boden ging.

Im Altarraum wimmelte es von einäugigen Bestien. Alle Kräfte sammelten sich vor der Rampe, die Katerin und die anderen wacker zu verteidigen versuchten.

»Da kommen wir nicht durch«, sagte Oliver.

Doch Luthien eilte schon mit dem Verwundeten an ihm vorbei in Richtung Apsis, sprang die Stufen zum Altarraum hoch und näherte sich linker Hand der gewölbten Nordwand. »Lauft und macht hinter euch dicht!« brüllte er den Freunden während des Laufens zu.

Oliver traute seinen Ohren nicht, doch dann erahnte er, was Luthien vorhatte, und rannte los, erreichte vor seinem Freund das Ziel und riß den Wandteppich beiseite, hinter dem sich eine Holztür verbarg.

Ein Schwarm von Pfeilen, abgeschossen aus dem Triforium, gab ihnen Rückendeckung. Oliver trat zur Seite, um Luthien vorzulassen. Eine steile, eng gewundene Treppe führte hinauf zum höchsten Turm des Ministeriums. Es war die Treppe, über die sie Morkney gejagt hatten. Oliver schlug die Tür hinter sich zu, doch bald würden die Zyklopen den Zugang eingetreten haben und die Verfolgung aufnehmen.

Drinnen war es eiskalt und stockdunkel. Nach wenigen Stufen bereits konnte Luthien verstehen, weshalb die Zyklopen während der wenigen Male, da sie das Ministerium besetzt gehalten hatten, nicht hinaufgestiegen waren, um die Leiche ihres Anführers abzuschneiden. Die ohnehin tückischen Stufen und engen Wände waren von einer dicken, rutschigen Eisschicht überzogen. Sie war aus Schnee und Regenwasser entstanden, das von oben eingesickert war.

Luthien tastete sich im Dunklen an der Wand entlang. So schnell es ging, stieg er Schritt um Schritt empor. Oftmals mußte er sich mit aller Kraft unter den geschulterten Körper stemmen, der immer wieder zwischen den engen Wänden steckenblieb.

Plötzlich rutschte er aus, fiel und schlug hart mit dem Knie auf die steinerne Stufe. Oliver drängte an ihm vorbei; er nutzte seinen Dolch als Pickel, rammte ihn in die Eiskruste und zog sich so daran hoch.

»Noch ein Grund, warum man beidhändig bewaffnet sein sollte«, bemerkte der Knirps hämisch.

Schon waren von unten die Verfolger zu hören.

»Obacht!« warnte Oliver, als von einer Stufe eine Eisplatte losbrach und hinabrutschte. Ein, zwei Windungen weiter unten wurde ein Poltern laut; offenbar hatte die Scholle einen der Zyklopen mit sich gerissen.

»Laß ein Seilende zurück«, forderte Luthien den Gefährten auf.

Oliver nahm die seidene Seilschlinge vom Gürtel ab und wickelte sie im Weitergehen wieder zusammen.

Luthien wagte es nicht, den Verwundeten abzusetzen aus Angst, er könnte hinabrutschen. Auf einer eisfreien Stufe machte er halt, drehte sich um und zückte das Schwert.

Er konnte den Schrecken im Gesicht des Zyklopen zwar nicht sehen, wohl aber erahnen, als dieser an der Spitze der Verfolgergruppe um die Kehre stieg und sich plötzlich dem Gejagten, den er auf der Flucht wähnte, gegenüber sah.

Der *Blender* schlug zu, und das Monstrum stürzte

treppab. Aber auch Luthien verlor den Halt, prallte gegen die Wand und hörte den Verletzten auf der Schulter qualvoll stöhnen.

Der verwundete Zyklop rollte die Stufen hinab und riß den nächsten mit sich, dann noch einen und noch einen, bis die ganze Gruppe polternd nach unten fiel.

Luthien rückte den Verletzten auf der Schulter zurecht, nahm das Seilende zur Hand und wartete, bis Oliver das andere Ende weiter oben an einem Vorsprung in der schartigen Steinmauer befestigt hatte. Über eine halbe Stunde war bereits vergangen, als sie endlich nach dreihundert Stufen den kleinen Ausstieg unter der Turmspitze erreicht hatten. Von dort aus ging es nicht mehr weiter; eine Schneewand versperrte ihnen den Weg. Mit stampfenden Schritten drängten von unten die Zyklopen herbei.

Oliver machte sich daran, die Barriere aus vereistem Schnee mit dem Dolch aufzuhacken. Ein schier aussichtsloses Unterfangen, und über Montfort setzte schon die Morgendämmerung ein.

»Was machen wir jetzt?« Oliver klapperte mit den Zähnen. Beißend kalter Wind pfiff über den Turm hinweg.

Luthien legte den Verletzten, der wieder in Ohnmacht gefallen war, vorsichtig in den Schnee und versuchte, die klaffende Bauchwunde zu versorgen.

»Zuerst müssen wir uns diese lästigen Einaugen vom Hals schaffen«, beantwortete Oliver seine eigene Frage. Er brach einen großen Eisblock frei, stemmte sich mit der Schulter dagegen und kippte ihn über den Einstieg zur Wendeltreppe. Seine Mühen wurden belohnt, als er sogleich die Schreie der überraschten Zyklopen vernahm. Schreie, die, sich entfernend, rasch leiser wurden.

»Sie werden zurückkommen«, sagte Luthien mit düsterer Miene.

»Mein junger, törichter Freund«, entgegnete Oliver.

»Bevor sie es bis hier oben geschafft haben, werden wir schon zu Eis erstarrt sein.«

Über Montfort, der Stadt in den Bergen, herrschte strenger Winter. Noch kälter als in den Gassen war es hier oben auf dem Turm, über den die bitteren Nordwinde ungehindert hinwegfegten.

Luthien trat an den Rand der Brüstung, von der ein steifgefrorenes Seil herabbaumelte. Oliver hatte es schon vor Wochen dort befestigt. Luthien schirmte die Augen vor dem beißenden Wind ab und schaute zur Turmmauer hinunter, auf den nackten Leichnam von Herzog Morkney, der, obwohl in Schatten gehüllt, erkennbar an der Steinwand festgefroren war.

»Hast du deine Dregge dabei?« fragte Luthien. Gemeint war jenes Zauberding, das Oliver einst von dem Hexer Brind'Amour geschenkt bekommen hatte: ein schwarzer, faltiger Ball, der einmal am Ende des nun vereisten Seils befestigt gewesen war.

»Natürlich, den geb' ich doch nicht aus der Hand«, antwortete Oliver. »Es fiel mir schwer genug, das schöne Seil zu opfern, um den Herzog daran aufzuhängen. Das läßt sich schon ersetzen, meine feine Dregge aber nicht …«

»Hol ihn raus«, rief Luthien kurz. Es fehlte ihm die Geduld für Olivers Erklärungen.

Der Halbling stockte, starrte den jungen Freund an und krauste die Stirn. »Das Seil ist nicht lang genug, um uns daran am Turm hinunterzuhangeln«, erklärte er. »Es reicht nicht einmal bis zur Hälfte.«

Sie hörten die Zyklopen sich dem Ausstieg zur Turmplattform schnaubend und stampfend nähern.

»Beeil dich!« verlangte Luthien ungeduldig und zerrte am Seil, das von der Brüstung herabhing, und schlug dabei einen Teil der eisigen Ummantelung ab.

»Das kann doch nicht dein Ernst sein«, maulte Oliver.

Luthien eilte zurück und hievte sich den Verwundeten auf die Schulter. Die Zyklopen rückten immer näher.

Oliver zuckte nur mit den Achseln. »Wie du meinst.«

Der Halbling sprang auf die Brüstung und klatschte, um die Finger zu beleben, in die grün behandschuhten Hände. Dann nahm er den Dolch in die eine Hand, ergriff mit der anderen das Seil und kletterte, ohne länger zu zögern, über die Turmwand nach unten, wobei er mit dem Dolch das Seil vom Eis befreite. Denn mit der schweren Last auf dem Buckel würde Luthien festen Halt dringend nötig haben.

Oliver verzog das Gesicht zu einer Grimasse, als er das Seilende erreichte und vorsichtig einen Fuß auf den gefrorenen Schädel des toten Herzogs Morkney plazierte. Er schaute sich um auf der Suche nach einer geeigneten Stelle zur Befestigung der magischen Dregge, nach einem Vorsprung, auf dem sich sicher Tritt fassen ließ.

Doch da war nichts, abgesehen von einem winzigen Fenstereinschnitt weiter unten. Mehr als bedenklich war außerdem, daß sie sich an der Nordseite des Ministeriums befanden, jenseits des trennenden Stadtwalls. Tief unten auf dem Vorhof hatte sich mittlerweile ein Trupp von Zyklopen zusammengerottet und gaffte zu ihnen herauf.

»Na, ich hab mich schon an unangenehmeren Orten aufgehalten«, witzelte der Halbling. Luthien hatte sich bis zu ihm abgeseilt; der arme Kerl auf seiner Schulter war wieder aus der Ohnmacht aufgewacht und stöhnte mit jeder Bewegung auf.

Luthien sicherte sich mit dem Arm ab, der um die Beine des Verwundeten geschlungen war, und trat auf die Schulter des steifgefrorenen Herzogs.

»Weißt du noch, wie wir über dem Tümpel gehangen haben?« erinnerte Oliver. »Unter uns die Riesenschildkröte, zur Linken ein Drachen und rechter Hand der wütende Hexenmeister ...«

Oliver unterbrach sich und ließ ein mitfühlendes »Ooh!« verlauten, als ihm Luthien seine freie Hand zeigte. Das Seil hatte sich durch den Handschuh ins Fleisch geschnitten, und die blutende Wunde war schon zu Eis verkrustet.

Die Verfolger standen über die Brüstung gebeugt und glotzten auf Oliver und Luthien hinab.

»Wir hängen fest!« rief Oliver verzweifelt.

Luthien konnte nicht widersprechen. »Wirf die Dregge rechts herum.«

Der Halbling verstand, worauf der Freund abzielte. Eine Traverse nach rechts würde sie auf die andere Seite des Walls bringen und außer Reichweite der Feinde. Und dennoch, Luthiens Forderung erschien dem Kleinen denkbar abwegig. Selbst wenn es gelänge, auf diese Seite herumzuschwenken, würde es kaum möglich sein, die zweihundert Fuß bis zur Straße schadlos zu überwinden. Oliver schüttelte den Kopf.

Die beiden blickten nach oben und sahen, wie ein Speer auf sie herabgeschleudert wurde. Luthien hob das Schwert – verlor vor Anstrengung fast den Halt – und lenkte das Wurfgeschoß mit der breiten Klinge ab.

Von oben und unten drang nun das Geheul der Zyklopen auf sie ein. Luthien wußte, daß er dieses Geschoß nur mit Glück hatte parieren können, daß früher oder später einer der Speere sein Ziel erreichte.

Er wandte sich dem Freund zu in der Absicht, seine Forderung mit Nachdruck zu wiederholen. Doch Oliver hatte die seltsame Dregge bereits aus der Tasche gezogen und am seidenen Seil befestigt. Die Beine gegen die Wand gestemmt, lehnte er sich weit hinaus, ließ das Seil durch die Finger gleiten und brachte es in eine pendelnde Bewegung. Als es mit dem fliegenden Ball weit genug nach Osten hin ausschwang, zog er ruckhaft die schleudernde Hand ein, worauf die Zauberdregge hinter der gewölbten Wand verschwand.

Die beiden wagten nicht zu atmen. Sie starrten auf das Seil, fürchtend, daß der Ball von der Mauer abprallte.

Doch das Seil legte sich wie ein Gurt um die Wand.

Behutsam ruckend, prüfte Oliver, ob die Dregge festen Halt gefunden hatte. Es war nicht zu sehen, wo und wie sie in der Mauer steckte. Fraglich blieb, ob sie die Last der beiden tragen würde und nicht etwa verrutschte und abglitt, was unweigerlich einen tödlichen Absturz zur Folge hätte.

Wieder sauste ein Speer vorbei, verfehlte Luthiens Nasenspitze um Haaresbreite.

»Kommst du mit?« fragte der Halbling und hielt das Seilende in die Höhe.

Luthien legte eine Schlinge um den Fuß, hielt den Verwundeten und das Seil gepackt und holte tief Luft. Oliver klammerte sich an den Freund.

»Über dem Teich zu baumeln war dagegen ein Zuckerschlecken«, behauptete Luthien.

Oliver öffnete den Mund, doch statt zu antworten entfuhr ihm ein lauter Schrei, als Luthien von der Schulter des Herzogs absprang und den Halbling mit sich in die Tiefe riß.

Einen Bruchteil später bohrte sich ein gut gezielter Speer in den gefrorenen Schädel des Herzogs Morkney.

Zu dritt flogen sie um die vereiste Turmmauer herum und pendelten vierzig Fuß unter der magischen Dregge aus.

Es gab jedoch keinen Halt an der glatten Wand. Sie blickten nach unten; dort war eine Menge ihrer Freunde zusammengelaufen. Aus dem versteckten Osttor strömten die letzten Elfen hervor und kletterten an einem Seil über zwanzig Fuß auf den Boden hinab, vorbei an der geschlossenen und verriegelten Zugbrücke. Doch niemand der Freunde unten konnte den dreien helfen, die an der Eiswand baumelten, weder Katerin noch eine der wenigen Elfen.

»Hier gefällt's mir schon besser«, bemerkte Oliver mit Galgenhumor. »Immerhin sterben wir hier vor den Augen der Freunde.«

»So weit ist's noch nicht«, brummte Luthien.

»Und es regnen keine Speere auf uns herab«, fuhr der Halbling fort. »Die tumben Einaugen werden wahrscheinlich eine ganze Stunde brauchen, bis sie spitzkriegen, auf welcher Seite wir nun hängen.«

»Hör endlich zu plappern auf, Oliver.« Luthien versuchte sich zu konzentrieren und einen Ausweg aus der bedrängten Lage zu finden.

Aber er sah keine Möglichkeit, nicht die entfernteste. Fast war er soweit, aufzugeben und sich dem Unausweichlichen zu fügen.

Da schnurrte eine Lanze vorbei. Die beiden schauten nach oben und sahen eine Zyklopengruppe grinsend auf sie herabblicken.

»Es scheint, du hast dich geirrt«, sagte Luthien, bevor Oliver zu Wort kommen konnte.

»Die Dregge löst sich, wenn man dreimal kurz hintereinander am Seil zupft«, erklärte der Halbling. In der Tat ließ sich nur so der Zauberball von der Wand abziehen. »Wenn ich schnell genug bin – und wer zweifelte daran? –, gelingt es mir vielleicht, das Ding weiter unten an die Wand zu schlagen.«

Luthien riß verwundert die Augen auf. Selbst Oliver, dieser Prahlhans, mußte zugeben, daß dieser Vorschlag unsinnig war, daß sie, sobald die Dregge gelöst worden wäre, in die Tiefe stürzen und auf der dunklen Straße noch dunklere Flecken hinterlassen würden.

Die beiden schwiegen; es gab nichts mehr zu sagen. Alles deutete darauf hin, daß das letzte Kapitel der Legende vom Blutroten Schatten zu Ende ging, und zwar alles andere als glücklich.

Brind'Amours Dregge war ein wundersames Ding. Der faltige Ball blieb an jeder Wand kleben, egal wie glatt und steil sie auch war. Die Öse, an der das Seil hing, stand seitlich ab, der Richtung zugewandt, aus der das Seil geworfen worden war. Plötzlich gab es unter dem Gewicht der Freunde ein klein wenig nach; der Ball hatte sich um neunzig Grad gedreht, so daß die Öse nun nach unten wies. Und dann geschah das Wunder: Der Ball rutschte abwärts.

Luthien schrie auf, so auch Oliver, der aber immerhin noch geistesgegenwärtig genug war, seinen Dolch in die Wand zu rammen. Die Klingenspitze ritzte eine dünne Spur durchs Eis.

Von oben schütteten laute Fluche der Zyklopen auf sie herab. Die Menge unten brüllte: »Fangt sie auf!«

Luthien schabte mit den Stiefelsohlen an der Wand entlang. Er wußte nicht, auf welcher Höhe sie waren, wie tief es noch mit ihnen hinabgehen würde. Hin und wieder, wenn der faltige Ball an einer weniger dick vereisten Stelle entlangglitt, zog es sie weniger schnell in die Tiefe. Sie stürzten, mal in freiem Fall, mal gebremst, weiter und immer weiter. Linker Hand sah Luthien den geheimen Zugang zur Kathedrale, unerreichbar, vierzig Fuß entfernt; wenig später spürte er, wie Hände nach seinen Beinen langten, und er hörte das Ächzen derer, die unter ihm seinen Sturz abzufedern versuchten.

Und schließlich landete er rücklings zwischen den Freunden auf dem Boden, und Oliver prallte ihm auf die breite Brust.

Der Kleine sprang sogleich auf die Beine und schnippte mit den Fingern. »Wie gesagt, ich hab mich schon an unangenehmeren Orten aufgehalten.« Dreimal am Seil ruckend, löste er die Zauberdregge.

Wenig später donnerte es von hinten gegen die geschlossene Zugbrücke. Die Zyklopen wüteten vor Ärger darüber, daß ihnen die sicher geglaubte Beute entwischt war. Einige Steinblöcke brachen aus der Mauer, herausgestoßen mit Hilfe eines der vielen Standbilder, das nun als Rammbock mißbraucht wurde.

Luthien stand auf, und der verwundete Krieger wurde von den anderen weggetragen.

»Es wird Zeit zu gehen«, sagte Katerin O'Hale, die den benommenen Bedwyr beim Ellbogen abstützte. Siobhan half ihm auf der anderen Seite beim Gehen, und gemeinsam zogen sie davon.

In Windeseile waren die Eriadraner in den engen Gassen der Unterstadt von Montfort verschwunden. Die Zyklopen standen ratlos in der aufgebrochenen Wand und wagten es nicht, ihnen nachzusetzen.

Nach einer Weile blieb Oliver stehen und bedeutete den anderen, seinem Blick zu folgen, der in Richtung des Turms des Ministeriums zielte. Die eisbedeckte Ostwand schimmerte im Morgenlicht. Und dann sahen sie, worauf der Halbling aufmerksam machte.

Zweihundert Fuß über dem Boden zeigte sich ein blutroter Schatten an der Wand. Luthiens wundersamer Umhang hatte sich auf magische Weise in der Mauer abgebildet als ein bedeutungsvolles Symbol für das Volk von Montfort.

2. KAPITEL

Bis zum bitteren Ende

Hier oben hast du nichts verloren«, sagte Oliver, und sein Atem dampfte in der frostigen Luft. Er kletterte über den niedrigen Sims, sprang auf die Beine und massierte die kalten Hände.

Statt zu antworten, nickte Luthien in Richtung des Ministeriums. Oliver trat an die Seite des Freundes und wunderte sich über dessen angespannte Miene. Der Halbling folgte dem Blick südwestwärts auf den gewaltigen Bau, der das Bild von Montfort beherrschte. Noch immer klebte die Leiche von Herzog Morkney an der vereisten Turmwand; ein Spieß steckte in seinem Schädel. Doch das Seil, an das er aufgeknüpft worden war, stand starr von der Brüstung ab und schwebte frei in der Luft.

»Sie haben das Seil gekappt«, bemerkte der Halbling und schüttelte sich angesichts dieser schaurigen Szene. »Doch der Herzog hängt fest.« Und in der Tat: Die Zyklopen hatten das Seil an der Brüstung durchgetrennt in der Absicht, das weithin sichtbare Zeichen ihrer Schmach zu beseitigen. Der Leichnam aber sowie der untere Teil des Seils klebten festgefroren an der Mauer.

Luthien hob das Kinn und blickte zur Turmspitze hinauf. Eine Handvoll Zyklopen lief dort hektisch umher; sie fluchten und rempelten sich gegenseitig an. Unterhalb der Brüstung schimmerte das Mauerwerk feucht, und ein Teil der Eiskruste war abgetaut. Und dann entdeckte auch der Halbling die Erklärung dafür, denn nun hievten die Zyklopen einen riesigen Kessel über den Rand und schütteten heißes Wasser in die Tiefe.

Da rutschte einer der Einäugigen aus, schrie vor Schmerzen auf und wirbelte herum. Der Kessel kippte von der Brüstung, überschlug sich im freien Fall und stülpte sich genau über den Schaft des Spießes, der in Morkneys Kopf steckte. Das Kesselgewicht drückte den Schaft nach unten, und Morkneys Kopf nickte nach vorn; es hätte nicht viel gefehlt, und er wäre vom Torso abgerissen. Statt dessen aber brach der Spieß über dem Schädel ab und stürzte mitsamt dem Kessel hinunter in den Vorhof. Die Zyklopen, die von dort das Schauspiel mitverfolgten, rannten schreiend auseinander. Jenseits des Walls johlten hämisch die Zuschauer aus der Unterstadt.

Das Gerangel auf der Turmplattform artete zum wüsten Streit aus. Derjenige Zyklop, der sich die Hand am heißen Kessel verbrannt hatte, wurde von den anderen verantwortlich gemacht für das peinliche Mißgeschick. Sie griffen ihn und stießen ihn über die Brüstung. Jenseits des trennenden Stadtwalls war nur dessen Schrei zu hören; diesseits jubelte die Menge um so ausgelassener.

»Hübsch, wie die ihre Toten bestatten«, kommentierte Oliver.

Luthien konnte alledem nichts Vergnügliches abgewinnen. Das Ministerium war an Aubrey verloren, zumindest einstweilen. Und für Luthien war klar: Eine Gegenoffensive kam vorläufig nicht in Frage. Denn auch ein Erfolg würde die großen Opfer, die zu erwarten wären, kaum rechtfertigen können.

Dennoch blieb Luthien unschlüssig. Was für ihn den Verlust der Kathedrale so bitter machte, war weniger die strategische als vielmehr ihre symbolische Bedeutung. Das Ministerium, dieser kolossale, prächtige Tempel Gottes, das größte Bauwerk in ganz Eriador, gehörte dem Volk, das es erbaut hatte, und nicht den häßlichen Einaugen mit ihrem unrechtmäßigen König aus Avon. Die Kathedrale verkörperte die Seele des Landes. Jede Stadt und jedes Dorf war stolz darauf, Männer geschickt zu haben und so am Bau dieses Monuments mitgewirkt zu haben.

Ein zweiter Kessel mit heißem Wasser wurde nun über die Brüstung ausgekippt. Es regnete auf den toten Herzog hinunter und weichte das vereiste Seil auf, so daß es schlaff nach unten fiel. Wenig später löste sich auch der Rumpf von der Wand, und der Leichnam knickte in der Hüfte ein.

Für eine Weile war oben auf der Plattform niemand zu sehen. Luthien und Oliver folgerten daraus, daß die Monstren nach unten gelaufen waren, um neues Wasser zu holen.

»Mit 'nem gefüllten Kessel wird denen der Weg da hoch ziemlich lang werden«, kicherte der Halbling in Erinnerung an die steile Wendeltreppe. Die zu erklimmen war selbst bei eisfreien Stufen kein Spaziergang.

»Aubrey glaubt wohl, daß es der Mühe wert sei«, antwortete Luthien.

Oliver registrierte den grimmigen Tonfall in der Stimme des Freundes. Er strich sich mit der Hand über den gefrorenen Spitzbart und schaute zum Turm hinauf. »Wir könnten das Ministerium zurückerobern«, meinte er, um Luthiens Trübsinn zu zerstreuen.

Luthien schüttelte den Kopf. »Das lohnt die Verluste nicht.«

»Wir werden diesen Kampf gewinnen«, sagte Oliver. »Die Händler sitzen in ihren Häusern fest, und die Reihen der Zyklopen sind erheblich gelichtet.« Und in Erinnerung an die Szene von vorhin fügte er hinzu: »Dafür sorgen sie schon selbst.«

Luthien gab ihm im stillen recht. Die Eriadoraner standen kurz davor, ihre Stadt – Caer MacDonald genannt – aus den Händen der Vasallen des Königs zurückzuerobern. Doch wie lange würden sie die Stellung halten können? Es hieß, daß in Avon eine riesige Armee zusammengestellt wurde, um den Widerstand im Land zu brechen. Zwar gab es bislang keine gesicherte Erkenntnis darüber; vielleicht war es nur ein Gerücht, ausgestreut, um Furcht zu schüren. Dennoch mußte mit einer solchen Möglichkeit gerechnet werden. König Grünspatz durfte keinen Aufstand dulden. Er würde Eriador nicht kampflos aufgeben.

Luthien dachte an die Pest, die vor zwanzig Jahren, in seinem Geburtsjahr, das Land heimgesucht hatte. Seine Mutter war daran gestorben wie so viele andere auch. Fast ein Drittel der Bevölkerung von Eriador war dahingerafft worden. Dermaßen gelichtet, hatte sich das stolze Volk den Streitkräften von König Grünspatz ergeben müssen.

Und im Anschluß an die Pest war eine zweite Seuche ausgebrochen: die Hoffnungslosigkeit. Luthien hatte sie zuerst im erlahmenden Kampfgeist seines Vaters kennengelernt. Davon befallen waren nicht zuletzt auch Männer wie Aubrey, die sich auf die Seite des Königs geschlagen hatten und vom Elend des Volkes profitierten.

Was hatten er und Oliver nun eigentlich an jenem Tag im Ministerium bewirkt, da ihnen der verhaßte Herzog Morkney in die Hände gefallen war? Luthien dachte zurück an diesen Kampf. Morkney hatte seinen Leib einem Dämon überlassen, jener bösen Bestie namens Praehotec – auch das ein Beweis für das teuflische Unwesen, das Grünspatz und die Seinen trieben. Es schüttelte Luthien vor Entsetzen, als ihm die Bilder jenes Tages vor Augen standen. Er hätte diesen Kampf gewiß verloren, wäre Morkney nicht so töricht gewesen, den Dämon in die Hölle zurückzuschicken und zu glauben, ihn, Luthien, der schon geschlagen am Boden lag, aus eigener Kraft töten zu können. Wäre da nicht

Oliver gewesen, der dem dürren Herzog das Rapier in die Brust gestemmt hatte.

Mit der Erinnerung an die Ereignisse der letzten Wochen und an die glücklichen Wendungen des Schicksals drängten sich Luthien sorgenvolle Gedanken auf: Wie viele unschuldige Menschen würden dafür büßen müssen, daß er als die lebendige Legende vom Blutroten Schatten das ganze Land in Aufruhr brachte? Würde sich aufs neue eine solche Seuche ausbreiten wie die, die den Mut und die Willenskraft der Eriadoraner gebrochen hatte, als Grünspatz zum König von Avon gekrönt worden war? Oder würde dessen zyklopische Armee in Montfort einmarschieren und alle töten, die sich dem Thron widersetzten?

Auch war zu befürchten, daß sich der Krieg über die Grenzen von Montfort hinaus ausweitete. Katerin war von der Insel Bedwydrin – Luthiens Heimat – gekommen; sie hatte das Schwert seines Vaters mitgebracht sowie die Nachricht, daß sich die gesamte Insel im Aufstand befand. Gahris, Luthiens Vater, hatte offenbar wieder Mut gefaßt, als er von dem Erfolg seines Sohnes gehört hatte, und als Graf von Bedwydrin öffentlich dazu aufgerufen, alle Zyklopen von der Insel zu vertreiben. Avonese, die frühere Gemahlin von Aubrey, die nach dessen Tod auf Verlangen des Königs mit Gahris vermählt werden sollte, war festgenommen und in Ketten gelegt worden.

Luthien lief die Galle über in Gedanken an diese hochtrabende, aufgeputzte Hure. Im Grunde war nur sie, Avonese, der Anlaß des allgemeinen Aufruhrs. Törichterweise hatte Luthien damals ein Taschentuch von ihr entgegengenommen als Zeichen dafür, daß er sich ihr zu Ehren in der Arena zu beweisen gedachte. Als ihm sein Freund, Garth Rogar, im Zweikampf unterlegen gewesen war, hatte dieses tückische Weib dessen Tod gefordert. Einer alten Regel gemäß war Avonese durchaus befugt gewesen, eine solche Forderung zu stellen, auch wenn sie damit dem Gebot der Menschlichkeit widersprach. Und so hatte Garth sterben müssen, durch die Hand eines Zyklopen, den Luthien später dann erschlagen hatte.

Durch Avoneses nach unten gekehrten Daumen und den Tod von Garth Roger war Luthien auf den Weg in die Rebellion gebracht worden. Um so ironischer mutete es an, daß ausgerechnet Aubrey, der Mann, der die Hure nach Bedwydrin geführt hatte, nun im Kampf um Montfort Luthiens Erzfeind war.

Der junge Ritter verlangte nach dessen Kopf, mußte aber um den eigenen fürchten wie um das Leben vieler Freunde, denn König Grünspatz rüstete zum Krieg.

»Was bist du so betrübt, mein Freund?« fragte Oliver. Ein schneidender Wind blies den beiden entgegen. Die Turmplattform war immer noch leer. Oliver rechnete sich aus, daß es wohl eine Stunde dauern mochte, bis die Zyklopen hinabgestiegen und mit gefülltem Kessel zurückgekehrt sein würden. Solange wollte der Halbling, der die Behaglichkeit liebte, nicht ausharren in der bitteren Kälte.

Luthien stand auf und rieb sich die frierenden Hände und Arme. »Komm«, sagte er zu Olivers Erleichterung. »Ich bin mit Siobhan im Zwelf verabredet. Ihre Späherinnen sind mit Nachrichten aus dem Osten und Westen zurückgekehrt.«

Oliver zögerte. Die Späherinnen waren wieder da? Der Kleine ahnte nun, was Luthien bedrückte.

Das Zwelf – so genannt, weil dort vor allem Zwerge und Elfen verkehrten – war dieser Tage zum Bersten voll von Gästen. Die Kälte, die draußen herrschte, zwang dazu, die Waffen ruhen zu lassen, und so nutzten die Rebellen die Zeit, um sich neu mit Proviant zu versorgen und Kräfte zu sammeln. Das Wirtshaus lag in der ärmsten Gegend von Montfort; für gewöhnlich waren die nichtmenschlichen Bewohner der Stadt dort unter sich. Doch jetzt strömte alles in dieser Taverne zusammen, denn der Blutrote Schatten, der Held der Revolution, verkehrte dort.

Der Wirt, ein drahtiger Kerl mit zerklüftetem Gesicht, sah zur Zeit noch wilder und furchterregender aus als sonst; seit über einer Woche hatte er nicht die Zeit gefunden, seine dichten, schwarzen Stoppeln zu rasieren. Er wischte sich die Hände am fleckigen Handtuch ab und trat auf Oliver und Luthien zu, als die ihre angestammten Plätze am Tresen einnahmen.

»Wir sind mit Siobhan verabredet«, sagte Luthien.

Bevor Tasman antworten konnte, spürte der junge Bedwyr zarte Finger an seinem Ohrläppchen zupfen. Er schloß die Augen, als die Hand tieferglitt und den Nacken massierte, auf eine so betörende Art, zu der nur Siobhan in der Lage war.

»Es gibt Wichtiges zu regeln«, erklärte Oliver dem Wirt und warf einen Blick auf das Paar an seiner Seite.

Plötzlich riß Luthien die zimtbraunen Augen auf, drehte sich um und schüttelte Siobhans Hand von der Schulter. Er räusperte sich verlegen, als er sah, daß die Halbelfe in Begleitung war, unter anderem in Begleitung von Katerin O'Hale, die die beiden mit finsterer Miene bedachte.

Dem jungen Mann wurde klar, daß Siobhans Zärtlichkeit nicht nur ihm galt, sondern vielmehr die Rivalin reizen sollte.

Auch Oliver wußte Bescheid. Dem Wirt flüsterte er zu: »Mir scheint, der Krieg kommt zu uns ins Haus.« Kichernd stellte Tasman zwei gefüllte Bierkrüge auf den Tresen und wandte sich ab. Sein Gehör war scharf genug, um jedes Wort zu verstehen, das am Tresen gesprochen wurde, doch er tat immer so, als hörte er nicht hin, wenn sich die Gäste unterhielten.

Luthien und Katerin starrten einander an; dann räusperte er sich ein zweites Mal und fragte: »Was gibt's Neues aus Avon zu berichten, Siobhan?«

Siobhan warf einen Blick zurück auf ihren Gefährten, der hinter ihr stand, ein in dicke Wolle und Felle eingemummter Elf. Er hatte rosige Wangen und lange Augenwimpern, auf denen schmelzende Eiskristalle glitzerten.

»Nichts Gutes, edler Herr«, antwortete der Elf voller Ehrerbietung für Luthien.

Luthien verzog das Gesicht; es gefiel ihm nicht, auf eine so förmliche Weise angeredet zu werden. Doch er war Anführer der Rebellen und wurde in ganz Eriador als Held gerühmt, und darum nannten ihn alle, die nicht zu seinem engeren Kreis gehörten, respektvoll ›edler Herr‹ oder ›Milord‹.

»Die Gerüchte verdichten sich, wonach ein großes Heer aus Avon in Marsch gesetzt worden ist«, fuhr der Elf fort. »Und in Princetown, so heißt es, sammeln sich zyklopische Krieger, vermutlich Mitglieder der prätorianischen Garde.«

Diese Vermutung machte Sinn. Princetown lag im Südosten jenseits des Eisernen Kreuzes und war diejenige unter den großen Städten Avons, von der Montfort am ehesten erreicht werden konnte, denn in unmittelbarer Nähe öffnete sich das Großjoch, der einzige Paß im hohen Gebirgsstock, der auch im Winter für Truppen und Trosse zu überwinden war.

Dennoch, ein Marsch von Princetown nach Montfort würde Wochen dauern und in dieser Jahreszeit sehr an den Kräften zehren. Darum war Luthien zuversichtlich, daß Grünspatz warten würde, bis der Frühling einsetzte und die Berge vom Schnee befreite.

»Es gibt da noch eine Möglichkeit«, meinte der Elf mit sorgenvoller Miene, als er den Hoffnungsschimmer in Luthiens Augen entdeckte.

»Port Charley«, spekulierte Katerin, womit sie den Seehafen westlich von Montfort ansprach.

Der Elf nickte.

»Worauf gründet dieser Verdacht? Auf Tatsachen oder auf Angst?« wollte Oliver wissen.

»Ein solcher Verdacht ist bislang noch nicht offen ausgesprochen worden«, antwortete der Elf.

»Also auf Angst«, folgerte der Halbling, dachte aber im stillen: Und die ist wohlbegründet. Das Heer auf dem Seeweg zu befördern und in Port Charley an Land gehen zu lassen bot sich für Grünspatz geradezu an. Zwar war die Meerenge zwischen Baranduine und Avon ein bekanntermaßen tückisches Gewässer, insbesondere zur Winterszeit, wenn mit treibenden Eisbergen gerechnet werden mußte; doch dieser Weg ließ sich in kürzester Zeit zurücklegen, und die großen Schiffe aus Avon konnten viele, viele Zyklopen auf einmal transportieren.

»Ist mit Hilfe von …« Weiter kam Luthien nicht, denn der Elf hatte die Frage erwartet und unterbrach ihn.

»Die Leute von Port Charley verachten die Zyklopen«, sagte er.

»Aber …«, gab Oliver das Stichwort, denn der Tonfall des Elfen ließ auf eine Einschränkung schließen.

»Aber wir werden nicht auf ihre Unterstützung hoffen dürfen.«

»Im Gegenteil«, warf Katerin ein, und alle Blicke richteten sich auf sie. Luthien wußte ihre Bemerkung zu deuten. Er war schon oft in Hale gewesen, jener unabhängigen Stadt, aus der Katerin stammte und deren Bürger ebenso eigensinnig waren wie die von Port Charley. Doch Luthien sah weniger schwarz als sie. Die Namen der alten Helden, insbesondere der von Bruce MacDonald, wurden auch in Hale und Port Charley hoch verehrt.

»Falls tatsächlich eine Flotte Kurs auf den Hafen nimmt, werden wir sie abfangen müssen«, meinte Luthien entschlossen.

Katerin schüttelte den Kopf. »Wenn du mit einer Armee in Port Charley einrückst, wirst du's nicht nur mit Grünspatz, sondern auch mit den Leuten vor Ort zu tun bekommen.«

»Was könnten die für ein Interesse daran haben, die Zyklopen durch ihre Stadt passieren zu lassen?« fragte Oliver.

Anstelle von Katerin antwortete Siobhan: »Daß sie uns ihre Unterstützung verweigern, kann doch nur bedeuten, daß sie sich nicht mit Grünspatz anlegen wollen.«

Luthien dachte nach. Wäre es ihm möglich, die Revolution auch nach Port Charley zu bringen? Und wenn nicht, würden er und die Verbündeten es schaffen können, den Streitkräften aus Avon zu trotzen?

»Vielleicht sollten wir unsere Strategie von Grund auf ändern«, schlug Oliver vor.

»Wie bitte?« Katerin und Siobhan reagierten gleichermaßen erstaunt.

»In den Untergrund zurückkehren«, entgegnete der Halbling. »Zur Zeit ist es ohnehin viel zu kalt für einen offenen Kampf. Wir sollten's damit gar nicht erst versuchen.« Und mit Blick auf Luthien fügte er hinzu: »Es wäre klug, wenn wir für eine Weile untertauchten.«

Olivers Worte kamen dem Eingeständnis gleich, daß die Rebellion außer Kontrolle geraten war und zu scheitern drohte, und alle, die ihn hörten, nicht zuletzt diejenigen, die dem Gespräch der Freunde nur lauschten, ohne selbst daran beteiligt zu sein – sie alle zeigten sich zerknirscht. Oliver hatte sie daran erinnert, welchen Preis sie im Falle einer Niederlage würden zahlen müssen.

Siobhan schaute ihren Elfenbegleiter an; der zuckte nur mit den Schultern.

»Uns ist es, bevor die Kämpfe ausbrachen, nicht gerade schlecht ergangen«, sagte Tasman und trat hinter dem Tresen hervor.

»Vielleicht läßt sich durch Diplomatie was erreichen«, meinte Siobhan. »Auch jetzt noch. Aubrey weiß, daß sich der Aufstand nicht ohne Hilfe aus Avon niederschlagen läßt. Ihm geht es ausschließlich darum, zum Herzog ernannt zu werden. Und darum will er den König günstig stimmen. Wir könnten ihm einreden, daß er seinen Willen bekommt, wenn er sich mit uns gütlich einigt und auf diese Weise Schaden von Montfort abwendet.«

Luthien richtete den Blick auf Katerin O'Hale; deren grüne Augen funkelten voll Zorn. Für eine so stolze Kämpferin wie sie war allein der Gedanke an Diplomatie und Schacherei unerträglich.

Plötzlich geriet die Gästeschar hinter Katerin in Bewegung; da wurde gerempelt und geschoben, und schließlich mußte sich auch Katerin unsanft zur Seite stoßen lassen. Ein kleiner Kerl, nur vier Fuß groß, aber stämmig gebaut und mit einem buschigen, rabenschwarzen Bart im Gesicht, drängte herbei und stellte sich vor Luthien.

»Was soll das dumme Geschwätz?« fragte Shuglin, der Zwerg, und hob die knorrigen Fäuste, daß es fast den Eindruck hatte, als wollte er Luthien an die Gurgel springen.

»Wir besprechen, wie's weitergehen soll«, entgegnete Oliver mit Blick auf den Zwerg, dessen Augen vor Wut zu brennen schienen. Offenbar sah er sich um seine Hoffnung auf Freiheit betrogen. Daß er lieber sterben würde als einer fortgesetzten Unterdrückung stattzugeben, war hinlänglich bekannt.

Shuglin schnaufte. »Die Richtung ist längst entschieden«, blaffte er. »Es gibt kein Zurück.«

»Für mich nicht und auch nicht für Luthien«, stimmte Oliver zu. »Aber was alle anderen angeht ...«

Shuglin hörte nicht hin. Er schob Luthien und Oliver beiseite, langte an den Handlauf und schwang sich auf den Tresen.

»Heh!« brüllte er in den Raum, und es wurde still. Selbst Tasman hielt sich bedeckt, obwohl es ihm gewiß nicht gefiel, daß der Zwerg mit seinen dreckigen Stiefeln auf dem blankpolierten Tresen stand.

»Wer ist hier dafür, daß wir uns geschlagen geben?«
rief Shuglin der Menge zu.

Niemand rührte sich.

»Shuglin«, hob Luthien an, um den launischen
Freund zu beruhigen.

Der Zwerg ignorierte ihn. »Wer ist dafür, Aubrey zu
töten und die Fahne von Caer MacDonald zu hissen?«

Ein lautes Gejohle brach aus. Schwerter wurden ge-
zückt und klirrend aneinandergeschlagen. Aus allen
Ecken tönte es: »Nieder mit Aubrey!«

Shuglin hüpfte auf den Boden zurück. »Da hört
ihr's«, knurrte er und trat zwischen Katerin und Siobhan. Die muskulösen Arme über der Brust verschränkt, starrte er Luthien herausfordernd an. Katerin
schmunzelte und tätschelte dem kleinen Kerl die
Schulter.

Von den wenigen Worten Shuglins hatte der alte
Name von Montfort einen besonders starken Eindruck
hinterlassen, denn dieser Name erinnerte an den größten Helden Eriadors.

»Das hast du nett gesagt, mein Freund«, erwiderte
Oliver. »Aber …« Weiter kam er nicht.

»Bruce MacDonald ist mehr als bloß ein Name«,
fuhr Luthien dazwischen.

»Der Blutrote Schatten braucht sich dahinter nicht zu
verstecken«, erklärte Siobhan, ohne zu zögern.

Luthien stockte und musterte die Halbelfe mit irri-
tierter Miene. »Bruce MacDonald ist ein Ideal«, fuhr er
fort, »ein Symbol. Und wißt ihr, wofür es steht?«

»Für die Zerschlagung des Zyklopenpacks?« fragte
Oliver, der nicht aus Eriador, sondern von Gascony
stammte.

»Freiheit«, korrigierte Katerin. »Freiheit für jeden
Mann und jede Frau.« Sie schaute Siobhan ins Gesicht,
dann auf Shuglin. »Für alle Elfen und Zwerge. Ja,
sogar für Halblinge«, ergänzte sie mit Blick auf Oliver.
»Freiheit für Eriador und alle, die hier leben.«

»Nun, es gibt wohl wirklich kein Zurück mehr«, sagte Luthien. »Wir haben Händler, Zyklopen und Prätorianer bluten lassen. Ganz zu schweigen von Herzog Morkney. Darüber wird Grünspatz nicht hinwegsehen können.« Luthien rutschte vom Hocker herunter und richtete sich auf. »Was wir begonnen haben, ist nicht aufzuhalten. Der Kampf um die Befreiung Eriadors muß weitergehen.«

»Laßt uns nicht über die Stränge schlagen«, lenkte Oliver ein. »Sonst baumeln wir am Ende noch daran.«

Luthien schaute auf seinen kleinen Freund herab und ahnte, daß es mit Olivers Entschlossenheit nicht weit her war. Und auch unter den Anwesenden im Schankraum gab es etliche, denen der Mut abhanden zu kommen schien. Darauf deutete das zaghafte Gemurmel hin, das sich nun bemerkbar machte. »Du warst es doch, der darauf bestanden hat, daß ich mich Morkney zu erkennen gebe«, erinnerte er den Halbling. »Daß ich den Aufstand anführe, war nicht zuletzt dein ausdrücklicher Wunsch.«

»Wie bitte?« entgegnete Oliver und tat überrascht. »Ich hatte nur eins im Sinn, nämlich lebend aus dem Ministerium rauszukommen, nachdem du so töricht gewesen bist, aufzuspringen und einen Pfeil auf den Herzog abzugeben.«

»Das mußte ich tun, um Siobhan zu retten«, sagte Luthien.

»Worauf ich genötigt war, dich zu retten«, schimpfte Oliver. Doch er beruhigte sich sogleich und klopfte dem Freund auf die Schulter. »Wie gesagt, wir sollten einen kühlen Kopf bewahren, sonst verlieren wir ihn noch. Auf dem Schafott oder sonstwo.«

Aber Luthien ließ sich nicht beruhigen. Er dachte an Bruce MacDonald und an die Ideale, die dieser Mann verkörpert hatte. Er wußte Katerin auf seiner Seite, so auch Shuglin und seinen Vater daheim auf der Insel Bedwydrin. In der Hoffnung darauf, auch bei Siobhan

Rückhalt zu finden, schaute er ihr in die grünen Augen. Doch sie verrieten nicht, was der schönen Elfe durch den Kopf ging.

»Nein, die Sache läßt sich nicht aufhalten«, erklärte Luthien laut und für alle, die im Zwelf zu Gast waren, gut verständlich. »Wir haben einen Krieg begonnen und müssen ihn zu gewinnen versuchen.«

»Aus Avon segeln Schiffe herbei«, warnte Oliver.

»Dann sollten wir verhindern, daß sie anlegen«, entgegnete Luthien. »In Port Charley.« Er schaute in die Runde und dann zurück auf Siobhan, sah, daß ihre Augen funkelten und Einverständnis widerspiegelten. »Die Bewohner dort werden sich auf unsere Seite schlagen«, fuhr Luthien fort. »Und nicht nur die. Ganz Eriador wird hinter uns stehen.« Luthien legte eine Pause ein, doch sein Schmunzeln sprach Bände.

»Sobald die Fahne von Caer MacDonald über Montfort flattert, werden uns Freiwillige aus allen Teilen des Landes in Scharen zulaufen, den Kampf aufnehmen und bis zum Ende durchfechten.«

Oliver verkniff sich die Bemerkung, daß das Ende womöglich ein sehr bitteres sein könnte. Er hatte keine Angst vorm Sterben; das Leben war für ihn ein einziges Abenteuer, und mit Luthien, diesem jungen, naiven Mann, den er zufällig unterwegs getroffen hatte, schien er in dieser Hinsicht allemal auf seine Kosten zu kommen.

Shuglin warf seine Faust in die Höhe. »Folgt mir in die Bergwerke«, rief er. »Da werde ich ein Heer für euch ausheben.«

Luthien musterte den bärtigen Freund. Der rief schon seit langem zum Sturm auf die Bergwerke vor der Stadt auf, in denen viele seiner Artgenossen gefangengehalten wurden. Auch Siobhan hatte Luthien schon mehr als einmal dazu aufgefordert. Jetzt, da es sich nicht mehr bloß um einen Aufstand handelte, da der Befreiungskrieg gegen Grünspatz öffentlich erklärt war, erkannte Luthien, daß dieses Etappenziel unverzüglich in Angriff genommen werden mußte.

»Setzen wir uns in Marsch. Auf zu den Minen!« rief er, worauf Shuglin vor Freude in die Luft sprang.

Um die Nachricht zu verbreiten, verließen nun die meisten Gäste eilends das Wirtshaus. Oliver zweifelte keinen Augenblick daran, daß sich in der Menge auch der eine oder andere Spitzel aufhielt, der Aubrey informieren würde.

Sei's drum, dachte der Halbling. Aubrey und seine Streitkräfte hielten sich seit Beginn der Revolte hinter den Mauern des inneren Stadtwalls verschanzt; von denen würde niemand die zyklopischen Wachen der Bergwerke verständigen können.

»Du bist verrückt«, warf Siobhan Luthien vor, allerdings in unverkennbar spöttischer, neckender Absicht. Dann rückte sie näher und flüsterte ihm zu: »Und machst mich ganz wild.« Sie biß ihm ins Ohrläppchen und gurrte dabei.

Luthien machte sich nichts vor: Siobhan legte es mit ihrem Geplänkel vor allem darauf an, Katerin zu verdrießen, was ihr sehr wohl zu gelingen schien. Er sah, wie sich deren Miene verdüsterte, und das machte ihn alles andere als stolz. Ihr Kummer zu bereiten war das letzte, worauf er abzielte. Zu Hause auf Bedwydrin war Katerin O'Hale über viele Jahre seine Geliebte gewesen, mehr noch: sein bester Freund.

Siobhan und ihre Elfenfreunde brachen auf. Sie zwinkerte dem jungen Bedwyr zum Abschied zu und ging mit erhobenem Kinn an Katerin vorbei, ohne sie eines Blickes zu würdigen.

Katerin zeigte keinerlei Regung, was Luthien nervös machte.

Draußen hatte es wieder heftig zu schneien angefangen. Es trieb nun auch die letzten Gäste nach Hause zurück, um die Öfen zu feuern. Luthien, Oliver und Katerin blieben allein im Schankraum zurück.

Weil er spürte, daß die Stimmung gereizt war, lenkte Oliver die Unterhaltung auf die bevorstehende Aktion, den Angriff auf die Bergwerke. Doch die Spannung zwischen den beiden ließ nicht nach. Nach einer Weile sah sich Luthien zu einer Erklärung gezwungen.

Er schnitt dem Halbling das Wort ab und stammelte: »Laß dich nicht täuschen.«

Katerin blickte verwundert zu ihm auf.

»Siobhan und ich ... wir sind seit einiger Zeit gut befreundet«, versuchte er zu erklären. »Ich meine ...«

Es fehlten ihm die Worte, und er ahnte, daß das, was er sagte, lächerlich klingen mußte. Natürlich wußte Katerin – wie jeder andere auch –, daß er und Siobhan ein Liebespaar waren.

»Du hast mir so gefehlt. Ich meine ...«

Oliver stöhnte, und Luthien erkannte, daß seine Schlichtungsversuche erbärmlich scheitern mußten, daß sie alles nur schlimmer machten. Trotzdem, es drängte ihn, sich zu rechtfertigen.

»Du siehst das bestimmt ganz falsch«, fuhr er zögernd fort. Katerin kniff die Brauen zusammen, und Oliver verdrehte die Augen. »Siobhan und ich ... ja, wir haben uns sehr gern.« Sein Gestammel kam ihm selbst schrecklich albern vor, zumal er daran denken mußte, daß sehr viel wichtigere Dinge anstanden. Doch seine Gefühle siegten über die Vernunft, und er sagte: »Nein, es ist mehr als das. Wir ...«

»Bildest du dir etwa ein, mir läge mehr an dir als an der Freiheit von Eriador?« fragte sie geradeheraus.

»Ich weiß, du bist verletzt«, antwortete Luthien, ehe ihm bewußt wurde, wie töricht diese Bemerkung war.

Katerin trat plötzlich einen Schritt herbei. Sie packte Luthien bei den Schultern, rammte ihm das Knie in den Unterleib und ließ ihn in der Hüfte einknicken. Es schien, als wollte sie ihm eine Lektion erteilen, doch dann wandte sie sich zitternd von ihm ab.

Oliver sah, daß sich ihre grünen Augen mit Tränen

füllten. Die Worte des jungen Bedwyr hatten sie offenbar tief getroffen.

»Nimm dich nur ja in acht und mach dir bloß keine falsche Vorstellung von mir«, stieß sie durch die Zähne, ging davon und schaute nicht einmal zurück.

Luthien richtete sich auf. Er war bleich um die Nase und sah sich hilfesuchend nach Oliver um.

Der Halbling schüttelte den Kopf, bemüht darum, nicht laut aufzulachen.

»Ich glaube, ich bin verliebt«, sagte er und schnappte nach Luft. Er hatte sichtlich Schmerzen.

»In sie?« fragte Oliver und nickte in Richtung Tür.

»Ja«, bestätigte Luthien.

Oliver strich sich über den Spitzbart. »Ich rekapituliere«, sagte er nachdenklich. »Da ist eine Frau, die dir ihr Knie ins Gemächt wuchtet, und eine zweite, die dir am Ohrläppchen knabbert, und du gibst der ersten den Vorzug. Verstehe ich das richtig?«

Luthien zuckte mit den Achseln; er wußte selbst keine Antwort.

Oliver schüttelte den Kopf. »Du tust mir aufrichtig leid.«

Luthien blickte stumm und rätselnd vor sich hin. Er hatte beide gleichermaßen gern – Katerin und Siobhan; jede war als Freundin oder Geliebte mehr, als ein Mann für sich erhoffen durfte. Er wußte nicht ein noch aus, war in seinen Empfindungen hin- und hergerissen. Erschwerend hinzu kam seine Rolle als Blutroter Schatten, als Anführer einer Revolution. Auf ihm lastete ein enormes Maß an Verantwortung.

Oliver setzte sich in Bewegung und ging zur Tür. Luthien holte tief Luft und folgte ihm.

Es tat gut, auch einmal einem anderen die Führung zu überlassen.

3. KAPITEL

Aufbruch

Die zyklopischen Aufseher der Bergwerke – sechs an der Zahl – starrten verwundert auf die verschlossen geglaubte Tür zu ihrer Felskammer, als der junge Mann und der Halbling wie auf Einladung hereinspazierten und übers ganze Gesicht grinsten. Der Halbling machte sogar die Tür wieder zu, steckte einen Dietrich ins Schloß und nickte zufrieden beim Klang des zurückschnappenden Riegels.

Einer der Zyklopen sprang auf und hastete auf seinen Spieß zu, der an der Wand lehnte. Doch ehe er sich versah, stand der junge Mann schon neben ihm. Er zückte ein prachtvolles Schwert und schlug den Spieß entzwei. Der Zyklop plusterte sich auf und schien den frechen Eindringling über den Haufen rennen zu wollen, blieb aber wie angewurzelt stehen, sichtlich verwirrt, denn der junge Mann zeigte sich völlig unerschrocken und gab mit erhobener Hand zu verstehen, daß er nicht zu kämpfen wünschte.

Bevor die anderen Zyklopen reagieren konnten, war der Halbling bereits über einen Stuhl auf den Tisch gesprungen. Er zog sein Rapier und holte zum Schwung aus, aber nicht in drohender Absicht; es ging ihm anscheinend nur darum, eine heroische Pose einzunehmen.

Krachend kippte ein Hocker zu Boden, als sich eins der Monstren – das größte aus der Gruppe – wütend vor dem Halbling aufbäumte. Doch wie Luthien hob Oliver beschwichtigend die Hand in die Höhe.

»Zum Gruße«, sagte er. »Ich bin Oliver deBurrows, meines Zeichens Wegelagerling, und das ist mein Freund Luthien Bedwyr, Sohn des Grafen Gahris von Bedwydrin.«

Die Zyklopen waren völlig durcheinander und entsprechend ratlos. Die Bergwerke von Montfort lagen südlich der Stadt und tief in den Bergen versteckt, so abgeschieden, daß den Bestien, die sich hier aufhielten, von den Kämpfen in Montfort nichts zu Ohren gekommen war. Seit den ersten Schneefällen hatte sich niemand hierher verirrt, und die nächsten Gefangenen-Karawanen waren erst im Frühling zu erwarten.

»Ihr werdet ihn wohl besser kennen unter seinem Ehrentitel, nämlich als Blutroten Schatten«, fuhr Oliver fort.

Der riesige Zyklop am Kopfende des Tisches rollte drohend mit seinem einen Auge. Es hatte vor wenigen Wochen einen Überfall auf die Bergwerke gegeben. Ein Halbling und ein junger Mann, so hieß es, waren aufgekreuzt, hatten mehrere Zyklopen getötet und drei gefangene Zwerge befreit. Der Beschreibung nach schien es sich um dieselben Kerle zu handeln, die der Zyklop nun vor sich sah. Doch sicher konnte er nicht sein; er und die Kumpane, die nun hier in der Kammer versammelt waren, hatten damals tief unter Tage ihren Dienst verrichtet und die Eindringlinge nicht zu Gesicht bekommen.

»Hört, was ich mitzuteilen habe«, sagte Oliver. »Ich und meine zweihundert Freunde, die draußen warten« – alles starrte zur Tür –, »sind gekommen, um euch den Garaus zu machen. Mein gütiger Freund Luthien hingegen möchte euch eine Chance geben, wenn ihr euch ergebt.«

Es dauerte eine Weile, bis die Zyklopen Olivers Worte kapiert hatten. Der größte von ihnen begriff als erster. Wutschnaubend stürzte er auf den Tisch zu.

Oliver war darauf gefaßt gewesen und rechtzeitig

abgesprungen. Noch im Fallen ließ er sein Rapier hin- und herschnellen und wischte dabei zwei Monstren die Klinge quer übers Gesicht.

»Ihr wollt euch also nicht ergeben«, stellte Oliver fest und federte den Abprall am Boden mit einer Rolle vorwärts ab.

Der Zyklop, der Luthien am nächsten stand, senkte Kopf und Schultern in der Absicht, über ihn herzufallen. »Sieh nur!« sagte Luthien und deutete nach oben unters Felsgewölbe.

Das dumme Einauge tat ihm den Gefallen und sah nur noch den *Blender* auf seine Stirn niedersausen, und Luthien sprang über den leblos zu Boden sinkenden Körper hinweg.

»Hab ich also recht behalten. Die sind stur und wollen Streit«, rief Oliver, mit zwei Zyklopen auf einmal beschäftigt. Von seinem ersten Streich klaffte dem einen eine tiefe Schnittwunde im Gesicht. Der andere, dem er beim Sprung vom Tisch eins ausgewischt hatte, krümmte sich mit einem ausgestochenen Auge am Boden.

Luthien stürmte auf die Kante des umgekippten Tischs zu. Es schien, als wollte er den Zyklopen gegenüber damit rammen. Der nahm die Herausforderung an und warf sich mit seiner ganzen Masse gegen die Tischseite. Luthien wich im letzten Moment aus, so daß der Gegner nur den Widerstand des Tisches zu spüren bekam. Aus dem Gleichgewicht geraten, schlidderte er an Luthien vorbei, der ihm, ohne lange zu fackeln, den *Blender* in die Rippen stieß.

Blitzschnell hatte er die Klinge wieder frei und wandte sich dem Riesen zu, der eine mächtige Streitaxt zur Hand genommen hatte.

»Einer gegen einen«, murmelte Luthien, machte aber im stillen eine andere Rechnung auf. Sein Gegner war über sieben Fuß groß und wog an die drei Zentner; er zählte gut und gern für anderthalb.

Die beiden, denen Oliver gegenüberstand, waren unbewaffnet. Um sich vor seinem flinken Rapier zu schützen, sprangen sie behende hin und her und lauerten auf die Gelegenheit, den Halbling zu fassen.

Oliver stocherte mit dem Degen auf die Pranken ein, die nach ihm langten, und schien Gefallen daran zu finden.

»Dabei habe ich nicht einmal meine zweite Klinge gezogen«, stichelte der Halbling und reizte den einen der beiden zu einer unvorsichtigen Attacke. Er griff in Olivers Rapier mit dem Ergebnis, daß der spitze Stahl den Handteller durchstach und mehrere Zoll tief in den Unterarm vordrang.

Vor Schmerzen aufheulend, ließ sich das Monstrum auf die Knie fallen und zerrte an Olivers Waffe, die einen Moment lang feststeckte. Blitzschnell zog dieser den Dolch, um sich des anderen Zyklopen erwehren zu können. Doch der rannte nach hinten weg und kehrte mit einer klobigen, furchterregenden Axt zurück.

Oliver sprang der am Boden knienden Bestie auf die Schultern und stand dem Angreifer Auge in Auge gegenüber. Unter der von oben hereinschwingenden Axt hüpfte Oliver im letzten Augenblick beiseite. Der wuchtige Streich verfehlte sein Ziel, nicht aber den Schädel des Kumpanen, der nach wie vor am Boden kniete.

»Aua, das hat weh getan«, bemerkte der Halbling und ging in Deckung.

Luthien wich währenddessen einem Hieb des riesenhaften Gegners aus, wirbelte, auf einem Bein stehend, herum, kniete nieder und stach mit dem Schwert zu. Die Klingenspitze riß eine große Fleischwunde in den Oberschenkel des Zyklopen, wovon sich dieser aber nicht aufhalten ließ. Luthien mußte seitlich wegrollen, um sich vor dem nächsten Hieb in Sicherheit zu bringen.

Kaum war er wieder auf den Beinen, riß er das Schwert herum und landete einen zweiten Treffer, diesmal am Hinterteil des anderen. Der brüllte auf und ließ die Axt kreisen, die klirrend mit Luthiens Klinge zusammenprallte.

Parieren hilft da nicht, dachte sich Luthien im stillen. Die Wucht des Schlages hätte ihm fast das Schwert aus der Hand gerissen. Bis zu den Schultern vibrierte der Arm nach. Er hob den *Blender*, packte mit beiden Fäusten zu und sprang einen Schritt zurück.

»Wie gesagt, ihr hättet euch besser ergeben sollen«, frotzelte Luthien. Dem konnte das riesenhafte Scheusal nicht widersprechen. Es schaute sich flüchtig um. Drei seiner Kumpane lagen tot am Boden, der vierte war geblendet und fuchtelte mit den Armen in der Luft herum. Die Warnung des Riesen kam zu spät. Oliver versetzte dem blinden Zyklopen einen Streich übers Gesäß, als der an ihm vorbeitappte. Wütend wirbelte er herum und prallte mit dem Zyklopen zusammen, der sich gerade mit erhobener Axt auf den Halbling stürzen wollte. Beide gingen der Länge nach zu Boden, und die Axt fuhr schmetternd in den umgekippten Tisch. Von dem blinden Kumpan umklammert, kam Olivers Gegner nicht schnell genug auf die Beine zurück, und vergeblich versuchte er, die im Holz verkeilte Axt zu bergen.

»Wenn ich dir behilflich sein darf«, feixte Oliver. Er steckte den Dolch in den Gürtel und langte nach der Axt, drehte sich dann aber unvermittelt um und stieß dem Zyklopen das Rapier durch den Hals.

»Hab's mir anders überlegt«, erklärte der Halbling wie zur Antwort auf die gurgelnden Laute des sterbenden Gegners.

Luthiens Schwert fuhr nach oben, als sein monströser Widersacher die Axt über den Kopf hob. Um nicht zuzulassen, daß er zum Schwung ausholte, stürmte der junge Bedwyr vor, schlug zu und hackte dem Riesen einen Finger von der axtführenden Faust ab. Aber noch ehe er zur Seite springen konnte, traf ihn ein wuchtiger Stoß in die Hüfte. Der Riese hatte mit dem Knie ausgetreten, ihn fast zu Fall gebracht. Er kauerte am Boden mit dem Rücken zum Gegner und brachte das Schwert, beidhändig geführt, über die rechte Schulter. Was er vorhatte, würde Sieg oder Niederlage herbeiführen. In halber Kehrtwendung sprang er auf und ließ das Schwert kreisen.

Der *Blender* traf unter die linke Schulter des Riesen, zerschnitt Muskeln und Sehnen; es fehlte nicht viel, und der Arm wäre mit einem Hieb abgeschlagen gewesen.

Die Axt fiel krachend zu Boden. Das Monstrum starrte auf die klaffende Wunde, taumelte zurück bis an die Wand und verschüttete sein Blut.

Luthien wandte sich ab und sah, daß sich Oliver einen Spaß daraus machte, den blinden Zyklopen zu quälen, indem er, hin- und herspringend, den hilflosen Gegner immer wieder mit dem Rapier piekte.

»Oliver!« herrschte Luthien den Halbling an.

»Na schön«, entgegnete der und schritt zur Tat, als der Gegner mit fuchtelnden Armen für einen Moment lang die Deckung preisgab. Ein gezielter Stoß des Rapiers durchbohrte dessen Herz, und mit dem Dolch schlitzte ihm Oliver die Kehle auf.

»Du hättest beizeiten für ein Ersatzauge sorgen sollen«, meinte Oliver und sprang zurück. Das Monstrum war schon tot, als es der Länge nach auf dem Boden aufschlug.

Fast verschämt blickte der Halbling zu Luthien auf. »Ist doch wahr.«

Gleich neben der Seitenhöhle, die Luthien und Oliver betreten hatten, kam Katerin O'Hale mit blutverschmiertem Schwert aus einem Stollen herausgerannt, gejagt von einer Zyklopenrotte.

Zunächst hatte es den Anschein, als wollte sie auf die Straße hinausfliehen, die nach Montfort führte. Doch dann änderte sie die Richtung und hastete auf eine Schneewächte zu.

Nur knapp verfehlte sie ein fliegender Speer, und Katerin war froh, daß Zyklopen, weil einäugig, kein plastisches Sehvermögen hatten und darum mit weitreichenden Waffen nicht besonders gut umgehen konnten. Elfen waren in dieser Hinsicht sehr viel besser.

Mit einem Hechtsprung brachte sie sich hinter der Wächte in Sicherheit. Dort lagen schon Siobhan und die Schröpfer in Deckung, die nun aufsprangen und ihre Langbögen zum Einsatz brachten. Wie Hornissen schwärmten ihre Pfeile den Zyklopen entgegnen. Mehrere von ihnen waren auf der Stelle tot; einen erwischten gar gleich acht Geschosse. Aber auch die anderen kamen nicht weit in dem Versuch, Reißaus zu nehmen. Nur einem gelang es, sich in den Höhleneingang zurückzuziehen.

Shuglin und eine Handvoll Rebellen setzten ihm nach, und wenig später ertönte ein gellender Zyklopenschrei aus dem Stollen.

Vom gleißenden Schnee geblendet, blinzelte Katerin in Richtung Westen und sah, wie die Tür zur Seitenhöhle einen Spaltbreit geöffnet wurde. Darin kam ein Arm zum Vorschein, der mit Olivers breitkrempigem Hut winkte.

»Wenn sie beisammen sind, braucht man sich um diese beiden keine Sorgen zu machen«, sagte Siobhan, die an Katerins Seite aufgerückt war.

Katerin musterte die Halbelfe, ihre Rivalin um die Gunst des jungen Bedwyr. Sie war unbestreitbar schön mit ihren langen, glänzenden, hellblonden Haaren. Der Vergleich mit dem eigenen roten Krauskopf machte Katerin befangen.

»Zusammen sind sie mehr als doppelt tüchtig«,

fügte Siobhan hinzu und schmunzelte. Sie hatte eine reservierte, leicht hochtrabende Art an sich, was Katerin aber nicht irritieren konnte, weil sie wußte, daß alle Elfen und Halbelfen diese kühle Ausstrahlung teilten. Nicht zuletzt in dieser Hinsicht ragte Siobhan heraus. Und so hielt sich auch ihre gegenseitige Rivalität um Luthien in gemäßigten Grenzen. In Konkurrenz mit einer Frau aus Katerins Heimat wären gewiß schon längst die Fetzen geflogen.

Siobhan und ihre Mitstreiter stiegen nun über die Schneewächte hinweg und folgten den anderen zum Höhleneingang. Nach wenigen Schritten blieb sie stehen und schaute sich nach Katerin um.

»Gratuliere«, sagte die Halbelfe und deutete auf die Zyklopenleichen ringsum. »Du hast sie uns gleichsam auf dem Tablett serviert.«

Katerin nickte und kam über die Schneebank herbeigerutscht. Es gefiel ihr nicht, sich eingestehen zu müssen, daß sie Siobhan durchaus sympathisch fand.

Seite an Seite gingen sie in die Höhle.

Weiter unten im Stollen waren Shuglin und seine Leute auf Widerstand gestoßen. Die Gegner hielten sich hinter einer Barrikade verschanzt und legten mit Armbrüsten auf die Verfolger an. Zyklopen waren zwar miserable Schützen, doch in dem engen, niedrigen Stollen würden selbst sie nach dem Gesetz der Wahrscheinlichkeit den einen oder anderen Treffer landen können.

Shuglin und seine Gefährten kauerten hinter der nächsten Felsecke. »Wir müssen auf die Elfen warten«, meinte einer.

Shuglin zweifelte daran, daß Siobhans Bogenschützen hier Erfolg haben könnten. Allzu gut waren die Zyklopen durch ihr Bollwerk gedeckt. »Ich glaube, uns bleibt nur eins: Wir müssen sie im Sturm nehmen«, sagte er, was die anderen mit grimmigem Knurren quittierten.

Shuglin riskierte einen Blick um die Ecke und verlor fast die Nase an ein vorbeisurrendes Bolzengeschoß. Aus der schnellen Schußfolge und dem Stimmengewirr hinter der Barrikade war zu schließen, daß sie es mit wenigstens einem Dutzend Zyklopen auf der anderen Seite zu tun hatten. Die Kämpfer um Shuglin waren zahlenmäßig dreifach überlegen, und bald würde noch sehr viel mehr Unterstützung von hinten nachdrängen. Doch bei einem Sturmangriff würden etliche aus den eigenen Reihen zu Fall kommen, und diese Vorstellung behagte dem Zwerg ganz und gar nicht.

Er drehte sich um und trat vor einen Mann, der einen großen Schutzschild in der Hand hielt. »Gib her«, sagte Shuglin. Der Mann zeigte sich verwundert, händigte aber nach kurzem Zögern aus, wonach der Zwerg verlangte.

Der Schild verdeckte Shuglin vom Kopf bis zu den Füßen. Er ging zur Ecke zurück und dachte daran, die Speerspitze des Sturmangriffs zu bilden.

Plötzlich stöhnte hinter der Barriere ein Zyklop auf, dann ein zweiter.

Shuglin und seine Begleiter wechselten fragende Blicke, als sie von vorn aus der Tiefe des Stollens das Sirren von Bogensehnen hörten, und wieder schrie ein Monstrum auf.

Der Zwerg rannte los. Johlend folgten ihm die Gefährten.

»Dummes Einauge«, tönte es jenseits der Blockade in unverkennbar gasconischem Akzent. »Ein Stich mit meiner feinen Klinge, und du kannst nichts mehr sehen.«

Ein Bolzen prallte von Shuglins Schild ab. Den Mitstreiter an seiner Seite aber traf ein Geschoß ins Bein und brachte ihn zu Fall.

Schwerter schlugen klirrend aufeinander. Der Zwerg war nicht mehr zu bremsen. Statt nach einem Durchschlupf zu suchen, warf er sich mit voller Wucht gegen das Bollwerk. Die Ständer wackelten, hielten aber stand. Die Gefährten nutzten den stämmigen Rücken des Zwergs als Trittbrett und setzten einer nach dem anderen über den Verhau. Als endlich auch Shuglin die Mauer aus Holz und Steinen überwunden hatte, war der Kampf schon zu Ende und glimpflich ausgegangen für die Rebellen. Nicht einer war ernstlich verwundet.

Luthien zeigte auf eine Abzweigung, die das Lampenlicht gerade noch erkennen ließ. »Der Stollen linker Hand führt nach unten, wo du deine versklavten Brüder findest«, sagte er zu Shuglin.

Shuglin war hier in diesem Bergwerk selbst gefangen gewesen, doch nur für kurze Zeit. Weil er Luthien und dem Halbling Fluchthilfe geleistet hatte, war er zusammen mit zwei Freunden zur Zwangsarbeit in den Minen verurteilt worden. Doch bevor man sie in die unteren Sohlen zum Steineklopfen hatte bringen können, waren Luthien, Oliver und die Schröpfer zur Stelle gewesen, um die Freunde in einem verwegenen Handstreich zu befreien.

»Und wo wollt ihr hin?« fragte Shuglin, als er sah, daß sich Luthien und Oliver in die andere Richtung orientierten.

Luthien grinste und wandte sich achselzuckend ab. Oliver tippte salutierend mit zwei Fingern an den Hut. »Es gibt hier noch jede Menge kleiner Seitengänge«, antwortete der Halbling. »Komm uns suchen, wenn du unsere Hilfe dringend nötig hast.« Und zusammen mit dem jungen Bedwyr verschwand er im Stollen zur Rechten. Der führte zurück in die Kammer der Wachen, aus der sie gekommen waren, und es zweigten etliche Nebengänge davon ab. Auf manchen ließ sich tief in den Berg hinabsteigen. Genau das hatten die beiden vor. Sie wollten heimlich nach unten schleichen, möglichst viele Zwerge aufwiegeln und von hinten gegen die zyklopischen Wachen vorrücken.

Schon bald hatten sie über zwei Dutzend Gefangene um sich geschart. Sie waren geschunden, verdreckt und halb verhungert, aber dennoch mit Eifer bereit, für ihre Freiheit zu kämpfen. Ihre Werkzeuge – Spitzhacken und Schaufeln – sollten nun als Waffen dienen.

Shuglins Gruppe, zu der sich auch Katerin und die Schröpfer gesellt hatten, trafen am Haupteinstieg zur unteren Sohle auf den erwarteten Empfang durch eine Vielzahl von Zyklopen. Es kam zu einem erbitterten Gefecht, in dessen Verlauf die große Hebebühne durch die Gegner zerstört wurde.

Aus Holzbohlen und Seilen bauten Shuglin und seine Zwergenbrüder eilig ein Provisorium zusammen, um in die nächst tiefere Höhlenkammer vorstoßen zu können. Nicht nur, daß einige Freunde beim gefahrvollen Abstieg im Schacht zu Tode stürzten; in der Kammer angelangt, trafen sie nun auch noch auf verstärkte Gegenwehr. Bis zu den Zähnen bewaffnet und an Zahl etwa so stark wie die Truppe um Shuglin waren die zyklopischen Wachen, die sich ihnen hier in den Weg stellten – unterlegen aber der Streitmacht der Zwerge, die unter der Führung von Luthien und Oliver rechtzeitig anrückte und den Zyklopen in den Rücken fiel. Nach kurzer, heftiger Schlacht war die Zeche in Rebellenhand.

Von den Zwergen, die in dieser Nacht aus dem Berg ins Freie kletterten, sahen die meisten erstmals seit Jahren die Sterne wieder leuchten. Dankbar sanken sie auf die Knie, verfluchten König Grünspatz und ließen den Blutroten Schatten hochleben.

Shuglin legte Luthien eine Hand auf die Schulter und sagte: »Jetzt hast du dein eigenes Heer.«

Fünfhundert kräftige Zwerge lagerten vor dem Bergwerk. Luthien zweifelte keinen Augenblick daran, daß er auf sie zählen konnte.

Oliver hingegen zeigte sich skeptisch. Wiederholt hatte er seinem Freund zu erklären versucht, daß es besser sei, Reißaus zu nehmen und in der Wildnis von Eriador Unterschlupf zu suchen. Natürlich freute auch er sich über den errungenen Sieg, konnte aber als praktisch denkender Halbling nicht daran glauben, daß sich der Übermacht von König Grünspatz auf lange Sicht erfolgreich trotzen ließ. Seit Wochen beschäftigte ihn die Frage, ob in Avon mit Galgen oder Guillotine hingerichtet wurde.

Als Wegelagerling sehnte sich Oliver zurück nach einem Leben auf der Straße, wo er es allenfalls mit einzelnen Gerichtsbütteln zu tun bekam, nicht aber mit massierten Streitkräften.

»Wir können nicht fliehen«, sagte Luthien. Er ahnte, was dem Kleinen durch den Kopf ging. »Es wird Zeit, daß Montfort fällt.«

»Und daß Caer MacDonald wiederaufersteht«, fügte Katerin O'Hale hinzu.

4. Kapitel

Eines weisen Mannes Augen

Zahllose Jahre lasteten auf den Schultern des alten Zauberers Brind'Amour, und tiefe Falten hatten sich in sein Gesicht gegraben, nicht zuletzt der Sorge um sein geliebtes Eriador wegen, dem jetzt seine wohl kritischste Zeit bevorstand. Doch die Schultern des Alten blieben ungebeugt, und wer ihn zu Gesicht bekam, fiel in den Bann seiner tiefblauen Augen und sah die Falten nicht.

Diese Augen funkelten nun, da er vor seinem Schreibtisch in der kreisrunden Felskammer saß, dessen Boden, obwohl naturbelassen, fast spiegelglatt war. Den Raum erhellte ein einziges Licht. Es strahlte aus einer klaren Kristallkugel, die zwischen einem Menschenschädel und einem großen, baumähnlichen Kandelaber auf dem Schreibtisch lag.

Das Licht wurde schwächer. Brind'Amour lehnte sich auf dem Stuhl zurück und dachte über die Bilder nach, die ihm die Zauberkugel vermittelt hatte.

Die Zwerge waren frei! Sie hatten die Bergwerke Montforts verlassen und waren unter Luthiens Führung in die Stadt einmarschiert.

Brind'Amour strich mit der Hand über den schneeweißen Bart und fuhr sich durch die Haare, die im Nacken zu einem dicken Pferdeschwanz zusammengebunden waren. Er konnte den Bildern trauen; sie täuschten nicht, sondern spiegelten die Dinge, wie sie tatsächlich waren.

In die Zukunft hatte er schon vormals geschaut, was ein riskantes Unterfangen war und sehr erschöpfend. Von allen magischen Betätigungen war die Vorausschau das wohl mühsamste und gefährlichste Geschäft, denn es erforderte mehr als die Bündelung von Energie – eines Blitzstrahls zum Beispiel –, mehr auch als die bloße Translokation des eigenen Bewußtseins wie bei der Kristallkugelbeschwörung. In die Zukunft zu schauen hieß alles Wissen über die Gegenwart auf einen Punkt zu bringen – in eine Kristallkugel oder einen Spiegel –, um daraus dann logische Schlußfolgerungen zu ziehen. Im Grunde stellte ein Zauberer, wenn er wahrsagte, seine Intelligenz und Intuition auf die Probe.

Obwohl er durchaus neugierig war, unterzog sich Brind'Amour nur selten einer solchen Anstrengung, zumal er wußte, daß die Zukunft wenig verläßlich war. Er konnte noch so viele magische Formeln flüstern, noch so dicht an seine Kristallkugel heranrücken und ihre flüchtigen Bilder studieren – ja, die waren stets flüchtig, bruchstückhaft –, doch er vermochte nicht zu erkennen, ob sie der zu erwartenden Wirklichkeit entsprachen oder bloß eine Möglichkeit vorzeichneten. Allein der Blick in die mögliche Zukunft führte aller Voraussicht nach zu einer Veränderung der natürlichen Entwicklung.

An diesem Tag aber hatte Brind'Amour nicht widerstehen können, einen solchen Blick zu wagen, und dabei war ihm ein Bild zu Gesicht gekommen, das nicht nur plausibel, sondern auch wahrscheinlich war: Er hatte einen Mann auf der Spitze eines hohen Turmes in Montfort gesehen. Der Alte wußte in etwa, was sich zur Zeit in der Stadt abspielte – er hatte sie des öfteren im Geiste besucht und mit den Augen einer Halbelfe gesehen, was dort vor sich ging –, und obwohl er den Mann auf dem Turm nicht erkennen konnte, ahnte er doch, daß dieser zu Grünspatzens Unterstützern zählte, denn er war mit vornehmen Kleidern und kostbarem Schmuck ausgestattet.

Der alte Zauberer dachte nach. Ein Mann auf dem Turm, provozierend und wie zum Hohn der Einwohnerschaft, ein Anführer, Statthalter der Macht von König Grünspatz. Dagegen mußte etwas unternommen werden, befand Brind'Amour und fühlte sich selbst aufgefordert einzugreifen, ungeachtet aller Kosten und Risiken. Vielleicht war seine Reise in die Welt des Zukünftigen doch nicht ganz umsonst gewesen.

Aber die Kosten ... Er erinnerte sich an die Warnungen seiner Meister bezüglich Wahrsagerei. Und die Risiken ...

Brind'Amour verwarf alle Bedenken. Die Situation verlangte Entschlossenheit. Die Bewohner von Montfort begehrten auf; ihr Aufstand würde sich womöglich schon bald zu einer landesweiten Revolution auswachsen. Und er, Brind'Amour, war daran nicht unbeteiligt. Er hatte dem jungen Bedwyr den blutroten Umhang gegeben und ihn mit seinem Halbling-Freund auf den Weg nach Montfort gebracht, in der Hoffnung, daß Luthien ein wenig für Unruhe sorgte und die Erinnerung an den Blutroten Schatten, den Helden von einst, wieder aufleben ließ. Brind'Amour hatte zu hoffen gewagt, daß Luthien ein neues Vorbild werden könnte und daß sich über die Jahre der finstere Einfluß von König Grünspatz allmählich aushöhlen ließ.

Doch das Schicksal hatte eingegriffen und die Ereignisse sehr viel rascher vorangetrieben als angenommen, worüber der alte Zauberer aber beileibe nicht traurig war. Im Gegenteil, er hatte neue Zuversicht gewonnen und konnte wieder glauben an die Widerstandskraft des eriadoranischen Volkes.

In magischer Schau hatte er sehen können, daß sich mehrere Ortschaften der Revolte angeschlossen hatten, so auch Luthiens Heimatstadt Dun Varna auf der Insel von Bedwydrin. An diesem Morgen erst war eine

Flotte aus umgebauten Fischerbooten von Dun Varna aufgebrochen. Sie trotzte den eisigen Gewässern der Dorsal-See, um die Nachbarinsel Marvis zu erreichen. Die Grafen von Marvis und Bedwydrin waren übereingekommen, mit vereinten Kräften die verhaßten Zyklopen zu vertreiben.

Brind'Amour flüsterte ein paar Worte und schnippte dreimal mit den Fingern, worauf die vielen Kerzen des Kandelabers zu brennen anfingen. Er stand vom Stuhl auf, strich die lange, blaue Robe glatt und ging an den Tisch, der unter einem Berg von Pergamenten verschwand. Er kramte darin herum und zog schließlich eine Karte der Avonsee-Inseln zum Vorschein. Über das Blatt waren Tausende von farbigen Punkten verteilt, grüne, rote und gelbe, die über Bevölkerungsdichte und jeweilige politische Lager Aufschluß gaben. Im Süden der Berge, dem eigentlichen Avon, waren fast alle Punkte grün – für königstreu – oder gelb – für eine neutrale Haltung; so auch im Norden, insbesondere rund um Montfort. Dennoch: Die roten Punkte, kennzeichnend für den rebellischen Einfluß, nahmen an Zahl immer weiter zu.

Der Zauberer hielt die Karte zwischen ausgestreckten Armen, schloß die Augen und sprach eine weitere Formel. Er erinnerte sich an alles, was ihm die Kristallkugel vor Augen geführt hatte – an die jüngsten Ereignisse in Montfort und das Auslaufen der Flotte im Norden –, und als er die Augen wieder öffnete, waren die aktuellen Veränderungen auf der Karte sichtbar geworden: Rote Farbe spülte über die Insel Marvis, und um das Händlerviertel von Montfort hatte sich ein dicker, roter Gürtel gelegt.

»Was habe ich da bloß angezettelt?« murmelte der alte Zauberer vor sich hin und schmunzelte. Damit hatte er nicht gerechnet oder allenfalls erst in hundert Jahren. Wie auch immer, er war gewappnet, denn Luthien hatte den Zauberstab zurückgeholt, der ihm von

Balthasar, dem Drachen, geraubt worden war. Und außerdem machten Luthien und der kecke Halbling an seiner Seite sowie all die anderen, die sich um sie geschart hatten, bemerkenswerte Fortschritte.

Brind'Amour breitete die Karte auf dem Tisch aus und beschwerte die Ecken mit Gewichten, die wie kleine Wasserspeier aussahen. Seufzend blickte er auf den riesigen Schreibtisch und die flackernden Flammen des Kandelabers, die sehr viel heller brannten als gewöhnliche Kerzen. Die Kristallkugel kitzelte seine Neugier. Schon seit Wochen reizte es ihn, nicht nur auf Eriador Einblick zu nehmen, sondern auch die südlichen Landesgrenzen zu beobachten und zu sehen, was sich in Avon zusammenbraute.

Wieder ließ er ein tiefes Seufzen vernehmen, mußte er sich doch eingestehen, daß er auf einen solch gefährlichen Versuch nicht angemessen vorbereitet war. Er mußte sich ausruhen, Kraft sammeln und darauf warten, daß die Knospe der Rebellion zur vollen Blüte kam. Fast bereute er es, in die Zukunft geblickt zu haben, denn die Gegenwart stellte drängende Fragen, und er war zu müde, darauf zu antworten, außerdem aufs äußerste bedroht. Sooft er seine magischen Energien nach draußen dringen ließ, riskierte er, sein Höhlenversteck im Eisernen Kreuz preiszugeben. Grünspatz und seine Herzöge konnten solche Energien zurückverfolgen, und da es nur noch wenige Zauberer gab, war es um so wahrscheinlicher, daß ihn die Feinde über seine Wahrnehmungsstrahlen auszuloten vermochten.

Brind'Amour flüsterte ein Zauberwort und hauchte aus. Die Kandelaberflammen flackerten auf und verloschen. Daraufhin wandte er sich zur Tür und trat in einen engen Gang hinaus, der in die Schlafkammer führte. Doch bevor er sich zur wohlverdienten Ruhe ins Bett legte, galt es, eine wichtige Aufgabe zu erledigen. Er vertraute seiner Vision von den bevorstehenden Geschehnissen, von der finster drohenden Gestalt auf der Turmspitze in Montfort und glaubte zu wissen, was dagegen zu unternehmen sei.

Er kam an seiner kleinen Waffenkammer vorbei, machte dort halt und suchte in dem Durcheinander nach einem bestimmten Zauberpfeil. Als er ihn gefunden hatte, ließ er ihn – mit Hilfe eines simplen Zaubertricks – einer gewissen Halbelfe in Montfort zukommen, die offenbar immer genau da anzutreffen war, wo die Wellen besonders hoch schlugen.

Der Zauberer begab sich zur Ruhe.

Erschrocken wachte Luthien auf. Verstört schaute er sich in seinem kleinen, düsteren Zimmer um und sah, daß alles an seinem Platz stand. Die Flammen im Kamin waren erloschen, aber noch glühten die verkohlten Scheite. Die Zeit konnte also noch nicht allzuweit vorgerückt sein.

Luthien wälzte sich aus dem Bett und ging vor der steinernen Feuerstelle in die Hocke. Die seine nackte Haut wärmende Glut tat gut. Er rückte den Funkenschirm beiseite und stocherte mit dem Schürhaken in der Asche, einfach so, gedankenverloren und unter dem Eindruck einer Vielzahl von Empfindungen, auf die er sich keinen Reim machen konnte. Dann legte er ein paar frische Holzscheite nach und blies in die Glut, bis das Feuer wieder entfacht war.

Mit versonnenem Blick auf die tanzenden Flammen dachte er zurück an Bedwydrin, an Dun Varna und die Zeit vor seiner plötzlichen Abreise. Er erinnerte sich an die erste Liebesnacht mit Katerin hoch oben auf dem Hügel mit Ausblick über Stadt und Bucht.

Das Lächeln auf seinem Gesicht war nur von kurzer Dauer, und er rief sich dazu auf, wieder schlafen zu gehen, denn er brauchte Kraft für die kommenden Tage, für die bevorstehenden Kämpfe und Entscheidungen, von denen so vieles abhing.

Er hängte das Schüreisen in die Halterung zurück, stand auf und wischte den Staub von der Haut. Die Flammen loderten, und es war wieder sehr viel heller im Zimmer geworden. Als er zum Bett zurückging, sah er unter der zurückgeschlagenen Decke Siobhan liegen, nackt, auf dem Bauch und in tiefem Schlaf. Vorsichtig setzte er sich auf den Matratzenrand, legte ihr die Hand in die Kniekehle und fuhr tastend über jeden Zoll ihres Körpers bis hinauf zum Nacken.

Siobhan regte sich, wachte aber nicht auf, als er seine Finger in ihr glänzendes Haar grub.

Sie war so geschmeidig, so schön und so warm. Er konnte sich ihrem betörenden Reiz nicht entziehen und hatte sich auf den ersten Blick von ihr gefangennehmen lassen.

Aber warum hatte er soeben erst an Katerin gedacht?

Und warum, fragte er sich, als er unter die Decke zurückschlüpfte und sich an Siobhan anschmiegte – warum hatte er ein so schlechtes Gewissen?

Seit ihrer Ankunft in Montfort hatte Katerin mit keinem Hinweis zu verstehen gegeben, daß sie ihn zurückhaben wollte, und über sein Verhältnis zu der Halbelfe war aus ihrem Mund kein einziges Wort der Mißbilligung zu hören gewesen.

Doch Luthien ahnte, daß sie im stillen grollte. Der Blick ihrer wunderschönen grünen Augen sprach Bände.

Tüll und Spitzen, zickiges Getue und herausgeputzte Damen – damit zierte sich der Königshof. Der Anblick, der sich dem alten Zauberer in der Kristallkugel bot, schlug ihm auf den Magen, doch gleichzeitig schöpfte er Hoffnung daraus. Carlisle am Stratton war vor Jahrhunderten als wehrhafte, trutzige Hauptstadt Avons errichtet worden. Mit grausamer Gewalt hatte Grünspatz den Thron erobert und in den ersten Jahren seiner Herrschaft über die Avonsee-Inseln noch rücksichtsloser gewütet als selbst die Huegothen während ihrer Invasion lange Zeit zuvor.

Doch inzwischen hatten die Bewohner Carlisles und insbesondere die Schranzen bei Hofe Gefallen am süßen Leben gefunden und nur noch Sinn für Schnickschnack und Schleckereien.

Brind'Amour ließ sein magisches Auge durch den Palast streifen. Dem Erzfeind mit seinen Blicken so nahe zu kommen, hatte er bislang nicht gewagt. Wehe, wenn Grünspatz herausfände, wer ihn da belauerte …

Brind'Amour wäre nicht mehr sicher in seinem Bergversteck, denn Grünspatz hatte mächtige Verbündete: Dämonen aus den Abgründen der Hölle.

Das Treiben am Hofe verblüffte den Zauberer. Hunderte von Günstlingen wimmelten dort umher, tranken über alle Maßen, stopften Kuchen in sich hinein oder verschwanden lüstern in lauschigen Winkeln. Ein jeder Saal wurde von stämmigen Zyklopen bewacht. Verrückt, dachte Brind'Amour, als ihm auffiel, daß etliche Einaugen vor alten Gobelins standen mit Abbildungen von geschichtlichen Schlachten, die Männer von Avon erfolgreich gegen Zyklopen geführt hatten.

Das Auge bewegte sich voran; die Kristallkugel ließ ein Bild nach dem anderen aufschimmern. Plötzlich registrierte Brind'Amour den Eindruck einer magischen Kraft, und er fürchtete schon, von Grünspatz entdeckt worden zu sein. Fast hätte er die Verbindung abgebrochen, bemerkte aber dann, daß der wahrgenommene Eindruck von einer Energie herrührte, die nicht gegen ihn gerichtet war. Es schien, als gehörte sie unmittelbar zu Grünspatzens persönlichem Kraftfeld.

Brind'Amour lehnte sich zurück und dachte über diesen Befund nach. Er erinnerte sich an Luthiens Kampf gegen Herzog Morkney hoch oben auf dem Turm des Ministeriums. Morkney hatte einen Dämon namens Praehotec zu Hilfe gerufen und diesen in seinen Körper fahren lassen. Beim Anblick dieser Szene hatte Brind'Amour dieselbe Empfindung verspürt. Nur, diesmal war sie stärker.

Der alte Zauberer ahnte, warum, und ihm wurde schlecht vor Abscheu. Wutschnaubend beugte er sich nach vorn, bündelte seine Konzentration auf das magische Glas und folgte dem Leitstrahl von Grünspatzens Energie. Der führte über Stufen hinauf in die obere Palastetage, wo nicht so viele Leute zugegen waren, dafür aber um so mehr prätorianische Gardisten. Und weiter ging es auf dicken Teppichen durch ein Labyrinth von Fluren bis hin zu einer verschlossenen Tür.

Brind'Amour konnte seine Erregung kaum im Zaum halten, als er diese Tür sah, und er versuchte, sie mit Gewalt zu durchstoßen. Doch es half nichts. Der Raum dahinter war magisch versiegelt.

Grünspatz hielt sich darin auf. Brind'Amour hatte keinen Zweifel daran, aber er wußte auch, daß er sich dem Hexerkönig verraten würde, wenn er durch Zauberei versuchte, die Schranke zu überwinden.

Plötzlich verdunkelte der Kristall, als sich die massige Gestalt eines Zyklopen ins Blickfeld schob. Die Tür ging auf, und Brind'Amour sputete sich, sein Auge dem Monstrum nach innen folgen zu lassen.

Der Raum war im Vergleich zu den anderen Sälen im Palast nur spärlich möbliert. Um zwei Stufen erhöht stand auf einem kreisrunden Podest der Königsthron, schmuckvoll besetzt mit roten, grünen und violetten Edelsteinen. In allen vier Wänden des quadratisch geschnittenen Raums war je eine Tür eingelassen, wovon jeweils ein roter Teppichläufer zu dem Podest hinführte. Ansonsten war der Boden kahl.

Grünspatz! Obwohl Brind'Amour ihn seit Jahrhunderten nicht gesehen hatte, erkannte er den Schuft auf Anhieb. Er fläzte sich auf seinem Thron und befummelte einen wuchtigen Ring, der am Mittelfinger der linken Hand steckte. Sein Haar hing ihm lang, schwarz und lockig in das Gesicht voller Schminke, die aber nicht die Spuren des Alters verbergen konnte. Grünspatz bot ein geckenhaftes Bild, doch Brind'Amour ließ sich davon nicht täuschen. Die pechschwarzen Augen des Hexerkönigs versprühten List und Tücke.

Vorsichtshalber blieb Brind'Amour mit seinem magischen Auge dicht neben dem Zyklopen in der Hoffnung, daß der mit seiner Kraft die magische Energie maskierte.

»Was gibt's Neues, Belsen'Krieg?« fragte der König gelangweilt.

Brind'Amour riskierte einen Blick auf das Monstrum. Belsen'Krieg war der wohl stämmigste und häßlichste Zyklop, den er je gesehen hatte. Faule Reißzähne traten unter der wulstigen, aufgeplatzten Oberlippe hervor. Dicht an die breite, platte Nase drängte sich das blutunterlaufene Auge; darüber wucherten die Brauen wie Unkraut. Über Wangen und Hals, der so dick war wie der Rumpf eines Kindes, spannte sich grünlich-gelbes Narbengewebe. Seine schwarz-silberne Gardeuniform war maßgeschneidert, mit goldenen Schulterstücken versehen, und auf der massigen Brust steckte eine Fülle von Orden.

»Aus Montfort ist nichts zu hören, mein König«, antwortete Belsen'Krieg in einer für Zyklopen bemerkenswert gefälligen Wortwahl, allerdings reichlich unartikuliert. Seine Rede klang wie anhaltendes Schnaufen.

»Morkneys Pendant kann nicht in die Stadt zurückkehren«, sagte Grünspatz, und es schien, als spräche er mit sich selbst.

Morkneys Pendant? dachte Brind'Amour. Sollte das etwa heißen, daß Morkney und alle anderen Herzöge des Hexerkönigs persönliche Beziehungen zu jeweils speziellen Dämonen unterhielten?

»Wir müssen also davon ausgehen, daß der Dummkopf tot ist«, fuhr Grünspatz fort.

»Halb so schlimm«, fand Belsen'Krieg.

»Ist mein Schiff fertig zum Auslaufen?« fragte Grünspatz. Brind'Amour hielt den Atem an. Hatte der König tatsächlich vor, nach Eriador zu ziehen, um in Person dafür zu sorgen, daß der Aufstand niedergeschlagen wurde? Wenn es dazu käme, hätten Luthien und seine Freunde keine Chance.

»Die Gewässer sind bis hinüber zum Hafen von Chaumadore frei von Eis«, berichtete der Zyklop.

Gascony? Brind'Amour faßte Mut. Grünspatz wollte nach Gascony reisen.

»Und das Meer im Norden?« wollte der König wissen. Und wieder hielt Brind'Amour den Atem an.

»Sieht nicht so günstig aus, mein König.«

»Aber man kommt durch.« Grünspatz fragte nicht, er verlangte nach einer Bestätigung.

»Ja, mein König.«

Grünspatz schüttelte den Kopf »Die Sache gefällt mir nicht.« Er stand auf, rückte sein schmuckvolles Wehrgehenk zurecht und strich den schweren Umhang glatt. »Es soll ihnen leid tun, daß sie sich gegen mich erhoben haben. Töte alle, die zu den Rebellen in Beziehung stehen; jeden Mann, jede Frau, jedes Kind. Wir statuieren ein Exempel, an das sich Eriador noch jahrhundertelang erinnern wird.«

Das sagte er fast beiläufig, ohne die geringsten Skrupel.

»Ja, mein König«, lautete die – wie zu erwarten – dienstfertige Antwort. Zyklopen hatte keine Bedenken, schon gar nicht, wenn es darum ging, Menschen zu töten.

»Und ich warne dich«, fügte Grünspatz hinzu, bevor er sich durch die rückwärtige Tür zurückzog. »Wenn ich meinen Urlaub unterbrechen muß, wirst du persönlich dafür haften.«

»Ja, mein König.« Sorgen schien sich Belsen'Krieg keine zu machen. Im Gegenteil, der alte Zauberer, der aus einer Entfernung von über fünfhundert Meilen zuschaute, hatte den Eindruck, als frohlockte der Zyklop.

Brind'Amour brach die Verbindung ab und lehnte sich im Stuhl zurück. Die Kristallkugel wurde dunkel, so auch die Kammer. Doch er verzichtete darauf, den Kandelaber anzuzünden.

Im Dunkeln hockend, dachte er nach über den verschworenen Pakt seiner Feinde mit Dämonen, ein Bündnis, das, obwohl schon vor vielen, vielen Jahren geschlossen, nach wie vor sehr stark zu sein schien. Damals, als es zu diesem unheilvollen Zusammenschluß gekommen war, hatte Friede geherrscht auf den Inseln. Die Kathedralen waren gebaut worden, und die Bruderschaft der Zauberer hatte an Bedeutung verloren. Ihre Zeit war abgelaufen. Sogar die großen Drachen hatten ausgedient; sie wurden vernichtet oder in tiefe Höhlen eingeschlossen – so wie Balthasar. Bei dessen Gefangennahme war ihm, Brind'Amour, der Zauberstab verlorengegangen, doch er war so fest davon überzeugt gewesen, daß es mit ihm zu Ende ging, daß er ihn nicht mehr zu bergen versucht hatte.

Die Mitglieder der Bruderschaft hatten sich schlafen gelegt, manche sogar zur ewigen Ruhe. Brind'Amour war einer derjenigen, die sich in magische Starre versetzt hatten. Alle Zauberer hatten sich auf diese oder jene Weise zurückgezogen – nur Grünspatz nicht. Er war damals bloß ein kleiner, unbedeutender Kollege gewesen, hatte aber offenbar eine Möglichkeit gefunden, die Zeit der Zauberer zu verlängern.

Brind'Amour hatte sich, anstatt zu sterben, darum für die Starre entschieden, weil ihm vorschwebte, daß er später noch einmal für die Welt von Nutzen würde sein können. Und so hatte er, bevor er sich dem langen Schlaf hingab, mit einem Zauberspruch dafür gesorgt, daß er, wenn Unheil drohte, wieder aufwachte. Als er dann Jahrzehnte später tatsächlich die Augen aufschlug, mußte er mitansehen, daß Grünspatz den

Thron von Avon bestiegen hatte und eine unheilige Allianz mit den Dämonen eingegangen war.

Brind'Amour grübelte vor sich hin. Er saß im Dunklen und fragte sich, ob es wirklich vernünftig gewesen war, Luthien und das Volk von Eriador gegen einen so mächtigen Feind wie Grünspatz aufgewiegelt zu haben.

5. KAPITEL

Stück für Stück

Es ist doch gar nicht so tief«, drängte Shuglin; sein bärtiges Gesicht war dreckverschmiert.

»Aber ich bin nicht so groß«, entgegnete Oliver murrend.

Der Zwerg sah sich hilfesuchend nach Luthien um, worauf sich dieser ohne zu zögern den Halbling unter den Arm klemmte und voranwatete durch Kot und Abwässer.

»Wie tief bin ich an eurer Seite nur gesunken?« maulte Oliver. »Durch Jauche muß ich mich …« Weiter kam er nicht, denn Luthien war ausgeglitten und wuchtig mit ihm vor die Sielenwand geprallt.

Oliver sprang auf die eigenen Füße zurück. Hochauf spritzte der Schlamm. »Pfui Deibel!« schrie er.

»Wir sind unter den Häusern der Händler«, mahnte Shuglin. »Vielleicht solltest du mal ein bißchen leiser sein.«

Luthien stand schweigend da, schüttelte den Kopf und grinste. Oliver mußte einsehen, daß seine Beschwerden angesichts der Aufgabe, die es zu erfüllen galt, nicht ernst zu nehmen waren. Nach ihrer Befreiung aus den Bergwerken hatten die Zwerge in weniger als einer Woche unter Beweis gestellt, wie wichtig sie für die Sache der Rebellen waren. Sie hatten Waffen besorgt, Wehranlagen aufgebaut und die Abwasserkanäle der Oberstadt geöffnet. Durch die schlichen nun Luthien, Oliver und Shuglin, um ins Lager der Feinde vorzustoßen. Dreihundert Zwerge folgten auf unterschiedlichen Wegen.

Laternen sorgten für ausreichendes Licht, vermochten aber nicht die Kälte abzuwehren, geschweige denn den üblen Gestank. Die Tunnelwände waren von Eis überkrustet, und über den vereisten Grund strömten frische Abwässer.

»Die Ausgänge waren verbarrikadiert«, berichtete Shuglin. »Aber wir sind an etlichen Stellen durchgebrochen und haben vier Zyklopen zur Strecke gebracht, die uns im Wege standen.«

»Und hat von denen wirklich niemand fliehen können, um vor unserem Angriff zu warnen?« fragte Luthien zum zehnten Mal, seit sie von der Unterstadt aufgebrochen waren.

Und zum zehnten Mal antwortete der Zwerg: »Nicht einer.«

»Das wäre ja noch schöner: durch den Dreck stiefeln müssen, um schließlich dem Feind in die Arme zu laufen«, bemerkte Oliver.

Shuglin ignorierte die Worte des Halblings und setzte sich wieder in Bewegung. Der Schacht führte geradeaus, und sie kamen schnell voran. Wenig später blieb der Zwerg stehen und hob die Hand.

»Man hat uns entdeckt«, stöhnte der Halbling.

Von einem der anderen Zwerge ließ sich Shuglin eine Laterne geben und hielt sie schwenkend in die Kammer hinaus, in die der Tunnel mündete. Aus einem der Seitengänge war nun ein ähnliches Lichtsignal zu sehen. Shuglin zeigte mit ausgestrecktem Daumen nach oben. »Die anderen sind zur Stelle,« flüsterte der Zwerg. »Das hat ja zeitlich gut geklappt.«

In der kleinen Kammer war eine von Zwergen gebaute Leiter angelegt; sie reichte zwölf Fuß hoch an eine hölzerne Falltür.

Luthien winkte Oliver vor. Es war abgemacht worden, daß der Halbling die Vorhut bildete, und Oliver zögerte nicht lange. Er war froh, endlich aus den Sielen herauszukommen, auch auf die Gefahr hin, daß ihm die gesamte zyklopische Streitmacht begegnete. Leichtfüßig sprang er herbei und stieg über die Leiter nach oben.

Knarrend ging die Falltür auf. Oliver verharrte. Von den Freunden unten gab keiner einen Laut von sich.

»O nein«, wimmerte er, als im Lukenausschnitt über ihm das nackte Hinterteil eines Zyklopen auftauchte. Oliver hielt den Arm vors Gesicht und hoffte, daß die Hutkrempe breit genug war, um ihn zu schützen. »Laßt mich hier nicht hängen!« Ihm behagte ganz und gar nicht, was nun zu passieren drohte.

Erleichtert atmete er auf, als er Luthiens Bogensehne sirren hörte. Aufschauend sah er den Pfeil tief im fleischigen Hinterteil des Zyklopen stecken. Das Monstrum heulte auf, fuhr herum und bot sein verdutztes Gesicht dem herbeifliegenden Bolzengeschoß aus der Armbrust eines der Zwerge. Das Geheul verstummte, und leblos stürzte der Zyklop neben der Luke zu Boden.

Oliver rückte den Hut zurecht und blickte zu den Freunden hinab. »Heh!« rief er leise. »Von hinten sehen Einaugen genauso aus wie von vorn.«

»Geh weiter!« forderte Luthien.

Oliver zuckte mit den Achseln, stieg über die letzten Sprossen nach oben und gelangte in einen kleinen, quadratischen Raum, wo es fast ebenso übel stank wie in den Sielen. Es klopfte an der Tür.

»Bergus?« rief da jemand.

Oliver beugte sich über die Lukenöffnung, legte den Zeigefinger an die gespitzten Lippen und bedeutete den Freunden, ein paar Schritte zurückzutreten. Dann schlich er zur Tür, an der das Monstrum auf der anderen Seite ungeduldig rüttelte. Ein einfacher Haken hielt sie versperrt.

»Bergus?« Der Zyklop pochte mit der Faust vor die

Brettertür und schien sich dann mit der Schulter dagegenzuwuchten. Oliver warf einen Blick auf die Leiche am Boden und berechnete den Winkel zwischen Tür und Luke.

»Was ist los mit dir?« tönte es, und wieder rappelte die Tür. Oliver zog das Rapier. »Bergus!«

»Hilf mir!« stöhnte Oliver, die Baßlage eines Zyklopen imitierend, und flink hebelte er mit der Klingenspitze den Haken aus der Verankerung. Gleich darauf polterte das Monstrum durch die Tür. Der Halbling stach mit dem Degen genau in die Kniekehle und stellte dem Monstrum ein Bein.

Aus dem Gleichgewicht gebracht, stolperte der Zyklop über den toten Kumpan. Oliver war schnell zur Stelle, um den Stürzenden auf die Falltür zu lotsen. Doch der streckte im Fallen die Arme aus und hielt sich, kopfüber eingetaucht, in der Luke verkeilt.

Oliver sprang hinzu, um dem Koloß den Rest zu geben, sah ihn aber dann, von einem Geschoß von unten getroffen, zusammenzucken und erschlaffen, ehe er selbst zustechen konnte. Unverzüglich eilte er zur Tür zurück, schaute nach, ob womöglich weitere Zyklopen in der Nähe waren, und legte den Riegel vor. Anschließend machte er sich daran, das Monstrum durchs Loch zu bugsieren.

»Guter Schuß«, sagte er zu Luthien, als der über den Toten hinwegstieg und zur Leiter langte. »Aber weißt du auch, wo du ihn erwischt hast? Hinten oder vorn?«

Luthien hielt, die Leiter emporsteigend, den Kopf gesenkt, um sein Grinsen zu verbergen. Er wollte nicht, daß der Halbling übermütig wurde.

So wie hier drangen in diesen Minuten weitere Rebellengruppen zahlreich über verschiedene Latrinen in die stille Oberstadt der Händler vor. Noch ließ das erste Morgenlicht auf sich warten, und vom Wall nahe dem Ministerium war nun Kampfeslärm zu hören.

»Das läuft ja wie geschmiert«, meinte Oliver. Der

Angriff vor den Toren zur Unterstadt war geplant gewesen und als Ablenkung gedacht.

Luthien nickte mit finsterer Miene. Ja, der Plan schien aufzugehen. Er schaute sich um und sah die Zwerge, die seit Jahren unter Grünspatzens Tyrannei als Sklaven gelitten hatten, entschlossen ausschwärmen.

Von Oliver gefolgt, machte sich nun auch der junge Bedwyr auf den Weg. Sie traten in eine Gasse hinaus und beeilten sich, den kämpfenden Freunden zu Hilfe zu kommen. Vor einer Kreuzung mußten sie abrupt abbremsen, alarmiert durch stampfende Schritte, die sich von der Seite näherten.

Ein Zyklop kam herbeigerannt und sperrte verwundert das Auge auf, als sich ihm die beiden in den Weg stellten. Luthien hob den *Blender*, doch Oliver war schneller und stieß dem Monstrum sein Rapier in die Brust. »Der macht's einem aber verdammt leicht«, meinte der Halbling.

Noch ehe Luthien antworten konnte, wurde hinter ihm Getümmel laut. An der nächsten Straßenecke war eine Zyklopenmeute von zwei Zwergentrupps – darunter Shuglin und seine Leute – in die Zange genommen worden.

An allen Ecken und Enden kam es zu Scharmützeln, und mit der heranbrechenden Dämmerung nahmen die Kämpfe an Heftigkeit zu. Luthien und Oliver trafen auf nur wenig Widerstand, als sie dem Stadtwall auf der Höhe des Ministeriums zueilten, um sich dort mit den Verbündeten zusammenzuschließen. Dort angelangt, stellten sie fest, daß ihnen die Zwerge schon scharenweise zuvorgekommen waren und die Zyklopen in Schach hielten.

»Halt die Augen auf!« befahl Luthien dem Halbling und klappte seinen Faltbogen auseinander. Gezielt schleuderte er einen Pfeil nach dem anderen ab. Oliver bot ihm Rückendeckung.

An langen Seilen flogen Enterhaken über den Wall, und während die Zwerge den Verteidigern der Oberstadt diesseits der Mauern zu schaffen machten, riegelten andere Rebellentrupps die Straßen ab, um zu verhindern, daß den Zyklopen Verstärkung zu Hilfe kam. Zu Dutzenden überwanden Elfen wie Menschen den Wall und stürzten sich ins Getümmel.

Luthien sah einen Mann ausgleiten und zu Boden gehen, und schon sprang ein Zyklop mit erhobenem Schwert herbei, um zuzuschlagen. »Verdammt!« schrie Luthien, denn er schaffte es nicht schnell genug, einen neuen Pfeil aufzulegen.

Plötzlich jedoch verharrte der Zyklop in seiner Bewegung. Warum, war für Luthien nicht auszumachen. Jedenfalls fackelte er nicht lange und spannte den Bogen. Doch ehe er den Schuß abgab, kippte der Zyklop bereits der Länge nach zu Boden. Aus dem Rükken ragten zwei Pfeilschäfte. Ihre Flugbahn zurückverfolgend, sah Luthien die schlanke Gestalt der Halbelfe auf dem Wall stehen.

»Siobhan«, bemerkte Oliver, und er war angetan von dem beeindruckenden Schattenriß vor glühendem Morgenlicht.

Bevor sich Luthien darauf besinnen konnte, daß er selbst einen Bogen in der Hand hielt, hatte die Halbelfe ihre Waffe erneut zum Einsatz und einen weiteren Zyklopen zu Fall gebracht.

»Willst du nun mitmachen oder bloß Maulaffen feilhalten?« feixte Oliver und rannte los. Luthien blickte auf den Vorhof des Ministeriums zurück, wo der Kampf zur Zeit am heftigsten tobte. Den Bogen geschultert, zog er sein Schwert und folgte dem Freund.

Auf Anhieb erblickten beide Katerin, die, von der Mauer springend, ausgerechnet zwischen zwei Zyklopen zu stehen kam. Oliver stöhnte auf, doch Luthien wußte, daß er sich um die wackere Frau von Hale keine Sorgen zu machen brauchte.

Gewandt führte sie ihre Lanze, parierte und attackierte auf eine Weise, die die Monstren sichtlich nervös machte. Und dann war es auch schon um die beiden geschehen. Zuerst spießte sie den einen auf und wuchtete dem anderen das Schaftende ins Gesicht. Dann ließ sie die Waffe blitzschnell in der Hand kreisen und schlitzte dem Geschlagenen die Kehle auf.

Luthien zeigte sich zufrieden und warf einen Blick auf Oliver. »Na also, wer sagt's denn?«

Verschmitzt nickte der Halbling in Richtung Wall und machte Luthien aufmerksam auf Siobhan, die gerade zu einem weiteren Schuß ausholte und traf. »Jetzt steht's drei zu zwei«, meinte Oliver in der Rolle des Schiedsrichters.

»Und hier der Ausgleich«, entgegnete Luthien mit Blick auf Katerin, die aus vollem Lauf ihre Lanze geschleudert und einem fliehenden Zyklopen genau in den Nacken gerammt hatte, so daß der nun bäuchlings zu Boden ging und mit dem häßlichen Gesicht übers Pflaster rutschte.

»Tja, die beiden sind wohl·wirklich ebenbürtig«, bemerkte Oliver und ließ anklingen, daß er dies in mehr als nur einer Hinsicht meinte.

Dem Halbling war klar, daß Luthien an seinen Worten Anstoß nehmen mußte, und um einem Rüffel zuvorzukommen, hob er schnell das Rapier und wiederholte: »Also, was ist? Willst du nur zugucken oder nicht doch lieber mitmischen?«

Luthien schluckte den Ärger herunter und schob seine verwirrenden Gedanken angesichts dieser beiden schönen Frauen beiseite. Zum Grübeln blieb ihm jetzt keine Zeit. Er schloß zu Oliver auf, und gemeinsam stürzten sie sich in den Kampf.

An diesem schicksalsschweren Morgen wurden in Montfort Dutzende von Händlerhäusern geplündert und zahllose Sklaven befreit, die sich mit feurigem

Eifer den Rebellen anschlossen. Hunderte von Zyklopen wurden niedergemacht.

Die Händler allerdings, sofern sie sich den Aufständischen ergaben, blieben verschont. Luthien hatte verlangt, Nachsicht walten zu lassen, denn er glaubte an Gerechtigkeit und wußte, daß nicht alle Händler der Stadt in einen Topf zu werfen waren mit den verbrecherischen Vasallen des Hexerkönigs.

Der Entscheidungskampf um Montfort wurde auf beiden Seiten mit erbitterter Entschlossenheit geführt, und am Ende mußten sich die zyklopischen Wachen und Prätorianer geschlagen geben. Die Stadt fiel in die Hand der Rebellen.

Bis auf das Ministerium. Es war mit seinen Wehranlagen besonders stark gesichert, und darum hatten die Rebellen mit seiner Erstürmung bis zum Schluß warten wollen. Die fünf Zugänge zur Kathedrale, einschließlich der Geheimpforte im Ostwall, waren fest verrammelt und nur in massierter Anstrengung zu brechen.

Das Ministerium war nun das letzte Bollwerk der Anhänger des Königs von Avon, und die zyklopischen Verteidiger saßen darin wie in einer Falle, denn mit Hilfe von außen konnten sie nicht länger rechnen.

Luthien und Oliver kehrten von einem Streifzug durch den eingenommenen Händlerbezirk zurück. Luthien hatte gehofft, Vicomte Aubrey aufstöbern zu können. Doch von dem war keine Spur zu entdecken gewesen – was nicht verwundern konnte. Er hatte sich natürlich rechtzeitig aus dem Staub gemacht, und Luthien ahnte, wo er sich versteckt halten mochte.

Die beiden Freunde erreichten den Platz vor der Kathedrale, wo sich inzwischen die große Schar der Rebellen versammelt hatte. Sie ließen drohende Schlachtrufe verlauten und legten mit ihren Schußwaffen an, sooft ein Zyklop in einem der Fenster oder auf der Brüstung eines der vielen kleinen Türme auftauchte.

Shuglin kam auf Luthien zugelaufen, packte ihn beim Arm und drängte zum Angriff.

»Es eilt nicht«, antwortete Luthien und gab sich zuversichtlich. »Die Schlacht ist entschieden.«

Da trat Katerin O'Hale hinzu. »Es mögen an die fünfhundert von denen da drinnen stecken«, sagte sie und krauste die Stirn.

»Deshalb bin ich dafür, daß wir uns zurückhalten und abwarten«, entgegnete Luthien. »Wir können uns keine weiteren Verluste leisten.«

Die Freunde sahen sich auf dem Vorplatz um, halfen bei der Versorgung von Verletzten und versuchten, die Streitkräfte zu organisieren. Jetzt, da die Bedrohung durch Zyklopen erst einmal gebannt war, tauchten unzählige andere Probleme auf. Es kam zu Plünderungen, und etliche Händlerhäuser waren in Brand gesteckt worden. Streitereien brachen aus zwischen Zwergen und Menschen, denn sie waren einander fremd geworden, da Morkney das kleine Volk fast vollständig in die Bergwerke hatte verschleppen lassen. Und es mußte darüber entschieden werden, wie mit den gefangengenommenen Händlern verfahren werden sollte.

Es war kurz nach Mittag, als Luthien die Halbelfe endlich wiedersah; sie kam geradewegs auf ihn zugeeilt.

»Komm mit!« sagte sie und ließ keinen Zweifel an der Dringlichkeit ihrer Forderung.

Katerin und Oliver sahen Luthien mit ihr weggehen.

»Das hat bestimmt einen sachlichen Grund«, meinte der Halbling.

Katerin verzog das Gesicht. »Was kümmert's mich?« entgegnete sie und wandte sich ab.

Oliver schüttelte den Kopf und beneidete Luthien mehr denn je.

»Es geht drunter und drüber«, erklärte Siobhan, als sie Luthien aus der Menge herausgeführt hatte und mit ihm allein war. Sie berichtete von Plünderungen und von Meutereien unter den Rebellen.

Luthien konnte nicht verstehen, wieso es dazu kam, aber daß Siobhan zu Recht besorgt war, ließ sich nicht übersehen. Man hatte einen glorreichen Sieg errungen, doch den allgemeinen Jubel trübten nun Verwirrung und Tumult. Kaum war die Schlacht geschlagen, lösten sich die Reihen der Rebellen auf. Ein jeder schien nur noch auf den eigenen Vorteil bedacht zu sein.

»Es steht uns noch eine schwere Zeit bevor«, sagte Siobhan.

»Ja, und Geschlossenheit ist unsere einzige Stärke«, antwortete Luthien. Er verstand nun Siobhans Bedenken. Das Ziel der Rebellion war erreicht. Zwar hielten noch die Zyklopen das Ministerium besetzt, aber über kurz oder lang würden ihnen die Lebensmittel knapp werden. Sie waren in der Kathedale gefangen, belagert von den Rebellen, die dank ihrer starken Schützenstellungen leichtes Spiel haben würden, falls die Einaugen auszubrechen versuchten.

Die Stadt war eingenommen, aber was bedeutete das? In den Wochen vor der Entscheidungsschlacht hatten Luthien und die anderen Anführer ein klares Ziel für den Aufstand vorgegeben, doch niemand hatte sich Gedanken gemacht für die Zeit danach.

Luthien schaute nach Westen auf den Bezirk der Händler und sah von den gebrandschatzten Häusern schwarzen Rauch aufsteigen. Er erkannte, welche Verantwortung ihm nun auf den Schultern lag. Die eingenommene Stadt drohte in Chaos und Anarchie zu versinken. Das durfte er nicht zulassen.

Der junge Bedwyr inspizierte seine Kleider, die vor Dreck starrten. Nur der blutrote Umhang war ohne Flecken; es schien, als sei er imprägniert gegen jede Art von Verunreinigung.

»Ich muß mich waschen«, sagte er.

Siobhan nickte. »Es steht ein Waschbecken bereit. Da findest du auch Kleider zum Wechseln.«

Luthien zeigte sich erstaunt, war aber nicht wirklich verwundert. Sie dachte an alles.

Knapp eine Stunde später kehrte Luthien Bedwyr auf den Platz vor der Kathedrale zurück. Ihm schwirrte der Kopf, als er die gewaltige Menge vor sich sah. Sie waren fast vollzählig versammelt: seine Rebellenkrieger, Shuglins Volk, die Schröpfer und Tausende anderer. Sie alle hatten sich eingefunden, um den Blutroten Schatten zu hören, zu erfahren, wie es nun weitergehen sollte. Es schien, als sähen sie in Luthien einen göttlichen Propheten.

Er vermied es, einzelnen ins Gesicht zu blicken, denn darin standen allzu hohe Erwartungen geschrieben. Er fühlte sich nicht wohl in seiner Rolle, wußte sich nicht zu erklären, wieso und wodurch ihm so viel Verantwortung zugefallen war. Vielleicht, so dachte er, sollte er Oliver bitten, zu der Menge zu sprechen. Oliver verstand sich auf große Worte, er wußte einer solchen Zuhörerschaft nach dem Mund zu reden.

Oder Siobhan. Luthien sah sie von der Seite an. Sie führte ihn über die Stufen hinauf auf das Schafott, das eilig zusammengezimmert worden war für die gefangenen Zyklopen und Händler, die es verdient hatten, auf diese Weise zu enden. Vielleicht ließ sich Siobhan dazu bewegen, die Menge anzusprechen.

Aber Luthien gab auch diesen Gedanken sogleich wieder auf. Siobhan war eine Halbelfe, eher Elfe als Mensch, und die überwiegende Mehrheit derer, die sich auf dem Platz und den angrenzenden Straßen versammelt hatten – es mochten inzwischen an die Zehntausend sein – gehörte dem menschlichen Geschlecht an.

Mit Siobhan an der Seite trat er auf das Podest. Es beruhigte ihn ein wenig, die vertrauten Gesichter von Oliver, Katerin und Shuglin vor sich in der ersten

Reihe zu sehen. Sie blicken erwartungsfroh und zuversichtlich drein; sie glaubten an ihn.

»Und vergiß nicht, den wahren Namen unserer Stadt zu nennen«, flüsterte ihm Siobhan ins Ohr, bevor sie von ihm abrückte und vom Podest herunterstieg. Luthien, der Blutrote Schatten, stand nun allein vor der Menge.

Er hatte sich eine kurze Rede zurechtgelegt, aber schon waren ihm die Worte entfallen, mit denen er beginnen wollte. Er sah Zyklopen in den Fenstern des Ministeriums; sie starrten ihm genauso gespannt entgegen wie die Menge auf dem Platz, und er wußte: Ihr Schicksal, das Schicksal von ganz Eriador und Avon stand in diesem Moment zur Entscheidung.

Dieser Gedanke war nicht dazu angetan, den jungen Mann zu beruhigen.

Er schaute auf seine Freunde hinab. Oliver tippte grüßend mit der Hand an die Hutkrempe. Katerin zwinkerte ihm aufmunternd zu. Doch vor allem schöpfte er Mut aus dem Anblick Shuglins, der ganz gelassen und geduldig dastand, die muskulösen Arme vor der Brust verschränkt. Sein bärtiges Gesicht verriet mit keiner Miene, was ihm durch den Kopf ging. Durch ihn fühlte er sich am meisten bestärkt, denn dieser Zwerg strahlte selber unbezwingbare Stärke aus. Und er würde gewiß nichts hören wollen von eitel Sonnenschein.

Luthien sammelte sich und schaute mit entschlossenem Blick nach vorn. Er versuchte nicht länger, sich an die vorgefaßten Worte zu erinnern, sondern verlegte sich darauf, seinen wirklichen Empfindungen Ausdruck zu verleihen.

»Freunde!« rief er. »Verbündete! Was ich vor mir sehe, ist nicht eine eroberte Stadt.«

Eine lange Pause. Atemlose Stille.

»Ich sehe eine befreite Stadt!« verkündete Luthien, worauf ein gewaltiges Geschrei ausbrach. Und während er darauf wartete, daß sich die Menge beruhigte, warf er einen Blick auf Siobhan. Sie wirkte völlig entspannt und zeigte sich guten Mutes.

»Wir haben uns einen kleinen Teil zurückgenommen von dem, was uns rechtmäßig zusteht«, fuhr der junge Bedwyr fort, schwungvoller nun. »Einen nur kleinen Teil«, wiederholte er mit erhobener Hand und deutete das allzu geringe Maß durch den kurzen Abstand zwischen Daumen und Zeigefinger an.

»Montfort!« schrie jemand.

»Nein«, fuhr Luthien dazwischen, ehe andere mit einstimmen konnten. »Montfort ist nur ein Ort auf der Landkarte, die in den Hallen von König Grünspatz hängt.« Der Name löste Buhrufe aus. »Es ist ein Ort, der sich erobern und niederbrennen läßt.« Er zeigte auf den Rauch, der über der Oberstadt aufging.

»Aber was nützt es, Montfort einzunehmen und in Asche zu legen?« rief er über das Raunen hinweg. »Was nützt es, Gebäude und Güter in Besitz zu nehmen, Dinge, die uns Grünspatz doch wieder entreißen könnte?

Ich sage euch: Davon haben wir nichts. Wenn wir nur Montfort erobert haben, haben wir so gut wie nichts erreicht.«

Luthien sah Verstörtheit in den Gesichtern der Menge. Es wurde tausendfach getuschelt und gemurrt. Luthien ließ sich Zeit mit seiner Schlußfolgerung. Er reizte die Zuhörer, schürte die gespannte Erwartung.

»Aber es geht nicht um Montfort«, rief er endlich, und es wurde wieder still. »Uns liegt nichts an dem, was König Grünspatz – nein, ich nenne ihn nur Grünspatz, denn er ist nicht mein König. Uns liegt nichts an dem, was er uns wieder abnehmen kann, was sich erobern und niederbrennen läßt. Und darum sage ich: Es geht nicht um Montfort. Was wir uns zurückgeholt haben, ist Caer MacDonald!«

Und ein Jubelsturm ging durch die Menge. Hochrufe

schallten in tausendstimmigem Chor – auf den Blutroten Schatten, auf Caer MacDonald. Luthien sah Siobhan übers ganze Gesicht strahlen. Sie hatte ihm das Stichwort gegeben: Vergiß nicht, den wahren Namen unserer Stadt zu nennen.

Siobhan, die als Sklavin eines Händlers jahrelang im Untergrund gegen die Klasse der Herrschenden gekämpft und sich den Aufständischen um Luthien angeschlossen hatte – endlich war sie frei. Und das zeigte sich nun auf ihrem Gesicht. So heiter und selbstbewußt sah es Luthien zum ersten Mal.

»Caer MacDonald!« rief er aus vollem Hals, als sich der Jubel halbwegs gelegt hatte. »Was bedeutet dieser Name? Wofür steht sein Namensgeber Bruce MacDonald ein?«

»Freiheit!« war aus der ersten Reihe laut und deutlich zu vernehmen, und Luthien wußte ohne hinzusehen, wer da geantwortet hatte: Katerin O'Hale.

Aus allen Ecken hallte der Ruf wider, ja, er tönte sogar aus den Straßen der Unterstadt, über den trennenden Wall hinweg. Er kam auch denen zu Ohren, die in diesem Moment die Häuser der Reichen plünderten und brandschatzten, und sie schämten sich dafür.

»Wir haben nicht einen Ort zurückgewonnen, sondern ein Ideal«, rief Luthien. »Unsere Geschichte und unsere Zukunft. In Caer MacDonald haben wir das Herz unseres Helden von einst wiedergefunden. Das ist viel und gleichzeitig doch so wenig, nur ein kleines Körnchen Hoffnung, ein Kerzenlicht in der Dunkelheit. Wir nehmen es dankbar an und werden wie früher die Fahne von Caer MacDonald auf dem Ministerium hissen.« Er hielt inne, um der Menge Gelegenheit zu geben, zum hohen Turm der Kathedrale aufzublicken.

»Ja, so wird es sein«, versprach er, und wieder johlte die Menge. Er mußte warten, bis wieder Ruhe einkehrte.

»Und indem wir diesen Teil unserer Erbschaft annehmen, verpflichten wir uns zur Verantwortung«, fuhr er fort. »Wir haben eine Flamme angezündet; nun müssen wir sie wachsen und leuchten lassen, weithin bis nach Port Charley im Westen, zu den Inseln Bedwydrin, Marvis und Caryth im Norden, bis nach Bronegan diesseits und Rrohlwyn jenseits des Nordgebirges. Bis zu Dun Caryth, den Feldern von Eradoch und der Insel Chalmbers im Osten. Auf daß der dunkle Schleier der Herrschaft Grünspatzens gelüftet und Eriador endgültig befreit sein werde!«

Ein gutes Schlußwort, dachte Luthien; trefflich auf den Punkt gebracht. Er war selig, aber auch erschöpft – so müde, als habe er soeben allein gegen hundert Zyklopen gekämpft, so glücklich wie nach einem siegreichen Ausgang eines solchen Kampfes.

Kameradschaft und Einigkeit kehrten in die Reihen der Rebellen zurück. Fürs erste war die Gefahr gebannt, daß sie auseinanderliefen.

Grünspatzens Heerscharen waren wohl schon in Marsch gesetzt worden. Doch sie würden nicht gewinnen können, wenn nur Luthien und die Freunde zusammenstünden und festhielten an der Wahrheit in ihren Herzen.

Das Jubeln der Menge schien kein Ende zu nehmen. Plötzlich aber tönte von der Spitze des Ministeriums eine kollernde Stimme.

»Ihr seid Narren, allesamt!« Trotz der großen Entfernung erkannte Luthien die Gestalt hinter der Brüstung des Turmes auf Anhieb. Vicomte Aubrey brüllte der Menge zu: »Was habt ihr denn gewonnen? Eine kleine Gnadenfrist vielleicht. Aber wartet's ab; die Vergeltung kommt rasch, und sie wird furchtbar sein.«

Die Freudengesänge waren merklich schwächer geworden.

Luthien blickte zu seinem Gegner auf. Aubrey zeigte sich unerschüttert trotz der schweren Niederlage, die er hatte einstecken müssen. Er stand da, herausgeputzt und gepudert, als habe er nichts von seiner Macht eingebüßt.

Dieser aufgeblasene Popanz, dachte Luthien. Er verabscheute ihn und all das, was er repräsentierte. Um so mehr erzürnte es ihn, einsehen zu müssen, daß dieser Schuft nach wie vor Einfluß auf die Menge auszuüben vermochte. Sie fiel auf seine leeren Worte herein.

»Glaubt ihr tatsächlich, gewinnen zu können?« höhnte Aubrey und kicherte verächtlich. »Glaubt ihr, daß König Grünspatz zu schlagen ist, er, der große Eroberer, der zur Zeit die Länder südlich von Gascony mit Krieg überzieht. Ihr seid Narren, allesamt! Noch schützt euch der Winterschnee. Ergötzt euch noch ein Weilchen an eurem Sieg. Aber wißt: Die Freude wird nicht lange währen, und ihr kommt am Ende nicht umhin, für eure Frechheit mit dem Leben zu bezahlen.«

Oliver rief Luthien zu: »Sag ihm, es sei dumm von ihm gewesen, daß er seine Scheißhäuser nicht besser verrammelt hat.« Offenbar setzte der Halbling darauf, den Vicomte der Lächerlichkeit preiszugeben. Doch Luthien zweifelte am Wert einer solchen Taktik. Aubrey hatte eine wirkungsvolle Waffe zum Einsatz gebracht. Er schürte Angst. Montfort – Caer MacDonald – war zwar befreit, aber der hier überwundene Widerstand entsprach nur einem winzigen Bruchteil dessen, was Grünspatz nun an Streitmacht gegen die Aufständischen ins Feld führen würde.

Alle wußten darum, und so konnte sich Aubrey unwidersprochen aufspielen, scheinbar überlegen und unantastbar hoch oben auf dem Turm.

Weil Luthien keine Antwort gab, trat Oliver vor. »Mit dem Mund seid Ihr ja recht tüchtig, aber ansonsten stellt Ihr Euch reichlich dumm an, vor allem, was das Kämpfen angeht«, brüllte der Halbling. Die Menge zollte ihm halbherzig Beifall. »Läßt uns ungehindert durch die Sielen schleichen«, wandte er sich an seine Zuhörer. »Wenn Grünspatz ebenso dumm ist, werden wir, noch ehe der nächste Sommer vorbei ist, in seinem Palast sitzen und tafeln.«

Aubrey wußte den zunehmenden Beifall wieder zu dämpfen. »Im Palast des Königs, der ganz Eriador bezwungen hat?« fragte er spöttisch.

So geht's nicht weiter, dachte Luthien. Oliver mochte noch so gewitzt daherreden, er konnte dem Vicomte mit Worten nichts anhaben, und seine Scherze verfehlten den Zweck, die Angst der Leute zu vertreiben.

Luthien bemerkte, daß Siobhan an seine Seite getreten war. »Setz deine Rede fort«, verlangte sie und zog einen ungewöhnlich aussehenden Pfeil aus dem Köcher, einen Pfeil mit hellrotem Schaft und einer Befiederung aus fremdem, unvergleichlichem Material. Sie hatte ihn an diesem Morgen gefunden und bei der ersten Berührung eine Stimme vernommen, eine Stimme, die ihr vertraut war und ihr Mitteilung darüber machte, wozu der Pfeil gut sei.

Als elfisches Wesen war Siobhan vertraut mit Zauberei, und sie stellte den Fund des Pfeils und die Botschaft, die damit verknüpft war, nicht in Zweifel, hegte aber Bedenken, was dessen Herkunft betraf. Die bekannten und auf den Inseln Avonsees lebenden Hexer standen gewiß nicht auf Seiten der Rebellen.

Dennoch hatte Siobhan den Pfeil an sich genommen, und in der gegenwärtigen Situation erkannte sie genau jene Szene wieder, die ihr durch die telepathischen Wellen vor Augen geführt worden war. Darum setzte sie nun all ihr Vertrauen in den Pfeil und den Zauberer, der ihr das Geschenk hatte zukommen lassen. Luthien nahm den Pfeil aus ihrer Hand entgegen, und plötzlich kam ihr auf rätselhafte Weise ein Name in den Sinn, ein Name, den sie nie zuvor gehört hatte.

Luthien betrachtete das Geschoß. Der Schaft war hellrot, die Befiederung leuchtete gelblich weiß wie ein

Blitzstrahl. Er spürte von dem überaus schlanken Pfeil ein Vibrieren ausgehen, auf das er sich keinen Reim machen konnte. Als er auf Siobhan zurückschaute, sah er, wie sie mit wütendem Blick den Mann auf dem Turm fixierte, und er verstand, was sie von ihm verlangte.

Dem jungen Bedwyr wurde mit einemmal klar, wie groß der Einfluß dieser stillen Halbelfe war, sowohl auf ihn als auch auf die gemeinsame Sache. Schon sehr viel länger als er hatte Siobhan gegen Händler und Zyklopen gekämpft und gegen die Herrschaft Grünspatzens. Die Streitkraft, die ihm gehorchte, war von ihr gemeinsam mit den Schröpfern zusammengestellt worden. Sie hatte ihn als Blutroten Schatten in die Arme genommen und auf den Weg gebracht. Und sie war es, so erinnerte er sich, die ihn darüber informiert hatte, daß Shuglin wegen seiner Fluchthilfe für ihn und Oliver verhaftet worden war. Sie war es, die Luthien zum Ministerium geführt hatte und dann zu den Bergwerken, wo schließlich auch die Schröpfer aufgetaucht waren, als er und Oliver den Zwerg und seine Gefährten befreiten.

Das Verfahren gegen Siobhan hatte Luthien abermals ins Ministerium geführt, an jenem schicksalsschweren Tag nämlich, da er Herzog Morkney getötet hatte, und sie war ihm bis auf die Turmspitze gefolgt, um den bösen Mann zur Strecke zu bringen.

Und nun hatte sie ihm den Pfeil zugesteckt, der, wie er ahnte, sein Ziel nicht verfehlen würde. Siobhan hatte ihn gedrängt, die Rede zu halten, und nun forderte sie ihn auf, sie zu Ende zu führen. Dabei trug sie einen Langbogen geschultert; der war größer als Luthiens und sie ein weitaus besserer Schütze als er. Siobhan würde einen sehr viel besseren Schuß abgeben können mit diesem Pfeil, der, wie Luthien vermutete, durch Zauberei in ihren Köcher gelangt war.

Aber es ging hier offenbar um mehr als um einen

Anschlag auf den dümmlichen Vicomte. Siobhan vertrat eine Legende, und indem sie ihm, Luthien, den Vortritt ließ, förderte Siobhan seinen Ruf als den einzigen, wahren Helden der Schlacht um Caer MacDonald.

Erst jetzt erkannte Luthien, wie groß Siobhans Anteil war an allem, was sich in letzter Zeit zugetragen hatte; er erkannte auch die eigentümliche Besonderheit seiner Beziehung zu ihr, und die machte ihm angst.

Aber zum Grübeln blieb nun keine Zeit, und auf seine Fragen würde Siobhan jetzt gewiß nicht antworten. Er schaute auf die Menge und zurück auf Aubrey, der sich immer noch ein Wortgefecht mit dem Halbling lieferte.

Mit seinen scharfzüngigen Spöttereien erntete Oliver manchen Lacherfolg, und doch war deutlich, daß er die Angst, die Aubrey schürte, nicht bezwingen konnte. Das vermochte nur eine klare Demonstration von Stärke.

Luthien klappte den Faltbogen auseinander, den er von Brind'Amour zum Geschenk bekommen hatte, legte den Pfeil auf die Sehne und richtete ihn gegen Aubrey.

Der war vierhundert Fuß weit entfernt, viel zu weit weg für einen gezielten Schuß. Wie hoch war bei einer solchen Distanz anzusetzen? Und wie wirkte sich der Wind aus?

Und was wäre, wenn der Schuß danebenging?

Siobhan antwortete auf seine Zweifel mit ruhiger Stimme. »Ziel aufs Herz, genau aufs Herz.«

Über den Pfeilschaft peilte Luthien den Feind an. »Aubrey!« rief er und lenkte die Aufmerksamkeit der Menge auf sich. »In Caer MacDonald ist kein Platz für Lügen und Grünspatzens Drohungen.«

Der Vicomte antwortete, indem er das Volk ansprach: »Ihr wärt gut beraten, diese Drohungen ernst zu nehmen. Laßt euch von diesem dummen Jungen aus Bedwydrin, dem Sohn des Grafen Gahris, nicht an der Nase rumführen.«

Luthien erschrak bei der Erwähnung seiner Herkunft und zweifelte an der Heldenrolle, die ihm aufgedrängt worden war. Aubrey faßte nach: »Glaubt mir«, brüllte er, »ihr könnt nicht gewinnen; ihr könnt allenfalls darauf hoffen, mit dem Leben davonzukommen.«

Noch zauderte Luthien. Er erinnerte sich an Aubreys Besuch auf der Insel Bedwydrin und an Avonese, dessen widerliche Begleiterin, die nach dem Schaukampf in der Arena den Tod von Garth Rogar verlangt und damit Luthiens Leben auf dramatische Weise verändert hatte. Und nun schickte sich dieser Aubrey an, als Statthalter und Knecht eines unrechtmäßigen Königs das gute Volk von Montfort zu terrorisieren.

»Beende deine Rede«, sagte Siobhan, und Luthien ließ die Sehne schnurren.

Der Pfeil schnellte auf Aubrey zu, doch der winkte lässig mit der Hand ab in Reaktion auf diesen erbärmlichen, zum Scheitern verurteilten Anschlag auf sein Leben. Schon auf halber Höhe verlor das Geschoß an Schwung und geriet ins Trudeln. Der Vicomte lachte laut auf und wandte sich den Zyklopen zu, um sich mit ihnen zu amüsieren.

Doch nun zeigte Brind'Amours Zauber Wirkung.

Als sich Aubrey wieder umdrehte, sah er, wie der Pfeil beschleunigt und zielsicher auf ihn zusauste. Er sperrte die Augen auf, erkannte die Gefahr und fuchtelte wie zur Abwehr hektisch mit den Armen.

Der Pfeil traf ihn mit der Gewalt eines Blitzschlags, schleuderte ihn von der Brüstung zurück. Er spürte das Brustbein bersten, das Herz zerspringen. Irgendwie gelang es ihm, nach vorn an die Brüstung zu wanken und auf das Schafott herabzublicken, auf Luthien. Den Scharfrichter.

Aubrey wollte es nicht wahrhaben, versuchte, die

Möglichkeit eines solchen Schusses zu leugnen. Doch schon war er tot.

Leblos zwischen Zinnen hängend sah ihn das ganze Volk.

Und alle Augen richteten sich nun auf Luthien. Kein Laut war zu hören. Nicht einmal Oliver oder Katerin fanden Worte für das, was sie gesehen hatten.

»In Caer MacDonald ist kein Platz für Lügen und Grünspatzens Drohungen«, rief Luthien.

Der Bann war gebrochen. Aus zehntausend Kehlen tönte der Ruf nach Freiheit; zehntausend Fäuste flogen in die Luft.

Luthien hatte seine Rede zum Abschluß gebracht.

6. KAPITEL

Fehl am Platze

W ir könnten es schleifen«, schlug Shuglin vor. Er strich sich über den langen, rabenschwarzen Bart und studierte die Planzeichnung, die vor ihm ausgerollt auf dem Tisch lag.

»Schleifen?« fragte Oliver und zeigte sich nicht weniger entsetzt als Luthien.

»Ja, abreißen, dem Erdboden gleichmachen«, antwortete der Zwerg, ohne eine Miene zu verziehen. »Und alle Einaugen, die sich darin aufhalten, unter den Trümmern begraben.«

»Aber es ist doch eine Kirche«, kollerte Oliver. »Eine Kathedrale!«

Shuglin schien den Einwand nicht zu verstehen.

»Eine Kirche einreißen kann nur Gott«, erklärte der Halbling.

»Es käme auf einen Versuch an«, murmelte Shuglin spöttisch. Die Kathedrale war überaus fest gemauert, doch der Zwerg hatte keinen Zweifel daran, daß es ihm und seinen Leuten gelingen konnte, sie zum Einsturz zu bringen.

»Wenn es Gottes Absicht wäre, das Ministerium einzureißen, hätte er das schon in Morkneys Tagen getan«, meinte Luthien. Shuglin zuckte mit den Achseln.

»Ihr kommt euch wohl wieder reichlich überlegen vor, nicht wahr?« tönte es von der Tür. Die drei fuhren mit den Köpfen herum und sahen Katerin O'Hale die Wohnung betreten. Luthien und Oliver hielten an dieser Wohnung fest, obwohl sie sich inzwischen auch eines der großen, schönen Häuser in der Oberstadt hätten auswählen können oder gar den herzöglichen Palast. Aber Luthien zog es vor, hier im ärmsten Viertel der Stadt wohnen zu bleiben, denn er glaubte, der Sache des Volkes besser dienen zu können, wenn er sich ihm auch räumlich verbunden zeigte.

Luthien beobachtete Katerin, wie sie sich mit unverhohlener Neugier im Zimmer umschaute. Die Wohnung lag ihm Untergeschoß eines armseligen Hauses und war über eine Außentreppe von der Straße – dem Kleinen Alkoven – aus zu erreichen. Auf dieser Treppe hatte Katerin ihre Schutzbegleitung zurückgelassen. Die beiden Männer lehnten an der Wand und badeten im warmen Sonnenlicht. Doch auf die achtete Luthien nicht weiter. Er hatte nur Augen für Katerin und dachte bei ihrem hochmütigen Anblick: Ausgerechnet sie wirft uns Dünkel vor! Seit jenem Vorfall im Zwelf gab sich Katerin unnahbar. Sie würdigte Luthien kaum eines Blickes, wenn die beiden zufällig aufeinandertrafen, und es schien, als sei er Luft für sie.

»Natürlich«, antwortete Oliver. »Wir haben auch allen Grund, uns überlegen zu fühlen. Schließlich haben wir gesiegt.«

»Papperlapapp«, fuhr Luthien dazwischen, schärfer als beabsichtigt. »Was heißt hier Überlegenheit? Wir haben das Recht auf unserer Seite, und darauf kommt es an. Es geht hier nicht darum, ob ...«

Katerin verzog das Gesicht und hob die Hand, um seine Predigt abzubrechen. Luthien biß die Zähne aufeinander. Diese Frau machte ihn nervös.

»Egal, wie du dich im Hinblick auf das Ministerium entscheidest«, sagte Katerin, »ich rate dir, entscheide dich bald. Wir haben Nachricht davon erhalten, daß eine Flotte von der Westküste südlich des Eisernen Kreuzes in See gestochen ist.«

»Vermutlich mit Kurs nach Norden«, erriet Oliver.

»So tuschelt man«, antwortete Katerin.

Das überraschte Luthien nicht. Er hatte fest damit gerechnet, daß Grünspatz seine Truppen in Bewegung setzte und den Aufstand niederzuwerfen versuchte. Dennoch traf es ihn wie ein Schlag, nun hören zu müssen, daß der Feind tatsächlich aufmarschierte. Caer MacDonald war noch längst nicht befriedet, und es standen noch so viele Entscheidungen und Aufgaben an. Die fünfzehntausend Bürger der Stadt verließen sich auf ihn und erwarteten, daß er sämtliche Probleme löste, die mit der neuen Lage entstanden waren.

»Allen Prognosen nach wird das warme Wetter noch für eine Weile andauern«, sagte Katerin, und ihre Miene zeigte sich besorgt, obwohl diese Nachricht doch froh stimmen mußte, da ein jeder hier in diesem Zimmer der Winterkälte überdrüssig war.

Luthien glaubte zu wissen, was die Frau bedrückte. »Die Straßen rings um Port Charley werden im Schlamm versinken.« Der Schnee lag nicht besonders hoch – dennoch: Zu Beginn des Frühlings zu reisen war nicht weniger beschwerlich als im Winter.

Katerin schüttelte den Kopf; sie dachte an andere Schwierigkeiten. »Wir haben Tote zu begraben«, sagte sie. »Tausende von Toten, Menschen und Zyklopen.«

»Sollen doch die Geier die Zyklopen holen«, knurrte Shuglin.

»Sie stinken«, entgegnete Katerin. »Und in den Kadavern keimt Seuchengefahr.« Zum ersten Mal seit Tagen blickte sie Luthien ins Gesicht. »Du mußt auch an solche Dinge denken ...«

Und sie zählte weiteres auf. Luthien ließ sich in den Sessel zurückfallen und hörte nur noch mit halbem Ohr zu. Um dies und jenes sollte er sich kümmern. Ständig wurden immer neue Forderungen an ihn gestellt. Zugegeben, Oliver, Siobhan, Katerin, Shuglin und eine Handvoll anderer Freunde halfen, wo sie konnten, aber letztlich hatte er alle Entscheidungen zu treffen. Die Last der Verantwortung drückte immer schwerer.

»Und? Was gedenkst du zu tun?« wollte Katerin wissen. Aus seinen Gedanken gerissen, starrte er stumm zu ihr auf.

Oliver gab Katerin recht. »Das müssen wir jetzt erledigen. Später bleibt uns dafür wahrscheinlich nicht die Zeit.« Luthien hatte keine Ahnung, wovon die beiden sprachen.

»Es scheint, daß sie mit unserer Sache sympathisieren«, fügte Katerin hinzu, doch wußte Luthien immer noch nicht, von wem die Rede war.

Um sich aus der Verlegenheit zu retten, fragte er: »Was schlägst du vor?«

Katerin musterte das Gesicht des jungen Mannes; offenbar registrierte sie, daß er der Unterhaltung nicht gefolgt war und den Anschluß verloren hatte. »Wir sollten Tasman dazu bewegen, daß er mit ihnen Kontakt aufnimmt«, sagte sie. »Er kennt die Bauern besser als jeder andere hier in der Stadt. Wenn jemand dafür sorgen kann, daß genügend Lebensmittel nach Caer MacDonald gelangen, dann ist es Tasman.«

Luthiens Miene klarte auf. Endlich wußte er, worum es ging, und hier stand eine Sache an, die er nicht allein zu entscheiden brauchte. »Sprich du mit ihm«, sagte er zu Katerin.

Sie schickte sich an, die Wohnung zu verlassen, doch der Blick ihrer grünen Augen blieb an ihm haften. Sie schienen ihn zu taxieren und …

Und was? fragte sich Luthien im stillen. Es lag noch ein anderer Ausdruck in diesen Augen, die er so gut kannte. Schmerz? Wut? Er ahnte, daß sein Verhältnis zur Halbelfe Katerin Kummer machte, obwohl sie das energisch bestritt.

Sie wandte sich ab, verließ das Zimmer und stieg, an ihren Elfenbeschützern vorbei, die Treppe hinauf.

Katerin O'Hale war viel zu stolz, als daß sie sich oder anderen gegenüber jemals zugegeben hätte, eifersüchtig zu sein. Liebeskummer? Das kam für sie nicht in Frage, wie Luthien wußte.

Nach einer Weile meldete sich Oliver zu Wort. »Es fehlt an Freiwilligen zum Verscharren der Einaugen.«

Shuglin schnaufte. »Das machen ich und meine Leute, wenn's sein muß«, sagte der Zwerg. Auch er nahm nun Abschied und verbeugte sich vor Luthien. Im Gehen sagte er: »Es wird uns ein Vergnügen sein, die Zyklopen mit Dreck zu beschaufeln.«

»Noch amüsanter wär's, sie bei lebendigem Leibe zu verbuddeln«, kicherte Oliver.

»Und überlegt euch, ob wir den Bau nicht doch besser schleifen sollten«, rief ihnen der Zwerg von der Tür aus zu. Es war deutlich, daß er dieser Lösung den Vorzug gab. »Dann wären wir die ganze Bande mit einem Streich los.« Shuglin drehte sich noch einmal um und strahlte übers ganze Gesicht. »Oder was haltet ihr davon? Wir fordern die Einaugen auf, ihre Toten ins Ministerium zu schaffen, und bringen es dann zum Einsturz …«

Von Luthien unwirsch mit der Hand abgewiesen, zuckte der Zwerg mit den Schultern und verschwand.

»Tja, was machen wir nun mit dem Ministerium?« fragte Oliver, nachdem er die Tür hinter Shuglin zugezogen hatte.

»Zur Zeit werden die befreiten Sklaven und das gemeine Volk mobilisiert und bewaffnet«, entgegnete Luthien. »Shuglins Leute sind dabei, die Stadt zu befestigen und Wehranlagen zu errichten. Jetzt gilt es, die Toten zu begraben und den Nachschub an Lebensmitteln zu sichern. Wir müssen zusehen, daß uns die Nachbardörfer die Treue halten. Dann wäre zu bedenken, wie wir der Flotte begegnen, die angeblich

Kurs auf Port Charley nimmt. Und natürlich wird's langsam Zeit, die toten Zyklopen wegzuschaffen.«

»Verstehe«, meinte Oliver lapidar.

»Und was das Ministerium angeht ...«, fuhr Luthien fort. »Es muß geräumt sein, bevor Grünspatzens Truppen eintreffen. Wir brauchen den Bau für uns, als letzte Rückzugsmöglichkeit.«

»Hoffen wir, daß die Soldaten aus Avon gar nicht erst so weit in die Stadt vordringen«, meinte Oliver.

»Dazu kommt's aber bestimmt, wenn es uns nicht vorher gelingt, diejenigen Kräfte freizustellen, die jetzt noch die Kathedrale umstellt halten«, antwortete Luthien. »Darum müssen wir uns schleunigst einfallen lassen, wie wir sie einnehmen können. Aber ...«

»Was aber?«

»Wenn es das nur wäre. Es sind gleichzeitig so viele andere Probleme zu lösen.« Er blickte hilfesuchend zu Oliver auf. »Was soll ich eigentlich sein? General oder Bürgermeister?«

»Was würde dir besser gefallen?« fragte der Halbling, obwohl er die Antwort längst wußte. Luthien wollte mit Waffen gegen Grünspatz kämpfen. Verfügungen zu erlassen war seine Sache nicht.

»Was wäre besser für Eriador?«

Oliver schnaubte. Die Frage stellte sich für ihn gar nicht erst. Er hatte Luthien kämpfen und seine Mitstreiter anführen sehen, er hatte gesehen, mit welchem Eifer sie ihm in die Schlacht gefolgt waren, wie sehr sie ihn bewunderten.

Es klopfte an der Tür. Siobhan trat ein. Sie bemerkte sofort, daß die beiden ein ernstes Gespräch miteinander führten, schickte diejenigen, die mit ihr gekommen waren, auf die Straße zurück und schloß die Tür. Schweigend näherte sie sich dem Tisch. Zurückhaltung war eigentlich nicht ihre Art. In Gespräche zwischen Luthien und Oliver wußte sie sich sonst immer recht schnell einzumischen.

»Ich glaube kaum, daß dem Blutroten Schatten das Bürgermeisteramt zu Gesicht stünde«, antwortete der Halbling auf Luthiens Frage.

»Wer aber sollte dann der Stadt vorstehen?«

Die Antwort kam von Siobhan. Sie hatte über dieses Problem anscheinend schon nachgedacht. »Brind'Amour«, sagte sie wie selbstverständlich.

Die beiden Freunde staunten nicht schlecht, und hätte Luthien nicht schon gesessen, wäre er spätestens jetzt in den Sessel gesunken – vor Verwunderung nämlich.

»Wie kommst du auf diesen Namen?« wollte Oliver wissen, kaum daß er die Sprache zurückgefunden hatte.

Siobhan grinste verschmitzt.

Oliver schaute sich nach Luthien um, doch der zuckte bloß mit den Schultern. Er hatte kein Sterbenswörtchen über den alten Zauberer verraten.

»Du kennst Brind'Amour?« fragte Luthien. »Du weißt, wer er ist und wo er wohnt?«

»Ich weiß von einem noch lebenden Zauberer, der sich irgendwo im Norden versteckt hält«, antwortete Siobhan. »Ich weiß auch, daß du von ihm den blutroten Umhang und den Bogen bekommen hast.«

»Wer hat dir das gesagt?« fragte Oliver.

»Er selbst hat mir den Pfeil zukommen lassen, damit du den Vicomte damit erschießt«, gab Siobhan als Erklärung an.

»Dann hast du also mit ihm gesprochen?« hakte Luthien nach.

Die Halbelfe schüttelte den Kopf. »Er hat …« Sie stockte, versuchte, den passenden Ausdruck zu finden. »Er hat mich angesehen und durch meine Augen geblickt.« Sie registrierte die Verblüffung im Gesicht der beiden Freunde. »Ja, Brind'Amour weiß genau Bescheid über die Vorgänge in Montfort.«

»Caer MacDonald«, korrigierte Luthien.

»In Caer MacDonald.«

»Wird er hierherkommen?« fragte Oliver hoffnungsvoll. Der alte Hexer schien ihm der geeignete Mann zu sein, um als Oberhaupt der Stadt zu fungieren und deren Alltagsgeschäfte zu regeln.

Doch darauf wußte Siobhan keine Antwort. Sie hatte die Gegenwart einer magischen Kraft deutlich gespürt und fürchten müssen, daß sich Grünspatz ihrer bediente, um die Rebellen zu bespitzeln. Dann aber war ihr Brind'Amour im Traum erschienen, und er hatte sich zu erkennen gegeben. Daß dieser Traum nicht bloß ein Hirngespinst gewesen war, wurde ihr erst jetzt wirklich klar, da Luthien und Oliver bestätigten, daß es den Zauberer tatsächlich gab.

»Und du weißt nicht, wo er sich aufhält?« fragte Luthien.

»Nein.«

»Weißt du denn, wie er sich rufen läßt?«

»Nein.«

»Schade«, meinte Oliver. »Er wäre der richtige Mann als Bürgermeister.« Genau das wollte Luthien hören.

Er glaubte zu wissen, daß die Höhle des Zauberers irgendwo in den nördlichen Ausläufern des Eisernen Kreuzes lag, am Südrand einer breiten Schlucht, der sogenannten Bruce-MacDonald-Scharte. Zusammen mit Oliver war er einmal dort gewesen, hatte aber leider keine Gelegenheit gehabt, diese Stelle genauer zu orten. Auf der Flucht vor Zyklopen waren sie von der Straße abgeschert und in einen magischen Tunnel geraten, der sie in die Höhle geführt hatte und später wieder hinaus auf die Straße nach Montfort. Zu- und Ausgang waren nun Luthiens einzige Anhaltspunkte zur Lokalisierung der Höhle.

Innerhalb der nächsten Stunde hatte er zwölf Männer zu sich gerufen und beauftragt, auf die Nordseite des Eisernen Kreuzes zu reiten. Dort sollten sie, ein jeder für sich, irgendeinen markanten Felsvorsprung aufsuchen und laut aus einem Pergament vorlesen, das Luthien ihnen mit auf den Weg gab: eine Botschaft an den alten Zauberer.

»Er wird die Worte hören«, sagte Luthien zu Oliver, als sie die Reiter fortziehen sahen.

Oliver war weniger optimistisch und bezweifelte, daß Brind'Amour antworten würde, falls er den Anruf denn überhaupt hörte. Doch er verstand immerhin, daß Luthien, dem die Bürde der Regierungsgeschäfte zu groß wurde, auf Hilfe hoffte, und darum hatte der Halbling dem Plan zugestimmt.

Auf einer steilen Klippe in den Bergen stand ein junger Mann und rief mit lauter Stimme aus: »Luthien Bedwyr, der amtierende Regent über Caer MacDonald, einstmals Montfort ...«

Und an anderer Stelle, einige Meilen entfernt, stieg ein zweiter Kurier von seinem Pferd, nahm eine Schriftrolle zur Hand und las: »An den Zauberer Brind'Amour, Freund derer, die in Gegnerschaft zu König Grünspatz stehen ...«

Dutzendfach wiederholte sich diese Szene an diesem Morgen in der Bergwelt am Nordkamm des Eisernen Kreuzes. Zwölf Kuriere waren nach zweitägigem Ritt dorthin gelangt und ausgeschwärmt, um von zwölf geeigneten Punkten aus ihre Nachricht vorzutragen.

Brind'Amour wachte an diesem Morgen nach wohlverdienter und erfrischender Ruhe erst verhältnismäßig spät auf; er hatte zwölf Stunden lang tief und fest geschlafen. Trotz seiner jüngsten, sehr anstrengenden Reisen ins Reich der Magie fühlte er sich gut bei Kräften. Daß Vicomte Aubrey tot war, getroffen von dem Pfeil, den er Siobhan hatte zukommen lassen, wußte der Alte noch nicht, denn er hatte seit einigen Tagen keine Gelegenheit gefunden, in seine Kristallkugel zu blicken.

Auch war er sich über Luthien und den Fortgang der Revolte im unklaren, nicht zuletzt über die eigene Rolle in dieser Geschichte. In der Nacht zuvor war er mit dem Gedanken zu Bett gegangen, daß der Aufstand in Montfort wahrscheinlich nur ein Vorspiel sei und daß es wohl noch einige Jahrzehnte lang rumoren würde, ehe Friede einkehrte.

Ja, dieser Zeitplan erschien ihm angemessen und klug. Noch einige Jahrzehnte. Der kleine Aufstand würde wieder verebben. Der junge Bedwyr hätte seine Pflicht getan; er würde über Jahre in freundlicher Erinnerung bleiben und später einmal, wenn sich Eriador erneut gegen den Feind aus Avon erheben sollte, wie Bruce MacDonald als legendärer Held verehrt werden. Und vielleicht würde sogar die Erinnerung an Oliver dazu führen, daß aus Gascony dann Hilfe käme.

Ja, abzuwarten wäre sicherlich von Vorteil.

Brind'Amour erwachte frohgemut und glaubte, daß seine gute Laune davon zeugte, gut entschieden zu haben. Er wollte Abstand halten; mochten sich die Kämpfe um Montfort austoben, denn noch war die Zeit nicht reif für die Befreiung Eriadors. Daß er Luthien den Umhang gegeben hatte, war dennoch kein Fehler gewesen. Der junge Mann hatte ihn zweckmäßig eingesetzt. Und auch alle anderen Beteiligten hatten sich wacker geschlagen. Aber noch war Grünspatz viel zu mächtig. Obwohl er schon seit etlichen Jahrhunderten lebte, hatte er nichts von seiner Kraft eingebüßt. Vielleicht aber, so war zu hoffen, würde er allmählich die Lust an seiner Herrschaft verlieren. Ein erster Hinweis darauf war seine lässige Reaktion auf die Rebellion in Montfort. Früher hätte er einen solchen Aufstand im Keime erstickt. Wie bequem würde er erst in einigen Jahrzehnten sein? Das Volk von Eriador aber wäre dann noch sehr viel entschlossener als heute. Was vorläufig nur als Funke der

Hoffnung glimmte, würde schließlich, genährt von den Legenden der Helden, zu einem Fanal entflammen.

Guten Mutes machte sich der Alte daran, das Frühstück vorzubereiten. Er war voller Tatendrang. Vielleicht empfahl es sich doch, beim Kampf um Montfort noch ein bißchen mitzumischen, und zwar auf eine Weise, die geeignet wäre, der Legende des Blutroten Schattens zusätzliches Gewicht zu verleihen. Ohne Zweifel würden Grünspatzens Truppen die Stadt sehr bald zurückerobert haben, aber es käme wohl gut an, wenn Luthien dieser häßlichen Bestie namens Belsen'Krieg in spektakulärer Manier den Garaus machte.

»Ja«, sagte der Zauberer und gratulierte sich zu diesem Einfall. Er ergriff den Pfannenstiel und ließ mit einem Schlenker aus dem Handgelenk sein Omlett durch die Luft wirbeln.

Plötzlich hörte er eine Stimme seinen Namen rufen. Er erstarrte, worauf das Omelett auf den Herd klatschte und dann zu Boden glitschte.

Und wieder hörte er die Stimme.

Brind'Amour eilte durch den Flur seiner Höhlenwohnung in jene Kammer, wo er für gewöhnlich seine Zaubereien veranstaltete. Unterwegs hörte er abermals und wiederholt den Ruf nach seinem Namen, und er wurde immer hektischer, beschleunigte den Schritt, geriet ins Stolpern.

Er glaubte, daß es Grünspatz sei, der ihn da rief, oder einer der Hilfshexer des Königs, womöglich sogar ein Dämon. War es ein Fehler gewesen, sein Auge durch den Palast in Carlisle schweifen zu lassen? Hatte Grünspatz seinen angekündigten Ferienaufenthalt in Gascony verschoben, um sich zuvor mit ihm, Brind'Amour, dem lästigen Widersacher, auseinanderzusetzen?

Endlich gelangte der alte Zauberer in die Kammer,

riß das schwarze Tuch von der Kristallkugel und starrte in deren Tiefen.

Wie groß war seine Erleichterung, als er sah, wer nach ihm verlangte: ein einfacher Kurier, wie es schien. Doch die Erleichterung wechselte in Wut über, denn er mußte nun feststellen, daß nicht nur einer, sondern mehrere Männer seinen Namen riefen.

»Idiot!« brummte Brind'Amour an die Adresse von Luthien, den er als Urheber dieser Aktion ausmachte. »Du unverfrorener Narr!« Hier war nicht Montfort; die Gegend befand sich nach wie vor in der Hand von Zyklopen und Vasallen des Königs. Und den Namen Brind'Amours so laut und deutlich auszusprechen war eine Dummheit sondergleichen. Wenn Grünspatz erführe, daß er, Brind'Amour, aus seinem Jahrhundertschlaf erwacht und an der Revolte in Montfort beteiligt war, würde er gewiß, statt nach Gascony zu reisen, den Norden Eriadors aufsuchen und mit verstärkter Intensität nach ihm fahnden. Der große Plan wäre zu Fall gebracht.

Der große Plan.

Vorsichtig, wie er war, hatte sich Brind'Amour lange Zeit eingeredet, daß dieser Plan nicht so wichtig sei, daß der Kampf um Montfort nur ein Vorgeplänkel wäre, ein Schritt auf jenes Ziel hin, das erst in einigen Jahrzehnten erreicht sein würde. Doch jetzt, da er um den Aufstand fürchten mußte, da ihm bewußt wurde, wie viel ihm daran lag, ahnte der Alte, daß er sich die ganze Zeit etwas vorgemacht hatte. Denn käme der Aufstand zum Erliegen, wäre eine große Chance vertan.

Wie auch immer, er mußte diese dummen Jungen, die da aus einer Schriftrolle vorlasen, unbedingt zum Schweigen bringen. Er fühlte sich stark an diesem Morgen und sah nun eine günstige Gelegenheit gegeben, seine Zauberkraft zu testen.

Der Alte zog eine Schublade aus dem Tisch, entnahm ihr ein großes, in schwarzes Leder eingebundenes Buch und schlug es vorsichtig auf. Singend zitierte er die in archaischen Runen aufgezeichneten Formeln und tauchte ab ins Reich der Magie, so tief wie seit Hunderten von Jahren nicht mehr.

Die zwölf Männer auf den zwölf Klippen riefen nun schon seit über zwei Stunden aus, was ihnen von Luthien aufgeschrieben worden war, und sie sollten solange darin fortfahren, bis sich der Zauberer meldete.

Nun endlich wurde der Ruf beantwortet, aber anders als erwartet.

Im Süden rollte eine gewaltige dunkle Wolke über die Gipfel des Eisernen Kreuzes. Schwarz wie die Nacht segelte sie am blauen Himmel herbei, und es brauste ein heftiger Wind, der den Männern die Schriftrollen aus den Händen zu reißen drohte.

Doch ihrem Auftraggeber treu ergeben und überzeugt von der Wichtigkeit ihrer Mission, blieben die Kuriere standhaft.

Die Wolke schob sich nun vor die Sonne, einer schwarzen Maske gleich, einer Maske mit zwölf kleinen Löchern, aus denen das Tageslicht hervorbrach und zwischen Myriaden von Eiskristallen zerklitterte. Durch magische Kunst gebündelt und gelenkt, schoß dann aus jedem dieser Löcher eine Strahlenlanze auf die Erde herab, genau auf die Schriftrollen der einzelnen Kuriere, worauf ein Pergament nach dem anderen in Flammen aufging. Vor Schreck ließen die Männer die brennenden Reste fallen, eilten fluchtartig zu ihren Pferden und galoppierten Hals über Kopf davon.

In seiner Höhle lehnte sich Brind'Amour zufrieden zurück und ließ die Kristallkugel dunkel werden. Minuten zuvor noch frisch und stark, fühlte er sich nun ausgelaugt und müde.

»Oh, diese Narren«, murmelte er. Aber ohne Groll.

Kuriere nach ihm auszuschicken war zwar töricht, doch der Alte wußte, daß Luthien nur nach bestem Wissen und Gewissen handelte.

Konnte er, Brind'Amour, dasselbe von sich behaupten? Und erneut dachte er über den Aufstand nach, über dessen Ausmaß und Bedeutung, und nicht zuletzt auch darüber, ob er mit seiner Einschätzung, daß es sich nur um ein Vorgeplänkel handelte, auch tatsächlich richtig lag.

Was als sicherer Weg gedacht, war womöglich bloß der bequemere.

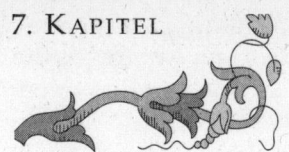

7. KAPITEL

Der Blutrote Schatten

Hätten wir nicht lieber unten durch die Pforte einsteigen sollen?« fragte Oliver. Die Kraxelei gefiel ihm ganz und gar nicht.

»Das Tor ist verrammelt«, flüsterte ihm Luthien ins Ohr. Die Kapuze seines Umhangs verdeckte nicht nur seinen Kopf, sondern auch den des Halblings. »Du hättest ja nicht mitzukommen brauchen.«

»Ich will mein Seil nicht verlieren.«

Sie hingen in der Ostwand des Ministeriums, auf halber Höhe zwischen Sockel und Spitze des höchsten Turmes. Allzu kalt war es nicht in dieser Nacht, doch es pfiff ein scharfer Wind, der sie vom Gemäuer zu fegen drohte. Luthien hatte den magischen Umhang fest verschnürt, um zu verhindern, daß eine Böe darunterfuhr und ihn und den Halbling entblößte.

Seit Beginn des Aufstands trug er den Umhang täglich, denn dem Stadtvolk war er ein Symbol, das Zuversicht weckte und zur Einheit aufrief: Der Blutrote Schatten, die Legende von einst, war zu neuem Leben erwacht und versprach Freiheit. Doch mit dem Umhang hatte es noch eine andere Bewandtnis. Darin eingehüllt und mit vorgezogener Kapuze war sein Träger kaum mehr als ein Schatten unter Schatten und somit unsichtbar. In dieser tarnenden Funktion hatte Luthien den Umhang während der vergangenen Wochen nur einige wenige Male getragen, und zwar immer dann, wenn er über den Wall gestiegen war, um die Stellungen des Feindes auszuspionieren. Er hatte ursprünglich vorgehabt, Vicomte Aubrey in seinem Haus aufzustöbern und zu töten, aber durch Siobhans Pfeil hatte sich das erübrigt.

Von seinem jetzigen Vorhaben wollte sich Luthien jedoch durch nichts und niemanden abhalten lassen; darum hatte er auch bloß Oliver eingeweiht.

Und so klebten sie nun im Dunkel der Nacht an der Wand des höchsten Turms. Hoch oben hielten, wie sie wußten, Zyklopen Wache, doch war anzunehmen, daß sie arglos im Warmen hockten. Und selbst wenn sie auf der Hut wären, gäbe es nicht das geringste zu entdecken.

Mit einem gezielten Wurf hatte Oliver seine magische Dregge gut plaziert. Sie kletterten am Seil über fünfzig Fuß weiter hoch. Doch an dem faltigen Haftball angekommen, war kein Tritt zu finden, der ihnen Halt geboten hätte. Hier, im oberen Teil des Turms, gab es kein einziges Fenster, und die Mauer war, von Sandstürmen beschmirgelt, nahezu glatt und fugenfrei.

Luthien fand dennoch einen Spalt und krallte die Finger hinein. »Beeilung!« drängte er den Freund.

Oliver schaute durch Luthiens ausgestreckte Arme nach oben und seufzte. Die Füße an der Wand, stemmte er die Schulter gegen Luthiens Bauch; was ihn hielt, war einzig dessen Gewicht. Er löste die Dregge und hoffte, sie mit der Länge des Seils bis zur Brüstung hinaufwerfen zu können.

»Schnell!« jammerte Luthien, der sich anscheinend nicht mehr lange halten konnte. Der Halbling stieß einen Fluch in seiner gasconischen Muttersprache aus, ließ, um Schwung zu holen, die Dregge um ein kurzes Seilstück kreisen und schleuderte sie so hoch hinauf wie eben möglich.

Leider aber nicht hoch genug. Luthien achtete nicht auf die Flüche des Halblings, denn er hatte etwas gesehen, was diesem offenbar noch nicht aufgefallen war.

Er hangelte sich am Seil empor und erreichte nach wenigen Klimmzügen den erspähten Vorsprung, der festen Halt bot. »So, von hier aus wirf noch mal, und wir schaffen's bis zum Rand«, flüsterte Luthien keuchend.

Oliver zupfte dreimal am Seil, worauf sich die Dregge von der Wand löste. Er holte sie am Seil ein, peilte das Ziel an und konzentrierte sich auf den Wurf.

Der glückte vortrefflich. Lautlos traf der magische Ball knapp einen Fuß unter dem Rand der Brüstung auf die Mauer und blieb daran haften.

Und weiter ging es nach oben. Als sie die Brüstung fast erreicht hatten, waren plötzlich Schritte zu hören. Luthien duckte sich unter den schützenden Umhang. Nach einer Weile wagte er es, einen Blick zu riskieren, und erkannte die Silhouette eines Zyklopen, der auf sie herabschaute.

Luthien wähnte schon das Ende nahen, doch dem Monstrum schien nichts aufzufallen. »Fehlalarm«, hörten sie ihn brummen und davontrampeln, zurück ans Feuer.

Beide seufzten erleichtert auf, und mit letzter Kraft hievte der junge Bedwyr sich und den Halbling bis ans Seilende hoch.

Sie konnten die Zyklopen hören, drei an der Zahl und an die fünf Schritt weit entfernt.

Oliver spähte als erster über den Rand und bemerkte zum Glück noch ein viertes Monstrum, das sich auf dem Treppenabsatz wenige Stufen unterhalb der Turmplattform aufhielt.

Gestenreich gab der Halbling nun dem Freund zu verstehen, was er im Schilde führte, stemmte sich auf den Rand der Brustwehr und hüpfte wieselflink und lautlos von Zinne zu Zinne.

Im stillen zählte Luthien bis fünfzig, wie es Oliver verlangt hatte. Dann tauchte auch er hinterm Mauerrand empor und spähte auf die drei Zyklopen, die vor einem kleinen, offenen Feuer kauerten. Vorsichtig schwenkte er die Beine über den Sims und legte die Hand ans Schwert. Es galt, schnell und entschieden zuzuschlagen, und er konnte bloß hoffen, daß Oliver das vierte Monstrum auf der Treppe rechtzeitig auszuschalten vermochte. Wenn dort nicht womöglich noch weitere Wachen in Stellung waren …

Aber Luthien drängte alle Bedenken beiseite. Dafür war es jetzt zu spät. Er holte tief Luft, zog das Schwert und warf sich der Gruppe entgegen.

Auf die Schultern traf *Blender* den ersten Zyklopen, als der noch hockte. Er fiel um, ohne einen Mucks von sich zu geben. Der zweite sprang auf, doch schon war Luthien herumgefahren, rammte ihm die Klinge in die Brust, und noch ehe er das Schwert wieder freigezogen hatte, nahm das dritte Monstrum Reißaus. Auf halber Treppe aber zuckte es krampfhaft zusammen, ging in die Knie und sackte rücklings auf die Stufen. In seiner Brust steckte Olivers Dolch. Perfekt geworfen.

Gleich darauf tauchte Oliver im Stiegenausschnitt auf, und im Vorbeigehen zog er sein Messer aus der Leiche. »Was hatten die wohl zu essen?« fragte er und schritt auf das Feuer zu. Am Spieß, der über der Glut hing, steckte ein fettes Stück Hammelfleisch.

»Hmmm, lecker«, sagte der Halbling und nahm Platz.

Als er nach einer Weile aufblickte, sah er sich den ungläubigen Blicken des Freundes ausgesetzt. »Laß dich nicht aufhalten«, sagte der Halbling.

»Kommst du nicht mit?«

»Ich habe dir gesagt, daß ich dich nur bis zur Turmspitze begleite«, antwortete Oliver und ließ es sich weiter schmecken.

Luthien schmunzelte. Aus seinem Rucksack zog er eine seidene Schnur, die so lang war wie der Turm hoch. Er warf sie dem Halbling vor die Füße und sagte: »Bereite den Abstieg vor und trödele nicht.«

»Keine Sorge«, entgegnete Oliver mampfend und scheuchte ihn davon. »Ich bin hiermit eher fertig als du mit deiner Sache.«

Kichernd machte sich Luthien auf den Weg. Alleine loszuziehen war ihm durchaus recht. Er mußte schnell auf den Beinen sein, und es wäre hinderlich, Oliver unter seinem Umhang mitzuschleppen.

Am Fuß der Stiege fand er den vierten Zyklopen liegen, erstochen vom Rapier des Halblings. Bei dem Gedanken daran, wie tüchtig dieser kleiner Freund war, rieselte dem jungen Bedwyr unwillkürlich ein kalter Schauer über den Rücken.

Durch den Turm führte eine Wendeltreppe aus dreihundert steinernen Stufen. Niemand stellte sich ihm in den Weg, und unten angekommen, sah er zu seiner Erleichterung, daß die Tür, die in der Apsis eingelassen war, offen stand.

Luthien warf einen heimlichen Blick in das riesige Kirchenschiff. Es brannten nur wenige Fackeln. Im Gestühl lagen die Zyklopen und schnarchten laut. Nur einige wenige Monstren waren wachen; sie standen in kleinen Gruppen beieinander und schwatzten. Arglos, wie Luthien schmunzelnd registrierte. Sie waren wohl überzeugt davon, daß die Rebellen auf einen Sturm des Ministeriums verzichteten, um die eigenen Kräfte zu schonen.

Lautlos und unsichtbar trat Luthien aus der Tür hervor und bemerkte nun, daß sich in den Gängen des Triforiums weitere Zyklopen aufhielten, doch auch die nahmen ihren Wachdienst nicht besonders ernst. Er ging nach rechts und spähte ins nördliche Querschiff, dessen Pforten, wie erwartet, aufwendig verbarrikadiert waren. Zyklopen hockten im Kreis davor und würfelten.

Sie alle waren gelangweilt und müde – und würden bald nichts mehr zu beißen haben.

Spontan drängte es Luthien, das Mittelschiff auszukundschaften, doch er besann sich anders, schlich in die Apsis zurück und folgte dem Halbkreis bis ins südliche Querschiff.

Dort fand er, wonach er suchte: einen großen Berg von Lebensmitteln. Heimtückisch grinsend rückte er näher heran. Aus dem Umhang zog er eine schwarze, von Shuglin präparierte Dose sowie sechs kleine Säckchen, gefüllt mit Schwarzpulver aus den Bergwerken. Mit Blick auf den Provianthaufen überlegte er einen Augenblick lang und plazierte dann die einzelnen Säckchen mit Bedacht. Zwei davon steckte er zwischen drei Wasserfässer, die wohl einzigen Trinkwasserreserven der Zyklopen.

Dann langte er zu den Ölflaschen, die in Fell gewickelt waren, um zu verhindern, daß sie aneinanderklapperten. Mit deren Inhalt beträufte er nun vorsichtig die Lebensmittel. Einer der Zyklopen an der Südpforte hob witternd die Nase in die Luft, doch der Geruch des Öls war kaum auszumachen beim Gestank der Fackeln und Laternen.

Die schwarze Dose, die Luthien nun wieder zur Hand nahm, war würfelförmig geschnitten und bis auf das kleine Loch im Deckel völlig unscheinbar. Luthien öffnete sie und versuchte sich ein Bild zu machen von Shuglins Konstruktion. Doch im Halbdunkel erkannte er bloß zwei kleine Glasgefäße. Daneben lagen Zünder und Docht.

Luthien blickte auf, um sich zu vergewissern, daß von den Zyklopen nicht zufällig einer in der Nähe war. Dann duckte er sich und schlug unter den Falten des Umhangs das Zündplättchen. Erst beim zweiten Versuch fing der Docht zu glimmen an. Im

Licht der Glut sah er nun, daß das eine Glas mit einer bernsteinfarbenen, das andere mit einer roten Flüssigkeit gefüllt war. Darunter befand sich ein Ledersäckchen, vermutlich ebenfalls mit Schwarzpulver gefüllt.

Luthien war beeindruckt, hatte aber keine Zeit, das Ding genauer zu untersuchen. Nach Shuglins Auskunft würde es in die Luft gehen, ehe er bis fünfundzwanzig gezählt habe. Luthien drückte den Deckel wieder auf, legte die Dose zwischen die Lebensmittelvorräte und schlich eilends zurück zur Tür in der Apsis. Dort schaute er sich um und wartete.

Laut zischend und knallend explodierte die Dose, und schon ging der Provianthaufen in Flammen auf. Wie aufgeschreckte Hühner rannten die Zyklopen umher.

Dann krachte es mehrmals kurz hintereinander; die Wasserfässer zerbarsten.

Weitere Detonationen waren zu hören, als Luthien grinsend die Treppe hochrannte.

Keuchend langte er auf dem Ausstieg zur Turmplattform an. »Das wär's dann wohl«, mümmelte Oliver, der immer noch mit seinem Hammelbraten beschäftigt war.

»Jetzt heißt's, die Wachen unten auf dem Platz in Alarmbereitschaft zu versetzen«, entgegnete Luthien. »Die Zyklopen werden nicht mehr lange auf sich warten lassen.«

Oliver nahm einen letzten Bissen, wischte sich den Mund am Umhang eines der toten Zyklopen ab und eilte zur Brüstung. Die Dregge war schon verankert, daran befestigt das Seil, das bis auf die Straße hinabreichte.

Im Innern des Ministeriums fanden währenddessen die Zyklopen ihre Vorräte verheert, das Trinkwasser verschüttet. Sie tobten und fluchten, beschuldigten sich untereinander, bis schließlich einer von ihnen die

Unglücksursache entdeckte: Auf der Wand der Apsis zeichneten sich die Umrisse des blutroten Schattenmannes ab.

Luthiens magischer Umhang hatte dieses Mal zurückgelassen.

Wie ein Lauffeuer verbreitete sich die Nachricht von der Westküste Avons über die Berge nach Eriador, von Dorf zu Dorf bis Caer MacDonald und darüber hinaus: Eine große Flotte war in See gestochen, mindestens fünfzig Schiffe mit insgesamt über zehntausend prätorianischen Gardisten. Tief lägen die Schiffe im Wasser, so hieß es; vollgestopft mit Waffengerät und Soldaten.

Im Zwelf wurde diese Nachricht mit stoischer Gelassenheit aufgenommen. Luthien und seine Freunde hatten damit natürlich längst gerechnet, zumal entsprechende Gerüchte schon seit Wochen kursierten. Daß Grünspatz nun tatsächlich ernst machte und mit eiserner Faust den Aufstand zu zerschlagen vorhatte, stimmte die Freunde aber dennoch nachdenklich und besorgt.

»Ich werde morgen nach Port Charley aufbrechen«, kündigte Luthien seinen versammelten Kommandanten an. »Wenn ich mich beeile, bin ich sogar vor der Flotte da.«

»Du kannst jetzt nicht weg«, sagte Siobhan mit Entschiedenheit.

Luthien schaute sie an, und auch Oliver zeigte sich verwundert. Er wollte den Freund begleiten (und hoffte, ihn unterwegs überreden zu können, Reißaus zu nehmen und im wilden Norden Zuflucht zu suchen).

»Du hast hier in Caer MacDonald deine Pflicht als Regent zu tun«, erklärte Siobhan.

»Ist denn nicht üblich, daß ein Regent auch mal auf Reisen geht?« fragte Oliver.

»Nicht in Krisenzeiten«, antwortete die Halbelfe. »Wir erwarten den Ausbruch der Zyklopen.«

»Die werden auf offenem Platz niedergemetzelt«, meinte Oliver mit jener Zuversicht, die fast alle Rebellen teilten.

»Und Luthien Bedwyr muß zur Stelle sein«, beharrte Siobhan. »Sobald auch diese Schlacht geschlagen ist, gehört uns die ganze Stadt. Es wäre falsch, wenn sich ausgerechnet in diesem Moment der Rebellenführer woanders herumtreibt.«

»Aber Port Charley ist ungemein wichtig für uns«, entgegnete Luthien. Er fühlte sich übergangen, hatte fast den Eindruck, als sei er für die anderen Luft. »Dort wird sich womöglich Sieg oder Niederlage entscheiden. Während wir hier herumhocken und streiten, sind Shuglins Leute gerade dabei, die Stadt zu befestigen. Wenn die Meldungen zutreffen, wird bald ein Heer vor unseren Toren liegen, das unseren Kräften zahlenmäßig mindestens ebenbürtig ist.«

»Bei gleicher Truppenstärke haben wir alle Vorteile auf unserer Seite«, warf Katerin O'Hale ein.

»Aber wir haben's mit prätorianischen Gardisten zu tun«, betonte Luthien. »Die sind hervorragend ausgebildet und kampferprobt, von der Überlegenheit ihrer Waffen ganz zu schweigen.«

»Du zweifelst wohl an unserer Stärke«, sagte Katerin, merklich verärgert.

»Ach was, ich will nur den Erfolg sichern«, erwiderte Luthien. Im Grunde seines Herzen hielt er es aber in der Tat für mehr als fraglich, daß seine zusammengewürfelten Rebellentruppen einem Prätorianerheer zu trotzen vermochten. Und jeder hier in der Schenke, einschließlich Katerin, hegte dieselben Bedenken.

»Deshalb muß ich nach Port Charley«, fuhr Luthien fort. Und mit Blick auf Katerin: »Du hast selbst gesagt, daß es einiger Überredungskünste bedarf, um die Leute dort auf unsere Seite zu ziehen.«

Die rotgelockte Frau rückte mit ihrem Stuhl vom Tisch ab. Anscheinend war das Gespräch für sie beendet.

»Es gilt, die Flotte im Hafen festzusetzen«, erklärte Luthien. »Wenn das Volk von Port Charley die Truppen am Verlassen ihrer Schiffe hindert, werden sie weitersegeln und nach einer anderen Landungsstelle suchen müssen. Dadurch gewinnen wir Zeit.«

»Und mit jedem Tag, den sie auf See verbringen, wächst die Chance, daß ein Sturm über sie hereinbricht«, meinte Oliver schmunzelnd.

Luthien nickte. »Zudem werden ihre Vorräte immer knapper, und das lange Warten wird an ihren Nerven zehren. Und mit jedem weiteren Tag, den wir gewinnen, können Shuglin und seine Leute die Verteidigungsanlagen vervollständigen. Kurzum, die Flotte muß aufgehalten werden.«

»Einverstanden«, sagte Siobhan. »Aber statt deiner wird jemand anders nach Port Charley ziehen.« Und bevor Luthien antworten konnte, fügte sie hinzu: »Wir haben doch tüchtige Anführer. Außerdem steht es einem Rebellenführer nicht gut zu Gesicht, wenn er persönlich anderenorts um Beistand bittet. Oder glaubst du etwa, die Leute dort mit deiner Anwesenheit beeindrucken zu können?« Siobhan verstand sich auf klare, schonungslose Worte. »Sie werden allenfalls von deiner Einfalt und Naivität beeindruckt sein. Dein Platz ist hier, und wenn du dich dennoch in Port Charley zeigst, wird dich niemand dort für voll nehmen, geschweige denn Unterstützung anbieten.«

Luthien war sprachlos. Hilfesuchend schaute er sich nach Oliver um.

»Da ist was dran«, sagte der.

Und tatsächlich wußte Luthien den Argumenten der Halbelfe nichts entgegenzusetzen. Erneut drängte sich ihm das Gefühl auf, als sei sie es, die alle Fäden in der Hand hielt, und er wäre nicht mehr als ihre

Marionette. Dieser Eindruck gefiel ihm ganz und gar nicht; trotzdem war er froh, daß ihm Siobhan zur Seite stand. Sie war nicht nur schön, sondern auch gescheit und würde zu verhindern wissen, daß er törichte Fehler beging. Und in Gedanken an Brind'Amour wurde dem jungen Bedwyr wieder einmal bewußt, daß er, was Politik anbelangte, alles andere als sattelfest war und dringend Hilfe benötigte.

»Wer soll denn jetzt gehen?« fragte Oliver, an Siobhan gewandt, denn es schien, als habe Luthien die Entscheidung in dieser Sache an sie abgetreten. »Du vielleicht? Ich fürchte, als Halbelfe wirst du auch nicht besonders viel Eindruck machen.« Seine Bemerkung war nicht als Beleidigung gemeint, und Siobhan nahm auch keinen Anstoß daran; ihr ging es einzig und allein um die Sache.

»Ich werde gehen«, sagte Katerin und zog alle Blicke auf sich. »Ich kenne die Leute von Port Charley besser als sonst einer hier.«

»Bist du denn schon einmal dort gewesen?« erkundigte sich Oliver.

»Ich stamme aus Hale, einer Hafenstadt, die vieles mit Port Charley gemein hat«, antwortete Katerin. »Die Leute aus meiner Heimat denken in vielen Dingen ähnlich. Auch wir haben uns nie der Herrschaft Grünspatzens gebeugt und stets nur die eigenen Gesetze gelten lassen.« Luthien schüttelte den Kopf. Es paßte ihm nicht, Katerin entbehren zu müssen und allein davonziehen zu lassen. An allen Ecken und Enden lauerte Gefahr, insbesondere für einen Gesandten der Rebellen aus Caer MacDonald.

»Daß du nicht gehen kannst, hat noch einen anderen Grund«, sagte Katerin und schaute Luthien fest ins Gesicht. »Falls sich uns die Leute von Port Charley nicht anschließen, kämst du ihnen wie gerufen als Unterpfand in einem möglichen Tauschgeschäft mit Grünspatz.«

»Du zweifelst an deren guter Absicht?« fragte Luthien.

»Ich schätze sie als pragmatisch ein«, erwiderte Katerin. »Du bedeutest ihnen nicht viel, noch nicht.«

Katerins Einschätzung trug beileibe nicht zu Luthiens Beruhigung bei. Auch sie würde der König allzu gern in die Hand bekommen.

»Sie hat recht.« Das mußte ausgerechnet Siobhan nun sagen. »Du mußt bleiben. Und sie ist genau die richtige für die Mission in Port Charley.«

Katerin betrachtete ihre Rivalin mit kritischem Blick, beargwöhnte deren Motive. Womöglich hoffte sie darauf, daß ihr etwas zustieße. Doch in den Augen der Halbelfe – die ebenso strahlend grün waren wie die eigenen – war keine Spur von Falschheit zu entdecken, im Gegenteil: Sie sprachen von Hoffnung, von Sympathie sogar.

Luthien wollte zum Protest anheben, doch Siobhan kam ihm zuvor. »Du solltest jetzt deine persönlichen Gefühle zurückstecken. Es geht hier um Größeres«, sagte sie barsch. »Für die Mission kommt kein besserer in Frage als Katerin.« Die beiden Frauen tauschten lächelnde Blicke aus, und wieder an Luthien gewandt, fügte Siobhan hinzu: »Bist du endlich überzeugt?«

Luthien seufzte und gab sich geschlagen. »Nimm Flußtänzer«, empfahl er Katerin und bezog sich auf sein Pferd, ein so edles Hochland-Roß wie kaum ein zweites in ganz Eriador. »Ich laß es dir morgen bringen.«

»Heute nacht noch«, stellte Katerin richtig. »Die Flotte aus Avon segelt nicht nur bei Sonnenschein.«

Nein, Luthien wollte sie nicht ziehen lassen. Am liebsten wäre er aufgesprungen und vor sie hingetreten, um sie in die Arme zu nehmen und nicht wieder freizugeben. Er wollte sie beschützen vor allen Gefahren dieser Welt. Doch er mußte sich eingestehen, daß sie und Siobhan recht hatten. Katerin war genau die richtige, und sie wußte sehr wohl selbst auf sich aufzupassen.

Grußlos verließ sie die Schenke.

Oliver stand auf, um ihr zu folgen. »Bis später, irgendwann«, sagte er.

Luthien schaute auf Siobhan herab und erwartete, daß sie den Halbling aufzuhalten versuchte. Statt dessen aber rief sie ihm nach: »Gute Reise.« Oliver legte grüßend die Hand an den Hut und verschwand.

In letzter Zeit wurde im Zwelf immer lautstark debattiert; es gab genügend kontroverse Themen. Jetzt aber, nachdem Katerin und Oliver gegangen waren, blieb es auffallend still. Da kam ein Mann von draußen hereingeplatzt. »Das Ministerium!«

Mehr sagte er nicht. Luthien sprang vom Stuhl und stolperte buchstäblich drauflos. Hätte Siobhan nicht blitzschnell zugepackt, wäre er Hals über Kopf zu Boden gestürzt. Er sah ihr ins Gesicht, war betört von ihrem Lächeln und wußte: Auch ohne Oliver und Katerin hatte er heute nacht einen tüchtigen Mitstreiter zur Seite.

Voller Verzweiflung und mit lautem Gebrüll stürmten die Zyklopen durch sämtliche Pforten des Ministeriums nach draußen, rannten auseinander und versuchten, in den kleinen Gassen jenseits des Platzes Zuflucht zu finden. Von allen Seiten hagelten Pfeilgeschosse auf sie ein, und ehe sie sich besinnen konnten, waren die Rebellen mit Schwertern, Spießen und wilder Entschlossenheit zur Stelle.

Luthien und die anderen Gäste aus der Schenke hasteten durch den Geheimgang im Stadtwall und drangen in die Kathedrale ein. Etliche Zyklopen hatten bereits auf dem Platz kehrtgemacht und waren, um dem Gemetzel zu entkommen, in die Kirche zurückgerannt.

Aber dort erwarteten sie nun die Kämpfer um Luthien. Luthien selbst sperrte das Hauptportal auf, um den Rebellen draußen auf dem Platz Einlaß zu verschaffen. Wieder einmal floß auf geweihtem Boden das Blut in Strömen. Wieder einmal wurde an diesem Ort der Stille und Einkehr wildes Geschrei laut.

Und noch in dieser Nacht fiel die Entscheidung: In Caer MacDonald blieb kein einziger Zyklop am Leben.

8. KAPITEL

Port Charley

Port Charley war ein dichtbebauter Ort mit weiß-
getünchten Häusern, die hübsch aneinandergereiht
auf den Stufen des terrassierten Berghangs standen,
einem Ausläufer des Eisernen Kreuzes, der hier steil
ins Meer abfiel. Es hieß, daß man bei klarer Sicht von
der Anhöhe aus die weißen und grünen Felsen von Baranduine weit im Westen erkennen könne. Port Charley war ein verschlafener Ort, der aber immer dann
lebhaft wurde, wenn, was selten genug vorkam, die
Sonne hervorbrach und die weißen Mauern und Zäune
zum Leuchten brachte.

Heiter und fröhlich war die Stimmung auch an dem
Tag, da Oliver und Katerin auf die Ortschaft zuritten.
Sie hatten mit Schnee gerechnet, doch davon war
nichts zu sehen – nur blanker, vom Wind polierter Fels,
ein paar grüne und braune Tupfer, vereinzelt kahle
Bäume.

»Die Blüte wird noch eine Weile auf sich warten lassen«, sagte Oliver und gab Schäbig, seinem lohfarbenen Pony, die Sporen.

Auf Flußtänzer, diesem stattlichen, weißen Hengst,
trabte Katerin neben dem Halbling einher.

»Ich war einmal im Frühjahr hier«, erklärte er. Und
er schilderte, wie es hier aussah, wenn die Bäume aus-
schlugen und zwischen kahlem Gestein und in zahllo-
sen Blumenkästen vor den Fenstern die unterschied-
lichsten Pflanzen ihre Blüten trieben. Doch Katerin

hörte kaum hin. Sie brauchte eine solche Beschreibung nicht. Für sie war Port Charley wie Hale, nur größer, und es fiel ihr nicht schwer, sich das Land ihrer Kindheit in Erinnerung zu rufen, den Wind, der über die kalten Gewässer wehte, all die bunten Farben, vor allem das Violett vor grauen und weißen Flächen. Sie hörte die Brandung, dieses dumpfe Grollen wie aus tiefstem Erdreich, und sie dachte zurück an die Insel Bedwydrin, an ihre Seefahrten auf jenem Segelschiff, das vor Anker im Hafen groß und stattlich wirkte, aber so winzig und gefährdet war, wenn sich am Horizont der Küstenstreifen immer weiter weg entfernte.

Und Katerin erinnerte sich an den Duft von Salz und Gischt in kalter Luft, der schwer und frisch war, fast schon urzeitlich. Ihr ging das Herz auf; hier fühlte sie sich fast wie zu Hause.

Oliver bemerkte den verträumten, entrückten Ausdruck im Gesicht der jungen Frau und verzichtete auf einen Kommentar.

Sie kamen aus nordöstlicher Richtung an den Ortsrand. Vor ihnen zweigte rechts ein Weg ab, der in die Dünen und ans Meer führte. Linker Hand ging es in den unteren Teil der Ortschaft weiter. Oliver bog spontan nach links ab, doch Katerin wußte es besser.

»Zum Hafen«, sagte sie.

»Aber wir wollen doch zum Bürgermeister«, rief er ihr nach, denn schon hatte sie sich um Längen entfernt.

»Nein, zur Hafenmeisterei.« Katerin wußte: Wer dem Hafen vorstand, hatte auch die Stadt unter Kontrolle; das war in Hale so und würde in Port Charley nicht anders sein.

Laut klapperten die Hufe auf dem Knüppeldamm, der über den Sandstrand zu den Piers führte. Bald aber wurde das Geklappere übertönt von klatschenden Wellen und dem knirschenden Holz- und Tauwerk der Boote vor den Pollern. Seevögel schrien, und Schiffsglocken bimmelten. Von einem Schwarm aufgeregter

Möwen begleitet, lief ein Fischerboot mit gestrichenen Segeln im Hafen ein.

Oliver sah einen Mann und eine Frau an Bord herumhantieren. Mit großen Messern nahmen sie die gefangenen Fische aus, und von den Abfällen, die sie in hohem Bogen wegschleuderten, ging nichts verloren.

Katerin ritt über eine langgestreckte Brücke aus Planken voran, auf die insgesamt sieben Stege zuliefen, die weit ins Hafenbecken hineinragten und so wohl zweihundert Fischerbooten Anlegeplatz boten. Im Geiste sah Katerin eine gewaltige Flotte von Galeonen am Horizont aufkreuzen, und ihr wurde angst und bange. Hoffentlich, so dachte sie, war das Becken nicht tief genug für solch große Schiffe. Wenn Grünspatzens Truppen gezwungen wären, in kleinere Boote umzusteigen, würden die Fischer deren Landung gewiß nach Kräften zu behindern wissen.

Aber noch war es nicht soweit. Zunächst einmal galt es, das Volk von Port Charley für die Rebellion zu gewinnen.

Dumpf trommelten Flußtänzers Hufe auf den Planken. Schäbig folgte dichtauf. Katerin fand sich problemlos zurecht. Die hiesige Anlage unterschied sich nur der Größe nach vom Hafen ihrer Heimatstadt, und so ritt sie zielstrebig auf den zentralen Pier zu.

»Sollten wir nicht lieber absteigen?« fragte Oliver mit skeptischem Blick auf die breiten Lücken zwischen den Planken des Stegs, der nun bei Ebbe dreißig Fuß über dem Wasser schwebte.

Katerin antwortete nicht und steuerte unbeirrt auf ein kleines Holzhaus zu. Weil es noch früh am Nachmittag war, lagen nur wenige Boote im Hafen, und auf den Stegen lungerten ein paar alte Seebären herum, die neugierig den Kopf hoben, geradezu verwundert, wie es schien, angesichts des Halblings, der in seiner farbenprächtigen Aufmachung ein ungewohntes Bild abgab.

Als sich die beiden dem Holzhaus näherten, trat

ihnen vor der Tür eine alte Frau entgegen. Ihr dunkles Gesicht war voller Falten und das weiße Haar so schütter, als sei es vom Wind, der hier unablässig wehte, ausgedünnt worden.

Sie nickte ihnen zu und entblößte lächelnd einen fast zahnlosen Gaumen. Ihre Augen waren wäßrig blau, die Glieder krumm und knorrig. Sie war dennoch nicht unansehnlich und strahlte trotz ihrer krüppligen Gestalt Aufrichtigkeit und Würde aus.

»Die Passage nach Süden wird frühestens in vierzehn Tagen frei sein«, sagte sie mit näselnder Stimme. »Und falls ihr nach Norden wollt, müßt ihr euch noch einen ganzen Monat lang gedulden.«

»Wir wollen nicht übers Meer«, antwortete Katerin. »Wir suchen den Hafenmeister.«

Die Alte musterte Katerin vom Scheitel bis zur Sohle, und was sie sah, schien ihr zu gefallen. »Da seid ihr bei mir richtig«, sagte sie freundlich und streckte die Hand zum Gruß aus. »Ich bin Gretel Sweeney.«

»Katerin O'Hale.« Diesen Namen wußte die Hafenmeisterin sogleich einzuordnen, und sie erkannte in der jungen Frau eine verwandte Seele, die wie sie einem seefahrenden Volk angehörte. Der Halbling dagegen gab ihr sichtlich Rätsel auf. Doch dann schien ihr ein Licht aufzugehen. Gretel war seit fast zwei Jahrzehnten die Hafenmeisterin von Port Charley, und sie legte großen Wert darauf, alle fremden Schiffe, die hier einliefen, persönlich in Empfang zu nehmen. Natürlich konnte sie sich nicht an jedes einzelne Gesicht der Landgänger erinnern, der Halbling aber hatte nachhaltig Eindruck auf sie gemacht.

»Gascone«, sagte sie und reichte auch ihm die gichtige Hand.

Er nahm die Hand entgegen und führte sie an die Lippen. »Oliver deBurrows«, stellte er sich vor. Dann zog er den Hut und wischte, sich tief verbeugend, die breite Krempe über den Boden.

»Ein Gascone durch und durch«, bemerkte die Alte und zwinkerte Katerin zu.

Katerin kam gleich zur Sache. »Habt Ihr von den Kämpfen in Montfort gehört?« fragte sie.

Wie zur Antwort strahlten die blaßblauen Augen auf. Doch anstatt die Frage zu bejahen, entgegnete sie: »Ist es nicht seltsam, einen Gasconen als Gesandten zu uns zu schicken?«

»Oliver ist ein guter Freund«, erklärte Katerin. »Ein Freund von mir und von Luthien Bedwyr.«

»Dann ist es also wahr«, sagte Gretel. »Der Sohn des Grafen von Bedwydrin!« Sie verzog die Miene und schüttelte den Kopf. »Es hat ihn ziemlich weit weg verschlagen von zu Hause.« Katerin und Oliver, verblüfft über die Reaktion der Alten, tauschten verwunderte Blicke. »Und euch auch.«

»Wir versuchen unser Zuhause wieder in Ordnung zu bringen«, erwiderte Katerin.

Gretel zeigte sich unbeeindruckt. »Ich habe eine Kanne Tee aufgesetzt«, sagte sie und wandte sich der Tür zu. »Machen wir's uns gemütlich. Ihr habt mir bestimmt viel zu berichten und das eine oder andere Angebot zu machen.«

Oliver und Katerin blickten immer noch einander an, verunsichert und unschlüssig. Die Alte war schon ins Haus vorausgegangen.

»Das wird nicht leicht mit ihr«, meinte der Halbling.

Katerin schüttelte den Kopf. Sie hatte vorausgesehen, daß die Leute von Port Charley zurückhaltend reagieren würden. Sie waren vom gleichen Schlag wie die Bewohner ihres Heimatortes. Frei und unabhängig, gehorchten sie allein dem Meer. König Grünspatz war für sie kein Thema, genausowenig wie der Aufstand in Montfort.

Als die beiden ihre Pferde festbanden, verließ ein junger Bursche das Haus und lief über die Brücke in Richtung Ortschaft.

»Gretel scheint ihre Freunde zu sich zu rufen«, sagte Katerin.

Instinktiv langte Oliver an den Griff seines Rapiers, doch gleich darauf entspannte er sich wieder. Die Alte war freundlich, sein Argwohn lächerlich.

»Also los«, sagte Katerin und krauste die Stirn in Gedanken an das, was ihr nun bevorstand. Mit der Hafenmeisterin zu reden erschien ihr wenig aussichtsreich, und es erübrigte sich fast, die Bewohner von Port Charley um Hilfe zu bitten in einer Sache, die für sie kaum von Bedeutung war.

Katerin folgte Oliver ins Haus.

Wie vermutet, wollte die Hafenmeisterin nichts wissen von den Schwierigkeiten in Montfort, und auch der Name Caer MacDonald, den Katerin immer wieder ins Spiel brachte, konnte die Alte nicht rühren.

Darüber äußern wollte sie sich erst, wenn die Freunde da wären. »Wir lassen uns von Fischerleuten beraten, die zu alt sind für die Boote«, sagte sie. »Die kennen das Meer.«

»Unsere Sorgen betreffen nicht das Meer«, entgegnete Oliver höflich.

»Aber das Meer ist unsere einzige Sorge«, erklärte Gretel entschieden und ließ keinen Zweifel daran, daß mit ihr nicht leicht zu verhandeln war.

Gretel bestand darauf, über Hale zu reden. Sie kannte einige Bewohner des Fischerdorfes im Norden, war ihnen in jungen Jahren, als sie selbst noch zur See fuhr, in den Fischgründen vor dem Kap von Baranduine immer wieder begegnet. Und obwohl Katerin nur wenig Sinn hatte und Geduld aufbrachte für eitles Geschwätz (insbesondere jetzt, da der Feind auf die Küste zusegelte), hörte sie doch artig zu und fand sogar Gefallen an Gretels Geschichten von der mächtigen Avonsee.

Oliver nippte an seinem Tee und sah sich im Zimmer um. Nach einer Weile tauchte der erste von Gretels alten Freunden auf; dann kehrte einer nach dem anderen ein, bis das kleine Haus voll von weißhaarigen, wettergegerbten Gestalten war, und es roch nach Salz und Fisch. Der Halbling glaubte, einen der Männer zu kennen, wußte aber nicht woher. Auch der schien sich an ihn zu erinnern und zwinkerte ihm schalkhaft zu. Womöglich hatte er zur Mannschaft des Schiffs gehört, auf dem Oliver vor einigen Jahren in Port Charley gelandet war, oder vielleicht kannten sie sich aus dem Seemannsheim, in dem der Halbling für kurze Zeit gewohnt hatte, bis er schließlich, von Langeweile getrieben, in Richtung Montfort aufgebrochen war.

Oliver musterte den Alten, der, obwohl er am Herd saß, eine dicke Wolldecke um sich geschlungen hatte; aber nein, es fiel ihm nicht ein, wo und unter welchen Umständen er diesen Mann schon einmal getroffen hatte.

Katerin schien sich in der Runde um Gretel durchaus wohl zu fühlen, und sie berichtete, mit vierzehn Jahren Hale verlassen zu haben, um sich in der Arena von Dun Varna als Kämpferin ausbilden zu lassen.

»Nun«, sagte die Hafenmeisterin, nachdem ein bärtiger Alter verspätet zur Tür hereingehumpelt war. »Es scheint, wir sind vollständig.«

»Gehören all diese Herren zu Ihrem Beirat?« wollte Oliver wissen.

»Es sind, wie gesagt, alles Freunde, die zu alt sind für die Boote«, entgegnete Gretel. »Aber noch nicht so alt, daß sie nur noch im Bett liegen könnten. Wenn die jüngeren vom Fang zurückkehren, werden sie erfahren, was wir beschlossen haben.«

Sie richtete den Blick auf Katerin und gab ihr mit einem Kopfnicken zu verstehen, daß sie nun ihr Anliegen vortragen konnte.

Katerin stand auf und nahm sich vor, so zu reden, als stünde sie vor Vertretern ihres Heimatortes. Das Volk von Hale hielt nichts von Grünspatz und verschwendete an ihn nur wenig Worte und Gedanken. Auch die Leute aus Port Charley würden sich keine langen Ausführungen zu diesem Thema anhören wollen.

Sie trat in die Mitte und lehnte sich an den kleinen runden Tisch, der dort stand, dachte an Luthien, an seine flammende Rede auf dem Vorplatz des Ministeriums und wünschte, er wäre nun hier. Wie konnte sie nur so hochmütig gewesen sein und geglaubt haben, ihn vertreten zu können?

Aber dann drängte sie diese abträglichen Gedanken beiseite. Luthien würde diese Leute hier nicht erreichen können. Seine Worte vermochten allenfalls diejenigen zu rühren, die etwas zu verlieren hatten und auf günstige Führung hofften. Die Leute von Port Charley aber ließen nur die eine Herrschaft gelten: das Meer.

Katerin zögerte immer noch, und sie konnte sich getrost Zeit lassen, denn niemand drängte sie. Die Männer und Frauen um sie herum waren geduldig und ans Warten gewöhnt.

Sie rief sich das Bild des Dorfes vor Augen. Es war wie Hale einer unwirtlichen Landschaft abgetrotzt, schön anzusehen mit seinen gepflegten Häuserreihen und Terrassen – und so ganz anders als die Orte im Süden Eriadors, diejenigen, die im Schatten des Eisernen Kreuzes lagen.

Plötzlich wußte Katerin, worauf sie ihre Rede aufbauen mußte, und ihre Miene klarte auf. Das Volk von Port Charley hatte wenig im Sinn mit Landespolitik, aber wie jede Gruppe in Eriador verachtete es die Zyklopen. Wie Katerin wußte, lebte in und um Port Charley nur eine Handvoll Zyklopen. Als Wachen dienten den Händlern in der Regel kräftige Menschen.

»Ihr habt von der Rebellion in Caer MacDonald gehört«, hob sie zu reden an. Und als keine Reaktion zu spüren war, trat sie vom Tisch weg, straffte die

Schultern und fuhr fort: »Ist euch zu Ohren gekommen, daß wir viele Zyklopen getötet haben?«

Die alten Fischer nickten beifällig mit den Köpfen und zeigten, hämisch grinsend, schrundige Zahntrümmer. Katerin hatte nun leichtes Spiel. Sie sprach über eine Stunde lang, bevor ihr die erste Frage gestellt wurde. Und auch auf alle weiteren antwortete sie, so gut sie konnte.

»Wir brauchen vor allem Zeit«, sagte sie schließlich, und ihre Worte waren insbesondere an Gretel gerichtet. »Es müßte gelingen, die Flotte aus Avon aufzuhalten. Und sei es nur für eine Woche. Dann werden wir in Caer MacDonald gewappnet sein, Grünspatzens Truppen zerschlagen und ein friedliches Abkommen mit Avon erzwingen. Und Eriador wird wieder frei sein.«

»Um von einem anderen König regiert zu werden«, sagte einer der Fischer.

»Es wird in jedem Falle ein besserer sein«, entgegnete Katerin, und sie hatte eine bestimmte Person vor Augen, verzichtete aber darauf, deren Namen zu nennen. »Ein besserer als dieser Hexer, der mit Dämonen im Bunde steht, der Zyklopen an seinen Hof lädt und sie zu seiner Garde macht.«

Oliver lächelte ihr zu und war sichtlich zufrieden mit ihrer Vorstellung. Katerin wandte sich nun direkt an Gretel und forderte sie mit Blicken dazu auf, Stellung zu beziehen, als plötzlich ein Mann außer Atem und mit hochrotem Kopf zur Tür hereinstürmte. Er war mittleren Alters, hatte graumeliertes Haar und ein Gesicht voll von dichten, schwarzen Stoppeln.

»Du hast sie schon gesehen«, ahnte Gretel, bevor er zu Wort kam.

»Sie liegen fünf Meilen südlich vor Anker«, berichtete der Mann. »Zu dicht an der Küste, um im Dunkeln weitersegeln zu können.«

»Galeonen?« fragte Katerin.

Neugierig pendelten die Blicke des Mannes zwischen Katerin und Oliver hin und her. Dann sah er Gretel an, die ihm zu verstehen gab, er solle weiterreden.

»Die ganze verdammte Flotte aus Avon«, tönte er.

»An die fünfzig Schiffe?« hakte Katerin nach.

»Ich würde eher sagen: siebzig«, erwiderte der Mann. »Und was für welche! Riesengroß und tief im Wasser liegend.«

Katerin betrachtete die Hafenmeisterin und war erstaunt zu sehen, wie ruhig und gelassen die Alte auf diese unheilvolle Botschaft reagierte. So auch die anderen. Das Lächeln der Alten strahlte Zuversicht aus, und indem sie flüchtig mit dem Kopf nickte, ließ sie Katerin wissen, daß ihrem Begehren stattgegeben wurde.

»Ihr geht mit Phelpsi Dozier«, sagte Gretel, an Katerin und Oliver gewandt. »Er bietet euch Unterkunft auf seiner *Horizont*.«

Dozier war der älteste Mann in der Runde, steinalt. Er trat vor, tippte grinsend mit der Hand an die Wollkappe und bleckte den Zahn, der ihm als einziger verblieben war. »Sie ist ein schönes Schiff, liegt aber in letzter Zeit fast nur noch im Hafen«, sagte er wie zur Entschuldigung.

»Mein Junge wird sich um eure Pferde kümmern«, fuhr Gretel fort, die die Aussprache offenbar als abgeschlossen betrachtete. Auch einige der anderen standen nun auf, reckten die steifen Glieder und gingen zur Tür. Es war inzwischen dunkel geworden, dunkel und kalt; der Wind brauste.

»Wir müßten noch ein paar Dinge besprechen. Es sind Vorbereitungen zu treffen«, meinte Katerin, doch Gretel winkte ab.

»Ach, Kindchen«, erwiderte die Alte, »die Vorbereitungen, die du im Sinn hast, sind von uns schon getroffen worden, ehe du auf die Welt gekommen bist.« Und schmunzelnd: »Ihr braucht also Aufschub um eine Woche. Wir wüßten, wie die rauszuschinden wäre.«

»Wie tief ist der Hafen?« fragte Katerin. Sie zweifelte nicht an Gretels Worten, konnte sich aber kaum vorstellen, wie es gelingen sollte, siebzig Galeonen aufzuhalten.

»Jedenfalls nicht tief genug«, antwortete der alte Mann am Herd, den Oliver zu kennen glaubte. »Wasser unterm Kiel haben große Schiffe nur am äußersten Ende der beiden längsten Stege. Und die lassen sich im Handumdrehen kappen.«

Dem Halbling fiel auf, daß der Alte einen Dialekt sprach, der sich von dem der anderen unterschied, doch auch dieser Hinweis brachte ihn nicht weiter, und es irritierte ihn zunehmend, daß er den Mann nicht einordnen konnte. Das Gedächtnis ließ ihn im Stich.

Mit Katerin folgte er Phelpsi Dozier nach draußen. Die *Horizont* lag in unmittelbarer Nähe am Pier gleich neben der Hafenmeisterei. Es war ein altes, morsches Fischerboot. Um so mehr überraschte die wohnlich und komfortabel ausgestattete Kajüte.

»Ruht euch aus«, sagte Dozier, und nachdem er sie mit Kissen und Decken versorgt hatte, ging er zur Tür und nickte zum Abschied.

»Wohin wollen Sie?« fragte Oliver verwirrt, denn er ging davon aus, daß der Alte hier auf diesem Boot zu Hause war.

Dozier grinste verschmitzt und sagte: »Heute nacht darf ich bei Gretel schlafen.« Er zwinkerte ihnen zu. »Wir sehen uns dann morgen.«

Oliver schaute ihm anerkennend nach und hoffte im stillen, auch noch soviel Feuer in sich zu spüren, wenn er selbst einmal so alt wäre. Er trat die Stiefel von den Füßen, ließ sich in der kleinen Kajüte auf eine der beiden Kojen zurückfallen und langte zur Lampe, um den Docht herunterzudrehen, zögerte aber, als er den verstörten Blick in Katerins Augen sah.

»Ich dachte, du könntest dich hier wie zu Hause fühlen«, sagte der Halbling.

»Es ist noch so viel zu tun«, antwortete sie gereizt.

»Nicht für uns«, entgegnete Oliver. »Wir haben einen langen Ritt hinter uns. Nimm das Angebot an und ruh dich aus, denn der Rückweg ist nicht kürzer.«

Oliver löschte das Licht. Kurze Zeit später lag auch Katerin in der Koje, und von plätschernden Wellen sanft in den Schlag gewiegt, träumte sie von Hale.

Ein Lichtstrahl weckte die beiden auf. Die Sonne war aufgegangen. Als auf dem Holzsteg das Poltern eiliger Schritte laut wurde, fuhren Katerin und Oliver gemeinsam auf. Womöglich war die Flotte in Sicht gekommen. Während er noch an den Stiefeln zerrte, hastete sie zur Tür.

Die war versperrt, von außen verriegelt, gab keinen Deut nach.

»Was soll der Unsinn?« beschwerte sich Oliver lauthals.

»Das ist kein Unsinn, mein Kleiner!« tönte es von oben, und dann öffnete sich eine Klappe über ihnen. Vom einströmenden Licht geblendet, sahen sie erst auf den zweiten Blick, daß die Luke vergittert war. Gretel kniete davor und schaute auf sie herab.

»Ihr ... Ihr habt uns doch Hilfe versprochen«, stammelte Katerin.

Gretel schüttelte den Kopf. »Wir haben gesagt, daß es uns gelingen könnte, für eine Woche Aufschub zu sorgen, falls uns denn der Sinn danach steht. Aber jetzt verfolgen wir eine andere Absicht.«

Katerin war drauf und dran, den Dolch aus Olivers Gürtel zu reißen und ihn der Alten entgegenzuschleudern.

Doch Gretel schien in ihren Gedanken lesen zu können und lächelte nur. »Auch ich war einmal jung, Katerin O'Hale«, sagte sie. »Jung und schnell mit der Waffe zur Hand. Ich kenne das Feuer, das in deinen

Adern brennt. Aber die Weisheit des Alters hat meinen Kampfeswillen gebändigt. Sei ruhig und getrosten Mutes, mein Kind.«

»Wie könnte ich das? Ihr habt uns betrogen!« schrie Katerin.

»Ach, was weißt du schon?« entgegnete Gretel. »Glaube mir, es gibt einen besseren Weg als den, der dir geeignet scheint.«

»Ihr wollt also die Einaugen durch Port Charley schleusen?« fragte Oliver geradeheraus.

»Zwei Schiffe haben bereits angelegt«, erklärte die Alte. »Und je schneller wir auch die anderen abfertigen, desto eher sind wir die ganze Meute los.«

»Das ist das Ende für Caer MacDonald!«

Gretel verzog das Gesicht wie unter Schmerzen. Sie ließ die Klappe zufallen.

Wütend warf sich Katerin ein weiteres Mal vor die Tür, doch es half nichts. Sie waren gefangen.

Wenig später waren schwere Schritte im Gleichmarsch zu hören; dazu schlug eine Trommel im Takt. Die erste Zyklopentruppe verließ den Pier, und über die allgemeinen Rufe hinweg dröhnte eine einzelne Stimme, ungewöhnlich artikuliert für die eines Einauges.

Belsen'Krieg der Schreckliche war mit fast fünfzehntausend Soldaten angerückt und mit dem Auftrag, den Aufstand zu zerschlagen und den Rädelsführer Luthien Bedwyr zum König nach Carlisle zu holen.

9. KAPITEL

Vorbereitungen

Luthien schritt die Verteidigungslinien vor dem äußeren Ring der Stadtmauer ab. Caer MacDonald war dreifach gesichert: Das größte und festeste Bollwerk bestand aus jenem Wall, der die reiche Oberstadt von den Armenvierteln trennte. Um beide Teile verlief ein zweiter, gleichfalls hoher Wall. Zwanzig Schritt davon entfernt lag die Außenmauer, kaum mannshoch, schlecht gefügt und an manchen Stellen nicht mehr als ein Haufen aufgeschichteter Steine.

Jenseits dieser Mauer breitete sich offenes Land aus. Man sah nur vereinzelt ein paar Bäume und Häuser. Das Gelände war abschüssig, gut zu verteidigen, wie Luthien befand. Weil die Stadt nur von Norden und Westen zu erreichen war, würden die zyklopischen Truppen in dichter Formation anrücken müssen – ›en masse‹, wie sich Oliver ausdrückte. Im Osten und Süden erhoben sich tief verschneite Berge. Vielleicht würden auch von dort aus einzelne Attacken vorgenommen werden, um den Druck auf die Verteidiger zu erhöhen; allerdings war der Hauptansturm aus der Gegenrichtung zu erwarten.

Und auf dieses Gelände hatten Shuglins fleißige Zwerge ihre Arbeit konzentriert. Im Vorbeigehen grüßte Luthien jeden einzelnen, doch kaum einer blickte auf; die Zwerge waren allzu beschäftigt. Manche hoben Gräben aus – ein mühseliges Unterfangen, denn im Boden steckte tief der Frost. Andere verteilten Tretfallen mit scharfen Spitzen und Widerhaken.

Die Zwerge so methodisch und ruhig bei der Arbeit zu sehen stimmte Luthien hoffnungsvoll, obwohl es der Anzahl nach nicht viele waren, die zu Werke gingen. Ein sehr viel größerer Teil des kleinen Volkes machte sich diesseits der Außenmauer zu schaffen. Dort traf Luthien auch auf Shuglin.

Er stand mit ein paar Freunden vor einem kleinen Tisch. Immer wieder blickten sie von ihren Planzeichnungen auf, musterten den Wall und gaben Kommentare ab wie »Hmmm … ehhh …« oder ähnliches. Shuglin hatte den jungen Bedwyr nicht kommen sehen und zuckte zusammen, als der ihm die Hand auf die Schulter legte. Aber er zeigte sich erfreut über dessen Besuch.

»Wie geht's voran?« fragte Luthien.

Shuglin schüttelte den Kopf und blickte mißmutig drein. »Die haben damals beim Bau der Mauer ganze Arbeit geleistet«, sagte er und ließ Luthien rätseln, denn der verstand nicht, was an einem gut gemauerten Bollwerk zu beanstanden war.

»Ist nur acht Fuß hoch und nicht breit genug«, erklärte der Zwerg. »Kein Hindernis für einen Zyklopen, und eine Maulsau braucht nur einmal dagegenzutreten, schon ist ein Loch drin.«

»Aber du sagtest doch, damals wäre ganze Arbeit geleistet worden«, erinnerte Luthien.

»Ja, beim Fundament«, antwortete Shuglin. »Das ist wirklich gut gebaut.«

Luthien verstand immer noch nicht.

Shuglin sah die Verwunderung seines Gegenübers und hielt es für angebracht, mit der Erklärung weiter auszuholen. »Wir haben beschlossen, die Mauer einzureißen«, sagte er und zeigte auf den zweiten Wall von Caer MacDonald.

»Wer hat beschlossen?«

»Mein Volk und ich«, antwortete Shuglin. »Außerdem haben wir Siobhan gefragt, und sie ist auch dafür.«

Wieder einmal drängte sich dem jungen Bedwyr der Eindruck auf, daß er beileibe nicht Herr der Lage war, sondern – im Gegenteil – einer Marionette gleich an Fäden tanzte, die Siobhan in den Händen hielt. Es ärgerte ihn unwillkürlich, in der von Shuglin erwähnten Entscheidung übergangen worden zu sein, doch dann beruhigte er sich mit dem Gedanken, daß es töricht wäre, von den loyalen Freunden zu verlangen, daß sie in jeder Sache seine Zustimmung einholten. Auf diese Weise würde bloß kostbare Zeit vergeudet.

»Wir dachten daran, hier unsere erste Stellung zu beziehen und dann zurückzuweichen in die Stadt«, fuhr Shuglin fort.

»Aber wenn die Zyklopen den Wall einnehmen, haben sie alle Vorteile auf ihrer Seite«, fand Luthien.

Der Zwerg zuckte mit den Achseln. »Genau deshalb suchen wir nach einer Möglichkeit, den verdammten Wall einzureißen«, grummelte er.

»Wie wär's denn mit dem Pulver aus der Dose«, sagte Luthien nach kurzem Nachdenken. »Du weißt schon: die Dose, mit der ich die Vorräte im Ministerium vernichtet habe.«

»Davon haben wir bei weitem nicht genug«, antwortete Shuglin schnaufend. Natürlich hatten die listigen Zwerge diese Möglichkeit auch schon bedacht und verworfen, weil sie nicht zu verwirklichen war. »Und die Herstellung ist viel zu aufwendig«, fügte er hinzu. »Und zu gefährlich.«

Der Zwerg blickte von seinen Planzeichnungen auf und fuhr sich mit den Stummelfingern durch den rabenschwarzen Bart. Er besann sich darauf, daß es Luthien ja nur gut meinte mit seinem Vorschlag.

»Na ja«, brummte er, um dem jungen Mann aus der Verlegenheit zu helfen, »wir werden ein paar Pulverladungen einsetzen, um die festesten Teile des Walls zu sprengen, aber, verdammt, der ist wirklich gut gebaut.«

»Worauf warten wir noch? Reißen wir das Ding so schnell wie möglich ein«, meinte Luthien, doch der Zwerg schüttelte den Kopf, bevor Luthien seinen Gedanken zu Ende bringen konnte.

»Unser Plan ist es, die Mauer nach außen wegkippen zu lassen, und zwar in dem Augenblick, da die dummen Einaugen davor angelangt sind«, erklärte Shuglin und widmete sich wieder den Zeichnungen. Luthien nickte und entfernte sich, überzeugt davon, daß die Vorbereitungen zur Verteidigung der Stadt in tüchtigen Händen lagen.

In der kleinen Kajüte eingesperrt, mußten die beiden Freunde den ganzen Morgen mitanhören, wie Trupp um Trupp an Land ging. Tausende von Soldaten stampften marschierend vorbei, Rüstungen und Waffen klirrten. Hufe klapperten: die Hufe von Maulsäuen, den Reittieren der Zyklopen, die zwar kleiner und langsamer waren als Pferde, dafür aber sehr viel kräftiger. Schwere Wagen rollten vorbei; die waren zweifelsohne vollgepackt mit Waffen und Proviant.

Der Aufmarsch schien kein Ende nehmen zu wollen, und Katerin und Oliver waren machtlos dagegen. Auch wenn sie einen Ausweg aus der Kajüte gefunden hätten, es wäre ihnen nicht gelungen, diese Armee noch aufzuhalten.

»Sobald sie weg sind, wird man uns hier rauslassen«, sagte Oliver, und Katerin pflichtete ihm bei. Gretel und das Volk von Port Charley waren nicht gegen sie; sie wollten nur selbst nicht in Schwierigkeiten geraten. Katerin aber konnte dieses Verhalten nicht akzeptieren. Es herrschte Krieg, und ihrer Überzeugung nach war jeder Eriadoraner, der nicht mit den Rebellen kämpfte, ein unentschuldbarer Feigling.

»Und dann müssen wir zusehen, daß wir – an den Truppen vorbei – schnellstens zurückkommen, um unsere Freunde zu warnen«, meinte Oliver. Fast hätte er gesagt »unsere Freunde in Caer MacDonald«, doch bei diesem massenhaften Aufzug feindlicher Streitkräfte fürchtete er, daß die Stadt bald wieder Montfort heißen würde.

»Als könnte das noch zu was nütze sein«, entgegnete Katerin resigniert und ließ sich auf die Koje zurückfallen.

Die Landung der Truppen dauerte bis zum frühen Nachmittag an. Olivers Miene heiterte sich auf, als er in einem Fach unter seiner Pritsche etwas zu essen fand. Katerin wollte sich davon nichts anbieten lassen; ihr Mund war voller Bitterkeit.

Allmählich ebbte draußen der Lärm ab. Nur noch vereinzelt polterte ein Wagen vorbei, die Stimmen der Zyklopen wurden weniger, und dann, endlich, klopfte es an der Tür.

Bevor Katerin oder Oliver reagieren konnten, ging die Tür auf, und Gretel trat in die Kajüte. Ihr Gesicht war ernst, aber ohne jede Spur von Reue.

»Schön«, sagte sie mit Blick auf den Halbling. »Ich sehe, du hast gefunden, womit wir euch bedacht haben.«

»Oh, der Fisch war vorzüglich«, sagte Oliver vergnügt, wandte sich dann aber verlegen ab, als er Katerins strafende Blicke auf sich gerichtet sah.

»Ihr habt uns betrogen«, blaffte Katerin.

Die Alte hob die Hand wie zur Abwehr dieses Vorwurfs. »Uns blieb nichts anderes übrig.«

»Und es kümmert Euch nicht, was mit Euern Landsleuten geschieht?« entgegnete Katerin.

»Es war in unser aller Interesse, die Zyklopen passieren zu lassen und sie wie Freunde zu behandeln«, versuchte Gretel zu erklären.

Doch Katerin hörte gar nicht hin. »Es war unsere einzige Hoffnung, die Flotte im Hafen so lange aufzuhalten, bis die Verteidigung von Caer MacDonald gesichert und das Hinterland mobilisiert ist.«

»Und was habt ihr von uns erwartet?«

»Daß ihr denen die Landung verweigert«, brüllte die junge Frau aus Hale.

»Und was dann?« fragte die Alte. »Glaubst du, die Monstren hätten sich das gefallen lassen und Däumchen gedreht? So dumm bist du doch nicht, mein Kind. Nein, sie wären ein Stück weiter nach Norden gesegelt und dort an Land gegangen.«

»Dadurch hätten wir Zeit gewonnen.«

»Und wir hätten das Nachsehen gehabt. Denn sie wären nach Port Charley zurückmarschiert. Was könnten wir gegen ein solches Heer schon ausrichten?«

Katerin ließ Gretels Bedenken nicht gelten. »Die Freiheit Eriadors ist eine Angelegenheit aller«, stieß sie zwischen zusammengebissenen Zähnen hervor. Ihre Augen blitzten gefährlich, und um der Alten deutlich zu machen, wie ihr zumute war, strich sie die Haare aus dem Gesicht.

»Gretel wiederholt nur meine Worte«, meldete sich eine Stimme von draußen, worauf ein alter Mann in der Kajüte auftauchte. Sein Bart war schneeweiß, so auch das Haar, das zu einem Pferdeschwanz im Nakken zusammengebunden war. Er war in kostbare Kleider gehüllt.

Bei seinem Anblick fiel dem Halbling die Kinnlade herunter. Endlich erkannte er den Mann wieder, der am Herd gesessen hatte.

»Wer seid Ihr?« fragte Katerin ungehalten. »Ich kenne Euch nicht.« Seine Aufmachung ließ sie vermuten, daß er eine Person von hohem Rang war, und sie fürchtete einen Moment lang, daß er einer von Grünspatzens Herzögen sein könnte.

»Aber ich kenne dich, Katerin O'Hale«, entgegnete der alte Mann. »Du bist die beste Freundin, die Luthien Bedwyr jemals hatte.«

»Na bitte«, feixte Oliver und sprang von der Pritsche.

Katerins Blick wanderte zwischen Oliver und dem Alten hin und her, und sie bemerkte, daß sie einander kannten und sich wie Freunde zulächelten.

»Brind'Amour?« fragte sie flüsternd.

Der Alte verbeugte sich galant. »So ist es. Wurde aber auch langsam Zeit, daß du dahinterkommst.« Er zwinkerte Oliver flüchtig zu, richtete den Blick zurück auf Katerin und meinte schmunzelnd: »Auch wenn ich schon etliche Jahre auf dem Buckel habe, weiß ich doch immer noch eine Schönheit wie dich zu würdigen.«

Katerin war spontan geneigt, ihm eine Ohrfeige zu geben. Wie konnte er es wagen, derart belangloses Zeug daherzureden, wo doch das Schicksal Eriadors auf dem Spiel stand? Doch dann fiel ihr auf, daß er nicht zu schmeicheln versuchte, sondern vielmehr Bezug auf eine Schönheit nahm, die nicht äußerlich war. Und plötzlich kam er ihr wie eine väterliche Person vor, weise und weitblickend. Er betrachtete sie mit Wohlwollen, und Katerin spürte, daß sie sich ihm und seinen Plänen anvertrauen konnte. Und daß er einen Plan verfolgte, war dem zu entnehmen, was er zur Verteidigung Gretels gesagt hatte.

»Wir kommen nicht umhin, die Monstren passieren zu lassen«, sagte Brind'Amour. Er richtete die Worte an beide, vor allem aber an Katerin, denn er sah wohl, daß es nicht leicht sein würde, sie zu überzeugen. »Wir müssen sie und Grünspatz glauben machen, daß die Rebellion in Montfort ...«

»Caer MacDonald«, berichtigte Katerin.

»Nein«, entgegnete der Alte. »Noch ist es nicht soweit. Wir müssen sie glauben machen, daß diese Rebellion nicht weiter von Bedeutung und regional begrenzt ist, daß andere Städte Eriadors nicht daran beteiligt sind. Würden wir sie im Hafen aufhalten, wäre ihnen klar, daß sich das ganze Land erhoben hat, und dann würde eins ihrer Schiffe nach Avon umkehren und mit Verstärkung zurückkommen. In der Zwischenzeit wären die Zyklopen, die hier vor Anker liegen, über Port Charley hergefallen; sie hätten den Hafen erobert und zu einem Brückenkopf ausgebaut.

Stellt euch das vor! Wie sollten Luthien und seine Kämpfer Port Charley unter solchen Umständen jemals wieder zurückerobern können?« fragte der alte Zauberer und nahm damit Katerin allen Wind aus den Segeln. Sie hatte an diese Möglichkeit überhaupt nicht gedacht – Luthien offenbar ebensowenig –, doch Brind'Amours Ausführungen waren ihr auf Anhieb einsichtig.

»Verstehst du jetzt, Katerin O'Hale?« warf Gretel ein. »Wir sind auf eurer Seite.«

Katerin musterte sie mit kritischem Blick, und in ihrer Miene fand die Frage, die ihr durch den Kopf ging, deutlich Ausdruck.

Gretel antwortete: »Die Einaugen sind unsere Feinde. Und wer über Eriador regieren will, muß aus Eriador stammen. Wir dulden keine Fremdherrschaft aus Avon.«

Katerin hatte nun keinen Zweifel mehr daran, daß Port Charley tatsächlich zur Allianz gegen Grünspatz zählte. Gretel würde eine solche Äußerung nicht gemacht haben, ohne davon ausgehen zu können, daß ihr alle Mitbürger zustimmten.

»Ich bin aber nach wie vor der Meinung, daß es besser gewesen wäre, sie gar nicht erst an Land kommen zu lassen«, sagte Katerin. »Wir hätten vielleicht sogar das eine oder andere Schiff versenken und somit auf einen Schlag das Heer um ein paar hundert Zyklopen dezimieren können.«

»Tja«, erwiderte Brind'Amour. »Aber das sollte uns zu wenig sein.« Katerin und Oliver verstanden nicht, worauf der Alte hinauswollte. Und an die Hafenmeisterin gewandt, sagte er: »Die Nacht auf übermorgen

erscheint mir günstig.« Gretel stimmte ihm kopfnickend zu.

Brind'Amour richtete nun seinen Blick zurück auf
die beiden Gesandten aus Montfort. »Dann haben wir
Neumond«, erklärte er. »Im Dunklen können wir unbemerkt die Schiffe aus Avon entern. Und wenn wir
Erfolg haben, wird Eriador eine eigene Flotte besitzen.«

Das Lächeln des Zauberers war ansteckend. Der
Halbling nahm Katerin die Worte aus dem Mund, als
er sagte: »Euer Plan gefällt mir.«

10. KAPITEL

Moskitos

Noch ehe das Zyklopenheer die Ortsgrenze von Port Charley hinter sich gelassen hatte, war die Nachricht seiner Landung von Dorf zu Dorf bis nach Caer MacDonald vorausgeeilt.

Luthien nahm sie gelassen auf. Er war darauf gefaßt gewesen, hatte allerdings gehofft, daß ein wenig mehr Zeit für den Ausbau der Verteidigung geblieben wäre. Als er sich mit trotziger Miene vor die Gefährten stellte, um ihnen Mut zuzusprechen, bejubelten sie jede seiner kämpferischen Parolen. Die Rebellen waren zur Schlacht bereit, ja, sogar begierig darauf, ihre Schwerter in Zyklopenblut zu tauchen. Sie zweifelten nicht an ihrem Erfolg, jetzt, da Caer MacDonald zurückerobert war und über dem Ministerium die alte Fahne Eriadors wehte: ein stilisiertes Gebirgskreuz auf grünem Grund.

Shuglin lud ins Zwelf zu einer ›Feier‹ ein, und wer bislang noch gehadert hatte, stimmte in feuchtfröhlicher Runde mit ein in vorweggenommene Schlachtrufe. Der junge Bedwyr verabschiedete sich früh, erklärte, daß er sich für den nächsten Tag noch viel vorgenommen habe, und erinnerte an die vielen kleinen Dörfer zwischen Port Charley und Caer MacDonald, Dörfer, die auf keiner Karte zu finden und zum Teil nicht einmal benannt waren außer von denen, die dort lebten. Also verließ er das Zwelf, doch anstatt auf direktem Weg in seine Wohnung am Kleinen Alkoven zurückzukehren, schlich er um die Schenke herum und kletterte über die Traufe hinauf aufs Dach.

»Was haben wir da bloß angezettelt?« fragte er die Nacht. Der Wind war aufgefrischt, aber nicht allzu kalt, und die Sterne glitzerten wie kristallene Ornamente am Himmel. Luthien sann nach über die Nachrichten aus dem Westen. Die Zyklopen waren unbehindert an Land gegangen, was nur eines bedeuten konnte: Die Leute von Port Charley hatten den Rebellen ihre Unterstützung versagt.

»Dabei brauchen wir sie alle«, flüsterte er; es war ihm wichtig, die Gedanken, die er wälzte, auch zu hören. Womöglich würde er gezwungen sein, eine Rede zu halten, und darauf wollte er vorbereitet sein. »Ganz Eriador. Jeden Mann, jede Frau. Was lohnen unsere Anstrengungen, wenn diejenigen, die wir zu befreien versuchen, nicht auch selbst zu den Waffen greifen und für ihre Verteidigung sorgen? Was hat ein Sieg an Wert, wenn nicht alle daraus gewinnen? Denn das ist gewiß: Wer die Freiheit nicht willkommen heißt, für die wir uns schlagen, wird die Fahne Eriadors wohl kaum als die eigene ansehen.«

Luthien rückte an den Westrand des Daches vor, scharrte eine Stelle frei von Schnee und kniete dort nieder. Er sah die große Silhouette des Ministeriums, in der so viele tapfere Kämpen gestorben waren. Zur Ehre Gottes gebaut, war diese Kirche von Grünspatzens Vasallen als Steuersammelstelle und Gerichtshof einer verbrecherischen Justiz mißbraucht worden.

Sterne blinkten rund um die Zinne des höchsten Turms, der bis an den Himmel heranzureichen schien. Es war eine herrliche Nacht, still und friedlich. In der Stadt brannten ein paar Lichter, es war ruhig auf den Straßen, und nur aus dem Zwelf tönte munteres Lärmen. Jenseits des Stadtwalls konnte Luthien die Zwergenlager ausmachen. An manchen Stellen schlugen hohe Flammen auf, aber die meisten Feuer waren heruntergebrannt und glühten gelblichrot auf dunklem Feld.

»Ruht euch aus«, flüsterte Luthien. »Es liegt noch viel Arbeit vor euch.«

»Dasselbe gilt für dich«, meldete sich eine Stimme hinter seinem Rücken. Luthien fuhr herum und sah Siobhan herbeitreten mit so leichtem Schritt, daß ihre Füße auf der Schneekruste des Daches keinen Abdruck hinterließen.

Luthien schaute zurück auf das Ministerium und ließ es sich gefallen, daß ihm Siobhan mit sanfter Hand über Nacken und Schultern strich.

»Katerin und Oliver sind gescheitert«, sagte er, zutiefst betrübt. »Wir sind gescheitert.«

Siobhan räusperte sich, und es klang, als kicherte sie. Er drehte sich verwundert um.

Wie wunderschön war sie doch im Licht der Sterne! Wie kleine Himmelskörper funkelten ihre Augen. Das volle, wallende Haar glänzte, und weiß, fast durchsichtig schimmerte die Haut im Kontrast zur Dunkelheit.

»Du gibst dich geschlagen, ehe der Kampf begonnen hat«, gab sie mit gelassener Stimme zur Antwort.

»Es kommt eine Übermacht von Zyklopen«, entgegnete Luthien. »Und es sind keine gewöhnlichen, sondern prätorianische Gardisten, die besten Kämpfer Avons. Wie viele werden es sein? Zehntausend? Fünfzehntausend? Ich wüßte nicht, was wir denen entgegensetzen könnten.«

»Ich bin sicher, sie werden nicht mehr so zahlreich sein, wenn sie Caer MacDonald erreichen«, tröstete Siobhan. »Aber uns werden immer mehr Kämpfer aus den Dörfern im Westen zulaufen.« Ihre Hand fuhr ihm unters Hemd und über die Brust; sie beugte sich herab und küßte seine Schläfe.

»Du bist unser Anführer«, sagte sie. »Ein Symbol des freien Eriador. Du darfst nicht zweifeln.«

Luthien Bedwyr hatte wieder einmal den Eindruck,

nicht mehr als eine Figur in einem Spiel zu sein, das er nicht überschauen konnte. Wieder einmal kam er sich vor wie in der Hand eines Puppenspielers. Und der war Siobhan, die wunderschöne Siobhan. Doch diesmal ließ er sich's gefallen, von ihr umschmeichelt und gegängelt zu werden. Ja, es erleichterte ihn, daß sie ihm mit ihrer Entschlossenheit und Zuversicht half und ihm den Rücken stärkte.

Wäre sie nicht gekommen, hätte er womöglich noch in dieser Nacht den Mut gänzlich verloren, alle Hoffnung fahren lassen. Ohne Siobhan hätte ihn das Gewissen niedergedrückt eingedenk der vielen Opfer, die der Widerstand gegen die Übermacht der herbeirückenden Truppen kosten würde. Die Freiheit Eriadors erschien ihm als flüchtige Illusion und so unerreichbar wie die Sterne, die rund um den Turm des Ministeriums funkelten.

Siobhan führte ihn vom Dach herunter und nahm ihn mit in die Wohnung im Kleinen Alkoven.

Katerin tat in dieser Nacht kein Auge zu. Sorgen um ihr Heimatland raubten ihr den Schlaf. Aus dem Nebenzimmer im Obergeschoß der kleinen Schenke aber, wo die beiden Quartier gefunden hatten, tönte lautes Schnarchen. Den Halbling brachte nichts aus der Ruhe.

Obwohl sie nicht geschlafen hatte, war am nächsten Morgen von Müdigkeit keine Spur, als sich Katerin mit Oliver auf den Weg machte. Wie verabredet, trafen sie Brind'Amour an der Straße nach Osten.

Das große Heer aus Avon war schon um Meilen voraus, aber noch immer zogen Versorgungstrupps durch die Ortschaft mit Wagen voller Proviant. Gretel lenkte den Troß vom Hafen zum Ortsrand und machte sich an der Seite eines ungewöhnlich stämmigen und häßlichen Zyklopen zu schaffen.

»Mann, ist der häßlich«, sagte der Halbling. »Bei

weitem der häßlichste, der mir je zu Gesicht gekommen ist, und ich habe schon viele gesehen.«

»Tja, das ist Belsen'Krieg«, antwortete Brind'Amour. »Ein wirklich beeindruckendes Monstrum.«

»Häßlich«, korrigierte Oliver.

»Sowohl äußerlich wie innerlich«, fügte Brind'Amour hinzu.

»Er wird bald losreiten, um zum Heer aufzuschließen«, vermutete Katerin.

»Ja, Belsen'Krieg folgt nicht, er führt an«, bestätigte der alte Zauberer und deutete auf eine kräftige, gepanzerte und mit spitzen Stacheln bewehrte Maulsau. Beim Anblick dieser monströsen Bestie ahnten Oliver und Katerin sofort, daß es sich dabei um das Reittier von Belsen'Krieg handelte.

»Wenn Belsen'Krieg und seine Soldaten weg sind, könnten wir versuchen, die Wagen aufzuhalten«, sagte Katerin mit Feuer in den Augen, doch das Leuchten verschwand, als sie dem Zauberer ins Gesicht blickte.

»Das wäre nicht gut«, entgegnete der. »Die Truppen würden umkehren und über Port Charley herfallen. Dazu darf es nicht kommen, und deshalb mache ich einen anderen Vorschlag: Was an Proviant jetzt auf dem Weg ist, wird nicht allzu lange reichen. Der Nachschub lagert noch im Hafen und soll morgen verfrachtet werden. Dem ließe sich was untermischen, damit er ungenießbar ist, und die Trinkvorräte vergällen wir mit Salzwasser. Wenn das Heer sein Ziel erreicht, werden die Soldaten vor Müdigkeit und Hunger nicht zum Kampf bereit sein. Luthien wird ihnen von vorn entgegentreten, und wir nehmen sie mit unseren Truppen von hinten in die Zange.«

Katerin glaubte nicht richtig gehört zu haben, und auch der Halbling zeigte sich verdutzt über die letzte Bemerkung des Zauberers.

»Ja«, erklärte Brind'Amour. »Port Charley hetzt den Zyklopen eine schlagkräftige Kolonne auf die Fersen, und der werden sich weitere Kämpfer anschließen, denn alle Dörfer zwischen hier und Montfort machen sich für unsere Sache stark.«

Katerin verzichtete darauf, mit dem Zauberer zu streiten, obwohl sie sich nicht sicher war, ob er ihnen nur Mut zu machen versuchte oder Tatsachen beschrieb. Ihr Instinkt und ihre Wut drängten sie nach wie vor, gegen die Zyklopen loszuschlagen, wo immer sie anzutreffen waren. Doch ihr Verstand riet ihr, auf Brind'Amour zu hören, ihm zu vertrauen. Anscheinend hatte er die Bewohner von Port Charley zur Rebellion aufgerufen, noch ehe sie mit Oliver hier aufgekreuzt war. Und falls das zutraf, was er sagte, würden aus den alliierten Dörfern im Süden Eriadors eine Streitmacht und Kriegsflotte zusammenkommen, die denen des Feindes aus Avon fast ebenbürtig wären.

Dennoch dachte Katerin voller Angst an das gewaltige Heer, das auf Caer MacDonald und ihren geliebten Luthien zumarschierte. Würden er und seine Mitstreiter die Stadt halten können?

Immerhin mußte sie eingestehen, daß Brind'Amour zu Recht dafür plädierte, die Zyklopen ziehen zu lassen. In Betrachtung der Gesamtlage und des eigentlichen Zieles – nämlich der Befreiung ganz Eriadors – war das von Belsen'Krieg angeführte Heer beileibe nicht das alles entscheidende Problem.

Doch diese Gedanken konnten Katerin nicht trösten; es lief ihr ein kalter Schauer über den Rücken, der sie zittern machte.

Siobhans Voraussage bewahrheitete sich am nächsten Tag, als Bewohner aus den Nachbardörfern Caer MacDonalds zu Hunderten in die Stadt einströmten, jung und alt, in voller Montur, gut ausgerüstet und mit Proviant versorgt und entschlossen, sich dem bösen König aus Avon mit aller Kraft entgegenzuwerfen. Sie berichteten, daß sich weitere Kämpfer aus ihren Ortschaften zusammengeschlossen hatten und gen Westen zogen, um sich dem heranrückenden Zyklopenheer in den Weg zu stellen.

Luthien brauchte über den Verursacher dieser Entwicklung nicht lange zu rätseln. Während er auf dem Dach gesessen hatte, grübelnd und die scheinbar unausweichliche Niederlage vor Augen, waren die Elfe und ihre heimlichen Kohorten im Land umhergezogen, um das Volk für den Unabhängigkeitskampf zu gewinnen.

Die Reaktion aus den Dörfern war überwältigend. An diesem und dem darauffolgenden Tag sah Luthien seine Garnison in der Stadt um sechs- bis zehntausend Mann verstärkt, und obwohl viele dieser neuen Rekruten bereits fortgeschrittenen Alters waren und dem Nahkampf gegen einen Zyklopen bei weitem nicht gewachsen, so konnten doch fast alle vortrefflich mit Pfeil und Bogen umgehen, jagten sie doch schon von Kindesbeinen an in den Wäldern nach Hirschen und Elchen.

Nicht weniger tüchtig waren die Jungen, die in Scharen loszogen und sich schon auf halbem Weg zwischen Caer MacDonald und Port Charley heftige Gefechte mit Belsen'Kriegs Zyklopen lieferten.

Zwar waren die Verluste, die sie dem Feind beibrachten, nicht sonderlich hoch: Nur vereinzelt gelang es ihnen, Zyklopen zu fällen, und von brennenden Pfeilen getroffen, ging der eine oder andere Wagen in Flammen auf. Wichtiger aber als der zählbare Erfolg war die Wirkung dieser schnell und aus dem Hinterhalt geführten Attacken auf die Moral der zyklopischen Truppen, denn sie bekamen den Gegner nicht zu packen, der wie ein Bienenschwarm über sie herfiel und schnell wieder verschwand.

Belsen'Krieg aber hielt seine Soldaten zusammen und trieb sie weiter an mit dem Versprechen, daß sie sich für jeden gefallenen Zyklopen an tausend Men-

schen würden rächen können, sobald die Stadt ge-
stürmt worden sei.

In dieser Nacht – der dritten seit der Landung des
Feinds in Port Charley – zog vom Meer dichter Nebel
auf, und Oliver ahnte, daß dies keine natürliche Ursache hatte. Zwar klagte Brind'Amour ständig darüber,
daß ihn die magischen Kräfte mehr und mehr verließen, doch der Halbling war durchaus angetan von
seiner Zauberei. Vom Nebel geschützt, ließ sich das
nächtliche Vorhaben sehr viel besser ausführen.

Vor dem Hafen ankerten etwa siebzig Schiffe aus
Avon, große Galeonen, bewaffnet mit Katapulten oder
Ballisten. Der Anblick dieser gewaltigen Flotte bei Tage
hatte Oliver und Katerin restlos davon überzeugt, daß
es richtig gewesen war, dem Ratschlag Brind'Amours
zu folgen und den ursprünglichen Plan fallenzulassen.
Der Versuch, die Zyklopen im Hafen aufzuhalten,
wäre mit hoher Wahrscheinlichkeit gescheitert, und
der Feind hätte Port Charley in Schutt und Asche gelegt.

Oliver mußte nicht lange warten. Bald tauchten Katerin, Brind'Amour und Gretel auf der Landungs-
brücke auf. Katerin zeigte sich verärgert, als sie den
Halbling erblickte, und er ahnte auch warum, ließ sich
aber nichts anmerken.

Sie riß ihm den gefiederten Hut vom Kopf und
zerrte an seinem violetten Umhang. »Hättest du dir
nicht was Passenderes anziehen können?« blaffte sie.

Oliver nahm ihr den Hut wieder ab und schlug die
freie Hand vor die Brust, als sei ihm ein tödlicher Stoß
versetzt worden. »Wenn das nicht passend ist …«, entgegnete er im Heulton. »Weißt du nicht, wie wichtig es
ist, den Feind zu beeindrucken?«

»Wenn alles nach Plan läuft, wird uns der Feind gar
nicht erst zu Gesicht bekommen«, warf Brind'Amour
ein.

»O doch«, widersprach der Halbling. »Ich werde es mir nicht nehmen lassen, zumindest einen zu wecken, damit er den Tod vor Augen sieht, wenn ich mit meinem Rapier zusteche.«

Katerin schmunzelte. Der drollige Akzent des gasconischen Halblings, der das ›R‹ so hübsch rollte, amüsierte sie, und überhaupt … Sie konnte ihm nicht wirklich böse sein. Daß sie mit ihm schimpfte, entsprang lediglich ihrer nervösen Anspannung, denn ihr gefiel ganz und gar nicht, was heute nacht von ihr verlangt wurde. Als Championesse der Arena und aufrechte Kämpferin war hinterhältiges Meucheln nicht nach ihrem Geschmack.

Aber es blieb ihr keine andere Wahl, und das wußte sie. Vor ihr lagen siebzig Schiffe mit einer fast tausendköpfigen Besatzung. Es durfte ihnen kein einziger Fehler unterlaufen, kein Schiff entkommen, um nach Süden auszureißen und Grünspatz zu warnen.

In Port Charley herrschte an diesem Abend reger Betrieb. Von den zyklopischen Seeleuten waren viele an Land, darunter auch etliche von denen, die eigentlich hätten Wache halten sollen. Gelockt von dem guten Essen, starkem Gebräu und anderen Vergnügungen, waren sie über den Ort und seine drei Schenken hergefallen.

Gegen Mitternacht sollte der Angriff erfolgen, wenn die meisten Einaugen so betrunken sein würden, daß sie nicht wüßten, wie ihnen geschähe. Hundert Kähne lagen bereit, um mit ihnen durch den Nebel auf die ankernden Schiffe zuzurudern.

»Das Signal!« Gretel deutete mit ausgestreckter Hand auf ein flackerndes Licht im Norden. Daraufhin lüftete sie das Tuch von der eigenen Laterne, hob sie in die Höhe und gab somit das Zeichen zum Aufbruch, das an alle anderen Posten weitergeleitet wurde.

Brind'Amour, Katerin und Oliver stiegen in ihr kleines Boot; es folgten ihnen zwei Fischersleute aus dem Dorf, ein Mann und eine Frau.

»Wenn ich uns so sehe, kommen mir die kleinen Viecher in den Sinn, die's bei uns in Gascony gibt«, sagte Oliver. Brind'Amour und Katerin ermahnten ihn, leise zu sein. »Sie kommen ursprünglich aus Espan, so auch ihr Name«, fuhr er mit gedämpfter Stimme fort. »Moskitos. Raffinierte Dinger. Du hörst sie im Ohr, schlägst danach, aber sie sind nicht da und saugen Blut an irgendeiner anderen Körperstelle.

Denen sind wir jetzt ähnlich«, flüsterte Oliver. »Moskitos auf Grünspatzens Balg.«

»Hoffentlich sind wir genug, um alles Blut aus ihm heraussaugen zu können«, meinte Brind'Amour. Sie legten ab. Vorsichtig tauchten die Ruder ins Wasser; sie waren kaum zu hören.

Beim ersten Schiff angekommen, langte Oliver nach der Ankertrosse und hangelte sich daran hoch. Als er hinter der Reling verschwunden war, fing er plötzlich laut und vernehmlich zu reden an. Die anderen konnten es nicht fassen.

»Sei gegrüßt, du einäugige, krummbeinige Wasserratte«, sagte er und zog eine Flasche unter dem Umhang hervor. »Hat man dich nicht mit an Land genommen? Wie ungerecht. Die anderen vergnügen sich, und du mußt Wache schieben. Aber gräme dich nicht. Ich, Oliver deBurrows, will dafür sorgen, daß auch du deinen Spaß hast.«

Katerin ahnte, was Oliver bezweckte (und ihr wurde zunehmend klar, was Luthien an dem Halbling so sehr schätzte). Sie stand auf und nahm den Langbogen von der Schulter.

Was jenseits der Reling vor sich ging, war vom Kahn aus nicht auszumachen. »Ich habe dir ein Weibsbild mitgebracht«, tönte Oliver. »Du könntest dich mit ihr amüsieren, müßtest allerdings ein paar deiner hübschen Goldstücke aus Avon lockermachen.«

Wie zu vermuten war, beugte sich das Einauge neugierig über die Reling und glotzte. Katerin fackelte nicht lange und ließ den Pfeil fliegen.

Kaum hatte das Geschoß sein Ziel erreicht, packte Oliver zu und hievte den Zyklopen über Bord. Der klatschte zwischen Schiffsrumpf und Kahn ins Wasser und trieb bäuchlings auf den Wellen.

Brind'Amour wollte gerade den Halbling schelten für den Lärm, den er gemacht hatte, hielten sich doch gewiß noch mehr Zyklopen an Bord des Schiffes auf. Aber Oliver war schon verschwunden.

Und tatsächlich waren da noch andere, zumindest einer, der an Deck herumschlich. Doch der hatte schon das Zeitliche gesegnet, als Katerin über die Trosse an Bord gelangte. Oliver stand mit beiden Füßen auf der Brust des Toten und wischte mit dem Saum des Umhangs dessen Blut von der Klinge.

»Moskitos«, flüsterte er. »Summ, summ.«

So wurden auch alle anderen Schiffe geentert und aufgebracht. Gleichzeitig schlugen die an Land Gebliebenen zu, um in Schenken und Häusern den Feind zur Strecke zu bringen. Nur einige wenige Zyklopen, die noch halbwegs nüchtern waren, setzten sich zur Wehr.

Als der Zauberer dann Stunden später den Nebel verschwinden ließ, waren fast zwanzig Dörfler gefallen oder verwundet, aber kein einziger Zyklop, weder in der Ortschaft noch im Hafen, hatte den Überfall überlebt. Die Rebellen waren nun im Besitz einer Flotte aus siebzig großen Kriegsschiffen.

»Das ging ja wie geschmiert«, sagte Brind'Amour, bevor er sich in dieser Nacht zu Bett begab.

»Sie haben nicht mit uns gerechnet«, kommentierte Katerin.

Brind'Amour nickte.

»Sie haben uns unterschätzt«, fügte Oliver hinzu.

Und wieder nickte der Zauberer. »Wenn dem so ist, wird Montfort zu retten sein.« Doch seine Hoffnungen trübte der Gedanke an Belsen'Krieg, dieses überaus gefährliche, tückische Monstrum, und er ahnte, daß die bevorstehende Schlacht weniger leicht zu führen sein würde als die der vergangenen Nacht.

Sie schliefen bis tief in den Morgen hinein, und als sie aus den Betten stiegen, hatten die Bewohner von Port Charley bereits eine eigene schlagkräftige Streitkraft zusammengestellt, bestehend aus über tausend Mann. Der Troß setzte sich Richtung Osten in Bewegung, vorneweg ritt Phelpsi Dozier, der schon vor zwanzig Jahren gegen Grünspatz gekämpft hatte. Dichtauf folgten Katerin auf Flußtänzer, Oliver auf Schäbig und Brind'Amour, der im Sattel eines prächtigen, rotgrauen Hengstes saß.

Sie zogen gen Montfort; noch wollte der Zauberer den Namen Caer MacDonald nicht gelten lassen.

11. Kapitel

Ungenießbar

Belsen'Kriegs ohnehin schon abgrundtief häßliches Gesicht war wutverzerrt. Er riß die Kordel ab von einem der Säcke im hinteren Teil des Wagens und langte mit seiner riesigen Pranke hinein. Die entsetzten Zyklopen um ihn herum ahnten schon, was ihr General auch hier wieder ans Licht befördern würde.

»Verdorben!« brüllte der häßliche Riese und schleuderte, was er in der Hand hatte – mit Unmengen feinen Sands durchmischte Lebensmittel –, in hohem Bogen durch die Luft.

Im Vogelflug lag Montfort nur dreißig Meilen von Port Charley entfernt, doch die wenigen Straßen, die das rauhe Gelände durchzogen, waren zu dieser Jahreszeit stark aufgeweicht, an etlichen Stellen auch von Schneelawinen überschüttet. Vorausblickend hatte der Zyklopengeneral fünf Tage für den Marsch eingeplant. Zu Anfang kam er mit seinem Heer recht gut voran, so daß sie am Morgen des dritten Tages die halbe Strecke geschafft hatten. Es ging nun geradewegs nach Osten weiter, von den Bergen weg, und die Straße war in besserem Zustand als auf der zurückliegenden Etappe.

Nun allerdings gingen die Vorräte zur Neige. Die Soldaten hatten nur das Nötigste mitgenommen, und als am zweiten Tag der erwartete Nachschub ausblieb, war ein Kommando mit mehreren Wagen zurück nach Port Charley geschickt worden, um Proviant zu holen. Doch diese Wagen sollten ihr Ziel nicht erreichen; sie wurden überfallen und niedergebrannt.

Daraufhin hatte Belsen'Krieg eine Brigade aus tausend Zyklopen in Marsch versetzt, um den nächsten Troß, der den Hafen verließ, zu sichern. Trotz einiger Scharmützel mit Rebellen war diese Karawane durchgekommen und wurde von den wartenden Soldaten bejubelt. Der Jubel aber blieb ihnen im Halse stecken, als sie erfahren mußten, daß die heißersehnten Lebensmittel allesamt verdorben waren.

Der Zyklopenanführer stand da wie vom Donner gerührt und starrte nach Westen. In seiner Phantasie malte er sich die Schrecken und Folter aus, mit denen er sich an den Bewohnern von Port Charley zu rächen gedachte, und zwar an allen. Obwohl es schien, als sei nur eine kleine Gruppe, die mit den Rebellen sympathisierte, für diesen Sabotageakt verantwortlich. Sonst hätten die Proviantwagen die Ortschaft sicher nicht ungehindert verlassen können. Doch dies konnte seine Wut nicht schmälern. Er, Belsen'Krieg, würde sämtliche Häuser dem Erdboden gleichmachen, alle Boote zerschlagen...

Doch zum Phantasieren blieb jetzt keine Zeit. Es waren dringend konkrete Entscheidungen zu treffen. Belsen'Krieg überlegte, ob es zweckmäßig wäre, mit dem gesamten Heer umzukehren, über Port Charley herzufallen und den hungernden Soldaten das Fleisch der niedergemetzelten Menschen vorzuwerfen. Dann aber blickte er nach Osten auf das sehr viel besser passierbare Gelände aus sanft geschwungenen, weißen und braunen Feldern. Im zügigen Durchmarsch würde das Heer die Stadtmauern von Montfort schon bei Morgengrauen erreicht haben. Vielleicht lag auch das eine oder andere Dorf auf der Strecke, wo sich Proviant auftreiben ließ.

Ja, die Soldaten könnten sich dort den Bauch voll-schlagen.

Der massige Schädel des Zyklopen ging nickend auf und ab, und diejenigen, die bei ihm standen, blickten erwartungsvoll auf, hoffend, daß ihr Anführer eine Lö-sung gefunden hatte.

»Uns bleiben noch zwei Stunden Tageslicht«, ver-kündete Belsen'Krieg. »Es geht weiter, und zwar im Laufschritt. Marsch!«

Von mehreren Soldaten war Unmut und lautes Stöh-nen zu vernehmen, doch Belsen'Krieg brachte sie mit einem Blick zum Schweigen.

»Laufschritt«, wiederholte der General in ruhigem Tonfall. Er wußte: Wären seine Soldaten vom niederen Stamm jener Zyklopen, die als wilde Horde in den Ber-gen lebten, würde er jetzt wahrscheinlich sein Leben verwirkt haben. Doch sein Heer setzte sich ausnahms-los aus prätorianischen Gardisten zusammen. Die mei-sten von ihnen dienten Grünspatz schon ihr ganzes Leben lang und waren entsprechend gut gedrillt. Das Murren verstummte; nur das Knurren der leeren Mägen verstummte nicht. Und weiter marschierte das Heer. Als die Sonne unterging, war es wieder zwei Meilen vorangekommen.

Es wurde ein Nachtlager errichtet, und schließlich kehrten die von Belsen'Krieg ausgesandten Späher zu-rück mit der Nachricht, daß ein Dorf in der Nähe läge, nördlich von Montfort, nicht weit ab von der Straße. Es sei offenbar noch nicht verlassen worden, berichteten die Späher; in jedem Haus brenne Licht.

Der Zyklopengeneral grinste vor sich hin und dachte nach. Er wußte immer noch nicht, was er von der Re-bellion halten sollte und welches Ausmaß sie mittler-weile angenommen hatte. Es mochte riskant sein, ein wehrloses Dorf zu überfallen, denn ein solcher Akt würde womöglich noch mehr Eriadoraner gegen Grün-spatz aufbegehren lassen. Doch Belsen'Krieg mußte

Rücksicht nehmen auf die Truppe, deren Kampfeswille mit dem Proviant dahinschwand. Und so beschloß er, in das Dorf einzumarschieren und sich zu nehmen, was er und seine Leute brauchten, egal, ob ein paar Menschen dabei draufgingen oder ein paar Häuser abbrannten.

Schnell verbreitete sich im Lager die Kunde vom bevorstehenden Beutezug, und die Soldaten legten sich voller Hoffnung schlafen.

Doch wie in der Nacht zuvor kam auch diesmal niemand zur Ruhe, und die Hoffnung war schnell verflogen, als Rebellen ums Lager streiften. Von allen Seiten schwirrten die Pfeile. Auch wenn nur wenige davon ernstlich Schaden anrichteten, so bewirkten sie doch, daß den Zyklopen mehr und mehr die Nerven durchgingen. Und als dann plötzlich über hundert brennende Pfeile vom Nachthimmel auf sie niederprasselten und etliche Zelte in Brand gerieten, breitete sich Hysterie aus.

Belsen'Krieg fürchtete weniger die Rebellen als eine drohende Meuterei in den eigenen Reihen, und obwohl seine Leute erschöpft und müde waren, sah er sich gezwungen, zurückzuschlagen. Eine so freche Attacke durfte nicht unbeantwortet bleiben. Er ließ Kompanien zusammenstellen und ausrücken. Doch die Soldaten tappten irrend umher, konnten die Hand vor Augen nicht sehen, geschweige denn den Gegner, und mußten sich gefallen lassen, daß die flüchtigen Rebellen sie mit Schmährufen überhäuften.

Bei ihrem Rückzug ins Lager wurde eine Kompanie sogar angegriffen. Plötzlich tauchte hinter einem Felsvorsprung eine Gruppe von Männern hervor, bewaffnet mit Knüppeln, alten Schwertern, Mistgabeln und Sicheln. Um sich schlagend, stürmten sie geradewegs durch die Reihen der Zyklopen, um gleich darauf wieder im Dunklen zu verschwinden.

Rund fünfzehn Prätorianer wurden in dieser Nacht

getötet, drei Dutzend verwundet. Ein Nadelstich nur angesichts des riesigen Heers. Doch von den Monstren tat keines ein Auge zu.

»Ist der Köder ausgelegt?« wollte Luthien von Siobhan wissen. Es dämmerte, und ein heftiger Wind trieb dichte Regenwolken herbei. Er stand auf dem Nordwall der Stadt und blickte auf die Felder hinaus. In den Senken schimmerten gräulich ein paar Schneereste; auch sie würden dem Frühling bald weichen müssen.

»Ja«, antwortete die Halbelfe und kicherte. »Wir waren zu fünfzig Kämpfern vor Ort und haben die ganze Nacht über Licht brennen lassen. Es sind auch tatsächlich ein paar Späher aufgekreuzt, doch der erwartete Angriff ist ausgeblieben.«

Luthien warf ihr einen Blick von der Seite zu. Er hatte sich gewundert, wo sie die ganze Nacht über gesteckt hatte, und es beschämte ihn jetzt, daß er nicht von selbst darauf gekommen war: Natürlich hatte sie es sich nicht nehmen lassen, die Gruppe anzuführen und mit ihr in das kleine Dorf im Norden von Caer MacDonald zu ziehen, um es dem Zyklopenheer als Köder anzubieten. Siobhan war stets an vorderster Front zu finden. So kämpferisch wie sie waren nicht einmal Shuglin und die anderen Zwerge, die unter Grünspatzens Herrschaft wohl am meisten hatten leiden müssen. Für Siobhan drehte sich alles um die Rebellion und den Kampf gegen Zyklopen.

Alles.

»Wie viele sind losgezogen?« fragte Luthien.

»Dreihundert.«

Luthien krauste die Stirn. So wenig? Das Zyklopenheer zählte das Fünfzigfache. Wie sollten sich dreihundert Kämpfer gegen eine solche Übermacht behaupten können? Diese Frage stand dem jungen Bedwyr deutlich ins Gesicht geschrieben.

»Stärkere Verbände aufmarschieren zu lassen wäre

auf diesem Terrain, das nach allen Seiten hin offen ist, viel zu riskant«, erklärte Siobhan. »Wir können uns keine Verluste leisten.«

Luthien nickte. Er war mit Siobhan einer Meinung, hatte sich ursprünglich sogar gegen jegliche Entsendung von Truppen ausgesprochen, weil er eine Schwächung der Verteidigung von Caer MacDonald nicht in Kauf nehmen wollte. Aber dann hatte er sich doch von ihrer Überfallstrategie überzeugen lassen. Denn es war damit zu rechnen, daß die Zyklopen den direkten Weg einschlagen würden, und der führte über einen Fluß, dann, nach Süden schwenkend, durch das Dorf von Felling Downs und schließlich auf die Hochebene vor den Stadtmauern. Es gab weit und breit nur eine einzige Brücke über diesen Fluß, nämlich nordwestlich von Felling Downs. Dort wollte Luthien mit seinen Kohorten in Lauerstellung gehen. Shuglins Leute hatten die Brücke bereits präpariert. Sie würde unter dem darüber hinwegstampfenden Heer zusammenbrechen, und wer von den Zyklopen das Westufer erreichte, bekäme es mit den Rebellen zu tun. So der Plan.

»Ab heute wird's ernst«, meinte der junge Bedwyr. »Der erste echte Testfall für Avons Truppen.«

»Und für unsere eigenen«, fügte Siobhan hinzu.

Luthien wollte widersprechen und darauf verweisen, daß mit der Eroberung von Montfort die erste Prüfung bereits glorreich bestanden sei. Doch Siobhan hatte recht. Es war das erste Mal, daß sich die Rebellen einer so großen Zahl an bestens ausgebildeten und bewaffneten Prätorianern gegenübersahen.

»Ist der Trupp schon unterwegs?« fragte er.

Siobhan nickte und schaute unwillkürlich nach Westen.

»Wirst du gleich losreiten?« fragte Luthien überflüssigerweise, denn natürlich drängte die Halbelfe darauf, mit den anderen aufzuschließen. »Dann müssen wir uns beeilen.«

Daß er sich mit einbezog, schien Siobhan zu verblüffen. Sie starrte ihn auf eine Art an, der Luthien nicht entnehmen konnte, ob sie seinen Entschluß begrüßte oder mißbilligte.

»Du bist hier unverzicht…«

Weiter kam sie nicht, denn er fiel ihr ins Wort. »Das sind wir alle«, sagte er und machte mit seinem Tonfall deutlich, daß er sich diesmal nicht zurückhalten lassen wollte. In letzter Zeit versuchten alle, insbesondere Siobhan, ihm eine Teilnahme an den bevorstehenden Kämpfen auszureden.

Siobhan verzichtete auf Einspruch. Sie konnte Luthien zwar in vielerlei Hinsicht um den Finger wickeln und – für ihn unmerklich – entscheidend Einfluß auf ihn nehmen, doch hatte sie während der Kämpfe um Montfort gelernt, daß er sich durch nichts davon abbringen ließ, seinen Mut unter Beweis zu stellen.

»Ich muß dabeisein, wenn es zum ersten Zusammenstoß kommt«, forderte Luthien.

Siobhan wußte auf Anhieb etliche Einwände zu nennen, vor allem den, daß es um die Verteidigung Caer MacDonalds und um die Moral der Rebellen schlecht bestellt sein würde, falls Luthien Bedwyr, der Blutrote Schatten, zu Fall käme, ehe die Zyklopen überhaupt die Stadtmauern erreicht hätten. Doch sie behielt ihre Zweifel für sich und hoffte auf Luthiens Glück. Bislang hatte er jedes Gefecht schadlos überstanden.

Und so machten sie sich gemeinsam und im Gefolge einiger elfischer Bogenschützen auf den Weg. Knapp eine Stunde nach Sonnenaufgang trafen sie mit den dreihundert Kämpfern zusammen, die eine Meile südlich der Brücke Stellung bezogen hatten. Im Osten, jenseits des Flusses, waren die rauchenden Kamine von Felling Downs zu sehen – jenem Ort, der als Köder die Zyklopen anlocken sollte.

Und es dauerte nicht lange, da zeigten sich am nördlichen Horizont die ersten Reihen des riesigen Heeres aus Avon. Eine gewaltige Front, schwarz und silbern, zog herbei und ließ den Boden erzittern. Dem jungen Bedwyr stockte der Atem beim Anblick dieser Streitmacht. Er dachte an Oliver und dessen Vorschlag, der Rebellion adieu zu sagen und ins Nordland zu fliehen, und zum ersten Mal gestand er sich ein, daß der Halbling mit diesem Ansinnen womöglich doch nicht ganz falsch gelegen hatte.

12. Kapitel

Felling Downs

Das Dorf vor Augen, rückten die Zyklopen näher und gelangten schließlich an den Fluß, der zwar nur rund dreißig Fuß breit war, aber – wie immer zu dieser Jahreszeit – Hochwasser und Eisschollen führte.

Belsen'Krieg ritt ans Ufer heran und schaute sich um. Ein Stück weiter südlich machte er eine Brücke aus, dahinter, auf der anderen Seite des Flusses, das Dorf, das sich, wie's schien, im Handumdrehen einnehmen lassen würde. Der kleine Abstecher dorthin käme seinen Soldaten sehr gelegen; sie gierten nach Menschenblut und frischer Verpflegung. Doch der General zauderte. Vielleicht war ein Überfall auf das Dorf allzu verlockend und allzu leicht durchzuführen. Kein Zweifel, daß alle Bewohner dieser Gegend über den Aufmarsch des Heeres aus Avon längst informiert waren. Davon zeugten allein schon die allnächtlichen Attacken aus dem Hinterhalt. Im Süden Eriadors wußte jeder Bescheid, und daß niemand die fremden Soldaten willkommen hieß, lag auf der Hand. Warum also, fragte sich Belsen'Krieg, hatten die Dörfler dort drüber nicht längst ihre Häuser verlassen und Reißaus genommen? Wieso stand diese Brücke noch als kürzeste Verbindung zur Stadt Montfort?

»Was ist, mein General? Gibt es Grund zu warten?« fragte einer der Offiziere, merklich irritiert durch das Verhalten des Anführers, der für gewöhnlich alles andere als nachdenklich war. Belsen'Krieg warf einen mürrischen Blick über die Schulter.

»Die Soldaten sind ungeduldig«, gab der Offizier zu bedenken. Er war für einen Zyklopen auffallend schlank, hatte silbergraue Locken und buschige Favories, sah also ganz und gar untypisch aus. Man nannte ihn Langärmel wegen seiner feinen Hemden, die am Hals zugeknöpft waren und deren Ärmel bis zu den Handgelenken reichten.

Belsen'Krieg schaute zurück auf das Dorf. Die rauchenden Kamine wirkten geradezu einladend, und er konnte verstehen, daß seinen Soldaten das Wasser bereits im Mund zusammenlief.

»Wir müssen sie in Bewegung halten«, riet ein anderer Offizier, der auf seiner Maulsau herangeritten war.

»Sollen wir rüber auf die andere Seite oder weiter nach Süden ziehen?« Belsen'Krieg richtete die Frage weniger an die anderen als an sich selbst.

»Nach Süden?« wunderte sich Langärmel.

»Also über die Hügel, um dann von Westen her nach Montfort vorzudringen«, schaltete sich vorlaut der Adjutant des anderen Offiziers ein. Langärmel machte Anstalten, ihm das Maul zu stopfen, doch dessen Herr stellte sich schützend vor ihn und erklärte, daß sich sein Bursche in dieser Gegend besser auskenne als irgendsonst einer, weil er viele Jahre in der Garnison von Montfort gedient habe.

»Berichte!« forderte Belsen'Krieg.

Der Adjutant zeigte nach Süden und sagte: »Da oben ist der Fluß nur ein flaches Gerinne und leicht zu überqueren. Von da aus sind's nur noch zwei Meilen bis Montfort.«

Die Offiziere waren sichtlich ungehalten. Sie drängten darauf, das Dorf zu plündern und die müden, murrenden Soldaten zufriedenzustellen. Auch Belsen'Krieg neigte dieser Richtung zu. Das Dorf lag zum Greifen nah, kaum eine halbe Meile weit entfernt, ließ sich im Handstreich nehmen.

Aber immer noch nagte in ihm dieses ungute Gefühl. Er hatte viele, viele Schlachten miterlebt, und wie jeder ausgekochte Soldat besaß er einen sechsten Sinn für Gefahren. Irgend etwas stimmte hier nicht.

Doch bevor er auf dieses Gefühl reagieren oder den Soldaten befehlen konnte, nach Süden weiterzuziehen, wurde er von seinen Offizieren mit allen möglichen Argumenten für eine Plünderung bombardiert. Sie ahnten, daß der General im Grunde ähnlich gestimmt war, und wollten sich die Gelegenheit auf leichte Beute nicht entgehen lassen.

Belsen'Krieg hörte ihnen aufmerksam zu, allein schon deshalb, weil er fürchtete, paranoid zu werden. Zwar schien es, als habe sich ganz Eriador auf die Seite der Rebellen geschlagen – dafür sprachen die nächtlichen Übergriffe und die verdorbenen Lebensmittel –, andererseits aber zeigten sich die Landbewohner im großen und ganzen zurückhaltend. Auch wenn sie gegen Grünspatz opponierten, waren sie doch offenbar feige oder zumindest eingeschüchtert.

Die Offiziere ließen nicht locker. Sie wollten Blut schmecken und sich endlich einmal wieder sattessen. Obwohl Belsen'Krieg bezweifelte, daß sie in diesem armseligen Dorf auch nur halbwegs auf ihre Kosten kämen, gab er schließlich nach. Immerhin würde das Heer aus fast fünfzehntausend Prätorianern auf dem flacheren Gelände jenseits des Flusses schneller und bequemer nach Montfort vorankommen.

»Na schön, schlagen wir zu«, sagte der General, und seine Offiziere grinsten zufrieden. »Aber bevor der Tag zu Ende ist, will ich vor Montforts Toren sein.«

Dem konnten die anderen getrost zustimmen. Die Stadt lag nur fünf Meilen entfernt und war von Felling Downs aus leicht zu erreichen.

Ein Stück weiter südlich kauerten die dreihundert Kämpfer um Luthien hinter Hecken und Felsbrocken, ja, sie hatten sogar Gräben ausgehoben, worin sie sich nun versteckt hielten. Daß Belsen'Krieg so lange zögerte und nicht, wie erwartet, spornstreichs auf das Dorf zumarschierte, machte sie zunehmend nervös.

»Verflucht«, murmelte Luthien vor sich hin. Falls sich der Zyklopenanführer am Ende entschlösse, dem Fluß folgend nach Süden auszuweichen, würde Luthien mit seinen Kämpfern Hals über Kopf nach Caer MacDonald zurückfliehen müssen. Auch wenn es ihnen gelänge, mit heiler Haut davonzukommen, wäre nichts gewonnen; in der Stadt wurde schließlich jede Hand gebraucht, um die Verteidigung vorzubereiten.

»Verflucht«, flüsterte er ein weiteres Mal. Auch Siobhan wußte, was die Stunde geschlagen hatte; diesmal fand sie keine Worte, ihn zu trösten, hockte nur schweigend da und knabberte an der Unterlippe.

Gemeinsam beobachteten sie, wie eine Vorausabteilung der Zyklopen auf die Brücke zuritt und, davor angelangt, stehenblieb. An den Gesten der Monstren war zu erkennen, daß sie dem Übergang nicht trauten und dessen Festigkeit zu prüfen vorhatten.

»Verflucht.«

Die Brücke bestand gänzlich aus Holz und überspannte den Fluß in einer Höhe von nur fünfzehn Fuß. Sie war solide und breit gebaut; zehn Pferde oder sieben Maulsäue konnten gemütlich Seite an Seite passieren. Von wenigen kleineren Reparaturen abgesehen, hielt sie seit vielen Generationen der starken Beanspruchung durch den Handelsverkehr zwischen Port Charley und Montfort schadlos stand.

Die fünf Monstren machten sich nun daran, die Brücke zu inspizieren. Besonders mißtrauisch oder vorsichtig wirkten sie nicht. Einer stampfte mit schweren Schritten über die Planken, während sich die anderen jeweils zu zweit auf beiden Seiten über den Rand beugten und die Unterkonstruktion in Augenschein nahmen.

Die großen Eichenstämme standen fest und unerschütterlich. Daß diese Brücke überaus belastbar war, mußte selbst den Einaugen auffallen, die von Technik und Baukunst im allgemeinen keine Ahnung hatten. »Yok-ho«, rief einer der Zyklopen, was soviel wie »Alles klar« bedeutete, und die anderen pflichteten ihm bei.

Nur einer nicht. Dem schien auf der linken Brückenseite etwas Bemerkenswertes aufgefallen zu sein, und er machte seinen Kumpan auf Spuren im Ständerwerk aufmerksam, die auf jüngst vorgenommene Bauarbeiten hindeuteten: frisches Sägemehl und zwei neue Holzzapfen.

»Yoh-ko«, meinte der andere. »Der Winter war hart. Es mußten einige Stellen ausgebessert werden.«

Aber der eine blieb skeptisch und schickte sich an, nach unten zu klettern, um sich die Sache von nahem anzusehen, was dem anderen nicht zu gefallen schien.

»Sprich endlich dein Yoh-ko«, drängte der.

»Aber diese Zapfen ...«

»Willst du etwa nach Süden weiter?« knurrte der andere.

»Wenn das Ding zusammenbricht ...«

Der andere fiel ihm abermals ins Wort. »Dumm für die, die gerade drauf sind. Aber wir werden dann schon längst im Dorf sein. Verdammt, ich habe Hunger. Und wenn du mich noch länger hinhältst, schlage ich dir die Faust ins Auge.«

»Was ist denn los?« wollte derjenige wissen, der mitten auf der Brücke stand.

Der skeptische Zyklop warf einen letzten Blick auf die verdächtigen Holzzapfen. Dann hob er den Kopf und brüllte: »Yoh-ko!« Auch er hatte es eilig, ins Dorf zu kommen.

Wenig später setzte sich das wartende Heer in Bewegung, und um möglichst schnell den Fluß überqueren zu können, rückten die Reihen dichtauf.

Drei Zwerge hielten sich unter der Brücke in engen Hohlräumen versteckt. Sie hatten den Wortwechsel mitbekommen und atmeten nun erleichtert auf, als sie die Soldaten und Maulsäue unter donnerndem Getöse herbeistampfen hörten. Ein jeder der drei Zwerge hielt einen schweren Holzhammer gepackt, um auf ein verabredetes Zeichen hin jene Zapfen herauszuschlagen, die das listig präparierte Ständerwerk zusammenhielten.

Auch Siobhan, Luthien und all die anderen waren überaus erleichtert, als sie die Kolonnen herbeirücken sahen. Luthien faltete seinen Klappbogen auseinander und wartete.

Schon war die erste Hälfte des Heers einschließlich der Kavallerie auf die andere Seite gewechselt, doch noch immer hielten sich die Rebellen zurück.

Die Reihen der Zyklopen dehnten sich auf der Straße nach Felling Downs aus. Was die Monstren nicht ahnten: Das Dorf war evakuiert und der gesamte Vorrat an Lebensmitteln weggeschafft worden. Zuvor aber hatten die Dörfler etliche Fallen gelegt, die Häuser mit Öl getränkt und Flintsteinschlösser installiert, die beim Öffnen der Türen Funken schlagen würden.

Die Rebellen harrten aus; es kam darauf an, genau zum richtigen Zeitpunkt zuzuschlagen. Es durften nicht allzu viele Zyklopen auf die andere Seite gelangen, und es waren einige Minuten einzukalkulieren, die verstreichen würden, ehe der Rebellentrupp zur Stelle wäre. Eine Elfe steckte, weniger als siebzig Schritt von der Brücke entfernt, hinter einem freistehenden Baum in einem Erdloch. Ihre Aufgabe war es, die feindlichen Reihen zu zählen und das Signal zum Angriff zu geben. Luthien und die anderen erwarteten das per Handspiegel übermittelte Lichtzeichen.

Der Spiegel blitzte, und mit einemmal schwirrte die Luft von Pfeilen. Der erste Schwarm zielte auf den Ostrand der Brücke; dreihundert Geschosse hielten diejenigen Zyklopen, die den Fluß bereits überquert hatten, davon ab, umzukehren, ehe die Brücke in sich zusammenbrechen würde.

Unter den Zyklopen brach heillose Verwirrung aus. Etliche gingen, tödlich getroffen, zu Boden. Gellendes Schreien wurde laut, und weiter südlich tönte ein Horn.

Die Monstren, die sich noch auf der Brücke aufhielten, wußten nicht vor und zurück, und im allgemeinen Tumult hörte niemand das Klopfen der Hämmer, mit denen die Zwerge die Zapfen aus der Verankerung schlugen.

Es folgte die zweite Salve an Pfeilen; die flogen nun auf den Pulk der Monstren zu, die auf dem Westufer geblieben waren.

Unter lautem Kommandogebrüll versuchten die einzelnen Truppführer, die Reihen zu organisieren und auf den Gegner auszurichten. Zu beiden Seiten des Flusses gingen die Soldaten in Stellung und hoben die Schilde, um einen weiteren Geschoßhagel abzuwehren.

Eine Kavallerieeinheit, bestehend aus einem Dutzend Maulsau-Reitern, kam unter Langärmels Führung von Westen her auf die Brücke galoppiert, sprengte die Meute derer, die sich darauf befanden, so wuchtig auseinander, daß mancher Zyklop über den Rand ins eisige Wasser stürzte.

Die Bohlen und Streben ächzten, knarrten und gaben auf einen Schlag nach. Die Brücke brach zusammen.

Nun konzentrierten sich alle Pfeilschüsse, die von Süden abgegeben wurden, auf jene unglücklichen Zyklopen, die am Westufer in der Falle steckten.

»Freiheit für Eriador!« und »Caer MacDonald!« Mit diesen Kampfparolen sprangen die Rebellen aus der Deckung. Pfeile schwirrten, Salve um Salve, dem

Sturmangriff voraus. Die Zyklopen hielten sich unter ihren Schilden verschanzt, bis der Gegner auf eine Distanz herangekommen war, die den Nahkampf ermöglichte. Darauf waren die Einaugen aus; mit wütendem Gebrüll warfen sie sich den Rebellen entgegen. Doch diese waren darauf gefaßt und wußten sich zu wehren. Wie auf Kommando fielen alle Meuterer auf die Knie und setzten zu weiteren, wohl gezielten Schüssen an.

So fielen auf einen Streich fast hundert Monstren. Unter den übrigen brach Panik aus.

Da zog Luthien den *Blender*, und sein blutroter Umhang flatterte im Morgenwind, als er zum Angriff eilte.

Jenseits des Flusses tobte heulend der Rest des Zyklopenheeres. Speere und Armbrustbolzen kamen geflogen, doch weil es den Einaugen an plastischem Sehvermögen mangelte, blieb das Bombardement, so heftig es auch war, ohne Wirkung.

Aber den Zyklopen dürstete nach Blut, um so mehr, da sie den Gegner nun vor sich sahen. Viele versuchten, auf den Trümmern der Brücke das andere Ufer zu erreichen, während wieder andere, von den Offizieren dazu aufgefordert, am Fluß entlangliefen, um an geeigneterer Stelle überzuwechseln. Dazu bot sich eine breite Eisschicht an, die ein Stück flußabwärts das Wasser bedeckte. Doch ehe sie die andere Seite erreichen konnten, brach das Eis unter ihnen ein.

Am Westufer wurde verbissen gefochten. Die Zyklopen waren hier in Unterzahl, wehrten sich aber wacker. Doch die Verluste nahmen zu, und ihre Niederlage war abzusehen, zumal die erhoffte Verstärkung von der anderen Flußseite ausblieb. Etliche nahmen Reißaus und stoben davon, als wollten sie bis nach Carlisle zurückrennen.

Doch weit kamen sie nicht, denn kaum zweihundert Schritt von der Brücke entfernt, trafen sie auf den Widerstand unabhängiger Kampfverbände, die sich im

Hinterland von Port Charley zusammengeschlossen hatten.

Diese unerwartete Hilfe feuerte den Mut der Rebellen an. Zudem beflügelte sie das Vorbild ihres Anführers Luthien, der sich einem Widersacher nach dem anderen stellte, mit nicht nachlassender Kraft den *Blender* führte und immer wieder den Ruf nach Freiheit laut werden ließ.

Die Zyklopen am Ostufer sahen dem Treiben mit Schrecken zu, so auch jenes eine, besonders riesige, häßliche Monstrum. Belsen'Krieg verlangte nach einer Armbrust.

Siobhan und die hundert Elfen lösten sich aus dem Nahkampfgetümmel und bezogen am Westufer der Reihe nach Stellung, um den Schützen auf der gegenüberliegenden Seite die Stirn zu bieten. Mit ihren Bögen legten sie insbesondere auf diejenigen Zyklopen an, die durchs Wasser zu waten oder über die Trümmerbrücke zu klettern versuchten. Bald schon färbten sich die Fluten rot, und wer von den Einaugen unversehrt geblieben war, sputete sich, in die eigenen Reihen zurückzufinden.

Von Luthiens Schwert tropfte Zyklopenblut, als er neben Siobhan ans Ufer trat. Da zischte plötzlich ein Armbrustbolzen dicht über ihre Köpfe hinweg. In dem Schützen erkannten sie Belsen'Krieg, und der hatte gewiß nicht zufällig den jungen Bedwyr ins Visier genommen.

Die Elfen setzten ihren Beschuß fort mit dem Erfolg, daß die Zyklopenarmee immer weiter zurückwich, statt den Kameraden auf der anderen Flußseite zu Hilfe zu kommen. Den zielsicheren Elfen hatten sie nichts entgegenzusetzen.

Nur Belsen'Krieg harrte aus. Wie ein Standbild thronte er auf seiner Maulsau. Lange, sehr lange starrten der einäugige General und Luthien einander an. Bald würden beiden Seiten zur alles entscheidenden

Schlacht aufeinanderprallen. Und unvermittelt drängte sich dem jungen Bedwyr der Eindruck auf, als seien sämtliche Kämpfer, hüben wie drüben, nichts weiter als eine Verlängerung ihrer Anführer, als sei der bevorstehende Kampf um Caer MacDonald im Grunde ein persönliches Duell zwischen ihm und Belsen'Krieg.

Ehe Luthien einschreiten konnte, hatte Siobhan den Bogen gespannt und einen Pfeil abgeschossen, der den Koloß gegenüber in die breite Schulter traf.

Der Zyklopengeneral zuckte nicht einmal mit der Wimper. Ohne den Blick von Luthien abzuwenden, langte er nach dem Pfeil und brach den Schaft über der Einstichwunde entzwei. Auf sein grimmiges Nicken antwortete Luthien mit gleicher Gebärde. Dann riß der Koloß urplötzlich seine Maulsau herum und galoppierte davon. Es folgte ihm ein Schwarm von Geschossen, doch ob eines ihn oder sein Reittier traf, war nicht mehr auszumachen.

Luthien schaute ihm nach. Ja, der Feind war ihm in Person entgegengetreten und hatte Eindruck gemacht, ja, Furcht eingeflößt, mehr noch als der Anblick des gewaltigen, hochgerüsteten Heeres aus Avon.

Das Gemetzel am Westufer war mittlerweile entschieden. Über dreihundert Zyklopen lagen tot auf dem aufgeweichten Feld, während die Rebellen kaum Verluste hatten hinnehmen müssen. Ein klarer Etappensieg. Doch es stand noch dahin, ob der sich am Ende auch günstig auswirken würde auf die Schlacht um Caer MacDonald.

Oliver, Katerin und der Trupp aus Port Charley hatten noch etliche Meilen Weges vor sich, als sie im Osten dicke, schwarze Rauchschwaden aufsteigen sahen. Das Dorf von Felling Downs brannte lichterloh.

Von Kurieren hatten sie erfahren, daß der Anschlag auf das Zyklopenheer ein voller Erfolg gewesen war. Das stimmte sie froh. Gleichzeitig aber führte ihnen der Rauch vor Augen, daß ihr Kampf auch einen hohen Tribut verlangte.

Als sich der Tag über Eriador senkte, machten die Leute aus Port Charley ein letztes Mal Rast, um vor der Entscheidungsschlacht auszuruhen. So ritt Oliver allein weiter und lenkte Schäbig über gespenstisch graue Felder. Auf einer Anhöhe angelangt, entdeckte er in der Ferne das Lager des Feindes. Hunderte kleiner Feuer brannten. So viele Zyklopen hatte Oliver noch nie auf einem Fleck versammelt gesehen, und er bekam es mit der Angst zu tun. Nicht um sich selbst fürchtete er, sondern vielmehr um Luthien und die Stadt. Und beeilten sie sich noch so sehr, die Männer aus Port Charley kämen gewiß zu spät, um in die morgige Entscheidung eingreifen zu können.

»Luthien wird standhalten«, meldete sich da eine Stimme aus dem Hintergrund. Vor Schreck wäre der Halbling fast aus dem Sattel gerutscht. Brind'Amour trat aus den Schatten hervor.

Oliver schaute sich nach allen Seiten um, konnte aber kein Pferd entdecken. Anscheinend hatte sich der Alte mit Zauberlist hierher verfügt.

»Luthien wird der ersten Angriffswelle standhalten«, wiederholte Brind'Amour. Er verstand es, die Gedanken vom Gesicht des Halblings zu lesen, und versuchte ihn zu trösten, was ihm aber nicht gelang angesichts des gewaltigen Lagers, das sich in einer Breite von mehreren Meilen vor ihnen ausdehnte.

Auch von den Zinnen Caer MacDonalds waren die Lagerfeuer der Zyklopen auszumachen. Luthien und Siobhan standen auf der Aussichtsplattform des höchsten Turmes und starrten schweigend gen Westen.

In der Stadt herrschte Stille – Friedhofsstille.

13. KAPITEL

Mit dem Rücken zur Wand

In der Morgendämmerung war der Himmel bedeckt von hohen, grauen Wolken, die sich unheilvoll zusammenbrauten. Die Felder schimmerten feucht, so auch die Helme und Schilde des Avonschen Heeres, das sich in drei riesige Quadrate zu je fünftausend Soldaten aufgeteilt hatte.

Von einem Wachturm des inneren Stadtwalls schaute Luthien dem Spektakel zu. Das Heer hatte sich am Abend zuvor in den Hügeln zwischen Felling Downs und Montfort noch mancher Attacke von Rebellen erwehren müssen, Attacken, die als Ablenkungsmanöver mit Luthien abgesprochen waren, um ihm und seinem Trupp Gelegenheit zu geben, über Umwege ungehindert in die Stadt zurückzukehren.

Vor Luthien lag ein etwa dreißig Schritt breiter Streifen, der von Zwergen freigeräumt worden war. Er grenzte an den inneren Außenwall, dessen Fundament ausgehöhlt und provisorisch verkeilt war. Aufrecht gehalten wurde die Mauer jetzt nur noch von dicken, gespannten Tauen. An der Verankerung eines jeden dieser Taue stand ein Zwerg mit einer Axt in Bereitschaft.

Diese Zwerge würden sich noch eine Weile gedulden müssen. So hoffte Luthien. Die erste Verteidigungslinie befand sich an der äußeren Ringmauer. Dort lagen, Schulter an Schulter, Bogenschützen und Pikeniere auf der Lauer. Darunter erkannte Luthien auch Siobhan mit ihrem geflügelten Silberhelm und den langen, weizenblonden Locken.

Der junge Bedwyr ließ den Blick schweifen. Er suchte nach Shuglin, konnte ihn aber nicht finden, weder ihn noch irgendeinen anderen Zwerg, abgesehen von denen, die an den Tauenden standen. Luthien schaute über die eigenen Reihen am Innenwall, doch auch hier war keiner der kleinen, bärtigen Männer zu entdecken, was sich Luthien nicht erklären konnte. Er blickte zurück auf Siobhan – und weidete sich an ihrer Schönheit.

Doch das schnarrende Getöse eines der Katapulte, die am Ministerium in Stellung gebracht worden waren, riß ihn aus seiner Bewunderung, und als er den Blick über die Außenmauer hob, sah er den Feind in drei schwarzsilbernen Massen anrücken, in geschlossenen Formationen wie aus schierem Metall, mit Schilden bewehrt und in Reihen zu je sechzig oder siebzig Zyklopen. Oliver hatte vor diesen sogenannten Schildkröten gewarnt, doch keine Beschreibung hätte Luthien vorbereiten können auf diesen überwältigenden Anblick. Eine Schildkröte kam aus nördlicher Richtung auf die Stadt zu, die zweite und dritte aus nordwestlicher beziehungsweise westlicher Richtung. Luthien versuchte sich damit zu trösten, daß Caer MacDonald immerhin nicht zu umzingeln war, denn im Süden und Osten ragten Berge auf, die zu dieser Jahreszeit unpassierbar waren.

Doch zur Erleichterung gereichte ihm dieser Gedanke nicht. Die Zyklopen näherten sich wie eine Gewitterfront, langsam und unheilvoll. Das monotone Stampfen im Gleichschritt und die aufgeregten Stimmen am Stadtwall übertönten die dumpfen Trommeln.

Wie Herzschläge, stetig, unwiderstehlich.

Ein Flammenball traf unmittelbar vor den Monstren aufs Feld. In der ersten Reihe sprangen einige wenige auseinander. Doch die aufgestellten Schilde wehrten alle Geschosse ab.

Luthien spürte einen Kloß im Hals; es drängte ihn, davonzurennen, in die Berge zu fliehen. Mit einem so kontrollierten, entschlossenen Angriff hatte er nicht gerechnet, war vielmehr davon ausgegangen, daß sich eine wilde Meute mit lautem Kriegsgeschrei und blindlings den Verteidigern entgegenwerfen würde.

Von wegen. Diszipliniert hielten die prätorianischen Gardisten die Reihen geschlossen, sogar unter dem Beschuß durch Katapulte. Treffer konnten der Formation im ganzen nichts anhaben, und die Heeresteile rückten so unaufhaltsam näher. Luthien sah alle Hoffnung schwinden.

Er schaute sich um. In den eigenen Reihen war es still geworden. Um ihn herum brach Panik aus. Da meldete sich im Hinterkopf eine Stimme, die ihm sagte, es sei an der Zeit, daß er sich als wahrer Anführer zu bewähren habe.

Luthien bestieg den höchsten Punkt auf der Brustwehr und zog den *Blender* aus der Scheide. »Caer MacDonald!« rief er aus Leibeskräften. »Freiheit für Eriador!«

Verstört blickten einige zurück, die vor der Außenmauer lagen, doch andere, wie Siobhan, verstanden und schätzten, was der junge Bedwyr im Schilde führte.

Luthien rannte über die Mauer auf den Wachturm an der großen Stadtpforte zu und ließ auch dort den Kampfruf erschallen, der nun von den Mitstreitern am inneren Wall aufgegriffen und lauthals im Chor wiederholt wurde.

Nur diejenigen an der Außenmauer in unmittelbarer Nähe des Feindes blieben still, zeigten sich aber ermutigt durch die Rufe in ihrem Rücken und legten wie auf Kommando die Langbögen an.

Langsam und stetig rückten die Zyklopen heran. Noch dreißig Schritt, fünfundzwanzig ...

Noch hielten Siobhan und die Gefährten ihre Waffen

gesenkt. Die dichte Schilderkette bot kein Durchkommen. Dann aber landete ein Katapultgeschoß inmitten der feindlichen Reihen, und gleich darauf krachten Steine, geschleudert von Ballisten, auf den Panzer der vordersten Schildkröte ein. So mancher Schild zerbrach, etliche Zyklopen fielen, und zum ersten Mal geriet der Angriff ins Stocken.

Schnell waren die Bogenschützen zur Stelle; Pfeile sirrten, trafen, taten ihre Wirkung. Kaum zwanzig Schritt entfernt, löste sich die mittlere Formation auf, und unter wildem Geheul stürmten die Zyklopen einzeln auf die acht Fuß hohe Außenmauer zu. Pfeil auf Pfeil flog ihnen entgegen. Pikeniere stachen von oben mit Lanzen zu.

Auch Siobhan, die mit ihren Elfen weiter nördlich lag, gab Schießbefehl, als der auf sie zumarschierende Feind zum Sturmangriff überging. Auf den ersten Pfeilhagel folgte der zweite mit eingespielter Präzision; es schien, als wären die Aktionen der Schützen gleichgeschaltet.

Und ein dritter und vierter Schwarm von Geschossen schnellte auf die Zyklopen zu, ehe diese die Mauer erreichen konnten. Doch so heftig der Beschuß auch sein mochte, die formierte Masse der Fünftausend blieb unerschüttert. Sie schwärmten herbei und bestiegen den Wall, unterstützt von toten Kameraden, die ihnen als Trittleiter dienten.

Siobhans Elfen kämpften verwegen, so auch das Volk – hauptsächlich aus Menschen bestehend – an den Brennpunkten im Nordwesten und Westen. Doch sie waren an Zahl hoffnungslos unterlegen, und so dauerte es nicht lange, da war der erste Verteidigungsriegel an etlichen Stellen durchbrochen.

Von der inneren Mauer ertönte ein Hörnersignal, worauf alle, die im äußeren Ring kämpften und noch laufen konnten, zurückwichen und durch das Tor in die Stadt flohen.

Die mit Äxten bewaffneten Zwerge bewiesen starke Nerven und warteten bis zum letzten Augenblick, um die Mitstreiter entkommen zu lassen. Dann aber war es soweit. Die Zyklopen drängten vor, und es eilte den Zwergen, zur Tat zu schreiten. Ein Tau nach dem anderen wurde gekappt. Knirschend geriet die präparierte Mauer in Bewegung.

Luthien hielt den Atem an. Die Mauer stand auf der Kippe, schien aber nicht fallen zu wollen. Es war, als stemmte sich die Masse der Feinde von hinten dagegen. Dann aber, wie ein gewaltiger Wellenschlag von Westen nach Norden brandend, stürzte die Mauer ein.

Groß war der Schaden nicht, den der Feind dadurch erlitt. Von den verschütteten Zyklopen gelang es vielen, unter den Trümmern hervorzukriechen. Doch waren sie in heller Aufregung, und Luthiens Männer nutzten die Verwirrung, um vom Innenwall her Geschosse abzuschießen, und nicht wenige trafen tödlich.

Luthien selbst war nicht mehr zur Stelle. Er hatte sich mit fünfzig anderen auf den Weg zum Stadttor gemacht, wo eine ebenso große Anzahl prächtiger Pferde auf sie wartete, die prächtigsten, die die Stadt zu bieten hatte. Die Pforte ging auf, und vom Wall her wurden Leitern und Seile herabgelassen, um denen, die an der Außenmauer gekämpft hatten, den Rückzug zu erleichtern. Bogenschützen hielten die feindlichen Jäger auf Abstand.

Mit seinem Gefolge preschte Luthien zum Tor hinaus. Wild flatterte ihm der blutrote Umhang um die Schultern.

Jenseits der zertrümmerten Außenmauer waren Belsen'Krieg und seine Offiziere dabei, ihre Streitkräfte neu zu ordnen und in kleine Stoßtrupps aufzuteilen. Denen wollten sich Luthien und seine Reiter jetzt in den Weg stellen, um Zeit zu gewinnen für diejenigen, die auf dem Rückzug in die Stadt waren.

Aber Luthien traute seinen Augen nicht, als plötzlich

der Boden unter dem Feind aufzubrechen schien. Etwa fünfhundert Zwerge tauchten aus verdeckten Löchern auf und hackten mit ihren Waffen und feuriger Wut auf die verhaßten Einaugen ein.

Von der Stadt flogen dichte Pfeilwolken herbei, dazu Steinmassen, geschleudert von den Ballisten auf dem Ministerium.

»Freiheit für Eriador!« brüllte Luthien und stürmte der aufgebrachten Masse in Schwarz und Silber entgegen.

Im Getümmel aus Leibern und schwirrenden Pfeilen erlebte der junge Bedwyr die entsetzlichsten Augenblicke, die er je durchlebt hatte. Wohin er auch blickte, sah er sich von schlagenden Schwertern bedroht. Sein Pferd brach unter ihm zusammen, und er spürte kaum, daß es ihn selbst ein ums andere Mal, von wuchtigen Hieben getroffen, zu Boden riß. Aber er raffte sich immer wieder auf, ließ das Schwert rotieren und vernichten, was in dessen Reichweite gelangte.

Bislang hatte sich Luthien – wie in den Kämpfen um das Ministerium – stets, Seite an Seite mit Freunden fechtend, auf deren Unterstützung verlassen können. Hier war er ganz auf sich allein gestellt. Und als der Beschuß von der Stadt aus nachließ, als es den Zyklopen gelang, zu ihrer schützenden Formation zurückzufinden, und als Luthiens Reiter und die Zwerge, vom übermächtigen Gegner bedrängt, Hals über Kopf das Weite suchten, da glaubte Luthien, das Ende seines Lebens stünde ihm bevor.

Sein Schwert hatte sich in der Schulter eines Zyklopen verkeilt, und ehe er es freibekommen konnte, prallte ihm eine schwere Keule vor die Brust. Der Schlag nahm ihm den Atem, und schwindelnd stolperte er zurück.

Benommen und ohne zu wissen, wie ihm geschah, rannte er drauflos, geschoben von denen, die mit ihm zur Stadt zurückflohen. Er hörte das Wutgeheul der

Zyklopen im Rücken und sah einen Schwarm von Pfeilen über sich hinwegfliegen. Er selbst jedoch kam sich aber vor wie in weite Fernen entrückt.

Da wurde er über eine Leiter gezerrt und von zahlreichen Händen auf den Wall gehievt. Das letzte, was er sah, war das bärtige Gesicht Shuglins, der hinter ihm über die Brustwehr kletterte. Dann überkam ihn die Ohnmacht

»Wir brauchen dich auf dem Wall«, hörte er es flüstern, ein entferntes Flehen. Er erkannte die Stimme und öffnete die schweren Lider. Siobhan beugte sich über ihn.

»Kannst du aufstehen?« fragte sie.

Luthien war noch nicht voll bei Bewußtsein und ließ es wehrlos geschehen, als sie seinen Kopf vom Lager hob und ihn aufrichtete.

»Auf dem Wall?« fragte er verblüfft. Wie in einem Alptraum kamen ihm die Schreckensszenen des Vormittages in den Sinn, das Gemetzel, das Blut und die Schreie.

»Wir haben standgehalten und ihnen gehörig zugesetzt«, antwortete sie und half ihm auf die Beine. »Das Feld liegt voll mit Zyklopenleichen.«

Luthien gefielen diese Worte, aber er vernahm auch den nervösen Unterton in ihrer Stimme; es schien, als versuche sie sich selbst Mut zuzusprechen. Und so war er nicht überrascht, als sie hinzufügte: »Aber sie haben sich wieder neu formiert und sind im Anmarsch. Du bist nicht schwer verwundet und mußt dich jetzt aufraffen. Wir brauchen dich.« Als was? fragte er sich im stillen. Als Galionsfigur? Siobhan ließ nicht locker, und es drängte sich ihm der Verdacht auf, daß sie ihn sogar noch an die Brüstung stellen würde, wenn er eine Leiche wäre, ein Zwerg, unterm Umhang verborgen, mochte dann womöglich seinen erschlafften Arm führen und den *Blender* erheben, um den Rebellen auf diese Weise Mut zu machen.

Als Luthien den Wall schließlich erreichte, wußte er jedoch Siobhans Hartnäckigkeit zu schätzen. Das weite Feld vor den Toren Caer MacDonalds war von Leichen bedeckt und blutdurchtränkt, und sooft jemand einen Stein nach ihnen warf, schreckten schwarze Aasvögel in Scharen auf und verdunkelten den grauen Himmel über ihnen.

Luthien glaubte wieder schlecht zu träumen, als er dieses Bild vor Augen sah. Unter den Toten waren auch zahlreiche Männer und Frauen, einige Elfen und sehr, sehr viele aus Shuglins bärtigem Volk.

Aber dem jungen Bedwyr stand nur dieses vor Augen: die toten Zwerge, die tapferen Kerle, die inmitten des heranrückenden Heeres aus dem Boden gesprungen waren, um Chaos und Vernichtung zu stiften, und die ihr eigenes Leben dafür eingesetzt hatten. Nicht einmal, um Caer MacDonald zu retten, hatten sie sich geopfert, sondern nur für die erste Abwehr des feindlichen Ansturms.

Sein Gesicht war aschfahl, als er sich Siobhan zuwandte. »Wie viele?« fragte er.

»Über dreihundert«, antwortete sie düster. »Allein zweihundert Zwerge.« Dann hob sie den Kopf und straffte die Schultern. »Aber von den Zyklopen sind fünfmal so viele gefallen«, rechnete sie vor.

Luthien blickte zurück auf das Schlachtfeld und das dahinterliegende schwarz-silberne Gewimmel des Avonschen Heeres. Das Licht am grau bedeckten Himmel ließ darauf schließen, daß es um die Mittagszeit war, und schon rückte der Feind wieder näher, um ein neuerliches Blutbad anzurichten.

»Und all das an einem Vormittag«, flüsterte der junge Mann.

Er musterte die eigenen Reihen. Zur Verteidigung würde diesmal keine Mauer auf den Feind einstürzen, kein Überraschungscoup durch die Zwerge mehr möglich sein. Diesmal würden die Zyklopen geradewegs und ungehindert auf den inneren Wall zumarschieren, und wenn es ihnen gelänge, die Linien der Verteidiger zu durchbrechen, wäre Caer MacDonald verloren, die Rebellion niedergeschlagen und die Hoffnung auf Freiheit vertan. An die Folgen für die eigene Person mochte Luthien gar nicht erst denken, zumal hier mehr auf dem Spiel stand als das eigene Schicksal.

In seine geschundenen Glieder strömte die Kraft zurück; er hob das Schwert und ließ alle, die in seiner Nähe waren, aufmerken.

»Freiheit für Eriador!« jubelten die Rebellen wie aus einem Munde. »Caer MacDonald!«

Siobhan zeigte sich zufrieden. Sie hatte schon befürchtet, daß der junge Bedwyr nicht wieder aufstehen oder sich geschlagen geben würde. Aber nun hatte er getan, was sie von ihm wollte, und falls er den nächsten Angriff nicht überlebte, würde sie die Legende um den Blutroten Schatten hochleben lassen und in seinem Namen die noch übriggebliebenen Mitstreiter zum Kampf anspornen.

Doch im Moment zählte kein Wenn und Aber. Die Katapulte schnarrten, und die Ballisten schleuderten ihre Steinladungen dem Feind entgegen, der nunmehr nur noch in zwei Batterien anrückte. Auf dem Wall lagen Tausende von Bogenschützen, die wieder und immer wieder ihre Geschosse auf die gepanzerten Schildkröten hageln ließen. Und mancher Pfeil fand auch einen Spalt im Dach der Schilde.

Aber sie rollte herbei, eine schwarz-silberne, unnahbare Flut. Sie überschwemmte die Trümmer der Außenmauer und das Leichenfeld. Das unablässige Klirren von Pfeilspitzen auf Metall verdichtete sich zu einem schrillen Gesirre, und die Luft vibrierte, aufgerührt von schwingenden Bogensehnen.

Nur noch vierzig Schritt vom Wall entfernt, lösten sich die Reihen der Prätorianer auf. Leitern wurden angelegt, Dutzende von Seilen mit Enterhaken auf die

Brustwehr geschleudert. Mit einem gefällten Baum in den Armen versuchte eine Gruppe von Zyklopen das Stadttor einzurammen.

Die Pfeile, aus den Wachtürmen geschossen, brachten dieser Gruppe erhebliche Einbußen, doch es waren immer genügend Einaugen zur Stelle, um die Gefallenen zu ersetzen.

Und schon klirrte Stahl auf Stahl. Wutgebrüll mischte sich mit Schmerzensschreien, Flüchen und Geheul. Schlachtrufe erstickten in den Todeskämpfen.

Während der ersten Welle des Ansturms starben die Zyklopen zuhauf, zehnmal so viele wie bei den Verteidigern. Doch es gelangten immer mehr Feinde auf den Wall, und es erhöhte sich der Tribut, den die Rebellen zollen mußten. Noch hielten sie dem Angriff stand.

Luthien schien immer an mehreren Stellen gleichzeitig zu sein, rannte mal hierhin, mal dorthin, von einem Kampf zum anderen. Er registrierte längst nicht mehr die Anzahl derer, die er schlug, und es waren viele.

Da erschütterte eine gewaltige Explosion den Wall in Stadttornähe. Fast hätte es den jungen Bedwyr von den Beinen gerissen. Um ihn herum stürzten etliche, Feinde wie Rebellen. Und es krachte ein zweites, ein drittes Mal. Unmittelbar darauf wurde furchtbares Gehämmere laut.

»Das Tor!« brüllte jemand. Luthien blickte über den Rand der Mauer und sah die Massen des Feindes zusammenlaufen. Der Rammbock lag am Boden; er hatte seinen Zweck erfüllt.

In Windeseile rannte Luthien hinunter auf den Platz vor der Pforte, stürzte sich mit Todesverachtung ins Getümmel. Immer mehr Zyklopen drängten durch das eingebrochene Tor nach, und Luthien wußte: Hier entschied sich, ob Caer MacDonald fallen würde oder nicht.

Wie schon in der ersten Schlacht auf freiem Feld, waren auch jetzt die Reihen durchmischt, und es half nur blindwütiges Um-sich-Schlagen. Daß er über eine Leiche stolperte, war Luthiens Glück, denn im selben Moment sauste ein Schwert nieder, das ihn, als er nach vorn wegrollte, nur knapp verfehlte. Wieder auf den Beinen, stürmte er weiter, geradewegs auf drei Zyklopen zu.

Währenddessen belegten Siobhan und ihre Elfen die Feindesmassen vor der Stadt weiterhin mit Beschuß, während die größeren, kräftigeren Menschen mit Schwertern und Spießen auf jene Monstren einschlugen, die über Seile und Leitern die Brustwehr zu erklimmen versuchten.

»Macht ihre Anführer ausfindig!« rief die Halbelfe, und alle Augen suchten nach denen, die den Einaugen Befehle gaben, und als diese ausgemacht waren, richteten sich die Pfeile auf sie. Von Belsen'Kriegs Offizieren fiel einer nach dem anderen in den Staub.

Mit gebeugtem Knie wirbelte Luthien im Halbkreis herum, zog das Schwert nach und mähte zwei Zyklopen nieder. Dann sprang er auf und bohrte dem dritten, der auf ihn zustürzte, die Klinge in den Bauch. Weiterhastend zog er den *Blender* frei und stellte sich zwei weiteren Zyklopen in den Weg. Der eine war mit einem Dreizack bewaffnet, der andere trug ein Schwert. Sie wichen vor Luthiens wildem Ansturm zurück, worauf sich der mit dem Dreizack nicht anders zu wehren wußte, als ihm die Waffe entgegenzuschleudern.

Blitzschnell tauchte Luthien ab und parierte den Wurf mit erhobenem Schwert, packte den in seiner Wucht gebremsten Dreizack beim Schaft und pflanzte ihn vor sich auf, die Zinken dem anderen Einauge zugeneigt, der ihn mit dem Schwert attackierte. Zu spät bremste er ab und pfählte sich so selbst. Luthien aber war schon zwei Schritte weiter, um den zu treffen, der die Waffe geworfen hatte und nun ein kurzes Schwert aus dem Gürtel zog. Doch ehe er damit ausholen konnte, war es ihm auch schon entrissen. Luthien hatte zugeschlagen und dem Gegner mit demselben Hieb die Kehle aufgeschlitzt.

Instinktiv fuhr der junge Bedwyr herum, gerade rechtzeitig, um einen Streich von hinten abzuwehren, und von äußerster Wut getrieben, setzte er nach, drängte mit wuchtigen Schlägen den Widersacher zurück und brüllte ihm ins Gesicht: »Na, wie lange hältst du das noch durch?«

Aus einem Handgemenge dichtauf kam eine Keule geflogen. Am Bein getroffen, geriet Luthien ins Wanken, was der bedrängte Gegner zu nutzen verstand und nun seinerseits mit hektischen Schwerthieben die Offensive übernahm. Luthien wich parierend zurück, um gleich darauf wieder vorzustoßen. Der *Blender* hatte die längere Reichweite und durchbohrte das Herz des Zyklopen.

All das geschah innerhalb weniger Augenblicke und noch ehe das Blut derer, die vorher hatten dran glauben müssen, an der Klinge getrocknet war. Luthien zog sein Schwert aus dem toten Körper des Gegners, gefaßt darauf, daß es bald auch um ihn geschehen sein mochte. Doch das Gewühl, in dem er sich wähnte, hatte sich aufgelöst, als er aufblickte. Verwundert schaute er sich um und sah, daß Shuglins Dreihundertschaft in geschlossenen Reihen das wiederaufgerichtete Stadttor absicherte. Doch Luthien konnte nicht glauben, daß all die Zyklopen, die soeben noch auf dem Vorplatz gekämpft hatten, zurückgedrängt waren, und als er, um sich Überblick zu verschaffen, auf einen Kistenstapel sprang, fand er die Antwort auf seine Frage. Statt sich auf einem Fleck der massiven Gegenwehr stellen zu müssen, war die Zyklopenmeute schon auf den Straßen Caer MacDonalds ausgeschwärmt.

Plötzlich tönten Rufe vom Wall, daß sich der Feind

vor der Stadt zurückzöge. Alles jubelte, und es schien, als sei der zweite Angriff wie der erste erfolgreich abgewehrt.

Doch Luthien traute der frohen Meldung nicht. »Clever«, flüsterte er und dachte dabei an den riesigen, häßlichen Zyklopen, dem er bei Felling Downs Auge in Auge gegenübergestanden hatte.

Wenig später tauchte Siobhan neben ihm auf; ihre Schulter war naß von frischem Blut. »Sie ziehen ab«, berichtete sie.

»Aber viele sind noch in der Stadt«, entgegnete Luthien düster.

»Die sind bald gestellt«, versprach die Halbelfe. Luthien zweifelte nicht an ihrer Entschlossenheit, hatte aber Bedenken. Nach den Einaugen zu fahnden würde sehr viele Rebellen in Anspruch nehmen und ihre Kräfte so binden. Und genau darauf schien es der Feind anzulegen.

»Feuer!« brüllte es da vom Wall. Und tatsächlich: Über der Innenstadt stieg schwarzer Rauch auf. Luthien fand sich in seiner Befürchtung bestätigt. Respekt, dachte er wieder. Sein Gegenspieler hatte offenbar sehr viel mehr Grips als alle seine tumben Streiter zusammengenommen. Und wie schon tags zuvor an der Brücke vorm Dorf drängte sich ihm der Eindruck auf, als sei dieser Krieg, an dem Tausende beteiligt waren, im Grunde nur ein Zweikampf zwischen ihm und diesem scheußlichen Koloß.

Und wenn er diesen Kampf verlöre, würde Caer MacDonald einen bitteren Preis dafür zahlen müssen.

14. KAPITEL

Zwielicht

Es wird schneien diese Nacht«, sagte Siobhan voraus. Zusammen mit Luthien und vielen anderen Rebellen hielten sie Wache auf dem Wall. In der Stadt hinter ihnen brannte es an mehreren Stellen. Viele Zyklopen waren im Verlauf des Nachmittags zur Strecke gebracht worden, aber etliche schlichen noch umher.

»Er wird nicht lange auf sich warten lassen«, versicherte Luthien.

Die Halbelfe schaute ihn an. Der Tonfall und die Art, in der er über den Anführer des Avonschen Heeres sprach, verrieten ihr, was in seinem Kopf vor sich ging.

Sie warf einen Blick über die Schulter auf die Stadt und sah eine Gruppe von Mitstreitern mit rußgeschwärzten Gesichtern auf den Wall zukommen. Shuglins Zwerge machten sich gerade am Tor zu schaffen und versuchten, es wieder instand zu setzen und zusätzlich zu verstärken. Von kleineren Attacken durch marodierende Zyklopen abgesehen, war die Stadt noch nie zuvor ernstlich bedroht worden, und darum hatte man bislang gehofft, auf Fallgatter und ähnliche Sicherungen verzichten zu können.

Luthien wandte sich einem seiner Männer zu und sagte mit Blick auf die Gruppe, die sich dem Wall näherte: »Sollen die doch jetzt die Wache übernehmen. Und schick einen gleich starken Trupp los, damit die Jagd auf die Einaugen fortgesetzt wird. Um die Brände zu löschen, müssen alle ran, auch Kinder und ältere Leute.« Der Mann nickte grimmig und entfernte sich.

»Komm schon«, flüsterte Luthien in den Wind, der beißend kalt über die Felder hereinwehte. »Wir erwarten dich.« Siobhan ahnte, wen der junge Bedwyr im Sinn hatte.

»Bist du sicher, daß sie's noch mal versuchen?« fragte sie.

»Es zieht ein schweres Unwetter auf«, antwortete Luthien. »Das weiß er, und darum muß er sich beeilen. Denn im Schneesturm wird sich das Heer kaum bewegen lassen.« Luthien schüttelte den Kopf. »Nein, er kann nicht länger warten. Jetzt ist die Zeit, zuzuschlagen. Noch reicht das Licht, und hinter uns brennen die Feuer. Unsere Abwehr ist geschwächt, das Tor hängt noch lose in den Angeln …«

»Die Zwerge tun, was sie können«, bemerkte einer aus der Runde, um Mut zu machen.

Luthien widersprach nicht.

»Sie werden also kommen«, sagte Siobhan. »Können wir auch standhalten?«

Luthien schaute in die Gesichter ringsum. »Wir werden standhalten«, stieß er zwischen zusammengebissenen Zähnen hervor. »Wir werden sie ein weiteres Mal zurückschlagen und niedermetzeln auf dem Feld da draußen. Dann soll der Sturm über sie hinwegfegen und das zu Eis gefrieren, was noch lebt. Freiheit für Eriador!«

Und alle, die dastanden, schrien Hurra. Alle bis auf Siobhan. Sie fixierte Luthien mit starrem Blick, doch er nahm keine Notiz von ihr und schaute über die Felder. Der Halbelfe konnte er nichts vormachen. Sie wußte, was in ihm vorging und daß er an die vollmundigen Worte zur Aufmunterung der Gefährten selbst nicht glauben konnte. Er war schließlich kein Narr. Der Feind mochte um drei-, vier-, vielleicht sogar um fünftausend Soldaten verringert worden sein, war aber den

Verteidigern so immer noch haushoch überlegen, zumal auch die Rebellen an Zahl und Kraft eingebüßt hatten. Überdies waren sie gezwungen, Feuersbrünste zu bekämpfen und streunende Zyklopen zu jagen.

Fast wären sie schon vom ersten Ansturm überrollt worden. Die Chancen auf einen neuerlichen Abwehrerfolg standen nun deutlich schlechter; die Verteidigung wackelte.

Auch Luthien schien Gedanken lesen zu können; mit kritischer Miene betrachtete er die Halbelfe und sagte schließlich: »Laß in der Stadt den Befehl verbreiten, daß alle, die nicht in Stellung sind oder sonst beschäftigt, sich ins Ministerium oder auf den Vorplatz begeben sollen.«

Siobhan preßte die Lippen aufeinander. Sie hatte viel Blut verloren, und daß ihr kalt war, lag nicht nur an dem eisigen Wind. Daß Luthien ihre Sorgen teilte, ließ sie frösteln. Er plante bereits den Fall der Stadtmauer ein.

»Laß Waffen verteilen«, fügte Luthien hinzu. »Auch an Greise und Kinder.«

Siobhan hatte ihm den Rücken zugekehrt, um sich ihre Verzweiflung nicht anmerken zu lassen. Die entsetzliche Aussicht auf die drohende Niederlage schnürte ihr das Herz zusammen. Wenn sie siegten, würden die Zyklopen keine Gnade zeigen.

Langsam und unaufhaltsam marschierte der Feind in zwei riesigen Formationen auf die Stadt zu.

Die Trommeln schlugen im Rhythmus des Herzens; im Gleichtakt donnerten die Schritte. Noch war das Heer außer Reichweite, aber schon surrten vereinzelt Pfeile durch die Luft, was Luthien verärgerte. Doch er blieb still, verzichtete darauf, die voreiligen Schützen zurechtzuweisen, zumal er Verständnis für sie hatte. Sie versuchten so, die Angst zu verdrängen.

Luthien dachte an die Spruchweisheit, wonach

Dummheit und Mut nahe beieinander liegen. Aber dann schüttelte er den Kopf. Nein, der Freiheit das Leben zu opfern war gewiß nicht töricht.

Die Zyklopen erreichten nun die Trümmer der Außenmauer. Jetzt schnellten die Pfeile, einer nach dem anderen und viele auf einmal; Katapulte und Ballisten schleuderten ihre Massen, so schnell es möglich war, sie mit Gesteinsbrocken oder anderen Geschossen zu beladen. Doch was mochten sie groß ausrichten? Der Feind konnte Verluste zu Dutzenden, ja, Hunderten, ohne weiteres verkraften. Die Luft vibrierte, erfüllt vom Klang schnurrender Bogensaiten. Aber die zyklopischen Reihen rückten unerschüttert weiter vor, und es wiederholte sich Schritt für Schritt, was schon am Vormittag geschehen war.

Die Formationen lösten sich, und ein Gewimmel von Einaugen stürmte auf den Wall zu. An Hunderten von Seilen schwirrten Enterhaken auf die Brustwehr zu; Leitern wurden angelegt, dazu Baumstämme mit gekappten Ästen, die als Trittsprossen dienten. Die Einaugen waren während der vergangenen Stunden nicht müßig gewesen und hatten sich zusätzlich gerüstet. Der Wall war nicht hoch genug, um den Angriff aufzuhalten, und die Verteidiger schafften es nicht, alle Seile zu zerhacken oder die Leitern wegzustoßen.

Luthien dachte bereits daran, die Außenmauer preiszugeben und sich hinter den Innenwall zurückzuziehen. Doch während er noch zögerte, wurde ihm die Entscheidung abgenommen. Der Kampf war voll entbrannt.

Shuglins Zwerge standen auf dem Platz vorm Haupttor in Bereitschaft. Vom Wachturm aus blickte Luthien auf sie herab, ohne Hoffnung darauf, daß diese kleine Schar würde standhalten können. Schon krachte der Rammbock von außen gegen das notdürftig reparierte Tor. Davor wartete eine Kavallerieeinheit auf ihren Einsatz: schwere Maulsäue mit den größten und stärksten Zyklopen im Sattel. Unter ihnen entdeckte Luthien auch jenen abgrundhäßlichen General. Auf diese Reiter mußte sich die Abwehr konzentrieren, doch als sich Luthien seinen Schützen zuwandte, sah er, daß es dafür schon zu spät war. Sie hatten ihre Bögen in beide Hände genommen und keulten damit auf die Zyklopen ein, die hartnäckig und in unüberschaubarer Zahl den Wall zu erklimmen versuchten.

Luthien rannte ihnen zu Hilfe, kappte ein ums andere Seil, fand aber dann, daß es sinnvoller wäre, den Zwergen Unterstützung zu leisten. Als er den Vorplatz erreichte, war die eine Torhälfte bereits niedergerammt, und in der Öffnung häuften sich tote Zwerge und Zyklopen.

Luthien kam neben Shuglin zu stehen und packte den Freund bei den Schultern. Eine Geste der Verzweiflung.

»Diesmal wird es nicht reichen«, meinte der Zwerg.

Mit schierer Massenhaftigkeit drängten die Zyklopen die Zwerge zurück. Schritt um Schritt weitete sich das Kampfgebiet, rückten weitere Feinde nach.

»Freiheit für Eriador!« rief Luthien und warf sich mit Shuglin in die Schlacht.

Mit Tränen in den Augen hastete Siobhan auf dem Wall von Posten zu Posten. Die Schneide ihres Schwertes war schon ganz schartig von den vielen Schlägen auf Stein, die sich beim Kappen der Seile nicht vermeiden ließen.

Wieder war an anderer Stelle die Linie durchbrochen. Über Pfützen aus Blut rannte sie los, blieb aber jäh stehen, als sie neben sich einen silbernen Helm hinter der Brustwehr auftauchen sah, und ohne lange zu fackeln, hieb sie mit dem Schwert darauf ein, spaltete Helm und Schädel des Zyklopen.

Verschnaufend schaute sie sich um. Zuhauf überwanden Zyklopen den Wall, und bald würden sie einer

Sturzflut gleich durch die Stadt schwemmen und wegspülen, was an Hoffnung noch keimte. Es würde wohl wieder Montforts Fahne mit den Insignien Grünspatzens wehen, und dem Elfenvolk bliebe nur die Versklavung.

Um ihrer Wut Luft zu verschaffen, schrie Siobhan aus Leibeskräften. Nein, nie mehr wollte sie sich einem Händler und Günstling des Königs verdingen. Lieber heute noch sterben, möglichst viele Zyklopen mit in den Tod nehmen und darauf hoffen, daß ihr Opfer doch nicht ganz vergebens sei.

Wieder tauchte ein Silberhelm auf; wieder stürzte ein totes Einauge von der Brüstung.

Luthien kämpfte an der Seite Shuglins inmitten der Zwerge, die sich mit aller Macht dem Feind entgegenstemmten. Doch der war so wenig zu packen wie feinkörniger Sand und drängte immer weiter vor.

Luthien fragte sich, wann denn endlich die Kavallerie eingreifen würde, damit sich ihm die Chance böte, den zyklopischen Anführer zu stellen. Wenn auch der Krieg verloren schien, so wollte er zumindest einen persönlichen Sieg davontragen.

Von diesen Gedanken abgelenkt, hatte er einen Moment lang nicht aufgepaßt und sich in einen Mauerwinkel zurückdrängen lassen. Das sah auch ein Zyklop, der mit erhobenem Spieß auf ihn zurannte. Doch im nächsten Augenblick brach dieser in sich zusammen und gab im Sturz den Blick frei auf Shuglin, der seinem Menschenfreund schelmisch zuzwinkerte.

»Zum Tor?« fragte der Zwerg.

»Was bleibt uns anderes übrig?« entgegnete Luthien, und gemeinsam suchten sie nach einem Durchschlupf in die vordere Kampflinie.

Plötzlich tönte ein scharfer Zischlaut aus dem Gemäuer über dem zerbrochenen Tor. Funken sprühten, grüne Flammen loderten auf, was Freund und

Feind dermaßen erschreckte, daß sie für einen Augenblick die Waffen sinken ließen.

Das seltsame Feuer erlosch so unvermittelt, wie es entstanden war, und als sich der grünliche Rauch verzog, war über der Toröffnung ein mächtiges Fallgatter zu sehen.

»Wie zum Teufel ...«, hob Shuglin an, doch es verschlug ihm die Sprache. Gebannt starrten alle Augen auf das, was nicht zu erklären war. Und dann wurde Geschrei laut, vor allem unter denjenigen Zyklopen, die unmittelbar unter den zugespitzten Pfeilern dieses wundersamen Wehrwerks standen, das nun donnernd herabstürzte und den Riegel der Angreifer sprengte.

Als erstes hatten sich die Zwerge von dem Schreck erholt. Mit gesteigerter Wut fielen sie über die Monstren auf dem Vorplatz her, um möglichst schnell die Verteidigung auf dem Wall verstärken zu können.

Luthien blieb noch eine Weile zurück und ließ sich den verblüffenden Zwischenfall durch den Kopf gehen. Zauberische Phänomene waren ihm nicht neu, aber er fragte sich, wem oder welchem Umstand die unerwartete Hilfe zu verdanken war. War dieses Fallgatter womöglich schon im Mauerwerk eingebaut gewesen, um in höchster Not zuschnappen zu können?

Ein Horn, das aus der Ferne erschallte, und die Jubelrufe derer, die auf dem Wall standen, beantworteten Luthiens Frage. Und als er dem Getümmel im Vorhof den Rücken kehrte und zur Brustwehr hinaufeilte, sah auch er die Verbündeten anrücken.

Sofort fiel sein Blick auf zwei Reiter, der eine auf hohem, weißem Roß, der andere auf einem lohfarbenen Pony, und obwohl beide nur ein winziger Fleck in der Landschaft waren, erkannte Luthien den Halbling und Katerin auf Anhieb.

Sie führten eine Streitmacht an, die an die zweitausend Kämpfer zählte. Der Miliz aus Port Charley hatte sich eine etwa gleich große Menge aus Bewohnern des Hinterlandes angeschlossen.

Auf die irritierten Zyklopen vor der Mauer hagelten Schwärme von Pfeilen herab. Wurfgeschosse explodierten über ihren Köpfen und besprengten sie mit einer Ladung aus spitzen Eisensplittern.

Hier war wieder unverkennbar Zauber im Spiel, und Luthien wußte, wer da im Gefolge der Freunde zur Rettung eilte. »Brind'Amour«, flüsterte er, durchströmt von Dankbarkeit und Hoffnung.

Siobhan eilte herbei, warf sich ihm um den Hals und bedeckte sein Gesicht mit Küssen. Luthien nahm die Halbelfe in den Arm und wirbelte sie voller Freude im Kreis umher.

»Katerin kommt!« rief sie. »Und Oliver. Und sie haben Verstärkung mitgebracht.«

Doch die anhaltenden Kämpfe brachten sie und die übrigen Verteidiger schnell auf den Boden der Tatsachen zurück. Luthien mußte sich etwas einfallen lassen. Es galt, das feindliche Heer hier und jetzt vernichtend zu schlagen, wenn denn der Aufstand zu einem glücklichen Ende geführt werden sollte. Und dafür standen die Chancen nun besser denn je, obwohl die Zyklopen nach wie vor in der Überzahl waren. Aber sie reagierten merklich verstört auf die neue Lage. Wenn es gelänge, sie auseinanderzubringen und scharenweise zur Fahnenflucht zu bewegen...

Auch Belsen'Krieg hielt einen Moment lang inne und musterte seine Reihen. Er war schlau, hatte schnell einen Entschluß gefaßt, und auf sein Kommando hin machte das gesamte Heer auf der Stelle kehrt.

»Nein!« hauchte Luthien, als er die schwarz-silbernen Massen Aufstellung nehmen und in geschlossener Front auf den Troß der Rebellen zumarschieren sah, die zahlenmäßig dem Feind aus Avon hoffnungslos unterlegen waren.

Durch seine Schützen ließ der junge Bedwyr die abziehenden Monstren mit Beschuß belegen und lief los in der Absicht, eine Truppe zusammenzustellen, um Katerin und Oliver zu Hilfe zu eilen. Doch noch war die Schlacht auf dem Wall und im Vorhof des Tores nicht entschieden, und es wurde jeder Kämpfer hier und dort gebraucht.

»Zurück!« zischte er mehrfach vor sich hin, und zu seiner großen Erleichterung sah er nun, daß die Verbündeten tatsächlich den Rückzug antraten.

Oliver und die Gefährten hatten damit gerechnet und waren mehr als froh, daß der Feind ihnen den Gefallen tat, von der Stadt abzulassen, um sie in die Flucht zu schlagen und zu jagen bis zurück über den Fluß bei Felling Downs, wo sie die Behelfsbrücken hinter sich einrissen und am anderen Ufer in Stellung gingen.

Vom Fluß zum Halten gezwungen, mußte das Avonsche Heer ein heftiges Bombardement von Pfeilgeschossen über sich ergehen lassen. Belsen'Krieg kochte vor Wut. Für heute mußte er sich geschlagen geben. Er hatte fast zweitausend Soldaten verloren, glaubte aber, daß die Rebellen nunmehr ihren letzten Trumpf ausgespielt hatten. An Aufgabe war für ihn gar nicht zu denken.

Morgen würde der Kampf fortgesetzt.

Und so zogen sich die Zyklopen nach Norden zurück. Die Sonne senkte sich dem Horizont entgegen und warf ihre Strahlen auf den Wall der Stadt, die noch den Namen Caer MacDonald trug.

Mindestens noch einen Tag lang.

15. KAPITEL

Schachspiel

Bei Anbruch der Nacht waren Wall und Vorhof wieder in Rebellenhand, doch hatten sich viele Zyklopen im Schutz der Dunkelheit auf die engen Gassen der Stadt verteilt. Mehrere Häuser gingen in Flammen auf. An zahlreichen Stellen wurde erbittert gekämpft.

Bald nach Sonnenuntergang schlug, wie von Siobhan vorausgesehen, das Wetter um. Über Stadt und Land gingen heftige Graupelschauer nieder und löschten, was brannte, nicht zuletzt die Feuer im Feindeslager, aber auch da, wo die Verbündeten aus Port Charley rasteten. Im weiteren Verlauf der Nacht nahm die Temperatur rapide ab, und es fing zu schneien an.

Luthien stand auf dem Dach der Schenke und beobachtete, wie sich die entsetzliche Szene des Schlachtfeldes weiß verschleierte. Um aber auch die Bilder ihrer Erinnerung zu bedecken, bedurfte es mehr als Schnee.

»Luthien?« meldete sich Shuglins kehlige Stimme von der Straße tief unten. Vorsichtig rückte Luthien an den Dachrand heran und schaute hinab.

»Da ist jemand aus Olivers Lager«, berichtete der Zwerg und deutete auf die Tür zur Schenke.

Luthien nickte und kletterte an der Traufe vom Dach. Er hatte erwartet, daß die Verbündeten am Feindeslager vorbeischleichen und in die Stadt einziehen würden. Doch damit war offenbar nicht mehr zu rechnen. Immerhin hatten sie einen Boten geschickt, und

Luthien war gespannt darauf, ihn zu sehen und zu sprechen. Leichtfüßig sprang er in den Schnee, der mittlerweile zwei Zoll dick die Straße bedeckte.

Im stillen hoffte er, daß der Bote Katerin sei, und ihm wurde nun erst jetzt richtig bewußt, wie sehnsüchtig er darauf brannte, die stolze, rothaarige Frau aus Hale wiederzusehen.

In freudiger Erwartung stürmte er ins Zwelf. Aber es war nicht Katerin, noch Oliver oder gar Brind'Amour. Statt dessen begegnete ihm an der Tür eine junge Frau aus Port Charley, ein Mädchen noch namens Jeanna D'elfinbrock. Sie strahlte übers ganze Gesicht und musterte ihn, den Blutroten Schatten, mit unverhohlener Bewunderung, so daß er ganz verlegen wurde.

Das Gespräch zwischen ihnen war jedoch nur kurz und bündig. Jeanna mußte, ehe es hell wurde, wieder zurück im Lager sein. Sie berichtete, daß Oliver deBurrows ursprünglich beabsichtigt hatte, den Verstärkungstrupp in die Stadt zu führen. Aber weil die Zyklopen nur ein Stück weit nach Norden abgezogen waren und auf der Lauer lagen, hatte der Halbling von diesem Plan abgelassen.

Obwohl er damit gerechnet hatte, war Luthien enttäuscht von dieser Nachricht. Viele Verteidiger der Stadt waren tot oder so schwer verwundet, daß sie nicht mehr kämpfen konnten. Die zweitausend Männer und Frauen aus Port Charley und Umgebung hätten diese Lücken zu schließen vermocht und das verkleinerte Heer aus Avon vor die gleiche Situation gestellt wie zu Beginn ihres Angriffs.

»Ich danke dir und allen, die uns zur Hilfe gekommen sind«, sagte Luthien, worauf das Mädchen errötete. »Sag deinen Leuten, daß sie nicht umsonst soviel riskieren und sich um die Freiheit Eriadors verdient machen. Richte dem Halbling aus, daß ich auf ihn zähle und fest davon überzeugt bin, daß er das Richtige tut. Und einen schönen Gruß an Katerin O'Hale«, sagte er und schaute sich unwillkürlich nach Siobhan um. »Sie soll gut achtgeben auf mein Pferd.«

Damit entließ er Jeanna D'elfinbrock, die im brausenden Sturm über tief verschneite Felder zurück ins Lager der Verbündeten schlich.

Später in der Nacht lagen Luthien und Siobhan im Bett und unterhielten sich über den Stand der Dinge. Der Wind war stärker geworden; er rüttelte an den Fensterläden und drückte brausend in den Kamin, so daß es in der ganzen Wohnung nach Rauch und Asche roch.

Auf dem Ellbogen aufgestützt, schmiegte sich Siobhan seitlich an und betrachtete das sorgenvolle Gesicht des jungen Mannes. Was ihm durch den Kopf ging, war nicht schwer zu erraten.

»Sie kommen schon zurecht«, flüsterte die Halbelfe. »Keine Sorge. Gegen das Wetter werden sie sich bestimmt zu schützen wissen. Außerdem ist der Zauberer bei ihnen. Nach allem, was du mir über Brind'Amour erzählt hast, wird er bestimmt manchen Trick auf Lager haben und unseren Freunden helfen können.«

Daran zweifelte Luthien nicht, und der Gedanke tröstete ihn. »Trotzdem«, sagte er, »mir wäre lieber, wir hätten sie auf die Berge gelotst und von Süden her in die Stadt geholt.«

»Aber bis zum Abend wußten wir doch noch nicht einmal, wo sie lagern und wie groß ihre Anzahl ist.«

»Es hätte nur ein paar Stunden gedauert«, entgegnete Luthien. »Trotz des Sturms. Die tieferliegenden Pfade sind halbwegs geschützt und waren am Abend noch frei von Schnee.« Er seufzte. »Wir hätten sie zu uns holen können.«

Siobhan gab ihm im stillen recht, wollte aber nicht sein Gewissen zusätzlich belasten. »Oliver kennt sich in der Gegend aus«, sagte sie. »Wäre ihm und den Leuten aus Port Charley daran gelegen gewesen, in die Stadt zu gehen, hätten sie's bestimmt getan.«

Luthien hegte Zweifel, aber zu streiten hatte keinen Sinn. Es war nach Mitternacht und viel zu spät, um an der Situation der Freunde jetzt noch etwas ändern zu können.

»Shuglin und seine Leute haben eine Reihe neuer Fallen für die Zyklopen aufgestellt«, sagte die Halbelfe in der Absicht, dem Gespräch eine hoffnungsvollere Wendung zu geben. »Die Verteidigung ist verstärkt, und wenn sich der Feind noch eine Weile abwehren läßt, werden Oliver und seine Kämpfer von hinten zustoßen.«

»Dazu ist Olivers Trupp nicht groß genug.«

Siobhan schüttelte den Kopf. »Sie werden aus der Distanz mit Pfeil und Bogen attackieren und sich, wenn's brenzlig wird, zurückzuziehen wissen.«

Auch in dem Punkt hatte Luthien Bedenken, doch die behielt er für sich. Unverwandt starrte er auf die Decke, über die das Licht der vom Wind bewegten Flammen im Kamin flackerte. Wenig später spürte er an ihrem gleichmäßigen Atem, daß Siobhan eingeschlafen war, und auch er döste allmählich ein.

Er träumte von seinem Widersacher, dem riesenhaften, häßlichen Zyklopen. Sein Unterbewußtsein filterte die Ereignisse des Tages und die taktischen Züge des Monstrums: den ersten wuchtigen Angriff auf die Stadt, den zweiten Versuch, das Ablenkungsmanöver der Brandstiftung und die Kehrtwendung, als die Verbündeten auftauchten. Um sich nicht in die Zange nehmen zu lassen, hatte der Zyklopenanführer von der fortgesetzten Belagerung abgesehen und statt dessen den Rebellentrupp in die Flucht geschlagen.

Obwohl er kaum mehr als eine Stunde geschlafen hatte, sperrte Luthien plötzlich die Augen auf. »Er kommt nicht zurück«, sagte er laut und deutlich.

Siobhan hob den Kopf. Das lange Haar wallte über Luthiens Schulter.

»Die Zyklopen.« Er richtete sich auf und starrte in die rote Glut der Esse. »Sie kommen nicht zurück!«

»Was redest du da?« fragte Siobhan und streifte ihr Haar zurück. Auch sie erhob sich vom Kissen.

»Ihr Anführer ist gewieft«, fuhr Luthien fort, im Selbstgespräch, wie es schien. »Er weiß, daß es ihm mit unseren Verbündeten im Nacken teuer zu stehen käme, wenn er sein Heer erneut gegen unsere Mauern führte.«

»Aber er ist doch gekommen, um die Stadt zurückzuerobern«, entgegnete Siobhan.

Luthien zeigte mit dem Finger in die Luft, einen Lichtblick andeutend. »Aber nach dem, was geschehen ist, und jetzt bei diesem Unwetter wird er eine Niederlage fürchten müssen.«

Worte hätten nicht deutlicher zum Ausdruck bringen können, was Siobhans Miene an Zweifel verriet. Zyklopen waren hartnäckig, verbissen und unbesonnen. Zahllose Geschichten zeugten davon, daß sich Einaugen durch nichts von einem eingeschlagenen Kurs abbringen ließen, und sei es, daß sie ins offene Messer liefen.

Auf ihren stummen Einwand hin schüttelte Luthien den Kopf und sagte: »Das sind prätorianische Gardisten. Und ihr Anführer ist für einen Zyklopen ungewöhnlich schlau. Ich bin sicher, er wird sich hüten, morgen noch einmal gegen die Stadt vorzugehen.«

»Heute«, korrigierte Siobhan, denn es war lange nach Mitternacht. »Wie kommst du darauf?«

»Ich würde an seiner Stelle keinen neuerlichen Angriff unternehmen.«

Siobhan musterte ihn mit kritischem Blick, verzichtete aber darauf, seine Überlegungen in Zweifel zu ziehen. »Und was wird er deiner Meinung nach unternehmen?«

Darüber hatte Luthien bislang noch nicht nachgedacht. Aber plötzlich sah er die Antwort kristallklar vor Augen. »Er wechselt über den Fluß«, sagte er, und nachdem er den Satz ausgesprochen hatte, fand er kaum Luft zum Atmen.

Siobhan schüttelte den Kopf.

»Er wird den Fluß überqueren und über das Volk von Port Charley herfallen«, ergänzte Luthien mit wachsender Sorge.

»Aber er hat es doch auf die Stadt abgesehen«, widersprach die Halbelfe.

»Nein!« entgegnete Luthien schärfer als beabsichtigt. »Er wird sie auf freiem Feld überrennen und kommt dann, wenn er sie geschlagen hat, zu uns zurück.«

»Falls er dann noch ausreichend viele Soldaten um sich hat«, entgegnete sie. »Jedenfalls werden wir in der Zwischenzeit unsere Verteidigung erheblich verstärkt haben. Die Zeit arbeitet gegen unseren Feind. Den Meldungen nach haben die Zyklopen kaum noch Proviant; sie sind weit von zu Hause entfernt, müde und erschöpft.«

Luthien wollte sie daran erinnern, daß prätorianische Gardisten nicht mit normalen Maßstäben zu messen seien, doch Siobhan ließ sich nicht unterbrechen.

»Angenommen, du hast recht«, sagte sie. »Was sollen wir tun? Oliver und die anderen sind nicht auf den Kopf gefallen. Wenn sie die Monstren anrücken sehen, werden sie bestimmt zu uns in die Stadt fliehen.«

»Dazu wird ihnen der Feind keine Gelegenheit geben«, antwortete Luthien mit düsterer Miene.

»Du mußt darauf vertrauen, daß sich unsere Verbündeten allein zu helfen wissen«, sagte Siobhan. »Wir sind verantwortlich für die Verteidigung von Caer MacDonald.« Sie stockte und nahm Notiz von Luthiens aufgewühlter Stimmung. Er war sichtlich verstört.

»Wir können nichts für sie tun«, sagte sie. Die Decke rutschte ihr von der Schulter, als sie sich zu ihm beugte und einen Kuß auf die Wange drückte. »Vertrau ihnen.« Mit der Hand fuhr sie ihm über Nacken und

Rücken, konnte spüren, wie er sich unter ihren zärtlichen Berührungen entspannte.

»Doch, wir können etwas tun«, sagte er plötzlich und schaute ihr in die Augen. »Ich schlage vor, wir brechen noch vor Morgengrauen auf, umgehen das Feindeslager und ...«

Siobhans entsetzte Miene brachte ihn zum Schweigen. »Du willst die Stadt verlassen?« fragte sie ungläubig.

»Die Zyklopen werden über unsere Freunde herfallen«, antwortete er, um Verständnis werbend. »Mag sein, daß dabei etliche draufgehen, aber der Rest wird weitermarschieren und Port Charley einnehmen. Dann hat Grünspatz einen Hafen in Eriador und wird, noch ehe der Frühling kommt, eine zweite, größere Streitmacht ins Land schicken.«

»Wie viele willst du mitnehmen?« fragte Siobhan nachgebend.

»Die meisten«, antwortete Luthien, ohne zu zögern.

Siobhans Miene verdüsterte sich. »Wenn du mit den meisten ausrückst, wird der Feind zurückkommen und uns über den Haufen rennen.«

Der Einwand lag auf der Hand, aber Luthien rechnete dennoch nicht mit der Rückkehr der Zyklopen. Er glaubte, vom Gefühl her zu wissen, daß sie den Fluß überqueren würden.

»Ist es ihretwegen?« fragte Siobhan unvermittelt.

Luthien verdrehte die Augen. Daß sie auf Katerin verwies, tat ihm fast weh, um so mehr, da er auf diese Frage selbst keine Antwort wußte.

Siobhan sah, daß er litt, und entschuldigte sich. »Tut mir leid.« Sie rückte näher und küßte ihn. »Ich zweifle nicht daran, daß du vor allem das Wohl von Caer MacDonald im Sinn hast.« Sie bedeckte ihn mit Küssen, und er schlang die Arme um sie, drückte sie an sich und genoß es, ihre Wärme zu spüren, zu empfinden, wie sehr er sie nötig hatte.

Aber dann stieß er sie um Armeslänge von sich, so ungestüm, daß sie erschrak, nicht zuletzt auch über den verstörten Ausdruck in seinem Gesicht. »Es geht hier überhaupt nicht um mich. Hab ich recht?« sagte er vorwurfsvoll.

Siobhan schien nicht zu verstehen.

»Das ganze Geplänkel«, ereiferte er sich. »Deine Schmeicheleien. Die gelten nicht mir, sondern allenfalls dem Anführer der Rebellion, dem Blutroten Schatten.«

»Dazwischen liegt für mich kein Unterschied«, antwortete sie.

»O doch«, erwiderte Luthien. »Die Rebellion wird bald entschieden sein, so oder so. Und was würde ich dir dann bedeuten, falls ich überhaupt noch am Leben wäre?«

Auch in dem spärlichen Licht, das vom Kamin ins Zimmer fiel, sah Luthien, wie sehr er sie mit seinem Mißtrauen verletzt hatte.

»Du solltest nicht an meiner Liebe zweifeln, Luthien Bedwyr«, flüsterte die Halbelfe.

»Aber …«, hob er an.

Siobhan wandte sich ab und starrte auf die Glut im Kamin. Für Luthien völlig überraschend, sagte sie plötzlich: »Ich habe meinen Vater nie kennengelernt. Er war Elf, meine Mutter ein Mensch.«

»Ist er tot?«

Siobhan schüttelte den Kopf. »Er hat sich auf und davon gemacht, ehe ich zur Welt kam.«

Luthien war betroffen über den kummervollen Klang ihrer Stimme. »Ich weiß«, sagte er. »Es gab damals große Schwierigkeiten. Die Elfen …«

»Die Elfen waren freie Wesen«, fiel sie ihm ins Wort. »Ich spreche von der Zeit vor Grünspatzens Krönung. Die kam erst dreißig Jahre später.«

Luthien war perplex. Nach dieser Geschichte zählte Siobhan fast sechzig Jahre! Vieles wurde ihm nun klar von dem, was er in den Turbulenzen der vergangenen Wochen nicht verstanden hatte.

»Ich bin eine Halbelfe«, sagte Siobhan. »Wenn mir kein Unglück geschieht, werde ich drei, vielleicht vier Jahrhunderte zu leben haben.« Sie schaute ihn wieder an, und er konnte im Halbdunkel ihre schönen, klaren Gesichtszüge, das leuchtende Grün ihrer Augen erkennen. »Mein Vater ist gegangen, weil er das Altern seiner geliebten Frau nicht mitansehen wollte«, erklärte sie. »Daß es nur so wenige meinesgleichen gibt, hat ebendiesen Grund. Wer sich als Elf in einen Menschen verliebt, muß fürchten, daß er über Jahrhunderte allein dasteht.«

»So hat es auch mit uns ein Ende«, bemerkte Luthien ohne Bitterkeit.

»Wir leben im Krieg. Wer weiß, was geschieht?« entgegnete Siobhan. »Ich liebe dich, Luthien Bedwyr.«

»Aber was jetzt vor allem zählt, ist unser Kampf um Freiheit«, sagte Luthien.

Dem konnte die Halbelfe nicht widersprechen. Sie liebte Luthien, liebte den Blutroten Schatten, aber eben nicht mit jener Intensität, mit der ein Mensch einen anderen Menschen liebte. Darauf konnten sich Elfen und Halbelfen, die um so vieles länger lebten, nicht einlassen.

Siobhan schlüpfte aus dem Bett und zog sich an.

Luthien drängte es, sie zum Bleiben zu bewegen. Er begehrte sie, seit er sie das erste Mal – damals noch als einfache Sklavin – gesehen hatte.

Aber er schwieg, verstand, was sie gesagt hatte, und pflichtete ihr im stillen bei. Er liebte Siobhan, und sie liebte ihn, doch eine Verbindung kam für sie nicht in Frage.

Und es gab da noch eine andere Frau, die Luthien ebensosehr liebte. Auch darüber war sich Siobhan im klaren.

»Die Zyklopen werden sich vorläufig von der Stadt

fernhalten«, sagte Luthien, als sich Siobhan den Mantel um die Schultern legte.

»Du gehst ein großes Wagnis ein«, erwiderte die Halbelfe.

Luthien nickte. »Vertrau mir«, sagte er noch, ehe sie zur Tür hinausging.

16. Kapitel

Luthiens Wagnis

Luthien fand keinen Schlaf in dieser Nacht. Er lag auf dem Bett, starrte unter die Zimmerdecke und dachte an Siobhan und Katerin, vor allem aber an den Feind, an seinen persönlichen Feind, den häßlichsten wie auch listigsten aller Zyklopen, denen er je begegnet war.

Als Siobhan eine Stunde vor Sonnenaufgang ins Zimmer zurückkehrte, saß er bereits angezogen im Sessel vor dem Kamin und blickte versonnen ins aufgestocherte Feuer.

»Er kommt nicht«, sagte Luthien wie beiläufig. »Er wird sein Heer über den Fluß wechseln lassen und Olivers Truppen zu überraschen versuchen.«

Siobhan antwortete nicht. Sie stand stumm in der Tür und hielt den Umhang für ihn parat.

Luthien stieg in seine Stiefel, stand auf und warf sich im Hinausgehen den Umhang über.

Die Stadt war schon erwacht, voller Betriebsamkeit. Siobhan hatte fast alle Kämpfer zusammengetrommelt und auf die Exkursion unter Luthiens Führung vorbereitet. Es stürmte nach wie vor, doch statt Schnee fiel nun Regen aus den dichten Wolken. Ein trister Morgen. Trotzdem zeigten sich die vielen Freiwilligen – es waren Tausende – eifrig und entschlossen, sowohl dem Wetter als auch den Zyklopen zu trotzen.

Voller Dankbarkeit schaute er die Halbelfe an, die ruhig und gelassen an seiner Seite stand, und die

Augen wurden ihm feucht. Ihm war bewußt, daß er sich auf ein riskantes Spiel einließ. Wenn er sich irrte und das Heer über die Stadt herfiel, wäre Caer Mac-Donald verloren. Das wußten auch alle, die sich an diesem Morgen hier versammelt hatten. Aber sie vertrauten ihm und waren bereit, das Wagnis einzugehen.

Auf den Schultern des jungen Bedwyr lastete ein übergroßes Maß an Verantwortung, doch Zweifel konnte er sich jetzt nicht erlauben. Er hatte im Verlauf der Nacht seinen Plan immer und immer wieder neu durchdacht und war nun voller Zuversicht, das Richtige zu tun.

Shuglin trat auf ihn zu und sagte geradeheraus: »Ich komme nicht mit.«

Verwundert schaute Luthien auf den Zwerg herab. Er konnte sich auf dessen überraschende Erklärung keinen Reim machen.

Siobhan sagte: »Die Zwerge bleiben zur Verteidigung der Stadt zurück. Keiner versteht es besser als sie, die Ballisten und Katapulte zu bedienen.«

»Und außerdem tun wir uns schwer in tiefem Schnee«, fügte Shuglin kichernd hinzu. »Die Bärte vereisen, du verstehst.«

Es beruhigte Luthien zu erfahren, daß sich Shuglin und die Zwerge nicht etwa seinem Ansinnen widersetzten, sondern im Gegenteil sie auf ihre Weise zu unterstützen versuchten, indem sie ihnen den Rücken freihielten und der Stadt ein Mindestmaß an Wehrbereitschaft garantierten.

»Du kannst über sämtliche Pferde verfügen«, sagte Shuglin und rollte, um zur Sache zu kommen, eine Landkarte auseinander. »Etliche der Leute, die mit dir gehen, kennen sich in der Gegend bestens aus. Außerdem haben wir Pioniere losgeschickt, um die Lage zu sondieren. Sie werden sich immer wieder bei dir melden und mitteilen, welche Pfade bei diesem Wetter gangbar sind und welche nicht.« Und während er sprach, zeichnete er mit seinem Stummelfinger auf der Karte einen Weg nach, der über die Hügel im Süden der Stadt und dann in westliche Richtung führte, am Lager der Verbündeten vorbei und im weiten Bogen zurück auf jene Felder, wo ihnen aller Voraussicht nach der Feind begegnen würde.

Es gab keine weiteren Verzögerungen mehr. Ein Strom aus sechstausend mutig entschlossenen Kämpfern setzte sich in Bewegung, darunter sämtliche Elfen der Stadt und alle Reiter, obwohl weniger als zweihundert Pferde zusammengebracht werden konnten. Gespenstisch wirkte dieser lange Zug, der leise und ohne Fackeln durch die Dunkelheit am frühen Morgen zog.

Viele waren mit Langbögen bewaffnet, und jeder Schütze führte mehrere Köcher voller Pfeile mit sich. Auch Sanitäter mit Verbandsmaterial und Wundsalben marschierten mit, und die zwei Dutzend Zwerge, die sich angeschlossen hatten, schleppten jeweils zu sechst vier große Baumstämme. Auf durchweichten Pfaden ging es nur langsam voran. Luthien und die anderen Reiter waren genötigt, ihre Pferde am Zaumzeug hinter sich herzuführen. Und manchmal versperrten ihnen hohe Schneewächten den Weg; dann mußten sie sich mit Hacken und Schaufeln den Weg bahnen.

Als es dämmerte, kam im Norden auf den Feldern jenseits des Flusses das Lager der Verbündeten in Sicht. Von einer Anhöhe aus suchte Luthien nach feindlichen Stellungen. Aber davon war weit und breit nichts zu sehen.

Zweifel überkamen den jungen Bedwyr. Was, wenn er sich geirrt hatte? Wenn die Zyklopen auf Caer MacDonald zumarschierten?

Aber er drängte die schlimmen Befürchtungen beiseite und konzentrierte sich auf den eingeschlagenen Kurs. Die Berge im Rücken, breitete sich vor ihm plattes Land aus. Zu Pferd wäre es innerhalb von nur zwanzig Minuten zu schaffen, das Lager der Verbündeten zu erreichen. Luthien schickte drei Reiter mit einer Botschaft für Oliver auf den Weg. Er riet ihnen, so weit wie möglich den Schutz der rauhen Hügelausläufer zu nutzen und sich dann auf dem Ritt über die Ebene zu teilen, für den Fall, daß Zyklopen auf sie lauerten.

Der Troß zog weiter. Wenig später mußte Luthien feststellen, daß sich die drei Reiter immer noch nicht abgesetzt hatten. Und als er hinzueilte, um nachzufragen, warum sie seinen Befehl nicht befolgten, bekam er zu hören, daß Siobhan sie zurückgehalten hatte.

»Meine Kundschafter haben zyklopische Vorposten entdeckt«, erklärte die Halbelfe.

Luthien schaute nach Norden auf das Lager am Horizont. »Wir müssen doch unsere Freunde benachrichtigen«, protestierte er.

»Wir haben hier nur wenig Deckung«, antwortete Siobhan. »Und stell dir vor, wir werden entdeckt ...« Mehr brauchte sie ihm nicht zu sagen. Die Konsequenzen waren offensichtlich. Falls der Feind sie entdeckte, bevor er sich auf den Weg in Richtung Fluß gemacht hatte, würde er gewiß kurz entschlossen sein Ziel ändern und auf die Stadt zu marschieren.

Wieder quälten Luthien Zweifel. Daß sich zyklopische Vorposten auf dem Feld versteckt hielten, konnte womöglich bedeuten, daß der Feind vom Manöver der Rebellen erfahren hatte.

Siobhan sah, wie sich die Miene des Freundes verdüsterte, und legte ihm tröstend eine Hand auf die Schulter.

Luthien starrte über das weite, weiße Feld unter dichten Regenschauern. Zöge der Feind, wie erwartet, Richtung Fluß, böte sich den Kämpfern um Luthien eine gute Ausgangsposition für einen Angriff. Wenn das Heer denn käme, würden sie, von den Hügeln herabstürmend, ihm in die Flanke fahren.

Wenn es denn käme ...

Eine Stunde verging, aber vom Feind war nichts zu sehen.

»Unsere Verbündeten bleiben auf der anderen Flußseite«, sagte Siobhan, um Luthien zu beruhigen, denn diese Beobachtung war als Zeichen dafür zu werten, daß sich der Feind nicht rührte, also auch der Stadt fernblieb.

Aber Luthien war aufgewühlt und voller Sorgen. Seine Rechnung, wonach die Zyklopen schon im ersten Dämmerlicht zum Angriff auf die Verbündeten blasen würden, schien nicht aufzugehen, und er fragte sich, ob sie womöglich über andere Wege ausweichen und von Osten her auf die Stadt einzufallen trachteten. Auf diese Weise könnten sie sich aus der Zange zwischen Luthiens Einheiten und dem Trupp der Verbündeten befreien. Und um deren Attacke auf Caer MacDonald zu begegnen, müßte der Trupp aus Port Charley den weiten Weg um die Stadt herum einschlagen oder durch sie hindurchstürmen.

Mit wachsender Besorgnis schaute sich Luthien in den eigenen Reihen um. Die Reiter rieben ihre Pferde trocken. Die Zwerge ölten ihre großen Stämme, und die Schützen prüften die Spannkraft ihrer Bögen. Der junge Bedwyr kam sich wie ein Narr vor und fürchtete, seine Leute ins Verderben geführt zu haben. Er war drauf und dran, den Befehl zum Rückzug zu geben, um schnellstmöglich nach Caer MacDonald zurückzueilen.

Aber er brachte es nicht über sich. Seine Kämpfer drängten darauf, sich dem Feind zu stellen. Und so blieb ihm nichts anderes zu tun, als zu warten, auszuharren.

Noch eine Stunde, und der Regen nahm an Heftigkeit zu. Jetzt mischten sich Graupeln darunter. Über der Stadt stieg eine schwarze Rauchwolke in den grauen Himmel. Da hatte wieder ein einzelner Zyklop, dem es gelungen war, sich versteckt zu halten, Feuer gelegt.

Mit Blick auf Siobhan stellte Luthien fest, daß auch sie immer unruhiger wurde. Die Zeit lief gegen die Rebellen. Denn statt anzugreifen, holte der Feind nun aller Wahrscheinlichkeit nach Informationen ein.

»Wir müssen uns irgendwie unseren Freunden aus Port Charley verständlich machen«, sagte Luthien.

»Zu riskant«, warnte Siobhan.

»Aber sie müssen Bescheid wissen«, beharrte Luthien. »Und falls die Zyklopen gegen die Stadt vorrücken, wär's fatal, wenn wir nicht früh genug davon erführen.«

Ihm war klar und auch Siobhan wußte, daß, wenn der Feind tatsächlich über die Stadt herzufallen gedächte, jegliche Warnung zu spät käme und vergebens wäre. Aber die Halbelfe verstand sehr wohl, daß ihr Freund nicht länger untätig bleiben wollte. Sie empfand ganz ähnlich.

Bevor sie jedoch antworten konnte, ging ein Flüstern durch die Reihen.

»Im Norden!«

Luthien richtete sich auf und reckte den Hals wie alle, die um ihn herumstanden. Trotz des strömenden Regens war nun deutlich zu erkennen: Die schwarz-silbernen Massen des feindlichen Heeres zogen nach Süden auf einem Kurs, der dazu angetan war, das Lager der Verbündeten zu umgehen und deren Rückzug nach Westen unmöglich zu machen.

Luthien hatte den Eindruck, als schnürte sich ihm die Brust zusammen.

Belsen'Krieg hielt sich selbst für überaus schlau. Seine Fähigkeit zu improvisieren war für einen Zyklopen in der Tat ganz und gar ungewöhnlich. Er hatte den Auftrag, Montfort zurückzuerobern, und wenn ihm dies nicht gelänge, würde er sich vor dem König dafür verantworten müssen.

Der Zyklopengeneral wußte aber auch, daß Montfort, zusätzlich verteidigt von einer Streitmacht aus dem Hinterland, vorläufig nicht zu nehmen war. Also hatte er aus dem Stegreif seine Strategie geändert, die verbliebenen elftausend Prätorianer aufgeteilt und drei Tausendschaften dem Ostufer des Flusses entlang nach Süden in Marsch gesetzt. Sie würden den Gegner auf der anderen Flußseite in Schach halten und an der Flucht hindern, während Belsen'Krieg mit achttausend Soldaten über ihn herfallen und vernichtend schlagen würde.

Dieser Großteil des Heeres marschierte den ganzen Morgen lang, überquerte den Fluß und schlug dann einen weiten Bogen um das Rebellenlager, um nicht zu früh entdeckt zu werden. Der zyklopische Anführer kannte das Gelände im Westen des Lagers gut; er würde diesen Vorteil zu nutzen wissen, und wenn dann der Haufe der Aufständischen zerschlagen wäre, bliebe ihm die Wahl: entweder wieder gegen Montfort vorzurücken oder zur Küste zu ziehen und Port Charley zu schleifen. Die Entscheidung darüber wollte er vom Wetter und von der Höhe der eigenen Verluste abhängig machen.

Ja, der Zyklopengeneral war an diesem Morgen ausgesprochen guter Dinge, und in seiner maßlosen Selbstüberschätzung hatte er es versäumt, die Intelligenz seines Gegners mit ins Kalkül zu ziehen. Jedenfalls war er nicht gefaßt auf jene Streitmacht, die, in den Hügeln liegend, nur darauf wartete, daß er sein Heer nach Süden lenkte.

»Das ist aber nicht nett«, bemerkte Oliver, als er erfuhr, daß die Zyklopen anrückten. Er hockte mit Katerin unter einem immergrünen Baum, dessen dichtes Blattwerk vor dem Regen schützte. Schäbig und Flußtänzer standen nahebei und ließen die Köpfe hängen.

»Sie schneiden uns den Weg über den Fluß ab«, sagte Katerin und deutete auf die andere Seite. Auf den Feldern im Osten waren Truppenbewegungen auszumachen. »Wir müssen in die Berge ausweichen, und zwar schnellstens.«

»Ganz schön clever«, flüsterte der Halbling anerkennend. Was nun zu erwarten stand, behagte ihm ganz und gar nicht. Auf das rauhe Gelände im Süden verjagt, würden sich die eigenen Reihen kaum zusammenhalten lassen. Es war abzusehen, daß viele erschlagen oder hilflos in den Bergen umherirren würden, dem Hunger und der Kälte ausgesetzt.

Aber gab es denn einen anderen Ausweg? Sich dem Feind auf offenem Feld zu stellen war ausgeschlossen.

Aus der Baumkrone zuckte plötzlich ein Blitz, begleitet von Schwefelgestank, und als sie aufblickten, trauten sie den Augen kaum. Brind'Amour hockte auf einem Ast, schaukelte hin und her und stürzte schließlich zu Boden.

Doch schnell war der Alte wieder auf den Beinen, klatschte in die Hände und tat so, als sei dieser unelegante Abgang reine Absicht gewesen. Er klopfte die Robe aus und fragte wohlgemut: »Na, seid ihr nun zum Kampf bereit?«

Katerin und Oliver betrachteten den Zauberer mit ungläubiger Miene.

»Keine Angst«, sagte der. »Unser Feind ist schlecht in Form und an Zahl geschrumpft. Die Einaugen sind hungrig, müde und wollen endlich nach Hause. Kommt, auf die Pferde mit euch und rückt aus!«

Den beiden war die Zuversicht des Alten ein Rätsel. Sie wußten schließlich nicht, daß dieser während der Nacht mit magischem Auge in die Zukunft geschaut und sowohl das Manöver des Feindes als auch den Aufmarsch der Freunde vorausgesehen hatte.

Aber statt Oliver und Katerin darüber aufzuklären, behielt Brind'Amour sein Wissen für sich.

Katerin strich eine nasse Strähne aus dem Gesicht und warf einen Blick auf den Halbling, der zur Antwort nur hilflos mit den Schultern zuckte. Wenn auch widerwillig, so standen sie doch gehorsam auf, bestiegen ihre Pferde und ritten die Reihen ab, um den Trupp in Einsatzbereitschaft zu versetzen.

»Ich kann nur hoffen, daß er ein paar Zaubertricks auf Lager hat«, sagte der Halbling an Katerin gewandt und schaute auf die drohenden Massen aus schwarz und silbern gepanzerten Zyklopen.

»Von wegen an Zahl geschrumpft«, murrte Katerin mit Blick auf das Heer, das der eigenen Truppe um ein Vierfaches überlegen war.

»Tja, wie gesagt, der Alte müßte sich schon was ganz Besonderes einfallen lassen«, meinte Oliver.

Das Wetter schien dem Angriff des Feindes entsprechen zu wollen. Von eisigen Sturmböen getrieben, fegte ein dichter Schneeschauer übers Land.

Erstaunlich tapfer reagierte das Fischervolk aus Port Charley. Inzwischen war bekannt geworden, daß ein Zyklopenkommando das Ostufer abriegelte, um eine Flucht über den Fluß zu verhindern. Es sah alles danach aus, als würden die Feindesmassen, die da unter lautem Gejohle herbeistürmten, einfach über sie hinwegrennen. Und doch nahm keiner der Rebellen Reißaus. Vielmehr setzten sie sich geschlossen mit Pfeil und Bogen zur Wehr und fingen zu singen an, als wollten sie der Welt ein letztes Ständchen bringen.

Brind'Amour blieb hinter den Reihen zurück. Er reckte die dürren, weißen Arme gen Himmel, warf den Kopf in den Nacken und langte mit seiner magischen Energie ins dunkle Wolkengebräu. Diejenigen, die ihn in dieser Pose sahen, bekamen es mit der Angst zu tun, denn den einfachen Fischersleuten war von klein auf weisgemacht worden, daß Zauberei Teufelswerk sei. Dennoch wagte es keiner, Brind'Amour zu stören, und der alte Dozier, der sich noch an die Zeiten vor Grünspatz erinnerte und nun in der Nähe des Zauberers stand, versuchte, seine verängstigten Kameraden zu beruhigen.

Brind'Amour hatte den Eindruck, als wüchse sein Körper zum Himmel empor, was natürlich nicht der Fall war; aber sein Geist schwang sich auf und erreichte die Wolken, formte sie, bündelte ihre Kraft und ließ diese dann als Blitz auf den Feind niederfahren. Da, wo er einschlug, wirbelte es ein Dutzend Einaugen umeinander, und von ihren Rüstungen stieben blaue Funken auf.

»Sehr gut!« jubelte Oliver und schaute zu Katerin auf, die, auf dem Rücken von Flußtänzer sitzend, eine sehr viel bessere Übersicht hatte. Aber anstatt nach vorn auf das wundersame Geschehen, blickte sie über Oliver hinweg nach links, in die südliche Richtung.

»Was ich sehe, ist noch um einiges besser«, entgegnete sie.

Oliver folgte ihrem Blick und hörte nun die Hörner schallen, die zum Angriff der von Luthien geführten Kavallerie bliesen. Vier schwarze Rauchwolken stiegen auf von den Baumstämmen, die die Zwerge angezündet hatten, und weil das Holz mit Öl getränkt war, fanden die auflodernden Flammen genügend Nahrung, um dem Sturm standzuhalten. An seitlich festgemachten Halteseilen geführt, wurden diese brennenden Rammböcke von den Zwergen im Laufschritt herbeigeschleppt, geradewegs auf die Flanke des Zyklopenheeres zu.

»Luthien«, flüsterte Katerin.

»Ich liebe diesen Kerl«, erklärte Oliver.

»Du sprichst mir aus der Seele«, sagte Katerin spontan und überschwenglich, was den Halbling zum Schmunzeln brachte.

Die Reihen der Zyklopen gerieten in heillose Auflösung. Alles rannte aufgeschreckt durcheinander. Aus lauter Verzweiflung ließen manche sogar die Waffen fallen und suchten ihr Heil in der Flucht, als sie die

Zwerge mit den Feuerstämmen auf sich zustürmen sahen.

Den Zwergen dichtauf folgte die Menge aus Caer MacDonald, und im Laufen schossen die Elfen um Siobhan ihre Pfeile auf den Feind ab. Auf dem abschüssigen Gelände gab es für sie kein Halten mehr, aber anzuhalten hatten sie auch gar nicht vor. Und so brach sich die Wucht ihres Ansturms Bahn.

Von einer der hinteren Reihen aus mußte Belsen'Krieg in ohnmächtiger Wut mitansehen, was sich da tat. Der häßliche General hatte sich nicht träumen lassen, daß es die Menschen wagen würden, die Stadtmauern zu verlassen.

Wieder zuckte ein Blitzstrahl auf seine Truppen nieder. Wenige traf es tödlich, aber alle, die in der Nähe waren, packte helles Entsetzen. Belsen'Krieg erkannte die Gefahr. Es sah schlecht um seine Soldaten aus, dabei hatte die Menge aus Port Charley noch gar nicht eingegriffen in die Schlacht. Seine Kämpfer waren müde und von Hunger geschwächt. Etliche hatten sich während der Nacht von der Truppe entfernt, was bislang unter prätorianischen Gardisten noch nie vorgekommen war. Nur ein Sieg konnte die Moral der Soldaten wieder heben, und der war fest eingeplant gewesen. Nichts leichter, als ein kleines Rebellennest auszuheben. Das hatte sich Belsen'Krieg so gedacht.

Zum dritten Mal fuhr ein Blitz herab, und der schlug so dicht neben dem Zyklopenanführer ein, daß ihm die Haare zu Berge standen. Gleichsam elektrisiert, warf er sich mit erhobenem Schwert in die Schlacht.

Luthiens Kavallerie, bestehend aus hundertsiebzig Reitern, traf vor allen anderen auf den Feind. Mit dem Schwung, den ihre Pferde auf steilem, halsbrecherischem Tempo gesammelt hatten, preschten sie durch das Getümmel der Zyklopen. Weil zielgenaue Schwerthiebe so unmöglich waren, schlug Luthien wild um sich, im Wechsel mal auf die Helme zur linken, mal zur anderen Seite hin. Er hörte um sich herum gellende Schreie und das Poltern der brennenden Stämme, die, von den Zwergen geführt, die gepanzerten Reihen sprengten. Es schwirrte die Luft von Pfeilen, und klirrend prallte Metall auf Metall.

Ein Donnerkeil erschütterte das Feld, gleich darauf ein weiterer, und Luthien war dankbar, Brind'Amour auf seiner Seite zu wissen.

Wenig später wurden auch an anderer Front Schreie und Kampfgetöse laut. Das Volk aus Port Charley hatte in die Schlacht eingegriffen. Luthien sorgte sich um Oliver und Katerin; doch flüchtig waren die Gedanken an die Freunde, denn unter ihm wogten die Massen aus Schwarz und Silber. Ein Hieb traf ihn am Schenkel, worauf sich sein Pferd, gleichfalls getroffen, aufbäumte und mit den Hufen auf helmbewehrte Monstren eintrommelte. Mit seinem großen Schwert landete Luthien Streich um Streich, und wer von den Einaugen nicht schnell genug davonkam, büßte dafür mit dem Leben.

So ging es viele Minuten lang. Ein dritter Reiter war zu Boden gerissen worden, doch die Verluste der Zyklopen gingen ins X-fache; noch viel mehr nahmen Reißaus.

Luthien drängte weiter, folgte den flüchtigen Horden, schlug wahllos mit dem *Blender* auf sie ein. Und sooft er die Parole schrie – »Freiheit für Eriador!« –, tönte es gleichlautend aus allen Richtungen, was ihm immer wieder neu Mut machte.

Die Schlacht dauerte nicht lange an – weniger lang als der Abwehrkampf auf den Mauern Caer MacDonalds oder im Hof vorm Stadttor. Auf einen Sieg im Handstreich eingestellt, sahen sich die Zyklopen einer so massiven Attacke ausgesetzt, daß sie ihre ohnehin geringe Kampfeslust gänzlich verloren und zu einer besonnenen Verteidigung nicht mehr in der Lage waren. Jeder halbherzige Versuch, die Reihen zu schließen, scheiterte kläglich, zumal ihnen der Gegner kaum eine Gelegenheit dazu ließ.

Ehe den Einaugen in vollem Umfang bewußt wurde, wie es um sie stand, lagen Hunderte von ihnen tot am Boden, und einen Zauberer auf der Gegenseite gewahren zu müssen, verbreitete unter denen, die noch lebten, heillosen Schrecken. Denn als Soldaten des Hexerkönigs wußten sie um die Macht der Magie.

Belsen'Krieg und seine Offiziere taten ihr möglichstes, um die Soldaten zur Ordnung und Geschlossenheit zurückzurufen, vergeblich, und dem riesigen General schwante das Chaos. Er konnte nicht darauf hoffen, daß die drei Tausendschaften jenseits des Flusses zur Hilfe kämen, denn es fehlte ihnen der entsprechende Befehl. Belsen'Krieg war sich über die Begrenztheit seinesgleichen im klaren. Prätorianer, so diszipliniert und tapfer sie (für Zyklopen) auch sein mochten, hatten überhaupt keinen Sinn für Improvisation. Sie taten ausschließlich nur das, was ihnen befohlen wurde. Und so harrten die Soldaten auf der anderen Flußseite aus und sahen untätig mit an, wie das eigene Heer zerrieben wurde.

In einem der gegnerischen Reiter, die, von Süden kommend, seine Kämpfer niedermähten, erkannte Belsen'Krieg den jungen Bedwyr an dessen blutrotem Umhang, und er wußte, wem er diesen Angriff zu verdanken hatte.

Rasende Wut drängte ihn, seiner Maulsau die Sporen zu geben und über den Widersacher herzufallen. Doch die Bedachtsamkeit hielt ihn zurück. Er hoffte, so viele Kräfte wie möglich um sich versammeln und mit ihnen nach Osten an den Fluß ausbrechen zu können, um sich dort mit dem Rest des Heeres zusammenzuschließen. Also schickte er seine Adjutanten los, den

Ausfall zu organisieren, doch die kehrten kopfschüttelnd zurück und erklärten, daß ihnen der Weg zum Fluß abgeschnitten sei.

Wieder blickte Belsen'Krieg über das Schlachtfeld auf den jungen Bedwyr, der sich mit fliegendem Umhang und schwingendem Schwert unwiderstehlich Bahn brach.

Und schließlich kam von Belsen'Krieg ein Aufruf, den bislang noch kein Prätorianer vernommen hatte: »Verzieht euch!«

Das Getümmel um Luthien lichtete sich. Hatte er soeben noch mit dem Schwert blindlings zugeschlagen, mußte er nun nach Gegnern suchen, und sooft er einen Zyklopen sichtete, sprang er auf seinem Pferd hinzu und im Galopp über ihn weg.

Auch jetzt stellte er gerade einem Flüchtigen nach, doch ehe er das Monstrum zur Strecke bringen konnte, stürzte es schreiend zu Boden. Davor tauchte eine vertraute, schillernde Gestalt auf, der Halbling. Von feuchtem Schnee niedergedrückt, sackte ihm die breite Hutkrempe ins Gesicht.

Vor lauter Wiedersehensfreude vergaßen sie die Vorsicht, und fast wäre unbemerkt ein zweites Monstrum rücklings über den Halbling hergefallen.

»Oliver!« brüllte Luthien im letzten Moment und fürchtete schon, daß es um den Freund geschehen sei.

Doch der reagierte blitzschnell, ließ sich herumwirbelnd auf die Knie fallen und stach mit dem Rapier zu, ehe der Gegner das hoch über den Kopf erhobene Schwert auf ihn niederschmettern konnte. Tief drang Olivers Klinge zwischen die Beine des Zyklopen ein, der ächzend zu Boden ging, worauf ihm der Halbling mit einem gezielten Stoß in den Hals den Garaus machte.

Oliver blickte zu Luthien auf und jammerte: »Ich hab mein Pferd verloren.«

»Hinter dir, paß auf!« warnte Luthien, als ein weiterer Zyklop angerannt kam, der eine eisenbespickte schwere Keule schwang.

Und wie vorher wirbelte der Halbling herum und ging in die Knie. Schon war Luthien zur Stelle und stieß mit dem Schwert zu. Zwar konnte das Monstrum parieren, doch der wuchtige Hieb riß ihm die Keule aus der Hand, so daß er sich wehrlos der Attacke Olivers ausgesetzt sah. Der stach wiederum an der empfindlichsten Stelle zu.

Luthien riß das Pferd herum und gab dem Einauge den Rest.

»Warum zielst du immer so tief?« wollte Luthien wissen und verzog das Gesicht.

»Och …« Der Halbling zeigte sich verlegen. »Würdest du nach dem Augapfel zielen, wenn du meine Statur hättest?«

Mehrere Reiter preschten in diesem Augenblick herbei. Einer rief: »Die einäugigen Anführer jagen auf ihren Maulsäuen davon!«

Luthien hatte es plötzlich eilig und reichte dem Halbling die Hand, um ihm beim Aufsitzen zu helfen.

»Aber was ist mit meinem Pony?« protestierte Oliver, als er hinter Luthien zu sitzen kam. Er schaute sich um, stieß schrille Pfeiftöne aus, um Schäbig zu rufen, doch das lohfarbene Reittier ließ sich nirgends blicken.

Das Schlachtfeld hatte sich bis weit nach Norden ausgedehnt. Die zyklopischen Soldaten rannten in alle Himmelsrichtungen auseinander. Luthien und seine rund zwanzigköpfige Reitergruppe ließen das Fußvolk unbeachtet; statt dessen setzten sie alles daran, die fliehenden Offiziere einzuholen.

Maulsäue gingen gut, besonders auf tiefem Boden. Doch ihre Pferde waren schneller, und so verringerten sie rasch den Abstand zur Gruppe um Belsen'Krieg.

Den zyklopischen Anführern war bald klar, daß sie den berittenen Rebellen nicht entwischen konnten, und so wendeten sie ihre Maulsäue, um sich dem Angriff zu stellen.

Luthien sah den riesenhaften General, und Belsen'Krieg sah ihn. Für beide schien es, als sei das Feld geräumt und ihnen allein überlassen. Tatsächlich hielten sich alle anderen Kämpfer zurück, als die beiden in Position gingen und ein Stück weit aufeinander zuritten.

Luthien zügelte sein Pferd. Sein Gegenüber tat es ihm gleich. Mit haßerfüllten Blicken starrten sie einander an.

»Steig ab«, verlangte Luthien von Oliver.

Der Halbling lugte hinter dem Rücken des Freundes hervor und sah den mächtigen Zyklopen kaum zwölf Schritt weit entfernt. Er spürte die knisternde Spannung zwischen beiden Anführern. »Zeit zu gehen«, sagte Oliver, rollte nach hinten über die Kruppe des Pferdes ab und hüpfte, einen Salto schlagend, zu Boden. Der Abschluß dieser Turnübung war allerdings weniger elegant, denn auf dem matschigen Grund rutschten die Beine unter ihm weg, so daß er zu seiner Schmach auf dem Hinterteil landete. Benommen stand er auf und sah sich verlegen um. Zum Glück hatte niemand Notiz von ihm genommen.

»Caer MacDonald!« brüllte Luthien dem Zyklopengeneral zu.

Belsen'Krieg wirkte irritiert und neigte den massigen Kopf zur Seite, aber dann schien ihm ein Licht aufzugehen. »Montfort!« korrigierte er.

Mit lauten Geschrei griff Luthien an. Belsen'Krieg kam ihm entgegen, und es schlugen laut krachend die Schwerter aufeinander, als die beiden dicht aneinander vorbeisprengten.

Oliver sah den gewaltigen Koloß auf sich zustürzen und winselte vor Entsetzen. Wie kümmerlich wirkte doch sein Rapier vor dieser Monstrosität. Zu seiner großen Erleichterung schien ihn der Hüne gar nicht zu bemerken. Er riß seine Maulsau herum und startete zur zweiten Attacke.

Wieder kreuzten sich klirrend die Schwerter. Die größere Wucht kam von seiten des Zyklopen; Luthiens Arm hielt ihr nicht stand, und er mußte den Kopf einziehen, um nicht rasiert zu werden von der Klinge des Gegners.

Geschickt ließ daraufhin der junge Bedwyr das Heft aus der Hand rollen, packte blitzschnell um und stieß von der Seite weg in Richtung auf den Schenkel des Zyklopen, traf aber statt dessen in die Flanke der Maulsau.

Kreischend sprang das Tier nach vorn, und Luthien mußte mit beiden Händen zupacken, um seine Waffe festzuhalten, die im Fleisch der Maulsau steckte. Doch ehe er sie freibekam, hatte es ihn aus dem Sattel gerissen. In den Morast gestürzt, raffte er sich auf und sah das Monstrum aus dem Sattel steigen.

»Jetzt bist du dran!« versprach der Zyklop und stampfte, ohne zu zögern, auf ihn zu, das große Schwert schwingend, vor- und rückhändig. So schnell konnte Luthien nicht parieren, und er war gezwungen, zurückzuweichen.

Belsen'Krieg drängte weiter vor, nun mit erhobenem Schwert, um auf den Gegner einzuhacken. Luthien wehrte ihn ab und sprang im letzten Augenblick zur Seite.

Schlag auf Schlag attackierte ihn der Koloß. Der junge Bedwyr ließ ihn gewähren in der Hoffnung, daß er sich schnell verausgabte, tat selbst nur das Nötigste zu Abwehr, um die eigenen Kräfte zu schonen, wich immer wieder aus, sprang leichtfüßig hin und her. Gleichwohl ließ er keine Gelegenheit ungenutzt, mit dem *Blender* zuzustoßen, blitzartig und kontrolliert, und ehe das Monstrum zu einem neuerlichen Hieb ausholte, war Luthien schon wieder abgerückt.

Obwohl ihm auf diese Weise so mancher Treffer gelang, zeigte Belsen'Krieg kaum Wirkung. Zwar blutete er aus mehreren Wunden, was ihn aber nicht zu kümmern schien. Von Erschöpfung verriet er keine Spur, im Gegenteil, es war, als sammelte er mit jedem Angriff neue Kraft. Einem derart mächtigen Zyklopen war Luthien nie zuvor begegnet. Respekt und Angst machten sich in ihm breit, und er wußte: Eine einzige Unachtsamkeit nur, und es wäre aus mit ihm.

Und dann passierte es. Zurückweichend trat er in ein Schlammloch, glitt aus und stürzte zu Boden. Sofort war Belsen'Krieg über ihm; das große Schwert sauste herab.

Reflexhaft hob Luthien den *Blender* waagerecht über den Kopf. Doch das Schwert des anderen kam mit einer solchen Wucht, daß ihm der Arm einknickte und die Waffe aus der Hand glitt. Von einer ernstlichen Verwundung blieb er verschont, aber die Schmerzen waren um so schlimmer.

Schnell wälzte er sich auf den Bauch, langte mit der linken Hand nach seinem Schwert und sprang auf. Doch ehe er sich versah, lag er wieder im Schlamm, von zwei, drei Stößen im Rücken zu Fall gebracht.

Oliver hechtete über Luthiens Schultern hinweg. Das schreckhaft geweitete Auge des Zyklopen bot ihm ein treffliches Ziel. Doch als Luthien unter ihm zur Seite wegrutschte, verlor auch der Halbling die Balance, und so erwischte er mit seinem Rapier nur den fleischigen Kieferknochen Belsen'Kriegs.

Der brüllte vor Schmerzen auf und kippte, mit den mächtigen Armen rudernd, rücklings zu Boden. Alle drei kamen fast gleichzeitig wieder auf die Beine.

»Du häßliches Monstrum«, spottete Oliver. »Wirst wohl kaum wissen, wie wertvoll Freundschaft ist.«

Der Halbling hatte, während er dies sagte, schon im Blick, was seinem Ausspruch zusätzlich Gewicht verleihen sollte. Denn von hinten sprengte in diesem Augenblick ein weißer Hengst herbei und rannte den Zyklopen über den Haufen, so daß dieser der Länge nach und mit dem Gesicht voran in den Matsch stürzte.

Als Belsen'Krieg den dreckverschmierten Kopf hob, sah er, daß zu den beiden nun auch noch eine Frau hinzugekommen war. Sie thronte auf einem glänzenden Schimmel und blickte triumphierend aus leuchtend grünen Augen auf ihn herab. An den Spitzen ihrer nassen roten Haare hatten sich Eiskristalle gebildet.

Belsen'Krieg sah sich hilfesuchend um. Aber von seinen Offizieren saß nur noch einer im Sattel, und auch der sackte nun in sich zusammen und gab den Blick frei auf den, der ihm den Todesstoß versetzt hatte.

Von Luthiens Reitern waren noch zwölf am Leben, zusammen mit denen, die Katerin zur Verstärkung mit sich geführt hatte. Darunter befand sich auch eine kleine zierliche Frau auf dem Rücken eines lohfarbenen Ponys mit schütterem Schweif.

Oliver strahlte übers ganze Gesicht, als er Schäbig erblickte, sein treues Reittier. Dann aber wandte er sich wieder dem Zyklopen am Boden zu und sagte: »Ich finde, du solltest dich geschlagen geben.«

Belsen'Kriegs Blicke irrten hin und her. Luthien glaubte, die Gedanken seines Gegners hören zu können. Wie ein gefangenes Tier suchte er nach einem Ausweg. Aber da war keiner, und es schien – was überraschte – geradezu vernünftig, daß der Zyklop sein Schwert aus der Hand gab und damit der Aufforderung des Halblings entsprach.

Die Rebellen reagierten sichtlich erleichtert. Doch kaum hatte Luthien einen Schritt auf ihn zugetan, zückte der Zyklop ein langes Messer und stürzte auf seinen Gegner zu.

»Luthien!« brüllten Oliver und Katerin wie aus einem Mund. Der schwertführende Arm schmerzte den jungen Bedwyr so sehr, daß er ihn nicht schnell genug bewegen konnte. Um so schneller fuhr er mit der freien linken Hand dazwischen und packte den Widersacher beim Handgelenk. Ehe der sich von seinem Zugriff befreien und wiederholt zum Stoß ansetzen konnte, hatte Luthien das Schwert nach oben gewuchtet. Die Spitze durchschlug den Brustpanzer und drang in die Lungen des Monstrums vor.

In dieser grausigen Pose verharrten beide scheinbar endlos lange. Plötzlich fing Belsen'Krieg aus tiefster Kehle zu knurren an und stemmte das Messer – zum Entsetzen Luthiens Freunde ringsum – auf seinen Gegner ein.

Luthien hielt mit aller Kraft dagegen, und ohne vom Handgelenk des anderen abzulassen, duckte er sich, klemmte die Schulter unter die Querstange des Schwertes und bäumte sich auf. Wieder hielten beide in ihrer Bewegung inne. Stumm und aus nächster Nähe starrten sie einander an.

»Das war's dann wohl«, murmelte Luthien und rammte das Schwert noch tiefer. Belsen'Krieg knickte in den Knien ein. Luthien spürte die Kraft aus dessen Arm entweichen. Das Messer rutschte aus seiner erschlaffenden Hand.

Luthien zog den *Blender* frei. Aber statt umzukippen, blieb der tote Zyklop auf den Knien hocken.

Allmählich setzte sich treibender Schnee an ihm fest.

17. KAPITEL

Auswirkungen

Die Schlacht ging schnell zu Ende. Belsen'Kriegs Streitmacht war um mehr als die Hälfte geschrumpft und aufgelöst. Wer noch lebte, suchte in kopfloser Flucht das Weite. Die Verluste der Eriadoraner waren erstaunlich gering. Das Volk von Port Charley konnte seine Toten an den Fingern von sechs Händen abzählen. Weit mehr waren aus Luthiens Gruppe zu beklagen, die an vorderster Front gekämpft hatte.

Die siegreichen Rebellen sammelten sich auf dem Feld nahe der verlassenen Lagerstätte. Sie verarzteten ihre Verwundeten und hielten die Gefangenen in Schach. Zum Glück waren es nicht viele – weniger als hundert –, und die waren zahm, machten keinerlei Ärger.

Das Wetter verschlechterte sich weiter. Obwohl noch Mittag, wurde es unter schwarzen Wolken dunkel wie zur Nacht. Brind'Amour setzte die Truppen in Marsch; vorneweg zogen die Schützen. Nachdem sie den Fluß überquert hatten, kam es zu einem kleinen Scharmützel mit einem losen Haufen von umherirrenden Zyklopen, die dem Beschuß von Pfeilen nichts entgegenzusetzen hatten, zumal ihnen der Kampfeswille gründlich abhanden gekommen war.

Statt des einäugigen Feinds hatten die Kämpfer aus Eriador nun für den Rest des Tages einer anderen Gefahr zu trotzen: Mit entfesselter Urgewalt fegte der

Schneesturm über sie hinweg. Mit Müh und Not retteten sie sich in den Schutz der Stadt.

Schon von weitem hörte Luthien die Freudengesänge; die Nachricht über den Ausgang der Schlacht war der zurückziehenden Truppe vorausgeeilt. Drei gute Freunde von ihm waren gefallen, eine Frau und zwei Männer, mit denen er häufig im Zwelf angestoßen hatte. Über seine Trauer hinweg tröstete ihn allerdings die Hoffnung, daß diese Freunde nicht umsonst gestorben waren, daß Eriador nun auch auf Dauer frei sein würde. Mit ihren Verbündeten aus Port Charley zog die siegreiche Armee in die Stadt ein, und jeder, der nun einzeln oder in kleineren Gruppen ein Quartier für die Nacht aufsuchte, hatte viel zu berichten von den ruhmreichen Ereignissen des Tages.

Luthien, Katerin und Oliver kehrten zur Wohnung in den Kleinen Alkoven zurück. Der junge Bedwyr war froh, nach Wochen der Trennung endlich wieder mit seinen liebsten Freunden zusammenzusein, vor allem mit Katerin. Ihm war noch gar nicht richtig bewußt geworden, wie sehr er sie in all der Zeit vermißt hatte. Natürlich dachte er auch an Siobhan und die Begegnung mit ihr am vorhergegangenen Abend, aber wie es zwischen ihnen beiden weitergehen sollte, war ihm ein Rätsel.

Wenig später kamen Brind'Amour, Siobhan und Shuglin zu Besuch. Der Zwerg war an diesem Tag auch nicht untätig gewesen und wußte freudestrahlend zu berichten: »Alle Feuer sind gelöscht. Und Brandstifter gibt's auch keine mehr. Wir haben jedes Einauge, das noch in der Stadt rumspukte, zur Strecke gebracht.«

Brind'Amour lehnte sich im Sessel zurück und hob einen Humpen, gefüllt mit Honigmet, um auf diese gute Nachricht anzustoßen. Auch alle anderen Becher gingen in die Höhe.

Luthien und Katerin saßen zu beiden Seiten des Kamins, schauten einander an und wärmten sich an dem Feuer, das zwischen ihnen brannte.

Shuglin trat auf sie zu und korrigierte sich. »Nun, nicht alle Feuer sind gelöscht. Nur die unliebsamen.« Alles kicherte vergnügt.

»Auf dem Land laufen noch Tausende von Zyklopen umher«, sagte Oliver.

»Und das bei dem Wetter«, schnaufte Katerin.

»Wer von denen diesen Schneesturm überlebt, bekommt's anschließend mit uns zu tun«, versprach Siobhan.

Luthien nickte. Auf dem Rückzug in die Stadt waren bereits einzelne Gruppen zur Verfolgung eingeteilt worden. Die flüchtigen Zyklopen würden nicht weit kommen.

»Sie werden weit und breit keinen Unterschlupf finden«, fuhr Siobhan fort. »Auch nicht in Felling Downs, denn da steht kein einziges Haus mehr. Wahrscheinlich werden sie nach Port Charley ziehen.«

Luthien nahm weniger die Worte der Halbelfe zur Kenntnis als den grimmigen Tonfall ihrer Stimme. Zu entspannen und zu feiern kam für sie offenbar nicht in Frage, allenfalls erst dann, wenn Eriador und ihr Volk ein für allemal befreit sein würden. Darauf strebte sie mit Leidenschaft hin, und zu diesem Zweck war ihr jedes Mittel recht.

Und sei es, daß sie mit mir ins Bett geht, dachte Luthien mißmutig, rief sich aber sogleich zur Räson. Es war nicht fair, so schlecht über sie zu denken. Ihre Zuneigung für ihn stand außer Frage, auch wenn daraus nie mehr erwachsen sollte, und er gelobte im stillen, auf sein Verhältnis zu Siobhan niemals in Zweifeln oder gar Reue zurückzublicken. Ihr überhaupt begegnet zu sein war Glück genug, und er durfte mehr als zufrieden sein, solange sie an seinem Leben teilnahm. Als er den Blick auf sie richtete, wußte er, daß sie ähnlich empfand.

Er fühlte sich von Katerin beobachtet, blickte sie an und bemerkte, daß sie errötete (was selten bei ihr vorkam). Verschämt wandte sie die grünen Augen von ihm ab.

Um seinen Kummer zu verhehlen, lächelte Luthien und schloß die Augen, hielt aber dann das Bild der schönen Frau aus Hale im Geiste fest. Den Kopf an die Wand gelehnt und vor sich hinträumend, nahm er das Gespräch der Freunde nur am Rande wahr.

»Unser furchtloser Held«, witzelte Oliver, als er Luthien so sitzen sah.

Alle fünf lachten über seinen Anblick, und Katerin langte zu ihm herüber, um ihn wachzuschütteln.

»Laß ihn schlafen«, sagte Siobhan. Katerin wandte ihr das Gesicht zu, und es schien, als knisterte die Luft zwischen ihnen vor Spannung.

»Er ist seit Nacht und Tag nicht zur Ruhe gekommen«, fuhr die Halbelfe fort, ohne sich an der Miene Katerins zu stören, die ihrer Rivalität deutlich Ausdruck verlieh.

Katerin richtete sich auf und zog den Arm zurück.

»Also, ich glaube nicht, daß uns die geflohenen Zyklopen wirklich gefährlich werden können«, unterbrach Brind'Amour, betont laut und gewichtig, um auf sich aufmerksam zu machen. »Wer von denen das Unwetter überlebt, wird kaum in der Verfassung sein, uns Paroli zu bieten. Sie werden sich natürlich in den Westen durchzuschlagen versuchen, zur Flotte, die ihnen nicht mehr gehört.«

»Ob Port Charley ihnen widerstehen kann?« fragte der Halbling, zu Recht besorgt, denn ein Großteil der Hafenbewohner hielt sich ja in Caer MacDonald auf.

»Es werden, wenn überhaupt, nur wenige Zyklopen dorthin gelangen«, antwortete Siobhan.

»Und bevor sie dort ankommen, werden wir mit einer starken Gruppe zur Stelle sein«, beeilte sich Brind'Amour hinzuzufügen. »Sie kommen wahrscheinlich nur schleppend voran, und wir kennen den kürzesten Weg. Nein, ich sehe da keine Schwierigkeiten. Das Heer aus Avon, das an unsere Küste kam, ist geschlagen.«

»Aber was bedeutet das?« Shuglin stellte die Frage laut, die allen durch den Kopf ging.

Es wurde nun still. Angesichts der drohenden Auswirkungen erschien der heute errungene Sieg als ein verschwindend kleiner Lichtblick in der Dunkelheit, die Grünspatz heraufbeschworen hatte.

»Es bedeutet, daß wir eine Schlacht gewonnen haben«, sagte Brind'Amour nach langem Schweigen. »Und außerdem besitzen wir nun eine Flotte, mit der sich der Hafen von Port Charley absichern läßt. Aber wir können sicher sein, daß Grünspatz uns in Zukunft sehr viel ernster nehmen wird«, warnte der Zauberer. »Noch liegt viel Schnee in den Bergen; das verschafft uns Zeit. Aber die Tage werden wärmer, und sobald der Schnee getaut ist, müssen wir uns auf einiges gefaßt machen. Über die Hohe Mauer und die Pässe im Eisernen Kreuz werden Heerscharen gezogen kommen, und zwar in noch nie dagewesener Größe.«

Von der fröhlichen Stimmung, die soeben noch geherrscht hatte, war nicht mehr viel übriggeblieben.

Brind'Amour schaute in die Runde und erkannte, daß jeder der fünf Freunde einen Ausschnitt der eriadoranischen Bevölkerung repräsentierte. Da war zum einen Katerin, die stolze Frau aus Hale, die voller Inbrunst die Rückkehr jener Zeiten ersehnte, da Eriador frei und ruhmreich war. Ihr ähnlich waren alle Inselbewohner – ob auf Bedwydrin, Marvis oder Caryth –, nicht zuletzt auch das Volk von Port Charley sowie die Stämme nördlich von Eradoch und in der Gegend um Bae Colthwyn.

Da war Siobhan, die Zornige, zu Unrecht schikaniert und mit heißem Sinn auf Rache. Sie vertrat das Elfenvolk von Montfort – nein, Caer MacDonald, beschied der Zauberer. Siobhan war der eigentliche Motor der Rebellion, stolz, aber nicht so übertrieben stolz, daß sie sich gegen die Einflußnahme eines Zauberers aufgelehnt hätte, denn sie wußte: Diese Einflußnahme kam ihrem Volk zugute.

Da war Shuglin. Seinesgleichen hatte am meisten gelitten, und er war über alle Wut und Verbitterung hinaus. Und so waren auch alle Zwerge, die sich nach dem Einsturz der Mauer in Todesverachtung gegen den Feind geworfen hatten, weder wütend noch verbittert gewesen. Sie hatten getan, was nötig war, um die Hoffnung auf ein befreites Eriador aufrechtzuerhalten. Vorbildhaft für alle war Shuglin, Soldat durch und durch. Für Brind'Amour stand ohne Zweifel fest: Hätte er zehntausend seines Schlages, wäre es ein leichtes, Grünspatz und seine Vasallen auf immer unschädlich zu machen.

Da war Oliver, der Musterfall eines zugereisten Strolches. Das rauhe Land von Eriador bot all denjenigen eine Heimat, die in Avon, Gascony oder sonstwo ausgegrenzt wurden. Olivers kämpferische Fähigkeiten standen außer Frage, so auch seine treue Freundschaft Luthien gegenüber; beides war von unschätzbarem Wert. Was ihn – und seinesgleichen – darüber hinaus wertvoll machte, waren sein – beziehungsweise ihr – Wissen um fremde Länder und Völker. Falls sich die Rebellion auf Gascony ausweiten sollte, wäre Oliver der rechte Mann am rechten Ort. Oliver als Diplomat? Brind'Amour dachte eine Weile über eine solche Möglichkeit nach.

Und schließlich war da Luthien, der nach wie vor dösend an der Kaminwand lehnte. Er war alles in einem, wie Brind'Amour feststellte. Als Insulaner voller Stolz, zornig als einer aus Caer MacDonald, selbstlos als Soldat; kurzum, er war genau derjenige, auf den ganz Eriador seit Jahren gewartet hatte. Mit ihm stand oder fiel die Zukunft des Landes. Schon kursierten allenthalben Geschichten um ›Luthiens Wagnis‹ mit Versatzstücken aus den alten Legenden über den Blutroten Schatten, den mysteriösen Feind alles Bösen. Wer hätte gedacht, daß dieser junge Mann aus Bedwydrin so schnell zu Ruhm gelangen konnte?

»Mich überrascht das jedoch nicht«, beantwortete Brind'Amour die eigene Frage unwillkürlich, laut und vernehmlich. Verlegen räusperte er sich daraufhin mehrere Male und schaute sich um.

»Worum geht's?« fragte Luthien, aus dem Halbschlaf erwachend.

»Ach, nichts«, antwortete der Zauberer. »Ich habe nur auf Wunsch meines Hirns den Kiefer auf- und zugemacht.«

Die anderen kümmerten sich nicht weiter drum; nur Oliver behielt den Alten im Auge. Es schien, als habe er ihm jeden seiner Gedanken vom Gesicht abgelesen.

»Wißt ihr«, hob der Halbling an und ließ alle aufmerken. »Ich war früher einmal in dem wilden Land von Angarothe.« Weil er aber mit dieser Eröffnung nur wenig Interesse hervorrief, fügte er rasch hinzu: »Es ist ein heißes, staubiges Land südlich von Gascony.«

»Hast du etwa am Krieg von Angar teilgenommen?« fragte Brind'Amour, der über solche Dinge besser Bescheid wußte als die anderen, obwohl er einen Großteil der vergangenen Jahrhunderte in seiner Höhle verschlafen hatte.

»So ist es«, entgegnete der Halbling mit stolzgeschwellter Brust. »Ich habe an der Seite von deBoise gekämpft, im Vierten Kabale-Regiment.«

Der Zauberer zeigte sich beeindruckt. Den anderen aber sagte dieser Hinweis nichts, was den Halbling sichtlich ernüchterte.

»Ja, im Vierten Kabale-Regiment«, wiederholte er gewichtig. »Wir waren tief ins Landesinnere vorgerückt und lagen hinter den gefürchteten Roten Lanzern.«

Alles blickte auf Brind'Amour, der mit dem Kopf

nickte und so Olivers Geschichte zu beglaubigen schien. In Wirklichkeit aber zweifelte er daran, daß der Halbling jemals auch nur in der Nähe von Angarothe gewesen war. Der Zauberer wußte von deBoise und dem Vierten, die einen der glorreichsten Siege in der Geschichte der Kriegsführung errungen hatten.

»Wir waren nur zweihundert Mann stark und standen mehreren tausend gegenüber«, fuhr Oliver fort. »Wir hatten also nicht die geringste Chance und glaubten, mit unserem Leben abschließen zu müssen.«

»Und was habt ihr getan?« gab Luthien nach langer dramatischer Pause das Stichwort.

Oliver schnippte mit den Fingern. »Na, was wohl? Wir haben natürlich angegriffen.«

»Er spricht die Wahrheit«, sagte Brind'Amour, bevor die anderen Zweifel anmelden konnten. »DeBoise hat das Lager der Feinde umstellen lassen und jedem seiner Krieger einen Knüppel in die Hand gegeben. Damit schlugen sie auf Bäume ein. Gleichzeitig haben sie den Ruf von Elefanten und anderen Kriegstieren nachgeahmt, so daß der Feind glauben mußte, von einem riesigen Heer umzingelt zu sein.«

»Die Roten Lanzer waren kriegsmüde«, ergänzte Oliver. »Und außerdem war das Gelände ungeeignet für einen offenen Schlagabtausch. Also haben sie sich in die Berge zurückgezogen.«

»DeBoise machte ihnen Beine mit leeren Drohungen«, sagte Brind'Amour. »Als deren Anführer endlich erkannten, daß man sie an der Nase herumführte, war schon die Verstärkung da, die das Vierte angefordert hatte. Davon hatten die Roten Lanzer allerdings nichts mitbekommen. Sie stiegen von den Bergen, um den vermeintlich schwachen Gegner zu überrennen, wurden dann aber selbst überwältigt. Es war der einzige Sieg der Gasconen während dieses Feldzuges.«

Verärgert über diese letzte Bemerkung, bedachte Oliver den alten Mann mit bitterbösem Blick, der sich aber schnell wieder zu einer freundlicheren Miene aufhellte. Und er sagte nun, worauf es ihm eigentlich ankam: »Unter meinen Kameraden war später im Zusammenhang mit dieser Kriegslist immer nur von ›Olivers Bluff‹ die Rede.«

Brind'Amour hatte Mühe, sein Grinsen zu verbergen.

»Eine hübsche Geschichte«, meinte Shuglin, sichtlich gelangweilt.

»Und die Moral derselben?« fragte Katerin.

Oliver schnaufte und machte deutlich, daß er diese Frage nicht nur überflüssig, sondern geradezu lächerlich fand. »Wenn das nicht klar ist ...«

»Erklär's uns«, verlangte Shuglin.

»Wir tun's dem Vierten Kabale-Regiment gleich und greifen an«, antwortete Oliver. Seine Zuhörer sperrten ungläubig die Augen auf, doch Oliver beachtete sie nicht und wandte sich dem Zauberer zu in der Hoffnung, daß dieser ihm den Rücken stärke.

Lächelnd nickte Brind'Amour mit dem Kopf. Es freute ihn, daß ihm ein anderer mit diesem Vorschlag zuvorgekommen war, zumal er wußte, daß es einfacher und hilfreicher war, einem Plan seine Zustimmung zu geben, als die Rebellen von seinen eigenen Plänen überzeugen zu müssen.

Katerin erhob sich von der Stufe am Kamin und klopfte den Staub vom Hinterteil ihrer Hose. »Wo denn angreifen?« wollte sie wissen und machte kein Hehl daraus, daß sie diesen Vorschlag töricht fand.

Brind'Amour antwortete: »An der Hohen Mauer, um zu verhindern, daß Grünspatzens Streitmacht aus Princetown in den Norden übersetzt.«

Luthien ging ein Licht auf. »Wir nehmen Dun Caryth ein und sichern von dort aus die Grenze, während unsere Flotte sämtliche Häfen bewacht. Auf diese Weise werden wir Grünspatz zwingen, da anzugreifen, wo wir es wünschen.«

»Er wird sich wundern und annehmen müssen, daß wir um einiges stärker geworden sind«, meinte Oliver und zwinkerte mit den Augen.

Auch Siobhan war Feuer und Flamme. »Und wir werden tatsächlich um einiges stärker sein, sobald die Nordländer von unserem jüngsten Sieg erfahren und ganz Eriador erkennt, daß endlich wieder Hoffnung da ist.«

»Olivers Bluff, Teil zwei?« fragte Brind'Amour.

Niemand widersprach, und der Halbling strahlte übers ganze Gesicht – für einen kurzen Augenblick. Dann aber wurde ihm, der in Wirklichkeit nie mit de-Boise in Angarothe gewesen war, schreckhaft bewußt, daß er seine Freunde auf einen überaus riskanten und gefährlichen Kurs gelockt hatte. Seine Miene verriet Besorgnis. Er räusperte sich und sagte: »Ich fürchte …« Er ließ die kleinen runden Schultern hängen und geriet unter den erwartungsvollen Blicken der anderen in arge Verlegenheit. »Die haben doch ihre Hexerfritzen«, versuchte er seine plötzliche Kehrtwendung zu rechtfertigen. »Ich bin nicht sicher, ob es gelingen kann, solche Typen hinters Licht zu führen.«

Brind'Amour winkte mit der Hand ab. »Magie ist längst nicht mehr, was sie einmal war, mein lieber Oliver«, versicherte er. »Denkt nur an Morkney. In alter Form hätte der unseren Luthien da oben auf dem Ministerium in ein Aschehäufchen verwandelt und mit euch als Eisskulpturen den Turm ringsum verziert. Und wenn ich die Kraft von früher hätte, wäre ich euch in der letzten Schlacht gewiß von größerer Hilfe gewesen.« Brind'Amour ließ an seinen Worten keinen Zweifel aufkommen. Er war tatsächlich überzeugt davon, daß sich das Wesen der Zauberei während der langen Zeit seines Asyls in den Bergen grundlegend gewandelt hatte. Doch noch wirkte Magie; sie lag buchstäblich in der Luft, war allerdings merklich abgeschwächt. Brind'Amour wußte auch, warum. Grünspatzens Verbindung zu Dämonen hatte die alte Kunst pervertiert, zu bösen Zwecken mißbraucht und somit die feinstoffliche Weltordnung, die Quelle aller magischen Kraft, nachhaltig beeinträchtigt. Darüber war Brind'Amour zutiefst betrübt, und er dachte voller Wehmut an jene alten Zeiten, da ein guter Zauberer noch imstande gewesen war, Berge zu versetzen. Immerhin, und das tröstete ihn: Im Krieg gegen Grünspatz und seine Hexerherzöge war ein allgemeiner Mangel an Zauberkraft Eriadors einzige Hoffnung.

»Auf denn«, sagte er. »Laßt uns zur Hohen Mauer ziehen.«

Luthien schaute Katerin ins Gesicht, dann Shuglin und schließlich Siobhan. Dabei bedurfte es gar nicht mehr deren ausdrücklicher Zustimmung. Die konnte er getrost voraussetzen. Caer MacDonalds Freiheit würde nicht von Dauer sein, wenn sie warteten, bis Grünspatz wieder am Zug wäre. Dieser Krieg entsprach einem Schachspiel, und sie spielten die weißen Figuren.

Es war an der Zeit, den nächsten Zug zu tun.

18. Kapitel

Freundlicher Willkomm

Tags darauf hörte es zu schneien auf. Im Süden Eriadors lag eine knietiefe Schneeschicht auf den Feldern, und mancherorts hatten sich so hohe Wächten aufgetürmt, daß ein Pferd samt Reiter darin verschwinden konnte.

Dennoch machte sich eine große Streitmacht von Caer MacDonald aus auf den Weg, jene siebentausend Zyklopen zu verfolgen, die der Schlacht entflohen waren. Den Großteil dieses Trosses stellte das Volk von Port Charley. Sie trugen Handschuhe aus Schafsfell, dicke Wollmäntel und in den Lederstiefeln mehrere Strümpfe übereinander, und waren so bestens gerüstet, um dem winterlichen Wetter zu trotzen. Ganz anders die Zyklopen. Übermüdet, ausgehungert und zum Teil schwer verwundet, hatten sie die Nacht bei klirrender Kälte im Freien verbringen müssen. Nur wenige Meilen vor den Toren der Stadt trafen die Eriadoraner auf die ersten Opfer dieser Nacht: steifgefrorene Leichen, und wer noch lebte, kauerte zitternd und mit geschwollenen Gliedern im Schnee, unfähig, eine Waffe zu heben.

Sie wurden gefangengenommen und mitgeführt in einer Schlange, die sich nach und nach immer weiter ausdehnte. Am Nachmittag wurde von zurückkehrenden Kurieren berichtet, daß über tausend Zyklopen eingefangen seien und dreimal so viele schon tot auf den Feldern lägen. Doch es war noch eine große Anzahl auf freiem Fuß und auf direktem Weg nach Port Charley.

Brind'Amour machte sie mit Hilfe seines magischen Sehens ausfindig und setzte die Verfolger auf ihre Spur. So wurden noch mehr Zyklopen gefangengenommen oder getötet.

Den Hauptpulk führte Offizier Langärmel an, dem noch eine Pfeilspitze tief in der Schulter steckte. Er und sein Haufen waren viel zu entkräftet, um Gegenwehr leisten zu können. Aber dennoch gelang es vielen durchzuhalten; sie wußten sich gegen den Sturm zu schützen und stillten ihren Hunger an dem Fleisch der eigenen toten Gefährten.

Auf zweitausend zusammengeschrumpft, waren sie schließlich auch der Zahl nach nicht stärker als ihre Verfolger. Immerhin beruhigte sich das Wetter, und der Schnee schmolz zusehends. Aus Angst trieb Langärmel seine Einaugen zur Eile an, bis sie endlich die hohen Masten der Schiffe aus Avon im Hafen von Port Charley erblickten.

Sie wähnten sich fast gerettet und jubelten vor Freude, konnten sie doch nicht wissen, daß ihre Schiffe gekapert und in der Hand von Männern und Frauen waren, die zwischenzeitlich mit den Bordgeschützen umzugehen gelernt hatten.

Als sie sich dem Hafen näherten, kamen brennende Pechballen und Körbe voller scharfkantiger Steine auf sie zugeflogen, und ehe Langärmel den Befehl zum Angriff auf den Hafen ausgeben konnte, traf ihn ein lodernder Teerklumpen, der ihm das Kopfhaar, die dicken Favoris und die hübschen Hemdsärmel wegflämmte.

In Panik rannte die führerlose Meute auseinander; einige suchten Schutz in der Ortschaft, aber viele machten auf dem Absatz kehrt und liefen so dem alten Dozier und seiner Mannschaft in die Arme. Das Gemetzel dauerte nur eine knappe Stunde. Am Ende reichte ein einziges Schiff, um die verbliebenen Einaugen nach Norden in den Diamantensund zu schippern. Die Felseninsel dort sollte zu ihrem Gefängnis werden.

In Caer MacDonald waren die Vorbereitungen auf den Marsch zur Hohen Mauer in vollem Gange. Man hatte sich darauf geeinigt, in zwei Verbänden vorzurücken. Shuglin sollte mit seinen Leuten ins Hochgebirge ziehen, um die Paßstraßen zu bewachen, und außerdem versuchen, ihre dort lebenden Artgenossen für die Rebellion zu gewinnen. Der Haupttroß, von Brind'Amour persönlich angeführt, sollte entlang der Ausläufer zur Grenze vordringen.

Mit voranschreitender Zeit wurde ihnen die Gefährlichkeit des geplanten Unternehmens immer deutlicher. Weil das Volk von Port Charley in seine Ortschaft zurückgekehrt war, um nach den noch flüchtigen Zyklopen zu fahnden, standen Luthien und Brind'Amour nur noch rund zweitausend Kämpfer zur Verfügung. Es war abzusehen, daß ›Olivers Bluff‹ nur dann Aussicht auf Erfolg haben würde, wenn sich im eriadoranischen Hinterland genügend Verstärkung finden ließe. Zwar hatte die Nachricht vom befreiten Caer MacDonald die Städte im Norden längst erreicht und allgemeinen Beifall gefunden, doch es blieb fraglich, ob sich die Bevölkerung dort auch der gemeinsamen Sache anschließen würde. Der Frühling nahte und damit die Zeit der Aussaat; auch die Fischereisaison stand kurz bevor und mußte genutzt werden, denn viele Eriadoraner lebten vom Meer. Die von den Rebellen erzielten Erfolge machten wohl durchaus Mut, doch die Eriadoraner hatten lange genug unter der Gewaltherrschaft Grünspatzens gelebt, um zu wissen, daß der Krieg noch lange nicht gewonnen war.

»Ich reite mit Oliver voraus«, kündigte Luthien eines Morgens an, als er und Brind'Amour auf den Stadtwall gestiegen waren, um sich einen Überblick auf die Vorbereitungen zu verschaffen. Proviant wurde zusammengetragen und auf Karren geladen.

»Was soll das heißen?« fragte der Zauberer.

»Wir wollen einen weiten Bogen durch den Norden schlagen.«

»Um die Leute dort mobil zu machen«, entgegnete der Zauberer. »Ich verstehe.«

Es war eine Weile still zwischen ihnen; dann sagte Luthien: »Ich werde mich offen zu erkennen geben. Als der Blutrote Schatten, Feind des Thrones.«

»Sieh dich nur ja vor. In den Nestern da oben lungern etliche Zyklopen herum«, warnte Brind'Amour. »Und viele der ansässigen Händler und Ritter halten dem König die Treue.«

»Weil sie daran verdienen, während die Masse Hunger leidet«, entgegnete wütend der junge Bedwyr.

»Was immer die Gründe sein mögen ...«

»Ich kenne das Volk von Eriador«, unterbrach Luthien. »Wenn sie die Zyklopen oder Grünspatzens Vasallen dulden, so nur deshalb, weil sie keine Hoffnung mehr haben und fürchten müssen, daß sich jeder Aufstand bitter rächt.«

»Da fürchten sie zu Recht«, sagte Brind'Amour der Wahrheit wegen, nicht aber, um Luthien von seinem wagemutigen Vorhaben abzubringen. Im Gegenteil, er hoffte auf seinen Erfolg, denn Verstärkung tat not. Die Hohe Mauer war vor Jahrhunderten von Gasconen errichtet worden, und zwar zum Schutz gegen die unbeugsamen Rebellen Eriadors. Der Gasconenkönig hatte Avon erobert und einsehen müssen, daß sich das wilde Land jenseits der Berge niemals befrieden lassen würde.

»Aber jetzt werden sie Hoffnung schöpfen«, antwortete Luthien. »Die Legende vom Blutroten Schatten wird ein übriges dazu beitragen. Ich trage seinen Umhang und lasse die Leuten glauben, daß der Held von einst zurückgekehrt ist, um sie zur Freiheit zu führen.«

Brind'Amour musterte ihn mit kritischem Blick, so lange, daß dem jungen Mann unheimlich wurde. Aber dann klarte die Miene des Alten auf. Er machte auf Luthien einen väterlichen Eindruck; so wünschte er sich seinen Vater.

Plötzlich wurde ihm bewußt, daß er während der vergangenen turbulenten Wochen kaum an Gahris Bedwyr gedacht hatte. Das letztemal, als ihm durch Katerin der *Blender*, das Familienschwert, überbracht worden war zusammen mit der Nachricht, daß auch die Insel von Bedwydrin im Aufstand begriffen sei. Wie mochte es dem Vater zur Zeit ergehen? fragte er sich, doch das Gefühl von Heimweh war schnell verflogen, als er an Bruder Ethan dachte, den Gahris verstoßen hatte, und an Garth Rogar, den Freund und Kampfgenossen, der vor seinen Augen in der Arena auf Avoneses Geheiß hin getötet worden war. Luthien hatte die Heimatinsel und das Vaterhaus aus gutem Grund verlassen, und die Aufgaben, die ihm hier und jetzt auferlegt waren, ließen es kaum zu, daß er sich um einen Mann Sorgen machte, den er schon lange nicht mehr als Vater anerkennen konnte.

Fortan sah er Brind'Amour in einem anderen Licht. Seine Gunst war ihm ein Bedürfnis, er hoffte, ihn lächeln zu sehen, so wie Gahris gelächelt hatte, sooft sein Sohn in der Arena erfolgreich gewesen war.

Der Alte legte ihm die Hand auf die Schulter und sagte: »Mach dich auf den Weg. Heute noch.«

»Ich werde nach Bronegan reiten und weiter bis hinauf zu den Feldern von Eradoch«, erklärte Luthien. »Bei der Rückkehr will ich am Ostrand von Glen Albyn mit Euch zusammentreffen und eine Streitmacht mit mir führen, die noch größer sein wird als die, die aus Caer MacDonald ausrückt.«

Brind'Amour nickte und gab ihm einen Klaps mit

auf den Weg, als Luthien davoneilte, um Oliver zu suchen.

Der alte Zauberer stand noch eine Weile auf dem Wall, schaute in die Ferne und dachte zurück an den Tag, da er dem jungen Bedwyr den magischen Umhang anvertraut und somit den Anstoß für die Rebellion gegeben hatte. Er trug deswegen zumindest einen Teil der Verantwortung für die Rückkehr des Blutroten Schattens, und zu sehen, wie gut und eifrig der junge Mann diese Rolle ausfüllte, ließ Brind'Amours eingefallene Brust vor Stolz anschwellen.

Nicht stolzer könnte ein Vater sein auf seinen Sohn.

19. KAPITEL

Frühling

Er tut genau das Richtige«, sagte Siobhan und stieg zu Katerin auf den Wall hinauf. Die junge Frau aus Hale würdigte sie keines Blickes, war aber überrascht, daß sich die Halbelfe in ihre Nähe traute.

Unter ihnen ritten Oliver und Luthien zum Tor hinaus; der eine auf seinem lohfarbenen Pony und der andere auf Flußtänzer, dem prachtvollen Schimmel. Sie hatten den Abschied so kurz wie möglich gehalten und schauten sich kein einziges Mal mehr um. Seite an Seite trabten sie auf die niedergerissene Mauer zu, an toten Zyklopen vorbei, die noch nicht hatten weggeschafft werden können und nun als schwarz-silberne Klumpen unter dem schmelzenden Schnee wieder zum Vorschein kamen.

»Sie haben einen langen Ritt vor sich«, meinte Siobhan.

»Von wem sprichst du?« fragte Katerin.

Die Halbelfe warf ihr einen irritierten Blick zu und bemerkte, daß sie ins Licht des anbrechenden Tages nach Osten schaute, zu stolz, um Luthien nachzublicken.

Siobhan ging auf die Laune der anderen ein und antwortete ernstlich: »Von unseren Freunden.«

Nun wandte sich Katerin doch den beiden zu. »Luthien ist immer unterwegs«, sagte sie. »Mal hierhin, mal dahin. Es scheint, sein Pferd bestimme die Richtung.«

Siobhan schaute sie von der Seite an, versuchte, ihr hinter die Stirn zu blicken.

»So ist er halt«, fuhr Katerin unbeirrt fort und schaute die Halbelfe geradewegs an. »Er geht, wohin er will, und falls er einmal länger vor Ort bleibt, sollte sich nur ja keine Frau einbilden, daß er es ihretwegen täte.« Daß sie plötzlich und hastig das Gesicht abwandte, ließ tief blicken. »Dumm die Frau, die glaubte, auf Luthien Bedwyr Einfluß nehmen zu können.«

Diese Worte sagte sie ganz ruhig, fast beiläufig, doch Siobhan hörte sehr genau den scharfen Unterton, der sie absichtlich verletzen sollte – was sie ihr aber nicht krumm nahm. Sie hatte Verständnis für Katerin und wußte, daß aus ihr der eigene Kummer sprach, daß ihre Bissigkeit im Grunde nur der Selbstverteidigung diente. Dennoch überraschte es sie, daß Katerin so gemein sein konnte und darauf aus war, auch ihr den Abschied Luthiens möglichst bitter zu machen.

»Sie haben einen langen Ritt vor sich«, wiederholte Siobhan. »Aber sorg dich nicht«, fügte sie hinzu, und zwar auf eine Weise, die Aufmerksamkeit erheischte. »Er versteht sich gut aufs Reiten. Wovon ich mich persönlich überzeugen konnte.«

Katerin staunte nicht schlecht über die zweideutige Antwort und den fast lasziven Tonfall, mit der sie vorgetragen wurde.

Siobhan wandte sich ab und eilte die Leiter hinunter. Alleingelassen, schaute Katerin auf die Reiter zurück, die sich in der Ferne verloren. Sie hatte die Halbelfe verletzen wollen, ein wenig nur, nicht ernstlich, zumal sie sie in vielerlei Hinsicht bewunderte und als Freundin betrachtete. Aber das Gefühl der Eifersucht war einfach nicht mehr zu ignorieren.

Und als sie nun, auf dem Wall stehend, Luthien nachblickte, stiegen ihr, sosehr sie sich auch dagegen wehrte, Tränen in die leuchtend grünen Augen.

»Du bist sehr schnell, wenn es darum geht, vor Problemen wegzulaufen«, sagte Oliver, als sie die Mauern der Stadt um Meilen hinter sich gelassen hatten.

Luthien konnte sich auf diese Bemerkung keinen Reim machen und schaute seinen kleinen Begleiter fragend an. »Wir laufen doch nicht weg, sondern den Problemen direkt entgegen«, antwortete er.

»Zyklopen zu bekämpfen ist kein Problem«, erwiderte Oliver. »Jedenfalls keines, das du fürchtetest.«

Luthien verzog das Gesicht. Er ahnte jetzt, worauf sein Freund abzielte.

»Vor solchen, die etwas verwickelter sind und weh tun, drückst du dich beflissen«, führte der Halbling aus. »Zuerst schickst du Katerin weg nach Port Charley ...«

»Sie ist freiwillig gegangen«, protestierte Luthien, »hat sogar darauf gedrungen.«

»Und jetzt suchst du das Weite«, fuhr Oliver fort, ohne sich an Luthiens Einspruch zu stören; »drehst die Sache so, daß du wenigstens für zwei Wochen von zu Hause weg bist.«

Luthien verzichtete auf jeden weiteren Protest, denn er fühlte sich schuldig im Sinne der Anklage.

»Tja, ja«, feixte der Halbling, »ein Held mit dem Schwert, aber in Sachen Liebe ...«

Luthien hätte sich gern dumm gestellt, doch damit wäre er bei Oliver nicht durchgekommen. Also ging er zur Gegenoffensive über. »Wie kannst du es wagen?« fuhr er ihn an. »Was weißt du denn schon?«

»Oho, von Liebesdingen weiß ich eine ganze Menge«, erwiderte der Halbling.

Luthien ließ Zweifel durchblicken und musterte seinen Gefährten vom Scheitel bis zur Sohle.

Oliver fühlte sich nicht ernstgenommen. »Du grüner Junge«, sagte er und schnippte mit den Fingern. »In Gascony gibt's eine Spruchweisheit. Danach ist ein

Händler so gut wie seine Börse, ein Kämpfer so gut wie seine Waffe und ein Liebhaber so gut wie …«

»Oliver!« unterbrach Luthien errötend.

»… sein Herz«, ergänzte der Halbling und blickte grinsend zum Freund auf. »Ach, und du hast ein so kleines.«

»Ich dachte …« Luthien stockte, winkte mit der Hand ab und trieb sein Pferd an.

Oliver ließ sich nicht abschütteln. »Mir scheint, du weißt nur wenig um das eigene Herz«, sagte er. »Versuch, davor zu fliehen, allein, es wird dir nicht gelingen.«

»Oliver der Poet«, mokierte sich Luthien.

»Man hat mir schon üblere Beinamen verpaßt.«

Die beiden ließen es dabei bewenden. Das Gespräch war zu Ende, hatte aber Luthien schwer ins Grübeln gebracht. Er liebte beide, Katerin und Siobhan, wenn auch auf unterschiedliche Art und Weise. Nicht, daß er seine Affäre zur Halbelfe bereute – wie war es möglich, auf so wundervolle Momente mit Verdruß zurückzublicken? –, doch es dauerte ihn, Katerin weh getan zu haben. Das war beileibe nicht seine Absicht gewesen, als er sich, nach Verlassen seiner Heimat, von all den aufregenden Abenteuern hatte mitreißen lassen. Bedwydrin und Katerin – beides war ihm damals unendlich weit entrückt gewesen.

Doch dann war sie ihm nachgekommen, seine erste und, wie er nun wußte, seine einzige Liebe.

Wie aber sollte er sich ihr nun erklären, nach dem, was vorgefallen war? Würde sie ihm überhaupt noch Beachtung schenken? Wie würde er an ihrer Stelle reagieren?

Auf keine dieser quälenden Fragen wußte Luthien eine Antwort, und um Caer MacDonald möglichst schnell weit hinter sich zu lassen, eilte er weiter.

Vom Schnee, der die Zyklopen überrascht und Hunderte von ihnen tot auf den Feldern zurückgelassen hatte, war nicht mehr viel übrig geblieben. Wie die Rebellen über ihren Feind, so hatte der Frühling über den Winter gewonnen und ihn ins Hochgebirge zurückgetrieben.

Fünf Tage lang waren Luthien und Oliver unterwegs, zwei volle Wochen vergangen seit der siegreichen Schlacht, da machte sich Brind'Amour mit Hunderten von Soldaten auf den Weg. Sie zogen in langen Reihen dahin; viele ritten, die meisten waren zu Fuß, und alle folgten der alten Fahne Eriadors, dem Gebirgskreuz auf grünem Grund.

Etwa zur gleichen Zeit verließ Shuglin mit den ihm verbliebenen Zwergen die Stadt durch das Südtor. Unter schweren Lasten tief gebückt, marschierten sie zu zweihundert ins Gebirge.

»Luthien hat Bronegan passiert«, informierte der Zauberer die Frau aus Hale, die an seiner Seite ritt.

Katerin nickte. Es wunderte sie nicht, daß der Zauberer genau Bescheid wußte.

»Wie viele Soldaten hat er bislang rekrutieren können?« fragte sie.

»Hundert haben zugesagt, vorbehaltlich. Sie wollen ihn erst dann begleiten, wenn er auf dem Rückweg durch ihre Ortschaft viele weitere Freiwillige im Schlepp hat.«

Katerin machte die Augen zu. Sie wußte, worum es ging, nämlich um die gefährlichste und am wenigsten vorausschaubare Phase der ganzen Rebellion. Sie hatten Caer MacDonald erobert, die alte Fahne Eriadors gehißt und damit allen, die sie sahen, Hoffnung gemacht. Doch die Bauern und das einfache Landvolk führten ein zurückgezogenes Leben und kümmerten sich kaum um Grünspatz oder Politik. Sie würden sich nur dann anschließen, wenn der Erfolg so gut wie ausgemacht wäre und kein Zweifel mehr daran bestünde.

»Mit dieser Zögerlichkeit war zu rechnen«, sagte Brind'Amour. »Sosehr ich diesen Grünspatz auch hasse und obwohl ich mir auf meine Zauberkräfte einiges einbilden kann, würde ich mich doch wohl kaum einem Heer anschließen, das nur aus zwei Mann besteht.«

Katerin lachte; dabei war ihr gar nicht danach zumute. Sie sah ein schier unlösbares Problem vor Augen. In ganz Eriador gab es – abgesehen von Port Charley vielleicht – keine einzige Stadt, die eine auch nur halbwegs schlagkräftige Truppe auf die Beine würde stellen können. Sämtliche Ortschaften waren unabhängig voneinander, sozusagen jeweils kleine Fürstentümer. Nicht einmal in den glorreichen Tagen Bruce MacDonalds hatte es zwischen ihnen Bündnisse oder dergleichen gegeben. Eriador war ein wildes Land, bewohnt von Einzelgängern. Genau das hatte sich Grünspatz während seines ersten Eroberungszuges zunutze gemacht, und in die gleiche Kerbe würde er wohl wieder zu schlagen versuchen. Katerin warf ihr schimmernd rotes Haar in den Nacken und schaute zurück auf das Gefolge – ein durchaus starkes Heer, doch kaum stark genug, um gegen Grünspatz bestehen zu können. Dazu bedurfte es eines Vielfachen.

»Wohin wird sich Luthien nun wenden?« fragte sie unwillkürlich.

»Zu den Feldern von Eradoch«, antwortete Brind'-Amour.

»Und was wird er dort vorfinden? Was zeigen Euch Eure Augen über die dort ansässigen Hochländer?«

Brind'Amour schüttelte den Kopf; das dünne, weiße Kopf- und Barthaar flog hin und her. »Meine Augen sehen nur, wozu ich eine besondere Beziehung unterhalte. Luthien zum Beispiel sehe ich, wenn ich seine Gedanken zu orten weiß; dann ist es mir möglich, durch seine Augen zu blicken. Grünspatz und so manche Vertreter seines Hofes kann ich sehen, weil sie mir bekannt sind. Aber all demjenigen gegenüber, was mir fremd ist, bin ich gleichsam blind.«

Katerin spürte genau, daß er nicht die volle Wahrheit sagte, und drängte: »Was verrät Euch Euer Blick über die Hochländer?«

Brind'Amour fühlte sich ertappt und schmunzelte. »Luthien wird nicht scheitern« – das war alles, was er sagte.

20. KAPITEL

Die Felder von Eradoch

Auf den ersten Blick erschien der nordöstliche Teil Eriadors kaum anders als der Rest des Landes. Wellige, grasbewachsene Felder (unter Eriadoranern bezeichnet als ›schwere Sode‹) breiteten sich wie eine grüne Decke in alle Richtungen aus. Nur an besonders klaren Tagen waren im Westen die Nordausläufer des Eisernen Kreuzes zu sehen, und weiter südlich schimmerten manchmal über grünem Horizont die weißen Kappen der höchsten Berge.

Doch der Nordosten, das Hochland, war etwas Besonderes. Der Wind wehte hier schärfer als anderswo; es regnete fast ununterbrochen, und dem Vieh auf den Weiden wuchs ein dickes, zotteliges Fell. Von den Pferden, die dort gezüchtet wurden, den Morgan-Hochländern, stammte auch Flußtänzer, Luthiens Roß, ab, wie an seinem wetterfesten, langen Fellkleid unschwer erkennbar war.

In diesem Jahr hatte es im Hochland ungewöhnlich wenig Schnee gegeben, und der war inzwischen fast gänzlich verschwunden. Als Luthien und Oliver die MacDonald-Scharte durchquerten, erstreckte sich, soweit das Auge reichte, triste Ödnis, das Totenbett des Winters. Die Wiedergeburt des Frühlings würde hier noch auf sich warten lassen.

Ein Dutzend Meilen östlich von Bronegan und am äußersten Rand der Felder von Eradoch lagerten die beiden zur Nacht. Als sie am nächsten Morgen erwachten, hatte sich die Luft um ein beträchtliches erwärmt, und über dem Boden schwebte dichter Nebel, aus den geschmolzenen Schneeresten entstanden.

»Wir werden heute nur langsam vorankommen«, meinte Oliver.

»Das glaube ich nicht«, widersprach Luthien. »Uns hält doch nichts auf?«

»Wie weit willst du noch?« fragte der Halbling. »Du weißt ja, unsere Leute haben sich wahrscheinlich schon in Marsch gesetzt.«

Darüber war sich Luthien natürlich im klaren. Brind'Amour und Katerin, Siobhan und alle Kämpfer waren losgezogen; sie folgten ihren Spuren bis zur MacDonald-Scharte und würden von dort aus scharf nach Süden abbiegen in Richtung Glen Albyn. Luthien und Oliver waren weiter nach Norden geritten, hatten Bronegan passiert und mittlerweile das Hochland von Eradoch erreicht.

»Wie weit noch?« fragte Oliver ein zweites Mal.

»Wenn es sein muß, bis zur Bucht von Colthwyn«, antwortete Luthien, ohne mit der Wimper zu zucken.

Unmöglich, dachte der Halbling. Ein Umweg bis zur Küste würde bedeuten, daß Brind'Amour Tage vor ihnen an der Hohen Mauer wäre, daß, wenn sie dort ankämen, die Schlacht womöglich längst entschieden war. Oliver wußte allerdings, was den Freund zu dieser Antwort bewegte, und er hatte Verständnis dafür. Zwar waren sie in Bronegan durchaus freundlich empfangen worden; viel Schulterklopfen gab's, feurige Trinksprüche und freie Bewirtung, doch mit verbindlichen Zusagen hielt man sich zurück, und von den Ortschaften in der Nachbarschaft kamen allenfalls vage Versprechungen. Luthien wußte: Wenn er dieses Volk hinter sich und zur offenen Rebellion gegen Grünspatz bringen wollte, mußte er nachweisen, daß ganz Eriador an diesem Krieg teilzunehmen bereit war. Auf dem Rückweg in den Süden würden Luthien und Oliver wieder durch Bronegan kommen oder zumindest einen Gesandten dorthin schicken, und wenn sie dann nicht eine große Schar von Freiwilligen um sich versammelt hätten, würden sie wohl ganz allein nach Glen Albyn weiterreiten müssen.

Nun waren sie also im Hochland, und hier stand ihnen die wohl heikelste Aufgabe ihrer Mission bevor. Die Bewohner dieser Gegend waren von besonders rauhem, zähem Schlage. Manche würden sie unzivilisiert nennen. Sie lebten in Stammesverbänden, die nicht selten Krieg untereinander führten. Als Jäger wußten sie besser mit dem Schwert als mit dem Pflug umzugehen, und schon die Kinder konnten meisterlich reiten auf jenen kräftigen, langmähnigen Rossen, die hier gezüchtet wurden.

Gelänge es Luthien, auch nur einen kleinen Teil derjenigen, die in dieser Gegend umherstreiften, für sich zu gewinnen, so stünde ihm eine Kavallerie zur Verfügung, die ihresgleichen suchte. Doch die Hochländer waren ein argwöhnischer und unberechenbarer Haufe. Wahrscheinlich hatten sie bereits vom Blutroten Schatten gehört, auch davon, daß er und Oliver in ihr Land gekommen waren. Womöglich war auch schon entschieden worden, ob man diese beiden willkommen heißen wollte oder nicht.

Luthien und Oliver ritten fast ohne Unterbrechung den ganzen Tag lang nach Nordosten, einer Ortschaft zu, der einzigen weit und breit, namens Mennichen Dee. Es war ein Marktflecken, ein Treffpunkt für die vielen verschiedenen Hochland-Clans, die hier überzählige Pferde und gegerbte Felle eintauschten gegen Salz, Gewürze und funkelnde Edelsteine, die von Händlern aus anderen Regionen vertrieben wurden.

Der Nebel, der sich einfach nicht verziehen wollte, und die konturlose Landschaft (oder das, was davon zu sehen war) schlugen ihnen aufs Gemüt. »Wir sollten bald unser Lager aufschlagen«, sagte Luthien. Es waren seit Stunden die ersten Worte, die er sprach.

»Fraglich, ob wir überhaupt Brennholz finden für ein Lagerfeuer«, jammerte Oliver.

Luthien machte sich schon im stillen auf eine kalte, unbequeme Nacht gefaßt. »Morgen schaffen wir's bis Mennichen Dee«, versprach er. »Da gibt's immer Unterkunft für Reisende, die in Frieden kommen.«

»Und wo sollen wir dann bleiben?« entgegnete der Halbling. »Als solche, die zum Krieg aufrufen...«

Sie ritten weiter, bis die Sonne unterging: ein etwas hellerer Fleck im grauen Einerlei des Horizontes hinter ihnen. Plötzlich witterte Luthien Gefahr; es war ein Prickeln unter der Haut, ein siebter Sinn, der ihn zur Wachsamkeit aufrief.

Und auch Oliver schien auf der Hut zu sein. Er hatte sich im Sattel aufgerichtet, war bereit, davonzuspringen oder gar die Klinge zu ziehen.

Flußtänzer legte die Ohren an; Schäbig wieherte verhalten.

Und plötzlich glitten sie herbei wie Gespenster im Nebel, lautlos auf weichem Gras, vermummt in Leder und Fellen, die Köpfe geschützt unter gehörnten oder geflügelten Helmen. Zottelig wie die Pferde waren die Reiter, die mit Menschen nur wenig gemein zu haben schienen und wie aus einem Alptraum heraufgestiegen kamen.

Luthien und Oliver blieben stehen und rührten sich nicht. Es war, als habe sie dieser gespenstische Anblick in Bann geschlagen. Die Hochländer waren riesige Kerle; dagegen machte sich Luthien wie ein Zwerg aus. Von allen Seiten rückten sie näher, umzingelten die beiden.

»Sag mir, daß ich träume«, flüsterte Oliver.

Luthien schüttelte den Kopf.

»Wenn du doch bloß einmal tätest, worum ich dich bitte«, schimpfte der Halbling. »Auch wenn's hieße zu lügen.«

Die Hochländer hielten Abstand und blieben nur schemenhaft erkennbar – mit Bedacht, wie's schien, wozu ihnen Oliver im stillen gratulierte. Sie kannten das Gelände und den Nebel, wußten durch ihr unheimliches Auftauchen Eindruck zu schinden.

»Sie warten darauf, daß wir den ersten Schritt tun«, flüsterte Luthien aus dem Mundwinkel.

»Ich lasse mich zitternd zu Boden fallen. Wie wär's damit?« schlug der Halbling vor.

»Feiglinge bringen sie auf der Stelle um«, sagte Luthien.

Mit Blick auf die Gruselgestalten, die gerade einmal zehn Schritt entfernt waren, antwortete Oliver: »Dann bin ich verloren.«

Luthien mußte kichern, obwohl, was er sah, wenig Anlaß dazu bot. »Wir wußten ja, auf wen wir uns da einlassen«, sagte er, zur eigenen Erinnerung und um den getroffenen Entschluß zu bekräftigen.

»Die besten Grüße aus Caer MacDonald!« rief er ihnen aus vollem Hals entgegen. »Aus jener Stadt, die fälschlicherweise Montfort genannt wurde, und zwar durch einen Mann, der sich anmaßt, König von Avon und Eriador zu sein.«

Eine Antwort blieb lange aus. Dann rückte einer der Reiter auf schwarzem Pferd heran, so nahe, daß Luthien und Oliver Einzelheiten erkennen konnten.

Der junge Bedwyr runzelte die Stirn. Der, den er da vor sich sah, schien gar kein Hochländer zu sein. Er war zwar groß und kräftig wie die anderen, trug aber weder Fell noch Leder, sondern eine Vollmontur aus schwarzem Rüstzeug von einer Art, wie sie Luthien bislang nie zu Gesicht gekommen war. Sie bestand aus geformten Metallteilen, die beweglich miteinander verbunden waren. Sogar Hände und Füße waren gepanzert. Der Helm sah aus wie ein Stück Ofenrohr, in das zwei Sehschlitze eingeschnitten waren (darin steckte also nicht etwa ein Zyklop). Auf dem schweren, schwarzen Schild, das der Gepanzerte trug, prangte ein Wappen: ein Totenskelett mit seitlich ausgestreckten Knochenarmen; das Schwert in der einen Hand wies nach oben, das in der anderen nach unten. Die gleiche Abbildung zeigte sich auf dem Banner, das vom Schaft seiner Lanze flatterte. Gepanzert war auch das Pferd, und zwar an Kopf, Hals, Brust und Flanken.

»Montfort«, entgegnete der Mann mit tiefer Stimme. »Richtig so genannt vom rechtmäßigen König.«

»Oje«, stöhnte Oliver.

»Du bist nicht von hier«, sagte Luthien und lag offenbar richtig mit dieser Vermutung, denn der Angesprochene verriet Befangenheit, indem er im Sattel hin- und herrutschte, worauf das Pferd nervös zu tänzeln anfing. Nein, er stammte nicht aus dem Hochland, hatte hier aber anscheinend Macht und Einfluß gewonnen, wohl durch schiere Kampfeskraft. Wahrscheinlich hatte er einige der größten Kämpfer Eradochs herausgefordert und besiegt. Ebenso wahrscheinlich war, daß andere, die sich stark genug fühlten, ihm früher oder später diese Position streitig zu machen versuchten.

Luthien aber zweifelte daran, daß diesem beeindruckend kraftstrotzenden Kämpen irgend jemand gefährlich werden konnte.

»Wer bist du, daß du dein fesches Panzerkleid von Regentropfen beklimpern läßt?« fragte Oliver.

Luthien verdrehte die Augen.

»Hör nur«, flüsterte ihm der Halbling zu, »wie's klimpert.«

Der Geharnischte straffte die Schultern und richtete sich zur vollen Sitzhöhe auf. »Ich bin der Schwarze Ritter.«

Über die Worte dachten die beiden Freunde eine Weile nach.

Dann sagte Oliver: »Natürlich, man sieht's doch auf den ersten Blick?«

»Du hast also von mir gehört?«

»Nein.«

Der andere schnaubte verärgert.

»Aber wer oder was solltest du sonst sein?« feixte Oliver.

»Wie bitte?« röhrte der Ritter.

»Sollte ich mich so sehr täuschen?« sagte der Halbling und schaute sich hilfesuchend nach Luthien um.

»Nein«, sagte der. »Du täuschst dich nicht. Er ist schwarz – und klimpert. Jetzt hör ich's auch.«

»Heh?« tönte es scheppernd aus dem Helm.

Die beiden Freunde sahen einander an, zuckten mit den Schultern und urteilten einstimmig: »So ein Esel.«

»Ich bin der Schwarze Ritter«, beharrte der Geharnischte.

»Bist du bereit?« fragte Luthien den Halbling.

»Klar doch«, antwortete Oliver, blieb aber zurück, als Luthien das Schwert zog und Flußtänzer die Sporen gab.

Luthien sah die lange Lanze auf sich einschwenken und wußte: Mit dem Schwert ließ sich gegen eine solche Waffe nichts ausrichten. Hier war nicht Fecht-, sondern Reitkunst vonnöten.

Er wartete geduldig ab und riß, um dem Angreifer auszuweichen, im allerletzten Moment die Zügel zur Seite. Flußtänzer reagierte unmittelbar und wechselte so jäh die Richtung, daß dicke Grasnarben unter den Hufen aufspritzten. Anscheinend hatte der Ritter damit gerechnet, denn schon war die Lanze herumgefahren und schrammte schmerzhaft über Luthiens Schulter hinweg. Blitzschnell zerrte Luthien sein Pferd wieder um, schlug mit dem Schwert den Lanzenschaft entzwei, setzte tückisch nach und traf noch, als er und der Gegner aneinander vorbeiflogen, dessen Brustpanzer.

Die Klinge prallte wirkungslos davon ab.

Beide stoben in entgegengesetzter Richtung auseinander. Der Ritter warf den Lanzenstumpf von sich und ließ sein Pferd austraben, während Luthien dicht vor den Reihen der Hochländer halt- und kehrtmachte. Na bitte, dachte Luthien, hatte sich doch für ihn gezeigt, daß die Zuschauer beeindruckt waren. Vielleicht bewunderten sie seinen Mut; bestimmt wußten sie sein Pferd zu schätzen. Flußtänzer war zwar kleiner als das Streitroß des Ritters, dafür aber breiter und kräftiger gebaut: ein Hochländer-Morgan eben, und prächtigere Exemplare dieser Zucht gab es wohl kaum. Gahris Bedwyr hatte ein kleines Vermögen für diesen weißen Hengst ausgegeben. Und nicht zuviel, wie's den Anschein hatte angesichts der anerkennenden Expertenblicke.

Die Kontrahenten nahmen Aufstellung zu einem zweiten Durchgang. Der Schwarze Ritter langte nach seinem Schwert, doch er hatte es noch nicht ganz aus der Scheide gezogen, als er sich eines anderen besann und die Waffe zurücksteckte. Statt dessen nahm er einen Morgenstern in die gepanzerte Faust und wirbelte die mit Stacheln bespickte Metallkugel überm Kopf um Kettenlänge durch die Luft. Besser als die Lanze, dachte Luthien, denn nun würde er dichter an den Gegner herankommen und kräftig zuschlagen können.

Aber was hälfe es? Auch der erste Schlag hatte getroffen, wuchtig genug, um einen Riesen zu fällen. Doch der Geharnischte hatte keinerlei Wirkung gezeigt. Falls er denn Schmerzen spürte, wußte er die wirklich gut zu kaschieren.

Und schon kam er wieder an. Auch Luthien ließ die Zügel schießen. Diesmal preschten die beiden dicht aneinander vorbei, so dicht, daß Luthien den warmen Luftschwall vor den Nüstern des hohen Rosses spüren konnte.

Mit der Rückhand schlug er zu und erwischte den Ritter unterm Arm, der mit dem rotierenden Morgenstern zum Hieb ausholte. Hoch ging der *Blender*, in blitzschneller Parade, und bevor die Stachelkugel einschlagen konnte, war sie auch schon zur Seite hin abgelenkt.

Doch mit diesem Durchgang wollte sich Luthien nicht zufriedengeben. Da er wußte, das bessere Pferd zu haben, ließ er Flußtänzer auf der Hinterhand herumfahren. Nach wenigen Galoppsprüngen hatte er den Schwarzen Ritter eingeholt und landete, ehe sich dieser versah, ein paar wuchtige Schwerthiebe. Aufeinander eindreschend, ritten die beiden nun Seite an Seite weiter. Luthien mochte noch so geschickt attackieren, jedesmal prallte sein Schwert von der schweren Rüstung des anderen ab, ohne Schaden anzurichten.

Der Ritter revanchierte sich nach Kräften mit dem Morgenstern, so daß Luthien gezwungen war, von dessen Seite zu weichen. Auf diese Weise ließ sich der Kampf nicht gewinnen, denn auf bewegtem Pferderücken eine Lücke im Harnisch des anderen zu finden und gezielt zuzustoßen, war fast unmöglich.

Der Gegner schwenkte sein gepanzertes Pferd in Luthiens Richtung und sprengte herbei.

Luthien beugte sich über Flußtänzers Ohr und flüsterte: »Ich brauche dich jetzt. Sei stark und verzeih mir.« Und auf ging es in schärfstem Galopp zu einer weiteren Attacke. Tief geduckt, lenkte er sein Pferd geradewegs auf den Ritter ein. Der richtete sich überrascht auf, zügelte sein Pferd. Und genau darauf hatte Luthien gehofft.

Ungebremst ritt er weiter und ließ Flußtänzer mit voller Wucht gegen das Roß des Gegners prallen, so daß es unsanft Platz nahm auf seiner Hinterhand. Der Ritter konnte sich zwar im Sattel halten, war aber ansonsten einen Moment lang wehrlos.

Obwohl benommen vom Aufprall der beiden Pferde, hatte Luthien sein Ziel fest im Blick. Nicht auf den Brustpanzer hatte er es angelegt – es wäre vergeblich –, auch nicht auf die Sehschlitze im Helm, denn an die war nicht ranzukommen, da sich der Gegner verteidigend zurückgelehnt hatte. Luthien hieb statt dessen auf den Panzerhandschuh ein, und kaum hatte der die Zügel losgelassen, angelte sich Luthien die Zügel mit dem Schwert und zerrte so heftig daran, daß das Pferd des Ritters nachgeben mußte und unter seinem Reiter ausbrach. Scheppernd krachte der Geharnischte zu Boden.

Luthien sprang aus dem Sattel und taumelte, selbst noch ganz schwindlig, auf den Gegner zu, der, wie ein Käfer hilflos auf dem Rücken liegend, seinen Morgenstern kreisen ließ. Luthien wich zurück, glitschte aus auf dem nassen Gras und lag nun selbst in blamabler Haltung auf dem Boden.

Der Ritter hatte sich unterdessen auf den Bauch gewälzt, kam nun wieder auf die Beine und stand dem jungen Bedwyr, kaum daß er sich erhoben hatte, gegenüber.

»Unerhört, so etwas gilt nicht«, schimpfte der Schwarze Ritter. »Du hast mein Pferd über den Haufen gerannt.«

»Das war nicht ich, sondern mein Pferd«, präzisierte Luthien.

»Es gibt Turnierregeln.«

»Es gibt auch Regeln der Vorsicht«, entgegnete Luthien. »Was habe ich für Chancen gegen so viel Rüstung? Du gehst doch kaum ein Risiko ein.«

»Der Vorteil gebührt mir. Er ist standesgemäß«, antwortete der Ritter. »Genug der Worte, weiter geht's, *sans equine*.«

Oliver spitzte die Ohren. Was er da hörte, war unmißverständlich der Jargon gasconischer Edelmänner: die Aufforderung, den Turnierkampf ohne Pferde fortzusetzen. Wer war dieser Ritter? Oliver geriet ins Grübeln.

Luthien rückte vorsichtig näher. Der andere mochte ein Dutzend Schwertstreiche einstecken, ohne Schaden zu nehmen. Doch ein einziger Treffer mit dem Morgenstern würde ihm, Luthien, den Garaus machen. Lauernd kreisten sie umeinander, bis der Ritter plötzlich laut aufbrüllte, mit der Hiebwaffe ausholte und ihn attackierte.

Doch der schwere Harnisch hemmte ihn in seinen Bewegungen. Luthien wich tänzelnd aus und versetzte ihm einen Stoß in den Rücken. Der Ritter fuhr herum, versuchte zu folgen, doch Luthien war schneller, immer einen Schritt voraus, ließ einen Schwertstoß auf den anderen folgen in der Absicht, den Gegner zu reizen. Luthien hörte, wie der unter seinem Helm ins Keuchen geriet.

»Ein Ehrenmann steht still, wenn er kämpft«, brüllte der Ritter.

»Ein dummer Mann steht still und stirbt«, antwortete Luthien. »Du sprichst von Ehre, versteckst dich aber hinter einer Wand aus Metall. Ich zeige dir mein Gesicht. Du schämst dich wohl für deines.«

Der Ritter stutzte merklich und ließ die Waffe sinken. »Das laß ich mir nicht sagen«, entgegnete er beleidigt und machte sich zu Luthiens Verwunderung daran, die Riemen des schweren Helms zu lösen. Noch mehr wunderte sich der junge Bedwyr, als der andere das Ding vom Kopf nahm. Der Mann war viel älter als gedacht, wohl dreimal so alt wie Luthien. Sein Gesicht war zerklüftet, die Haut wie Leder und faltig, das Haar kurzgeschoren, grau wie der Schnauzbart, der buschig auswucherte bis fast zu den Ohren. Die großen, dunkelbraunen Augen standen weit auseinander; dazwischen wölbte sich eine breite Nase. Schmal war nur das Kinn; es sprang stolz und kühn hervor.

Der Schwarze Ritter warf den Helm zu Boden. »So, und wehr dich wacker, mein kleiner Spund.«

Beide stürmten aufeinander zu, und als der Morgenstern niedersauste, war *Blender* zur Stelle und traf zwischen Griff und Kugel auf die Kette, so daß sich diese um die Klinge wickelte. Luthien glaubte schon, dem anderen die Waffe so gut wie entrissen zu haben, doch der hielt zäh daran fest, bewies enorme Kräfte.

Die lädierte Schulter schmerzte beim Gezerre, wovon Luthien keine Notiz nahm, sah er doch nun die armierte linke Faust des Ritters auf sich zufliegen, voll ins Gesicht. Warmes Blut troff ihm aus der Nase und über die Lippen. Es schmeckte salzig süß.

Der junge Bedwyr taumelte einen Schritt zurück, warf sich aber sogleich wieder nach vorn, ehe der Ritter abermals zuschlagen konnte. Statt der Faust brachte der nun sein Knie ins Spiel. Luthien konnte gerade noch seine Weichteile schützen, mußte aber einen schmerzhaften Pferdekuß am Oberschenkel erleiden.

Zur Antwort schlug er dem Gegner die flache Hand unters Kinn. Er löste sich aus der Umklammerung, sprang zurück und zerrte weiter an dem Knoten aus Kette und Klinge.

Da traf ihn ein neuerlicher Fauststoß, ausgerechnet auf die schmerzende Schulter. Daß er mit gleicher Münze heimzuzahlen versuchte, bekam ihm schlecht, denn der Brustpanzer war härter als seine ungeschützte Faust. Dann legte er, von einem linken Haken zur Seite geschleudert, sein ganzes Gewicht darein, den *Blender* aus der Kette freizuziehen, was auch gelang, jedoch so urplötzlich, daß er zu Fall kam und der Länge nach hinstürzte. Der Schwarze Ritter nutzte die Gunst des Augenblicks, baute sich siegessicher vor Luthien auf und holte Schwung, indem er die bespickte Eisenkugel um den Kopf kreisen ließ. Er konnte nicht ahnen, wie scharf die *Blender*-Klinge war und daß sie ein Glied der alten, morschen Kette zerschlagen hatte. Die Fliehkraft gab ihr nun den Rest, und in hohem Bogen flog die Dornenkugel davon … geradewegs auf Oliver zu, der sich in den Steigbügeln aufrichtete, die Arme hob und mit dem Fechthandschuh den Eisenstern aus der Luft fischte.

Der Ritter hatte von alledem anscheinend nichts mitbekommen. Er attackierte weiter unter lautem Gebrüll und drohte fuchtelnd mit Holzgriff und halber Kette, hielt aber verwundert inne, als er den amüsierten Ausdruck in Luthiens Gesicht registrierte.

»Entschuldigt, braver Rittersmann«, rief der Halbling und ließ die Kugel am zerrissenen Kettenende baumeln. Verdutzt glotzte der Ritter erst auf den einen, dann auf den anderen Teil seiner Waffe, und im nächsten Augenblick starrte er in den grauen Himmel empor – Luthien hatte ihm die Beine unterm Hintern weggetreten.

Der junge Bedwyr stand nun mit gegrätschten Beinen über dem Brustpanzer und hielt ihm die Schwertspitze an den Hals.

»Ich bitte dich«, hob der Ritter in einem weinerlichen Ton an, der den jungen Bedwyr befremdete. »Bitte, lieber Mann, erlaube mir, bevor ich sterben muß, ein letztes Gebet zu sprechen. Du hast mich bezwungen, ich gebe mich geschlagen. Doch laß mich bitte meinen Frieden machen.«

Daß er aus dem Munde eines bekennenden Königstreuen solche Worte hörte, überraschte Luthien über die Maßen. »Wer bist du?« fragte er.

»Ach ja, natürlich. Du willst meinen Namen wissen«, antwortete der Schwarze Ritter. »Und es wäre mir auch lieb, den deinigen zu erfahren, bevor mich deine Hand ins Jenseits stößt.« Er seufzte tief und stellte sich dann vor: »Ich bin Estabrooke von Newcastle, Beschützer Seiner Hoheit und Erster des Sechsten Chevaliers.«

Luthien warf einen Blick auf Oliver und formulierte lautlos mit den Lippen: *Erster des Sechsten?* Er erinnerte sich, von einer Gruppe von Rittern gehört zu haben, die sich König Avon und den Gouverneuren der sechs wichtigsten Städte dieses südlichen Landes auf Lebenszeit als Leibwächter verpflichtet hatten. Luthien dachte, daß sich diese Gruppe längst aufgelöst habe, da Grünspatz, der regierende König, ausschließlich von seinen zyklopischen Prätorianern beschützt wurde.

Er zog das Schwert vom Hals des unterlegenen Gegners, wischte mit dem Handrücken über die blutende Nase und überlegte krampfhaft, wie er sich nun verhalten sollte.

»Du bist weit von zu Hause entfernt«, sagte er.

Der Mann richtete den Oberkörper auf und gewann sofort an Würde zurück. »Ich bin in einer Mission unterwegs«, erklärte er. »Der ersten, seit ...« Die Anstrengung des Erinnerns stand ihm im Gesicht geschrieben – allein, das Gedächtnis ließ ihn im Stich. »Wie auch immer. Ich habe mein Gebet gesprochen. Nenn mir deinen Namen und töte mich«, sagte er, holte tief Luft und schaute Luthien aus dunkelbraunen, alten Augen ins Gesicht. »Mach ein Ende mit mir.«

Luthien sah sich um. Er dachte nicht daran, diesen Mann zu töten, fragte sich aber, was wohl die zuschauenden Hochländer von ihm erwarteten.

Kopfschüttelnd trat Luthien einen Schritt zur Seite und reichte ihm die Hand. Der Schwarze Ritter war sichtlich irritiert, langte aber dann nach der dargebotenen Hand und ließ sich aufhelfen.

»Ich werde mich um eure Pferde kümmern«, erbot sich Estabrooke an. Als er ging, trat Oliver herbei.

Luthien sah ihn kommen und machte kein Hehl aus seinem Ärger. »Du wolltest mir doch helfen«, zürnte der junge Bedwyr.

»Davon habe ich nichts gesagt«, antwortete Oliver.

»Aber das hast du mich glauben lassen.«

Oliver prustete und zuckte mit den Schultern. »Papperlapapp ...«

An dieser Stelle mußte das Gespräch unterbrochen werden, denn der Ring aus berittenen Hochländern zog sich enger zusammen; häßliche Waffen – Hacken und Beile – hielten die beiden in Schach.

Luthien räusperte den Hals frei. »Estabrooke, mein Guter«, stammelte er. »Könntest du uns bitte deine ... Freunde vom Hals halten?«

21. Kapitel

Glen Albyn

Es wurde aufgeregt getuschelt unter den eriadoranischen Soldaten, als sie im weiten Tal von Glen Albyn, nordöstlich des Eisernen Kreuzes, ihr Lager aufschlugen. Sie hatten das Tal fast durchquert; noch war Dun Caryth, der Grenzort am Rande der Hohen Mauer, nicht in Sicht, wohl aber der Berg und seine Festung. In spätestens zwei Tagen wären sie dort, und dann käme es unweigerlich zum Kampf.

Die Eriadoraner zählten fünftausend Krieger in ihren Reihen und durften sich gute Hoffnung darauf machen, Dun Caryth im Handstreich zu nehmen, zumal Gerüchte umgingen, wonach bald mit Verstärkung zu rechnen sei. Es hieß, daß Luthien mit tausend verwegenen Reitern aus Eradoch und einer ebenso großen Anzahl von Bauersleuten herbeigeeilt käme. Anscheinend hatte sich nun endlich das ganze Land gegen Grünspatz erhoben.

Katerin schwirrte der Kopf; sie fand keinen Schlaf. Es nahte die Entscheidung; Eriador war seiner Befreiung ganz nahe. Davon träumte sie seit ihrer Kindheit, doch nun war die freudige Aussicht getrübt.

Sie hatte Luthien verloren. Hinter ihrem Rücken wurde geflüstert, Worte, die nicht böse gemeint waren, sondern, im Gegenteil, voller Mitgefühl, aber gerade deshalb besonders weh taten. Zwar wußte sie schon seit einiger Zeit, daß Luthien und Siobhan ein Liebespaar waren, doch erst jetzt, da die Rebellion ihrem Ende zuging und Gedanken an die Zeit danach anstanden, wurde ihr wirklich klar, was dies für sie zu bedeuten hatte.

Allein und leisen Schrittes ging sie an den Wachen vorbei und passierte einzelne Gruppen, die um die Lagerfeuer herum hockten, Karten spielten oder alte Volkslieder sangen. Einige nahmen Notiz von ihr und winkten, doch Katerin ließ deutlich durchblicken, daß sie keine Gesellschaft wollte. Sie schlenderte über den Rand des Lagers hinaus auf die dunklen Felder, über denen die Sterne zum Greifen nahe schienen.

Seit knapp sechs Monaten herrschte Krieg; aber sein Ende war abzusehen. Aber was würde dann aus ihr, Katerin O'Hale? Ein Leben ohne Luthien war für sie kaum vorstellbar. Sie war fast zweihundert Meilen weit gereist, um bei ihm sein zu können, hatte der gemeinsamen Sache wegen zusätzlich weite Wege und schwere Prüfungen auf sich genommen, und jetzt schien es, als seien all ihre Mühen vergebens gewesen.

Mehr war nicht zu hören als ihr Schluchzen, und das nahm der Wind mit sich.

Da trat aus dem Dunkel leise eine schlanke Gestalt auf sie zu, überraschend, wohl aber im tiefsten Inneren erhofft.

Katerin verschlug es die Sprache. Siobhan war ihr hierher gefolgt.

Sie senkte die Augen, konnte ihr nicht ins Gesicht blicken, schluchzte wieder, räusperte sich, machte dann abrupt kehrt, um ins Lager zurückzukehren.

»Du wirst in deiner Sturheit und Dummheit wohl noch den Mann verprellen, der dich liebt«, sagte die Halbelfe.

Katerin blieb jäh stehen, wirbelte auf dem Absatz herum und fixierte ihr Gegenüber. Was untersteht sie sich? tobte sie im stillen.

Siobhan warf die langen, hellglänzenden Locken

über die Schulter, blickte zu den Sternen empor und schaute zurück auf Katerin. »Er ist nicht der erste Mann, den ich geliebt habe«, sagte sie.

Katerin verzog das Gesicht vor Schmerzen. Was ihr da bestätigt wurde, hatte sie zwar schon lange befürchtet, aber bislang immer als Einbildung ihrer Eifersucht abzutun versucht.

»Und er wird nicht der letzte sein«, fuhr die Halbelfe fort. Wieder wanderte ihr Blick zu den Sternen. Daß auch sie mit den Tränen zu kämpfen hatte, stimmte Katerin ein wenig milder. »Ich werde Luthien nie vergessen«, hauchte Siobhan kaum vernehmlich. »Auch dich nicht, Katerin O'Hale. Und wenn ihr gestorben und begraben seid, werde ich, noch verhältnismäßig jung für eine Elfe, eure Gräber aufsuchen oder zumindest innehalten und eurer gedenken.« Sie wandte sich nun Katerin wieder zu; Tränen liefen ihr übers Gesicht. »Ja«, fuhr sie fort, und mit geschlossenen Augen holte sie tief Luft. Luft, die erste, feine Frühlingsdüfte mit sich trug. »Diese Nacht wird mir auf immer in Erinnerung bleiben«, erklärte sie. »Jedes Bild, all die Düfte, der warme Wind, die neu erwachende Welt, und sooft ich in Zukunft eine ähnliche Nacht erlebe, werde ich an euch denken, an Luthien und Katerin, das Liebespaar.«

Katerin war völlig überrascht von dieser Rede, von dieser für die Halbelfe so untypischen Offenheit, und schien aus dem Staunen nicht mehr herauszukommen.

Siobhan begegnete ihrem Blick. »Es wird dir weh tun, was zwischen Luthien und mir vorgefallen ist«, sagte sie unumwunden. »Aber denk daran: Es hat ihm sehr viel weitergeholfen. Er weiß nun, was Liebe ist, und wird dich, Katerin, forthin mit den Augen eines Mannes betrachten.«

Katerin schaute weg und biß sich auf die Unterlippe.

»Leugne es, wenn du möchtest«, sagte Siobhan und trat vor sie hin, um sie zu zwingen, ihr ins Gesicht zu blicken. »Pflege deinen Stolz, wenn dir so viel daran liegt. Aber laß dir gesagt sein: Luthien Bedwyr liebt dich, nur dich. Und ich werde eurer Liebe nicht im Wege stehen.«

Siobhan lächelte zum Abschied, wandte sich ab und ließ Katerin mit ihren Gedanken allein.

Luthien und Oliver campierten in dieser Nacht auf den Feldern südlich von Bronegan. Bei ihnen befand sich ein stattlicher Reitertroß. Nach dem für Luthien erfolgreichen Zweikampf gegen den Schwarzen Ritter hatte dieser seine Befehlsgewalt über tausend Kämpfer an den jungen Bedwyr abgetreten. Weil aber nach ungeschriebenen Regeln die Führerschaft über die Hochland-Reiter nicht von einem auf einen anderen Zugereisten überwechseln konnte, war eine Frau namens Kayryn Kulthwain vorgetreten, um ihren Anspruch anzumelden. Sie, die größte und stärkste Frau, die beste Kämpferin der ganzen Region, hatte noch wenige Tage zuvor die Führerschaft innegehabt, sich aber dann Estabrooke in einem Duell geschlagen geben müssen.

Als Grafensohn besaß Luthien einen ausgeprägten Sinn für Tradition und Etikette. »Ist Kayryn Kulthwain die rechtmäßige Anführerin?« hatte er die Umherstehenden gefragt.

»O ja, durch Verdienst und Erbschaft«, war ihm geantwortet worden.

»Ich will ihr diese Position nicht streitig machen«, versicherte Luthien daraufhin. »Ich bin gekommen, euch um Hilfe zu bitten und zu ersuchen, mit mir und den Bürgern von Caer MacDonald gegen Grünspatz zu kämpfen.«

Die Männer und Frauen von Eradoch waren einfache Leute. Sie führten ein geradliniges, ehrliches

Leben in den engen Bahnen, die ihnen durch die Natur und die Gewohnheit vorgezeichnet waren. Mehr hatte Luthien nicht sagen müssen, um die Reiter für sich zu gewinnen. Und als er sich auf den Rückweg gemacht hatte, war ihm der ganze Troß mit so viel Eifer gefolgt, als habe er nur darauf gewartet, gegen Grünspatz ins Feld geführt zu werden.

Nun also lagerten die beiden Freunde, Ritter Estabrooke und die Reiter von Eradoch südlich von Bronegan. Es hatten sich ihnen mittlerweile Hunderte von Bauersleuten angeschlossen, die zuvor noch zögerlich gewesen, jetzt aber voller Zuversicht waren.

Luthien und Oliver saßen in dieser Nacht noch lange beieinander. In Decken eingewickelt, war der Halbling damit beschäftigt, seine Kleider in Ordnung zu bringen. Er polierte Gürtelschnalle und Rapier, während seine violette Kniehose – frisch gewaschen – am Feuer zum Trocknen lag. Luthien sah schmunzelnd zu, wie das gute Stück zu glühen anfing.

Endlich wurde auch Oliver aufmerksam, riß die bedrohte Hose an sich und schnaubte vor Wut mit Blick auf den Freund.

»Ich wollte dich eigentlich darauf hinweisen«, meinte Luthien.

»Hast es aber nicht getan«, knurrte Oliver.

»Papperlapapp«, antwortete Luthien in gasconischem Akzent, zuckte mit den Achseln und imitierte damit Olivers Reaktionen auf seinen Vorwurf, warum er, Oliver, denn nicht, wie versprochen, im Kampf gegen den Schwarzen Ritter geholfen hatte.

Oliver langte nach einem Stock und drosch auf den Freund ein. Mit eingezogenem Kopf und erhobenem Arm wehrte Luthien die Attacken ab. Er lachte und stöhnte zugleich, denn die verletzte Schulter tat ihm weh.

Wie auf ein Stichwort trat Estabrooke ans Feuer. Ohne Rüstung wirkte er nur halb so imposant. Er hielt eine kleine Schale in der Hand, wandte sich an Luthien und sagte: »Hier ist eine Heilsalbe. Sie wird die Wunde reinigen und den Schmerz lindern.« Wie eine fürsorgliche Mutter beugte sich der Alte über ihn und tunkte die Finger in die streng riechende, graue Paste.

Luthien senkte den Kopf und strich die Haare aus dem Nacken, und während er sich einreiben ließ, fragte er sich zum wiederholten Male, was ihn, den Ersten des Sechsten Chevaliers, nach Eriador geführt hatte. Das wollte er jetzt wissen.

»Wieso bist du hier?« fragte er unverblümt.

Estabrooke schürzte die Lippen, so daß der dichte Schnauzbart die Nase überwucherte. »Ich bin Beschützer Seiner Hoheit«, antwortete er wie selbstverständlich.

»Aber König Grünspatz ist doch zur Zeit in Gascony«, schaltete sich Oliver ein. »Warum schickt er dich so weit hinauf in den Norden?«

»Grünspatz?« hakte Estabrooke nach. »Ach, der doch nicht. Ich spreche von Paragor, dem Herzog von Princetown. Seid ihr schon mal in Princetown gewesen? Es hat den schönsten aller Zoos und herrliche Gärten.«

Oliver hätte gern mehr über diesen Zoo erfahren, aber Luthien wollte etwas anderes geklärt wissen. »Der Herzog?« fragte er.

»Ja, Herzog Paragor«, antwortete Estabrooke, »das dürre Klappergestell. Hängt immer nur über seinen Büchern und vergißt darüber zu essen. Also, ich finde, er sollte mal …« Der Ritter stockte und kam, durch Luthiens strengen Blick erinnert, aufs eigentliche Thema zurück. »Vor zwei Wochen war's. Er hat mich kommen lassen und verlangt, daß ich in den Norden reise, nach Era … Eradoy? Oder wie heißt noch mal die Landschaft hier?«

»Eradoch«, antwortete Oliver.

»Natürlich!« Estabrooke schlug mit der flachen Hand vor die Stirn. »›Geh nach Eradoch‹, sagte Paragor. ›Ruf die Strolche dort zur Ordnung. Lang lebe der König‹ und so weiter und so fort. Ihr versteht, als Beschützer Seiner Hoheit mußte ich gehorchen. Immerhin ist Paragor ein Vertrauter des Königs von Avon.«

Luthien brauchte keine weiteren Erklärungen. Herzog Paragor kannte den Norden genau und ahnte, daß das dort lebende Reitervolk der Rebellion die entscheidende Wende würde geben können. Ein Zusammengehen mit den Aufständischen mußte verhindert werden. Paragor wußte aber auch, daß er selbst bei den stolzen Hochländern nichts auszurichten vermochte – genausowenig wie seine Hexergehilfen und Zyklopen. Als Emissär war darum nur einer in Frage gekommen: Estabrooke, der Ritter alter Schule.

»Und warum hast du nun die Seiten gewechselt?« fragte Oliver.

»Das habe ich nicht, bewahre!« erwiderte Estabrooke. »Ich bin nur für die nächsten hundert Tage deinem Freund verpflichtet, der mich im fairen Zweikampf bezwungen hat.« Er blickte auf Luthien. »Ich hoffe, du verstehst, daß ich mich nicht von dir mißbrauchen lassen kann als Waffe gegen meinen König. Mein Schwert wird ruhen.«

Luthien lächelte milde. »Wart's ab, edler Ritter«, entgegnete er. »Dir werden noch die Augen über deinen König aufgehen, und dann wirst du dich mit Freude bei uns einreihen.«

Daß sie auf Luthien würde verzichten müssen, wußte Siobhan längst, und doch war es bitter, diesen Verzicht nun gewissermaßen öffentlich erklärt zu haben.

Auch sie fand in dieser Nacht keinen Schlaf, wanderte ziellos im Lager umher und kam schließlich am großen Zelt von Brind'Amour vorbei. Darinnen brannte eine Laterne, und die bewegten Schatten auf der Leinwand verrieten ihr, daß der alte Zauberer noch wach war.

Als er sie das Zelt betreten sah, warf er flugs ein Tuch über seine Kristallkugel, konnte aber nicht verhehlen, daß er in besonders guter Stimmung war.

»Ihr habt Luthien gesehen«, ahnte Siobhan. »Und die Gerüchte scheinen wahr zu sein: Er kommt mit großer Verstärkung.«

Brind'Amour krauste die Stirn. »Ich ... ehm ... habe nicht viel erkennen können«, stammelte der Zauberer. »Dichter Nebel verstellt den Blick. Wenn mich nicht alles täuscht, habe ich ihn einmal kurz sehen können. Aber vielleicht war's auch bloß ein Hochländer oder ein Rentier. Wie gesagt, da ist zuviel Nebel.«

»Es läßt sich also nicht bestätigen, daß ...«

»Nun, Gerüchte haben oft einen wahren Kern«, entgegnete Brind'Amour.

Siobhan seufzte. »Wir sollten doppelt planen und uns auf beides vorbereiten: auf den Kampf mit oder ohne Unterstützung durch Luthien.«

»Nicht nötig«, erwiderte der Zauberer, aber der Halbelfe stand nicht der Sinn nach Rätselraten. Brind'Amour hatte ein Einsehen und fuhr fort: »Die Nachricht vom Sieg in Caer MacDonald ist uns vorausgeeilt. Und über der Festung von Dun Caryth weht eine Fahne mit stilisiertem Gebirgskreuz auf grünem Grund.«

Siobhan traute ihren Ohren nicht. »Soll das heißen, die Hohe Mauer ist in unserer Hand?« fragte sie verwundert.

»So ist es«, antwortete der Alte schmunzelnd. »Die überwiegende Mehrheit derer, die in Dun Caryth wohnen und die Tore entlang der Hohen Mauer bewachen, sind nicht etwa Zyklopen oder Bürger

Avons, sondern Eriadoraner – Stallknechte, Handlanger oder Diener der dort stationierten Soldaten. An Waffen heranzukommen war für sie kein Problem.«

»Sie haben vom Blutroten Schatten gehört«, mutmaßte Siobhan.

Brind'Amour verschränkte die Arme hinterm Kopf und lehnte sich behaglich an die Zeltstange zurück. »So scheint es.«

22. KAPITEL

Vorausschau

Er sah wirklich sterbenselend aus, dünn, wie er war, nur noch Haut und Knochen. Die Augen steckten tief in ihren Höhlen, und von dem vormals dichten, braunen Haar war nur noch ein schütterer, grauer Kranz übriggeblieben. Nach hinten gekämmt, standen die dünnen Fransen hinter den Ohren ab wie kleine Flügel.

Seine Erscheinung trog; er war alles andere als gebrechlich. Paragor von Princetown galt nach König Grünspatz als der mächtigste Mann im Lande, obwohl Cresis, der Führer der Zyklopen und der einzige Herzog, der nicht Hexer war, in der Anwartschaft auf den Thron über ihm stand. Doch wenn es aber darauf ankäme, würde Cresis ihn kaum aufhalten können.

Paragor aber dachte zur Zeit gar nicht daran, Grünspatz zu beerben. Vielmehr machten ihm die Verhältnisse in Eriador zu schaffen. Von allen Städten Avons unterhielt Princetown die engsten Verbindungen zu den Nachbarn im Norden, und Paragor fühlte sich durch deren Rebellion zu Recht unmittelbar bedroht. Als Hexer, dem dank seiner hellseherischen Gaben nichts verborgen blieb, nahm er die Vorgänge jenseits der Grenze genauestens zur Kenntnis. Er wußte von Belsen'Kriegs Niederlage; er wußte, daß Avons Kriegsflotte aufgebracht worden war und unter dem Kommando der Rebellen nach Norden segelte.

Nicht zuletzt wußte er auch von Estabrookes Niederlage, die ihn, Paragor, ganz persönlich traf, hatte er doch den Ritter als seinen Gesandten losgeschickt, um dem Blutroten Schatten auf den Feldern von Eradoch zuvorzukommen.

Nun mußte der Herzog mit ansehen, wie diesem jungen Mann aus Bedwydrin tausend Reiter ins Lager der Rebellen nach Glen Albyn folgten.

»Und ausgerechnet jetzt muß Grünspatz Urlaub in Gascony machen!« brüllte Paragor mit Blick auf Thowattle, einen relativ kleinwüchsigen, gedrungenen Zyklopen mit krummen Beinen. Dieser hatte nur noch eine Hand; die andere war ihm mitsamt dem Unterarm von einem Löwen aus Princetowns vielgepriesenem Zoo entrissen worden, als er ihm seinen eigenen Sohn zum Fressen vorgehalten hatte. Trotz dieser Behinderung war Thowattle der härteste Zyklop in ganz Princetown, außergewöhnlich gescheit und selbst für zyklopische Verhältnisse ungewöhnlich brutal.

»Was soll's?« entgegnete Thowattle und zuckte mit den massigen Schultern.

Paragor fuhr mit beiden Händen durch die Fransen hinter den Ohren. »Mach nicht denselben Fehler wie unser König«, warnte er. »Er hat die Aufständischen gründlich unterschätzt.«

»Wir sind stärker«, entgegnete Thowattle.

Dem war nicht zu widersprechen. Selbst ein vereinigtes Eriador wäre Avon unterlegen. Dennoch kamen dem Herzog eine Reihe von Bedenken, zumal ein großer Teil der Streitkräfte in Süd-Gascony an der Seite der Gasconen gegen den Feind aus Duree kämpfte.

»Bring mir die Schale!« verlangte Paragor.

»Die rote?« fragte Thowattle.

»Welche denn sonst?« blaffte der Herzog und fuchtelte mit dürren Armen in der Luft herum.

Der Zyklop trollte sich und kehrte wenig später mit dem gewünschten Zauberutensil zurück. »Ihr solltet das Ding nicht allzu oft bemühen«, riskierte Thowattle zu sagen.

Paragor bedachte ihn mit bitterbösem Blick. Unterstand sich dieses Einauge doch tatsächlich, ihm Vorschriften zu machen!

»Ihr habt selbst gesagt, daß die Wahrsagerei ziemlich heikel und gefährlich sei«, verteidigte sich der Zyklop, obwohl er von Paragor nichts zu befürchten hatte.

Im stillen mußte der Herzog ihm sogar recht geben. Die Vorausschau war in der Tat äußerst knifflig, nicht immer ganz zuverlässig, weil abhängig vom Medium (das im gegebenen Fall Estabrooke war), stets voller Unvorhersehbarem und extrem kräfteraubend, weil sich im Zuge der Vorausschau oft eine Fülle neuer Fragen stellte, die zum wiederholten Rückgriff auf die Kristallkugel oder Zauberschale nötigten. Ihr Gebrauch nahm dann gewissermaßen Suchtcharakter an, und schon so mancher Hexer hatte diese Abhängigkeit mit dem Leben bezahlen müssen.

Trotz all dieser Bedenken war Paragor dazu entschlossen, sein magisches Gesicht auf Eriador zurückzulenken. Auf diese Weise hatte er bereits die Niederlage bei Port Charley miterlebt, das Massaker auf den Feldern vor Montfort sowie das Duell zwischen Estabrooke und dem jungen Mann aus Bedwydrin.

Im herzoglichen Arbeitszimmer, einer kargen, nur spärlich und mit dem Allernötigsten ausgestatteten Kammer, legte Thowattle die Zauberschale auf einen kleinen Tisch. Dann holte er aus der Vitrine einen Krug voll besonderen Wassers, das er in die Schale goß. Daß er dabei ein paar Tropfen verspritzte, machte Paragor fast hysterisch vor Wut. Er riß ihm den Krug aus der Hand und stieß ihn beiseite. Thowattle schüttelte den häßlichen Kopf. Dermaßen nervös und aufgeregt hatte er den Herzog noch nie erlebt.

Als die Schale aufgefüllt war, holte der Herzog ein

schlankes Messer aus den tiefen Falten seines bräunlich-gelben Umhangs, und indem er leise anfing zu singen, hielt er eine Hand über die Schale, stach mit dem Messer in die offene Handfläche und ließ sein Blut ins Wasser tropfen.

Singend senkte Paragor das Gesicht nun bis auf die Höhe des Schalenrands herab und starrte auf die roten, bilderformenden Schlieren ...

»Ein geschenkter Sieg«, sagte ein junger Mann, der an seinem Umhang als der Blutrote Schatten zu erkennen war. Er befand sich in einem großen Zelt und war von einer seltsam anmutenden Gruppe umgeben, bestehend aus einem geckenhaften Halbling, einem Greis und drei Frauen von unterschiedlichem Aussehen. Die eine war groß und kräftig, ihr Haar schimmerte wie Abendröte; die andere war etwas zierlicher – anscheinend von elfischem Blut –, hatte strenge, markante Gesichtszüge und weizenblonde, lange Locken; die dritte, ein vierschrötiges Weib, war nach Art der Hochländer in Felle gekleidet. Die kannte der Herzog bereits. Sein Gesandter Estabrooke hatte Kayryn Kulthwain im Zweikampf geschlagen und ihr die Herrschaft über das Volk von Eradoch entrissen.

»Die Truppe war auf Kampf aus«, sagte der geckenhafte Halbling in breitem gasconischen Akzent. »Jetzt haben wir nichts, woran sie sich auslassen kann.«

Paragor verstand nicht, ließ sich aber nicht irritieren und suchte am Rand der Schale nach seinem Medium. Da war es: Estabrooke saß teilnahmslos auf einem Hocker dicht neben der Zeltwand. Was hatte den wakkeren Kerl nur so still gemacht? fragte sich der Hexerherzog im stillen, den die niedergeschlagene Miene des Ritters mehr als alles andere verunsicherte.

Paragor spürte, wie der Zauber an ihm zehrte; es blieb ihm nicht mehr viel Zeit. Da hob der Blutrote Schatten erneut zu sprechen an.

»Die Volksgruppen Eriadors haben sich wie die Finger zu einer Hand zusammengefunden«, sagte er und streckte in

theatralischer Gebärde die eigene Hand aus. »Zu einer Faust.«

»Die dem König eins auf die Nase gegeben hat«, ergänzte der alte Mann. »Es war ein wuchtiger Schlag. Aber hat er Grünspatz auch ernstlich weh getan?«

»Eriador gehört nun uns«, erklärte die Rothaarige.

»Für wie lange wohl?« fragte der Alte zagend. »Noch ist Grünspatz in Gascony, doch bald wird er zurückkehren.«

»Es war Euer Plan, wenn ich daran erinnern darf«, protestierte der Halbling.

»Dieser Plan ist nicht aufgegangen.«

»Wir haben trotzdem erreicht, was wir wollten.«

»Aber nicht mit derselben Wirkung, die wir mit Olivers Bluff erzielt hätten«, entgegnete der Alte. »Ich fürchte, wir sind noch nicht fertig. Noch nicht.«

»Was bleibt zu tun?« wollte der Halbling wissen.

»Vor uns liegen fünfundvierzig Meilen. Die dürften bei diesem Wetter gut zu schaffen sein«, meinte der Alte und zwinkerte mit den Augen.

Das Bild in der Zauberschale löste sich schlagartig auf, denn den Herzog packte schieres Entsetzen. Kreidebleich im Gesicht sackte er zurück an die Stuhllehne. Wollten diese verfluchten Rebellen doch tatsächlich auf Princetown zumarschieren!

Paragor erkannte die Gefahr. Grünspatz hatte sich gründlich verschätzt. Da rückte ein großes Heer an; dem war auf die Schnelle nichts entgegenzuwerfen. Und was hatte es mit diesem »geschenkten Sieg« an der Hohen Mauer auf sich?

Der dürre Herzog fuhr sich nervös mit den Fingern durchs Haar. Er mußte nachdenken, sich konzentrieren, war aber vor Erschöpfung kaum imstande, einen klaren Gedanken zu fassen. Die Wahrsagerei forderte ihren Tribut.

Siobhan erriet als erste, worauf der Zauberer anspielte. »Princetown«, sagte sie. »Die Perle Avons.«

»Mal sehen, ob sich Olivers Bluff diesmal bewähren kann«, sagte Brind'Amour. »Es steht jetzt allerdings sehr viel mehr auf dem Spiel.«

»Grünspatz wird im Traum nicht damit rechnen«, meinte Oliver. Und im Flüsterton an Luthien gewandt: »Ich kann's ja selbst kaum glauben.«

»Princetown ist isoliert«, erklärte Brind'Amour. »Der nächste Truppenstützpunkt ist über zweihundert Meilen weit entfernt.«

Siobhan fühlte sich hin- und hergerissen zwischen Skepsis und Feuereifer. »Sie könnten einen Flottenverband schicken«, gab sie zu bedenken. »Die Hohe Mauer läßt sich schnell umschiffen, und wir stecken dann womöglich in der Falle.«

»Möglich«, antwortete Brind'Amour. »Wir sollten aber ruhig darauf vertrauen, daß sich nach und nach immer mehr Eriadoraner für unsere – für ihre eigene – Sache stark machen. Zum Beispiel das Volk von Chalmbers. Es wird bestimmt genau verfolgen, was in den Bergen und entlang der Mauer vor sich geht.« Der Zauberer rieb die faltigen Hände aneinander. »Im übrigen werden wir schnell und unerwartet zuschlagen. In dieser Woche noch.«

Oliver sah eine große Chance winken; sein Name würde womöglich mit dem gewagtesten Militärmanöver aller Zeiten in Verbindung gebracht und in die Geschichte eingehen. Es bestand jedoch durchaus auch die Möglichkeit, daß es für ihn und sämtliche Mitstreiter das allerletzte Manöver überhaupt sein würde. Was Brind'Amour da vorschlug, war überaus riskant und im Grunde unnötig, weil das eigentliche Ziel der Rebellion bereits erreicht war. »Princetown?« fragte er in die Runde. »Was für einen Zweck soll das haben?«

»Wir werden so die Gegenseite an den Verhandlungstisch zwingen«, antwortete Brind'Amour. Es entging dem Alten nicht, daß Luthien mit düsterer Miene reagierte, und um Einwänden zuvorzukommen, setzte er in scharfem Ton nach: »Du bildest dir doch hoffentlich nicht ein, durch ganz Avon marschieren und Carlisle einnehmen zu können, oder? Selbst wenn uns alle, ausnahmslos alle Eriadoraner folgen würden, wäre Avon dreifach überlegen.«

»Das einfache Volk von Avon wird sich auf unsere Seite schlagen«, entgegnete Luthien, ließ aber durchscheinen, daß er an eine solche Möglichkeit selbst nicht so recht glauben konnte.

Brind'Amour wollte Stellung beziehen, doch der Halbling hob die Hand. »Verzeiht, wenn ich mich einmische«, sagte er. »Aber ich kenne mich in diesen Dingen aus.« Und mit Blick auf Luthien: »Sie würden uns als Eindringlinge ansehen und bekämpfen.«

»Und warum dann der Gang nach Princetown?« hakte Luthien nach. »Was wäre daran anders?«

»Nicht weniger als der Umstand, daß es sich dabei bloß um einen Bluff handelt«, sagte Oliver. Fingerschnippend fügte er hinzu: »Und außerdem würde ich dort gern den berühmten Zoo besuchen.«

»Tja, und dann werden wir dem König von Avon das Angebot einer Waffenruhe machen«, erklärte Brind'Amour. »Wenn wir Princetown eingenommen haben, sind wir in guter Verhandlungsposition.« Und bevor Luthien weitere Zweifel anmelden konnte, sagte er abschließend: »Es ist also abgemacht. Wir besetzen die Stadt und bieten an, sie wieder abzutreten.«

»Aber vorher lassen wir die Tiere laufen«, meinte Oliver, was alle, die im Zelt beisammen hockten, zum Lachen brachte.

Am nächsten Tag erreichten sie die Hohe Mauer, das beeindruckendste Bauwerk von ganz Avon. Es war fünfzig Fuß hoch, zwanzig Fuß breit und erstreckte sich über fast dreißig Meilen vom Ostrand des Eisernen Kreuzes bis zur Küste. Alle fünfhundert Schritt ragten Wehranlagen auf; deren größte war die Festung von Dun Caryth an der Nahtstelle zwischen schroffem Fels und Mauerwerk. Auf den Wehrgängen und Türmen standen Katapulte dicht an dicht, und tief im Untergrund lag ein dichtes Netz aus Stollen, in denen Waffen und Vorräte lagerten.

Erst als Luthien diese trutzige Festung inspizierte, wurde ihm voll bewußt, wie bedeutsam dieser so leicht errungene Sieg in Wirklichkeit war. Gegen eine geschlossene Abwehr hätten die Rebellen kaum etwas ausrichten können. Daß die Festung und ganz Dun Caryth in ihre Hände fiel, war allein dem Aufstand der dort stationierten Landsleute zu verdanken. Sie begrüßten das Rebellenheer mit überschäumender Freude, frohlockten und wähnten sich endgültig befreit.

Brind'Amour ließ sie gewähren, denn er wußte, daß diese Siegesfeier alle, die daran teilnahmen, enger zusammenschweißte, nicht zuletzt die noch unsicheren Kantonisten ebenso wie die Reiter von Eradoch.

Und so ging ein freudiger Festtag zu Ende in fester Zuversicht darauf, mit vereinten Kräften fortan unbesiegbar zu sein.

Herzog Paragor lief aufgeregt in seiner Schlafkammer auf und ab. Er war erschöpft, seine Zauberkraft verbraucht. Dennoch drängte es ihn, mit Grünspatz Verbindung aufzunehmen.

Aber dann schüttelte er den Kopf; er sah ein, daß ein Gespräch mit dem König ihm nichts nützen würde. Der würde die ganze Sache als Bagatelle abtun und sich nicht weiter darum kümmern.

Wer konnte jetzt noch helfen? dachte Paragor. Seine Kollegen, die anderen Hexerherzöge, waren weit weg: der eine in Evenshorn tief unten im Süden, der andere in Warchester an den südlichen Ausläufern des Eisernen Kreuzes und der dritte an den Ufern des Sees von

Speythenfergus. Es würde Wochen dauern, bis sie Truppen zusammengestellt und Princetown erreicht hätten. Sicher, es wäre ihnen durchaus möglich, sich per Zauber herbeizuverfügen mitsamt einem stattlichen Kontingent an prätorianischen Gardisten. Aber würden die gegen dieses Riesenheer aus Eriador standhalten können? Und angenommen, die Rebellen, unberechenbar wie sie waren, kämen am Ende doch nicht – wie unerträglich peinlich wäre es, wenn er seine Freunde zu Hilfe gerufen hätte!

»Ha!« brüllte Paragor unvermittelt und schreckte Thowattle auf, der dösend in einer Ecke der Kammer hockte. »Als hätte ich nicht noch andere Helfer in petto!«

Thowattle sah an der diabolischen Miene seines Herrn, woran dieser dachte, nämlich daran, einen oder gar mehrere Dämonen anzurufen.

»Wollen doch mal sehen, ob sich die Kampfeslust dieser dreisten Bande nicht dämpfen läßt«, brabbelte der Herzog vor sich hin. »Zum Beispiel durch den Tod des Blutroten Schattens ...«

»Als Märtyrer könnte er uns womöglich noch gefährlicher sein«, warnte der Zyklop.

Paragor wunderte sich nicht schlecht über diesen ungewöhnlichen Geistesblitz seines ansonsten tumben Dieners. Er mußte ihm recht geben und umdenken. »Aber vielleicht gelingt es mir ja, seinen Willen zu brechen«, flüsterte Paragor geheimnisvoll. Oder das Herz, dachte er.

23. Kapitel

Bündnispartner

Abgesehen von einer großen Kohlenpfanne, die auf einem wuchtigen Dreifuß in der Ecke stand, war der Raum völlig leer. An jeder Wand steckte in schmiedeeiserner Halterung eine brennende Fackel; ansonsten waren die Wände wie auch die Decke kahl und grau. Um so auffälliger wirkte der Boden mit seinen sorgfältig gefügten Mosaiksteinchen, die in der Mitte ein Pentagramm bildeten. Darum schloß sich ein doppelter Kreisbogen, ausgefüllt mit den Runen, die Macht und Sicherheit bedeuteten.

Vor Jahren hatte Paragor diesen Boden selbst gestaltet, Stein um Stein. Mehr als einmal hatte er im Verlauf dieser mühseligen Arbeit feststellen müssen, daß ihm Fehler unterlaufen waren, die ihn zwangen, alles wieder abzureißen und von vorn zu beginnen, denn um Schutz vor den heraufbeschworenen Dämonen bieten zu können, mußte ein solcher Hexerkreis einwandfrei und makellos sein. Das war dem Herzog schließlich gelungen; jedenfalls hatte sich der Kreis bislang bewährt.

Darin stand er nun auch heute wieder, völlig unbewegt und Formeln murmelnd, die an das Höllenreich gerichtet waren. Ab und an hob er seine linke Hand und nannte eine Zahl, worauf Thowattle, der mit einer Art Bauchladen neben der Kohlenpfanne stand, dem jeweils entsprechend bezifferten Gefach seines Kastens ein Kraut oder Pulver entnahm und dies in die Glut warf.

Zuerst waberte nur stark duftender Rauch, dann zischelten Flammen empor, und schließlich loderte ein heißes Feuer, das dem Zyklopen den Schweiß ins Gesicht trieb.

Paragor schenkte alldem keine Beachtung, obwohl er und seine Zauberei die Ursache für das Geschehen in der Kohlenpfanne waren. Es gab zwei Arten von Hexerei. Einen Dämon in den eigenen Körper fahren zu lassen war der gängige Weg. Weitaus problematischer war das eigentliche Hervorrufen. Ausgerechnet dafür hatte sich Paragor entschieden. Er wollte einen Dämon in seiner ganzen unheiligen Monstrosität zu sich rufen und mit einer Reihe von Instruktionen auf den Weg schicken.

Dämonen haßten solche Frondienste. Vor allem aber haßten sie diejenigen, die sie dazu zwangen. Paragor aber war zuversichtlich, seine Pläne ungefährdet verwirklichen zu können. Er hatte es auf Kosnekalen abgesehen, ein Teufelchen niederen Ranges, das er schon etliche Male gewinnbringend für sich eingesetzt hatte.

Gleißend weiße Flammen zuckten von der Kohlenpfanne auf, als Paragor zu tanzen anfing, auf der Stelle umherwirbelte, ungestüm, aber ohne den magischen Kreis zu verlassen. Dabei ließ er ein schrilles Kreischen vernehmen, das dazu angetan war, die Pforten der Hölle zu durchbrechen.

Plötzlich verstummte er, blieb stehen, hob die linke Hand und nannte dreimal die Zahl Sechs, worauf Thowattle, der in diesen Diensten wahrlich kein Anfänger mehr war, in das sechste Fach der sechsten Reihe langte, eine braune, schleimige Masse herausschöpfte und in die Flammen schleuderte. Wäre er nicht rechtzeitig zurückgesprungen, hätte es ihn gewiß versengt, so stark und heiß war die Druckwelle, die nun aus der Pfanne schlug.

Im Schutze des Kreises sank Paragor auf die Knie.

Tränen mischten sich unter seine Schweißperlen auf den hohlen Wangen.

»Kosnekalen!« rief er flehend, als aus den weißen Flammen schwarze Blitze zuckten.

Thowattle suchte nun Zuflucht in der gegenüberliegenden Ecke, warf sich auf den Boden und verbarg das Auge in der Armbeuge.

Eine Schlangenzunge schnellte aus den Flammen hervor, und dahinter tauchte ein dunkler Schatten auf, ein gehörnter Schädel. Ein langer, sehniger Arm wuchs aus den Flammen und breitete hinter sich eine ledrige Schwinge aus.

Zuerst schmerzverzerrt, dann ekstatisch wechselte Paragors Gesicht nun in den Ausdruck der Verwunderung über. Kosnekalen war ein relativ kleiner Dämon, von der Größe eines Menschen und mit stummeligen, stumpfen Hörnern. Doch der Teufel, der hier dem Feuer entstieg, schien sehr viel größer und kräftiger zu sein.

Krallenfinger harkten durch die Luft, worauf der zweite Arm zum Vorschein trat, und dann spuckten die Flammen einen riesenhaften, zwölf Fuß großen Unhold aus. Die schwarzen Schuppen glühten. Das Gesicht glich dem einer Schlange mit langem, zugespitzten Maul; Geifer troff von den Lefzen und fiel zischend zu Boden. Ungeduldig scharrten die drei Klauen des Fußes und kratzten tiefe Spuren in die Steine.

»Kosnekalen?« fragte Paragor kleinlaut.

»Nein.«

»Ich habe nach Kosne…«

»Ich kam an seiner Stelle«, brüllte der Dämon mit blecherner, durchdringender Stimme.

Paragor versuchte, Fassung zu bewahren. Wenn er Schwäche zeigte, würde der Dämon womöglich ausbrechen und Amok laufen. »Ich stelle nur eine einzige Forderung an dich«, sagte der Herzog, »eine, die dir bestimmt Spaß machen wird.«

»Ich weiß, was du willst, Paragor«, entgegnete der Dämon. »Ich weiß.«

Paragor straffte die Schultern. »Wer bist du?« verlangte er zu wissen, denn ein Dämon war nur dann gehorsam, wenn man ihn beim Namen nannte. Der erfahrene Hexer wußte um die Brisanz dieses Augenblicks, aber zu seiner eigenen Überraschung und Erleichterung antwortete das Monstrum willig, ja, geradezu stolz:

»Ich bin Praehotec, der mit Morkney war, als dieser starb.«

Paragor nickte. Er kannte die Geschichte. Kosnekalen hatte sie ihm lang und breit erzählt und auch anklingen lassen, daß es zwischen ihm und Praehotec Eifersüchteleien gab.

»Mir wurde der Spaß verdorben«, fuhr der Dämon fort, und es schien, als habe sich seine Wut darüber immer noch nicht gelegt. »Das dulde ich kein zweites Mal.«

»Du verachtest den Blutroten Schatten, nicht wahr?«

»Fressen will ich sein Herz«, antwortete Praehotec.

Paragor grinste. Er wußte schon, wie er dem Teufel dieses Herz servieren würde.

Paragor hatte nur gesehen, was in Glen Albyn und, weiter nördlich, in Bronegan sowie auf den Feldern von Eradoch vor sich gegangen war. Der magische Blickwinkel war notwendigerweise eng, und so hatte er nicht zur Kenntnis nehmen können, was im Nordwesten, in den Bergen des Eisernen Kreuzes passierte.

Von hoher Warte aus spähte Shuglin nach Osten auf die Stadtmauern von Princetown. Er war mit dreihundert Artgenossen aus Caer MacDonald aufgebrochen und ins Hochgebirge gestiegen, wo immer noch mit Eis und Schnee der Winter waltete. Brind'Amour hatte ihn dorthin geschickt mit dem Auftrag, die

Paßwege zu bewachen. Dabei wußten der alte Zauberer und Shuglin sehr wohl, daß diese Wege erst nach Ablauf eines weiteren Monats wieder passierbar sein würden.

Der eigentliche Zweck dieses gefährlichen Marsches war ein ganz anderer, und als einziger Nicht-Zwerg wußte Brind'Amour darüber Bescheid: Hoch oben in den Bergen lebte ein versprengter Teil des kleinen Volkes; der hatte seine Freiheit bewahren können, während die Brüder und Schwestern aus der damaligen Stadt Montfort Frondienst in den Erzlagern leisten mußten. Von den älteren konnten sich viele an jene Bergbewohner erinnern, die in der Zeit vor Grünspatz zum Handeltreiben auf den Markt in die Stadt gekommen waren. Einer der ehemaligen Minenarbeiter, ein graubärtiger Alter, behauptete sogar, dem Stamm der Bergzwerge anzugehören und Nachfahre von Burso Eisenhammer zu sein. Dieser Graubart war es auch, der den Trupp um Shuglin über tief verschneite Hänge und durch geheime Felsengänge in jene tiefe Höhle geführt hatte, in der Bursos Volk zu Hause war. DunDarrow, das Stangenschelf – so wurde dieses weitläufige Grottensystem genannt.

Was Shuglin und die anderen Stadtzwerge in dieser Höhle zu Gesicht bekamen, ließ ihre Herzen höher schlagen. Fünftausend Zwerge lebten und arbeiteten hier. Shuglin und die Seinen trauten ihren Augen nicht, als sie die zusammengetragenen Schätze vor sich sahen: Berge von goldenen und silbernen Schmuckstücken, glänzende Waffen und Rüstungen, die prächtiger und kostbarer waren als alles Zeug der reichsten Rittersleute.

Die aus der Stadt waren mit offenen Armen von Bellick dan Burso, dem König, empfangen worden, und allabendlich kamen Hunderte von Höhlenzwergen zusammen, um ihren Geschichten vom siegreichen Kampf und vom Blutroten Schatten zuzuhören.

Nun stand Shuglin, in dicke Felle eingemummt, auf hohem Paß und wartete auf Bellick. Der Zwergenkönig war jünger als Shuglin, hatte einen feuerroten Bart und buschige Augenbrauen, die wie ein Vordach seine blauen Augen überschatteten. Daß der nicht lange auf sich warten ließ, machte Shuglin Mut, und den brauchte er für das, was nun zu sagen war. Worum er den König und sein Volk bitten wollte, war nicht wenig.

Bellick eilte leichtfüßig herbei und grüßte kopfnickend. »Seit der Hexer Grünspatz König ist, haben wir uns nicht mehr von hier weggetraut«, sagte Bellick. Wohl an die hundert Mal hatte Shuglin diesen oder ähnliche Aussprüche seit seiner Ankunft vor zwei Tagen schon gehört. Bellick schnaufte. »Wir wissen gar nicht mehr, wie's anderswo aussieht. Na ja, was soll's, wir lieben unsere Berge und sind zufrieden hier oben.«

Shuglin glaubte seinen Worten nicht so recht und musterte Bellick mit kritischem Blick.

»Zufrieden«, wiederholte er in einem Tonfall, der ihn Lügen strafte. »Aber nicht glücklich. Es behagt uns einfach nicht, daß wir hier festsitzen und nicht rauskommen.«

»Zu Hause gefangen«, bemerkte Shuglin.

Bellick nickte. »Ja, und daran gehindert, unseren mißhandelten Artgenossen zu helfen«, sagte er und legte Shuglin die Hand auf die Schulter.

»Du wirst mich also begleiten?« fragte der Schwarzbärtige.

Wieder nickte Bellick. »Es zieht ein weiterer Sturm herauf«, sagte er. »Der Winter ist hartnäckig. Aber wir haben ja unsere Schleichwege, Stollen im Fels, die uns an den Ostrand von DunDarrow führen.«

Shuglin schmunzelte in der Aussicht darauf, mit fünftausend bewaffneten und gepanzerten Zwergenkämpfern an Luthiens Seite zurückzukehren.

Luthien saß auf einem Baumstumpf; der triste Nachmittag schlug ihm aufs Gemüt. Er dachte an Olivers Worte und mußte dem Freund recht geben. Seit einigen Wochen versuchte er, Luthien, vor seinen Gefühlen Reißaus zu nehmen. Zuerst hatte er Katerin weggeschickt nach Port Charley und sich dann mit Oliver über Umwege davongeschlichen. Er hätte seine Feigheit in Liebesdingen schönreden und ausgeben können als Tapferkeit im Krieg.

Aber er wollte sich nicht länger selbst belügen. Im Lager herrschte große Aufregung; alles redete von dem bevorstehenden Marsch nach Süden. Für Luthien jedoch war der Feldzug zweitrangig geworden. Er zweifelte kaum noch daran, daß sie Princetown einnehmen und Grünspatz dazu bringen konnten, ihnen Unabhängigkeit zu gewähren. Aber was dann? Würde er zum König von Eriador ernannt werden?

Und wäre Katerin seine Königin?

Alle Gedanken kreisten um diese eine Frage. Luthien wußte nicht weiter und fühlte sich hin- und hergerissen zwischen persönlichen und den übergeordneten Belangen. Er wollte der Blutrote Schatten sein, der Rebellenanführer; doch gleichzeitig wollte er auch Luthien Bedwyr sein, und er sehnte sich zurück auf seine Heimatinsel, an den Hof des Vaters, in die Arena, wo er in sportlicher Fairneß gekämpft hatte, und in die Wälder, durch die er mit Katerin O'Hale zu Pferde umhergestreift war.

Er war einen weiten Weg gekommen, doch die Reise hätte sich nicht gelohnt, wenn sie ihn die Jugendliebe kostete.

»Feigling«, schalt er sich. Er stand auf, reckte die Glieder und wandte sich dem Lager zu. Er wußte, wo Katerin zu finden war: in einem kleinen Zelt am Rand des Lagers, und er wußte auch, daß es nun an der Zeit war, ihr zu begegnen und seiner Qual ein Ende zu machen.

Als er Katerins Zelt erreichte, war die Sonne schon untergegangen. Das Licht einer Laterne leuchtete durch die Leinwand, und Luthien sah als Schattenriß, wie sie ihr Lederwams auszog. Er starrte voller Bewunderung auf ihre Silhouette. Ja, dachte er; es traf zu, was Siobhan gesagt hatte. Er fühlte sich der Halbelfe tief verbunden, doch Katerin war seine wahre Liebe. Und falls er im Kampf um Eriadors Freiheit den Sieg davontragen sollte, wäre ihm dieser vergällt, wenn Katerin nicht an seiner Seite stünde.

Das wollte er ihr nun sagen, allein, er brachte es nicht über sich, das Zelt zu betreten. Statt dessen schlich er sich davon.

Es dauerte zwei Stunden, ehe er neuen Mut geschöpft hatte und einen zweiten Anlauf wagte. Diesmal trug er eine Laterne bei sich. Er fröstelte; der Nebel drang feucht und kalt durch die Kleider. »Katerin!« flüsterte er und schlug die Zeltplane beiseite, steckte den Kopf in den Einstieg und leuchtete mit der Laterne.

Dann erstarrte er vor Entsetzen.

Katerin lag diagonal ausgestreckt auf ihrem Feldbett; die Schultern hingen über den Rand, der Kopf und ein Arm berührten den Boden. Ehe er begriff, was die Augen sahen, vergingen Sekunden. Als er den Blick hob, entdeckte er den riesigen Dämon im Schatten am Fußende der Pritsche kauern.

»Erinnerst du dich?« knurrte Praehotec und rückte näher, ohne sich aus der Hocke zu erheben.

Luthien setzte die Laterne ab, zog gleichzeitig den *Blender* und fiel laut schreiend über den Unhold her, was diesen verdutzte, denn er war es gewöhnt, daß Menschen bei seinem Anblick vor Angst vergingen.

Luthien hieb mit dem Schwert über Praehotecs ausgestreckte Arme. Graugrünes, dampfendes Blut spritzte auf den Boden. Seine Raserei nahm kein Ende; außer sich vor Wut schlug er auf die Bestie ein, die, wie es ihm scheinen mußte, Katerin getötet hatte.

Etliche Hiebe hatte er schon hinnehmen müssen, bevor Praehotec erstmalig reagierte und dem Gegner einen sprühenden Feuerball entgegenschleuderte. Zurücktaumelnd prallte Luthien vor die Zeltstange.

»Ich werde dir das Fleisch von den Knochen abflämmen«, krächzte Praehotec. »Ich werde ...«

Luthien stieß einen gellenden Schrei aus und sprang mit ausgestrecktem Schwert nach vorn. Doch ehe er zustoßen konnte, schnellte eine der Schwingen des Unholds herbei und wischte ihn beiseite.

Luthien stürzte zu Boden, rollte ab und war sogleich wieder auf den Beinen, mußte er doch fürchten, daß der Dämon nachsetzte.

Noch aber blieb Praehotec auf Abstand; langsam richtete er sich aus der kauernden Haltung auf, hob mit den riesigen Schultern das Zelt an und kicherte hämisch.

Da sah Luthien eine Degenspitze blinken, die über Katerins Pritsche durch die Zeltbahn stach und auf Praehotecs Hinterteil zielte.

»Ahah!« tönte es von draußen.

Mit einem Schlenker aus dem Handgelenk schleuderte Praehotec ein Flammenbündel von sich, und hinter der versengenden Leinwand tauchte mit verdutzter Miene Oliver deBurrows auf.

»Nichts für ungut«, meinte der Halbling kleinlaut. In diesem Moment flutschte ein Pfeil über seine Schulter hinweg und bohrte sich in das dämonische Schlangengesicht.

Praehotec kreischte auf, so schaurig und schrill, daß sich dem jungen Bedwyr die Nackenhaare aufrichteten. Doch er fackelte nicht lange, stürmte vor und landete einen kraftvollen Hieb mit dem *Blender*, worauf es ihn selbst traf, so wuchtig, daß er rücklings zu Boden ging. Den Kopf anhebend, sah er den Dämon auf sich zukommen. Dem sabberte siedender Geifer aus den Lefzen.

Da kam noch ein Pfeil geflogen und ein dritter; obwohl getroffen, schien Praehotec davon keine Notiz zu nehmen. Oliver sprang herbei und sofort wieder zurück, nachdem er mit dem Rapier zugestochen hatte. Doch auch das schien den Dämon nicht einmal zu kitzeln.

Paragor hatte ihm befohlen, Luthien am Leben zu lassen. Praehotec aber ließ sich nichts vorschreiben, schon gar nicht von einem so kümmerlichen Menschen.

Luthien sah sein Ende nahen und tappte verzweifelt mit der Hand auf der Suche nach dem fallengelassenen Schwert. Dann richtete er sich kniend auf und ballte die Fäuste, entschlossen, bis zum letzten Wimpernschlag zu kämpfen. Plötzlich blitzte grelles Licht auf. Geblendet kippte er rücklings zu Boden und wähnte sich von dem Scheusal geschlagen.

Seinem Blitzstrahl folgte Brind'Amour ins Zelt. Verletzt und unter Dauerbeschuß von Pfeilen, sah sich Praehotec in die Ecke getrieben; er wirbelte herum, schlang den Arm um die bewußtlose Frau aus Hale und zog sie an sich.

»Überlegt's euch gut«, röhrte die Bestie. »Ein Marsch auf Princetown käme euch teuer zu stehen.«

Um Katerin nicht zu gefährden, verzichtete Brind'-Amour auf weitere Attacken gegen den Dämon, der sich nun zur vollen Größe aufrichtete und mit der freien Hand das Zelt zerfetzte. Heftig flappten die ledrigen Flügel, als sich Praehotec in den Nachthimmel aufschwang.

»Kateriiiiin!« schrie Luthien. Er hastete nach draußen, sprang, so hoch er konnte, und erwischte einen der Klauenfüße des Scheusals, das sich aber sogleich wieder von ihm losstrampelte.

Ein glühender Speer tauchte in Brind'Amours

Hand auf, sauste funkensprühend durch die Luft und traf den Dämon mit explosionsartiger Kraft. Gleichzeitig bohrten sich ihm zwei Pfeile, von Siobhan abgeschossen, in die beschuppten Schenkel. Doch davon ließ er sich nicht aufhalten.

Die entsetzten Schreie derer, die ihn mit Katerin davonfliegen sahen, waren Musik in seinen Ohren.

24. Kapitel

Gezwungenermaßen

Er hat sie mitgenommen!« schrie Luthien, der das Gerede der anderen nicht länger ertragen konnte. Sie – der Zauberer, Oliver, Siobhan und Kayryn – hatten sich in Brind'Amours Zelt zusammengefunden, um zu besprechen, wie auf den Überfall des Dämons zu reagieren sei. Sollten sie, wie geplant, gegen Princetown ziehen, oder ließ sich Katerins Entführung dahingehend deuten, daß die Gegenseite schon jetzt dazu bereit war, Friedensverhandlungen zu führen?

Estabrooke war auch zugegen; er saß abseits auf einem Schemel und machte einen zutiefst niedergeschlagenen Eindruck.

»Ich erinnere daran, weil es von besonderer Bedeutung ist«, sagte Brind'Amour, um Luthien zu beruhigen. »Der Dämon hat sie nicht getötet. Sie ist Gefangene und wird lebend von größerem Wert sein ...«

»Für wen?« wollte Oliver wissen.

Brind'Amour konnte nur mutmaßen. Vielleicht hatte König Grünspatz vom Vormarsch der Rebellen erfahren und damit angefangen, von Gascony aus Gegenmaßnahmen zu ergreifen. Wahrscheinlicher aber war, daß der dämonische Besuch einem anderen Hexer zuzuschreiben war, nämlich Paragor, dem Herzog von Princetown.

»Wir müssen uns entscheiden, wie auch immer«, sagte Siobhan. »Wenn wir länger auf der Stelle verharren, werden sich unsere Reihen lichten. Viele haben

Felder zu bestellen und müssen möglichst bald wieder nach Hause zurückkehren.« Kayryn pflichtete der Halbelfe bei und stellte sich neben sie.

»Ich bin mir fast sicher, daß Herzog Paragor von Princetown den Auftrag gegeben hat, Katerin zu entführen«, sagte Brind'Amour. »Er weiß, daß wir kommen, und ihm ist auch klar, daß er uns nichts entgegenzusetzen hat.«

»Wir sollten trotzdem unsere Taktik neu überdenken«, meinte Siobhan. »Wie wär's zum Beispiel, wir schicken ein paar Spitzel voraus? Oder vielleicht rät es sich, dem Herzog einen Sonderfrieden vorzuschlagen, wenn wir vor den Mauern seiner Stadt liegen.«

Luthien kochte vor Wut. Katerin war geraubt worden, doch die Freunde schmiedeten scheinbar unbekümmert ihre vermeintlich übergeordneten Pläne. Wichtiger als alles andere, ja, wichtiger als Eriadors Freiheit war für Luthien nur die sichere Rückkehr Katerins. Natürlich hofften Brind'Amour und Siobhan mit ihm, doch denen ging es in erster Linie um den Erfolg der Rebellion.

Auch von ihm, Luthien, wurde erwartet, daß er diesem Ziel alle persönlichen Belange unterordnete; allein, dazu war er jetzt nicht in der Lage. Er warf einen Blick auf Estabrooke, der mutlos in der Ecke hockte, winkte verächtlich mit der Hand ab und stürmte nach draußen, zur Bestürzung der anderen, die ihm sprachlos nachschauten.

»Genau darauf hat es Herzog Paragor angelegt«, sagte Brind'Amour.

»Wißt Ihr denn, was Luthien vorhat? Wohin er geht?« fragte Siobhan.

»Er ist schon unterwegs«, sagte Oliver. Er kannte seinen Freund genau, und niemand zweifelte daran, daß er dessen Schritte voraussehen konnte.

Brind'Amour war unschlüssig. Sollte er Luthien aufzuhalten versuchen? Oder sollte er ihm seine Hilfe anbieten und darin recht geben, daß Katerins Sicherheit wichtiger sei als alles andere? Brind'Amour war ernstlich in Bedrängnis, trug er doch nicht nur für die nächsten Freunde Verantwortung, sondern für ganz Eriador.

»Laßt ihn gehen«, sagte Siobhan für alle überraschend und starrte vor sich hin; es schien, als schaute sie durch die Plane hindurch, die vorm Zelteinstieg hing, und Luthien nach, wie er davonritt. »Er weiß, was er tun muß.«

Als sie wieder in die Runde blickte, fiel ihr auf, daß der Halbling sie mit kritischer Miene beobachtete.

»Die Legende vom Blutroten Schatten wird dadurch zusätzlich genährt«, erklärte die Halbelfe.

»Bist du fertig mit dem Liebhaber, der sich für eine andere entschieden hat?« fragte Oliver geradeheraus.

Brind'Amour schnappte nach Luft. Daß sich die Freunde nun untereinander in die Haare gerieten, hatte noch gefehlt.

»Die Frage stellt sich mir nicht, weil ich keine Menschenfrau bin«, entgegnete Siobhan ruhig. »Katerin ist in Gefahr, und also muß Luthien ihr nach. Wenn er es nicht täte, müßte er sich zeitlebens vorwerfen, ein Feigling gewesen zu sein.«

»Stimmt«, pflichtete Brind'Amour bei.

»Und wir werden uns doch nicht von einem Feigling anführen lassen«, meinte Kayryn von Eradoch.

Oliver war nicht weniger verdrossen als Freund Luthien. Was die anderen sagten, mochte durchaus stichhaltig sein, aber es tröstete ihn nicht. Er war an Luthiens Seite gewesen, noch ehe dieser von Brind'Amour den Umhang erhalten hatte und ehe in den Straßen Montforts hinter vorgehaltener Hand getuschelt wurde, daß der Blutrote Schatten zurückgekehrt sei. Nun war Luthien losgezogen, der Frau zu folgen, die er liebte; und für den Halbling gab es nur eines: dem Freund zur Seite zu stehen.

Er verbeugte sich höflich und verließ das Zelt.

Die Sonne war hinter der Hohen Mauer aufgegangen. Luthien führte Flußtänzer am Rand ihres Schattens entlang, der geradezu licht war im Vergleich zu dem Schatten, der sich über seine Seele geschoben hatte. Ihm war, als sei die Welt in der vergangenen Nacht stehengeblieben, in Lähmung verfallen und betäubt, so lange, bis er Katerin aus den Klauen des Dämons und seines bösen Herrn befreit haben würde.

Es drängte ihn zur Eile, aber er verzichtete darauf, dem Pferd die Sporen zu geben, wollte er doch keine Aufmerksamkeit erregen, weder von Freunden, die ihn womöglich aufzuhalten versuchten, noch von spionierenden Feinden, die ihn dem Herzog von Princetown verraten könnten.

Er und sein Pferd waren mittlerweile ein vertrautes Bild für die Wachen an den Mauertoren nahe Dun Caryth, und so ließen sie ihn unbehelligt nach Avon einreiten.

Zu Luthiens Verwunderung wartete auf der anderen Seite ruhig und gelassen ein geckenhafter Halbling auf lohfarbenem Pony.

»Schön, daß du wenigstens bis zum Morgen gewartet hast«, sagte Oliver schniefend. Er sah elend aus; die kleine Nase schien zu glühen. Und dann nieste er – erstaunlich laut für einen so kleinen Kerl –, zog einen gelb-rot karierten Lappen aus der Tasche und wischte sich über Nase und Knebelbärtchen.

»Bist du die ganze Nacht hier draußen gewesen?« fragte Luthien.

»Seit du unsere Runde verlassen hast«, antwortete der Halbling. »Ich dachte, du würdest gleich durchreiten.«

Die Treue des Freundes rührte Luthien sehr, doch er wollte ihn diesmal nicht bei sich haben. »Ich reite allein«, sagte er, und als Oliver keine Antwort gab, schnalzte er seinem Pferd ins Ohr und gab ihm einen kleinen Hackentritt in die Flanken, worauf sich der große, prächtige Hengst in Bewegung setzte und nach Süden trabte.

Oliver zog mit; das kleine Pony trippelte flink, um Schritt zu halten, und es ließ sich auch nicht abschütteln, als Flußtänzer in weiten Galoppsprüngen lospreschte. Luthien zügelte schließlich sein Pferd und schaute auf den Halbling herab. Der nieste wieder dermaßen heftig, daß die Tröpfchen nur so sprühten.

»Ich will die Sache allein hinter mich bringen«, sagte Luthien mit entschlossener Miene.

»Ich streite mich nicht«, entgegnete Oliver.

»Ich, allein«, beharrte Luthien.

»Oder auch nicht.«

Seufzend schaute sich Luthien um, als suchte er nach einem Ausweg. Er wußte, wie hartnäckig Oliver war und wie schnell sein kleines Pony laufen konnte.

»Kennst du etwa noch jemanden, der so klein ist, daß er mit dir unter deinen Umhang paßt?« fragte Oliver grinsend.

Luthien warf die Hände in die Luft und gab sich geschlagen. Im Grunde empfand er große Erleichterung. Entschlossen, Katerin zu befreien, mußte er doch fürchten, selbst in Gefahr zu geraten, und Olivers Hilfe zählte nicht wenig. Und überhaupt: Wäre Oliver in Schwierigkeiten, würde sich Luthien auch nicht davon abbringen lassen, ihm zu helfen.

Plötzlich jedoch tönte Hufgetrappel aus dem Hintergrund. Die beiden drehten sich um und sahen zwei Gestalten zu Pferde; die eine war stämmig und mit gehörntem Hochländer-Helm, die andere klein und zierlich.

»Siobhan«, vermutete Oliver, und Luthien sah, daß er richtig geraten hatte. Der junge Bedwyr biß wütend die Zähne aufeinander. Das war zuviel. Es reichte, daß Oliver mitkam.

Siobhan und ihre Begleitung schlossen zu den beiden auf.

»Du bleibst zurück«, sagte Luthien und ließ deutlich anklingen, daß er keinen Widerspruch duldete.

Siobhan krauste die Stirn, tat, als verstünde sie nicht recht. »Natürlich, was sonst?« entgegnete sie gelassen. »Ich bin Eriador verpflichtet, nicht dir oder Katerin.«

Was die Halbelfe da sagte, tat ihm weh; Luthien wußte selbst nicht, warum.

»Ich wollte dir nur noch alles Gute wünschen und viel Glück«, sagte Siobhan. »Ich erwarte dich« – und mit Blick auf Oliver – »sowie dich und Katerin in Princetown, wenn wir das Stadttor stürmen.«

Luthien fühlte sich auf Anhieb besser.

»Da hab ich noch was für dich«, fuhr Siobhan fort und reichte dem jungen Bedwyr einen Stein. »Er ist von Brind'Amour«, erklärte sie. »Wenn du in Bedrängnis bist, sollst du diesen Stein gegen eine beliebige Wand schleudern und den Namen des Zauberers dreimal laut aussprechen.«

Luthien befingerte den Stein, wunderte sich darüber, wie leicht er war, aber er wußte das Geschenk zu würdigen, denn es gab für ihn keinen Zweifel an seiner Brauchbarkeit. »Und was ist mit ihm?« fragte Luthien mit Blick auf den Hochländer.

»Willst du etwa hoch zu Roß in die Stadt einziehen?« erwiderte Siobhan. »Malamus wird euch bis zum östlichen Ausgang des Tales von Durritch begleiten und dort mit euern Pferden zurückbleiben.« Kaum hatte sie dies gesagt, stieg die Halbelfe aus dem Sattel und reichte Malamus die Zügel. »Für Katerin«, sagte sie zu Luthien. »Ich gehe zu Fuß zurück. Kein Problem.«

Sie nickte Luthien und dem Halbling zum Abschied zu, gab ihrem Pferd einen Klaps auf die Kruppe und machte sich auf den Weg zurück zur Hohen Mauer.

Bewundernd sah ihr Luthien nach. Er spürte, daß Siobhan ihn allzugern begleitet hätte, nicht zuletzt Katerin zuliebe, für die sie, obgleich sie Rivalin war, großen Respekt empfand.

Und von Siobhan schaute er auf das Geschenk in der Hand, dann auf Oliver, der geduldig darauf wartete, daß es weiterging.

Nach einer finsteren Nacht kamen wieder Licht und Hoffnung.

Vom Wehrturm in der Hohen Mauer aus blickte Estabrooke, der Erste des Sechsten Chevaliers, den Reitern nach, den Eriadoranern in Avon, seiner, des stolzen Ritters Heimat. Das Bild des Dämons, des bösen Praehotec, wollte ihm nicht mehr aus dem Sinn gehen. Estabrooke hatte viele Geschichten gehört über angebliche Verbrechen des Königs oder dessen Kungelei mit Dämonen. Es hieß, daß die schreckliche Pest, die vor zwanzig Jahren den Kampfesmut der Eriadoraner gebrochen hatte, von Grünspatz herbeigeführt worden war. Doch Estabrooke hatte all diese Geschichten als Märchen abgetan.

Viele behaupteten, daß Grünspatz ein Meister der Schwarzen Magie sei, ein Dämonenfreund, ja, ein leibhaftiger Teufel.

Doch Estabrooke hatte solchen Geschichten keine Bedeutung beigemessen.

Nun aber hatte er, der noble Ritter der Krone, mit eigenen Augen all diese Gerüchte auf krasse, entsetzliche Weise bestätigt gesehen.

Insgeheim – denn es war mit seinem Treuegelöbnis als Ritter unvereinbar – wünschte er den beiden, die in Richtung Süden davonritten, Glück und Erfolg, auf daß sie Katerin retten mochten und den Herzog tot in einer Lake aus Blut zurückließen.

25. KAPITEL

Gespenster

Malamus, der Hochländer, sprach kein einziges Wort während des zweitägigen Ritts nach Glen Durritch, das weite Tal südöstlich von Princetown. Wie ein braunes Band wand sich der Weg durch die kahle Graslandschaft. Kein Baum, kein Busch bot Deckung hier. Bewaldet aber waren die Kuppen der Anhöhen zu beiden Seiten. Wie geschaffen für einen Hinterhalt, dachte Luthien und blickte ringsum.

Er zuckte vor Schreck zusammen, als ihm Oliver von hinten mit der Klinge seines Rapiers auf die Schulter tippte. Luthien brachte sein Pferd zum Stehen, schaute sich um und sah den Halbling aus dem Sattel steigen.

»Das Westende von Glen Durritch«, sagte Malamus. Oliver deutete mit dem Kinn nach Westen, und blinzelnd blickte Luthien ins Licht der untergehenden Sonne. Hohe Berge ragten auf, dunkel und kalt, nicht allzuweit entfernt, und davor …

Was? Luthien staunte. Ein Gefunkel aus Weiß und Rosarot.

Oliver trat herbei. »Es sind fünf Meilen«, sagte er. »Ich habe keine Lust, im Dunkeln rumzutappen.«

Luthien rutschte über die Flanke seines Schimmels zu Boden und reichte Malamus die Zügel. Seinem Blick hielt der Hochländer lange stand. »Sol-Yunda segne den Blutroten Schatten«, sagte der schließlich, machte kehrt und zog die drei reiterlosen Pferde hinter sich her. »Ich erwarte euch bald zurück.«

Luthien wußte auf die Schnelle nicht zu antworten, so sehr hatte ihn dieser Abschiedsgruß verblüfft. Sol-Yunda war der Gott der Hochländer, ein Stammesgott, von dem es hieß, daß er ausschließlich über sein Volk wachte und sich nicht um Außenstehende kümmerte. Um so mehr fühlte sich Luthien durch die Worte Malamus' geehrt.

Er schaute ihm eine Weile nach und beeilte sich dann, Oliver einzuholen, der schon vorausgegangen war in Richtung der weißen und rosafarbenen Lichtpunkte am Fuße der dunklen Berge.

Nach knapp einer Stunde hatten sich die Freunde der Stadt so weit genähert, daß sie sehen und verstehen konnten, warum Princetown auch die Perle Avons genannt wurde.

Die Stadt war nur in etwa so groß wie Caer MacDonald; ansonsten hatte sie nur wenig Ähnlichkeit mit jener. Caer MacDonald war mit seinen Wehranlagen und Mauern eine Art Trutzburg, Princetown dagegen ein Schaukasten, auf sanft geschwungenen Hügeln zur Ausstellung gebracht, großzügig, luftig und eingefaßt von einer kleinen, kaum acht Fuß hohen Mauer aus hellem Granit. Dahinter erhoben sich große, herrschaftliche Häuser, zum Teil aus getünchtem Holz, vor allem aber aus weißem, rosafarben geflammtem Marmor.

Das prächtigste Gebäude war nicht etwa – wie in den meisten Großstädten Avonsees – eine Kathedrale, sondern jener sagenhafte Palast auf der höchsten Erhebung im Westen, mit seinen vier Stockwerken aus Marmor und Blattgold, den schmuckvollen Säulen entlang des Mittelbaus und den großen Seitenflügeln, die sich ausstreckten, als wollten sie die Stadt umarmen. Aus der Mitte ragte eine goldene Kuppel, so glitzernd hell, daß sie das ungeschützte Auge kaum zu fassen vermochte.

»Da residiert wohl der Herzog«, sagte Oliver. »Zu dumm, wir hätten die Pferde behalten sollen, und sei es, um von einem Ende zum anderen zu gelangen.«

Luthien lachte. Dabei schien es der Halbling mit seinem Ausspruch ernst gemeint zu haben. Wie viele Räume mochte dieser Palast wohl haben? fragte sich Luthien. Hundert? Dreihundert? Wenn er Flußtänzer gehörig antriebe, würde ein Ritt rundherum wohl kaum weniger als eine halbe Stunde dauern.

Beide, Luthien und Oliver, dachten dasselbe: Wie war es möglich, daß die häßliche Tyrannei soviel Schönheit hervorbrachte, soviel Pracht und Vollkommenheit, daß einem das Herz höher schlug. Hatte dieses Königreich von Avon womöglich mehr für sich als gedacht? Doch der junge Bedwyr wußte keine Verbindung herzustellen zwischen dem Anblick dieser Stadt und seinen Erfahrungen mit dem erzbösen Hexerkönig. Das herrliche Weichbild, das sich vor ihm ausbreitete, schien der Rebellion und – schlimmer noch – seinem Zorn zu spotten. Natürlich wußte er, daß Princetown älter war als Grünspatzens Herrschaft, und dennoch: Diese Stadt paßte einfach nicht zu Luthiens Vorstellung von Avon.

Auch Oliver machte sich Gedanken über deren Entstehung und kam zu dem Schluß, daß wahrscheinlich die Gasconen am Aufbau beteiligt gewesen waren. »Denn«, so erklärte er, »im Südwesten meiner Heimat, wo der Wein am süßesten schmeckt, da sind ganz ähnliche Häuser zu sehen wie hier.«

Luthien zweifelte daran. Möglich, daß die Gasconen während ihrer Besatzung Avons Einfluß auf den Ausbau der Stadt genommen hatten, doch der staunende Blick des Halbling machte deutlich, daß Princetown größer und prächtiger war als irgendeine auch nur halbwegs vergleichbare Stadt in Gascony.

Luthien war überwältigt, was ihn aber nicht vergessen ließ, weshalb er gekommen war, und es drängte ihn zur Eile. Oliver kam mit den weiten, schnellen Schritten des Freundes kaum mit. Bald hatten sie den Stadtrand erreicht, da hörten sie ein dumpfes, anhaltendes Grollen, den unverwechselbaren Ausdruck wilder Gewalt: Löwengebrüll.

»Magst du Katzen?« fragte Oliver in Gedanken an den berühmten Zoo, den er gern unter anderen, günstigeren Umständen besucht hätte.

Die Wolken zogen von den Bergen herein, und es war bereits dunkel geworden, als die beiden längs der granitenen Stadtmauer nach Süden gingen. In ihrem weiteren Verlauf knickte die Mauer abrupt nach Westen ab, und von dieser Stelle aus bot sich ihnen plötzlich ein ganz anderes Bild. In einer kesselförmigen Senke lag vor ihnen das Armenviertel, ein Gewirr von engen Gassen zwischen erbärmlichen Hütten und Verschlägen. Nur vereinzelt brannten Lichter. Details waren in der Dunkelheit nicht zu erkennen.

Luthien hatte ohnehin genug gesehen, und aufs neue gefestigt war sein Wille, gegen Grünspatz vorzugehen, der all dieses Unrecht und Elend zu verantworten hatte.

»Wir sind jetzt dicht genug dran«, flüsterte Oliver und deutete auf den Palast, der gleich hinter der Mauer aufragte.

»Wen haben wir denn da?« bölkte es plötzlich von oben herab. Eine Zyklopenstimme. Die beiden Freunde duckten sich. Oliver verschwand unter Luthiens Umhang; der zog die Kapuze über den Kopf.

Auf der Mauer leuchteten mehrere Laternen auf; deren Licht strahlte gebündelt in Richtung der Elendsquartiere. Luthien hielt den Atem an. Es fiel ihm immer noch schwer zu glauben, daß er in seinem Zaubergewand tatsächlich unsichtbar war.

»Verschwindet! Zurück in eure Löcher!« brüllte der Zyklop, und es hagelte Armbrustbolzen.

»Mir wär's lieber, die Einaugen sähen uns«, flüsterte Oliver. »Immerhin könnten wir dann sicher sein, daß sie uns nicht treffen.«

Der Beschuß dauerte eine Weile an, dann wurde grunzendes Lachen laut. »Verdammtes Bettlerpack!« prustete einer der Zyklopen.

Oliver schlüpfte aus den blutroten Falten hervor, richtete den großen, breitkrempigen Hut und bedeutete dem Freund, daß er ihm folgen möge. Nach fünfzig Schritten blieb er stehen, blickte zur Mauer empor und lauschte. Grinsend nahm er zur Kenntnis, daß da oben jemand schnarchte. Dann öffnete er seinen violetten Umhang am Hals und langte in den Schulterbeutel seines Diebsgeschirrs, das er von Brind'Amour geschenkt bekommen hatte, das nicht nur ungemein nützlich war, sondern auch bequem und unauffällig zu tragen. Es bestand im wesentlichen aus Lederriemen und kleinen Täschchen und sah ganz simpel aus. Es hatte es im wahrsten Sinne des Wortes in sich. Das Geschirr war verzaubert wie auch die vielen anderen Dinge, die es enthielt: Einbrecherwerkzeuge. Aus dem scheinbar winzigen Schulterbeutel kramte Oliver nun seine magische Dregge hervor, einen faltigen Ball an dünner Schnur. Doch bevor er dazu kam, die Schnur auseinanderzuwickeln, trat Luthien herbei und stemmte ihn in die Höhe.

Die Mauer war bloß acht Fuß hoch. Also stopfte der Halbling die Dregge in den Gürtel, stellte sich auf Luthiens Schultern und lugte über den Mauerrand.

Auf der anderen Seite befand sich ein Wehrgang. Oliver zwinkerte Luthien zu, legte den Zeigefinger an die Lippen und gab ihm zu verstehen, daß er einen Moment lang warten möge. Daraufhin kletterte er lautlos und behende über die Mauer.

Es dauerte, bis er sich wieder zeigte. Luthien war drauf und dran, ihm nachzusteigen, als der Halbling von der anderen Seite mit der Hand winkte. Schnell hatte Luthien die Mauer überwunden, und als er neben Oliver auf dem Wehrgang stand, fielen ihm fast die Augen aus dem Kopf. Vor ihm hockten zwei Zyklopen an der Wand! Erst als er Oliver sein Rapier am Waffenrock des einen abwischen sah, fiel ihm auf, daß sie zu schnarchen aufgehört hatten.

In einiger Entfernung saßen diejenigen beieinander, die soeben mit ihren Armbrüsten auf Verdacht drauflos geschossen hatten. Sie spielten mit Würfeln und nahmen keine Notiz von den Eindringlingen.

Oliver schlüpfte unter Luthiens Umhang, und gemeinsam schlichen sie in Richtung Palast davon.

Bald verließen sie den Wehrgang und stiegen in einen kleinen Hof, der von fein säuberlich getrimmten Buchsbaumhecken umgeben war. Dahinter ragte eine Wand auf, in die vier Fenster senkrecht zueinander eingelassen waren. Aus den beiden unteren strahlte helles Licht; weniger hell war das dritte, ganz dunkel das oberste Fenster.

Der Halbling zeigte mit drei ausgestreckten Fingern an, worauf er abzielte, schaute sich aber der Vorsicht halber noch einmal um, und schleuderte dann seine Dregge neben das dritte Fenster an die marmorne Wand.

Der Marmor war glatt wie Glas; dennoch klebte der magische Ball daran fest. Oliver zerrte zur Probe am Seil und kletterte hinauf. Luthien sah von unten zu, wie der Freund erneut ins Diebsgeschirr langte und einen Saugnapf zum Vorschein brachte. Den pfropfte er auf das Glas und fuhr mit einem aus der Saugnapfmitte herausgeklappten Zirkelarm im Kreis über die Scheibe.

Mit dem runden Glasausschnitt kehrte er nach unten zurück. »Das Zimmer ist lee…« Er stockte mitten im Wort, denn es nahten stampfende Schritte.

Luthien warf den Umhang über Oliver und schmiegte sich an die Wand.

Sechs Zyklopen in den schwarz-silbernen Uniformen der prätorianischen Garde kamen um die Ecke marschiert; vorneweg ging einer mit brennender Fackel. Luthien senkte den Kopf, spähte unter dem Rand der Kapuze hervor und hoffte, daß den Zyklopen das Dreggenseil nicht auffiel, das von der Wand baumelte.

Für die Einaugen waren Luthien und Oliver Luft; es hätte nicht viel gefehlt, und die beiden wären über den Haufen gerannt worden.

Kaum war der Trupp verschwunden, tauchte Oliver unterm Umhang hervor, nahm das Seil gepackt und hangelte sich nach oben. Um ihm zu helfen, hielt Luthien unten das Seil gestrafft und machte sich dann selbst auf den Weg, wollte er doch möglichst schnell vom Vorhof verschwinden.

Es schien eine kleine Ewigkeit gedauert zu haben; in Wirklichkeit waren sie schon nach wenigen Sekunden eingestiegen. Oliver langte durchs Fenster nach draußen, zupfte dreimal am Seil und löste somit den faltigen Ball von der Wand.

Luthien starrte vor sich hin; allmählich gewöhnten sich die Augen an das Dunkle. Wohin nun? dachte er. Sollten sie etwa den ganzen Palast mit seinen Dutzenden von Räumen durchsuchen müssen?

»Er wird irgendwo im Mittelbau stecken«, sagte Oliver, der sich in hochherrschaftlichen Häusern recht gut auskannte. »Wahrscheinlich in einem der Räume gleich neben der Kapelle. Und ich wette, daß er Katerin bei sich hat. Sie ist als Gefangene zu wertvoll, als daß er sie ins Verließ geworfen hätte.«

Luthien antwortete nicht. Er bemühte sich, Fassung

zu bewahren, was der Halbling als Zustimmung deutete.

»Also los«, sagte Oliver, doch Luthien legte ihm eine Hand auf die Schulter und hielt ihn zurück.

»Wieso Kapelle?« fragte er nach. »Grünspatzens Herzöge haben mit dem Herrgott nichts im Sinn.«

»Ja«, antwortete der Halbling, »aber der Palast ist viel älter als Grünspatz oder Paragor. Früher hat man die Kapelle in den Mittelpunkt gebaut und die besten Zimmer drumherum. Also, was ist? Sollen wir jetzt hier über den Grundriß des Palastes streiten oder nicht doch lieber nachschauen, wo der Herzog sein könnte?«

Luthien wußte darauf nichts zu sagen, zuckte nur mit den Achseln und folgte dem Freund zur Tür, die im Dunklen nur daran zu erkennen war, daß von draußen Licht durchs Schlüsselloch fiel. Es befand sich in etwa auf der Höhe von Olivers Augen. Er warf einen Blick hindurch und machte dann, ohne zu zögern, die Tür auf.

Prächtige Gobelins bedeckten die Wände; Skulpturen und Büsten von Königen oder Helden der Geschichte säumten den Flur zu beiden Seiten. Luthien stieß den Freund vor sich her, der wieder wie angewurzelt stehenblieb, gebannt vom Anblick der vielen Kostbarkeiten in seiner Griffweite.

Der junge Bedwyr aber begehrte in diesem Palast nur einen einzigen Schatz.

Je weiter sie sich dem Mittelbau näherten, desto prachtvoller ausgestattet waren die Flure, desto heller leuchtete das Licht. Alle zwanzig Schritt hing ein großer Kristallüster von der Decke, und in jedem von ihnen steckten über hundert brennende Kerzen. Einige Türen standen sperrangelweit offen und boten Einblick in Salons, die wie die Flure hell erleuchtet waren, obwohl es schon auf Mitternacht zuging. Der Palast und seine Bewohner schliefen wohl noch lange nicht. Aus Räumen weiter vorn tönte lautes Lachen. Luthien wurde zunehmend nervös und drängte darauf, kehrtzumachen, wovon Oliver aber nichts wissen wollte.

»Wer weiß, wie lange die noch feiern«, fügte der Halbling im Flüsterton hinzu. »In Gascony machen die Lords und Ladys durch bis zum Morgen, und das Nacht für Nacht.«

Wortlos folgte Luthien dem Freund, der lärmenden Gesellschaft entgegen. Bald sahen sie vornehm gekleidete Damen und Herren ausgelassen durch den Flur tanzen, von einem Salon in den nächsten. Für die beiden Eindringlinge war noch schlimmer: an beinahe jeder Ecke standen prätorianische Gardisten Wache.

Luthien ahnte, daß ihm der magische Umhang in diesem Gedränge kaum von Nutzen sein konnte, und auch Oliver hielt es für angebracht, so zu tun, als gehörten sie hierher. Immerhin waren die beiden schmuck gekleidet. Und so durchquerten sie den Flur, halb schlendernd, halb tanzend; einem zyklopischen Diener nahm Oliver im Vorbeigehen zwei Gläser Wein vom Tablett.

Die Musik, das Lachen und der betörende Anblick hübscher Frauen stiegen dem Halbling zu Kopf wie Wein. In diesem Ambiente fühlte er sich wohl, ganz im Gegensatz zu Luthien. Doch auch der entspannte sich zunehmend, denn niemand schien von ihnen Notiz zu nehmen. In seinem herrlichen Umhang fiel er nicht weiter auf, und der Halbling in seiner geckenhaften Kleidung paßte ausgesprochen gut hierher. Als dem jungen Bedwyr eine beschwipste Frau in die Arme torkelte, gelang ihm sogar ein Lächeln.

Doch dieses Lächeln war schnell wieder verflogen. Die stark geschminkte, parfümierte Frau erinnerte ihn an Lady Elena, jene Frau, die mit Vicomte Aubrey und Avonese in seine Vaterstadt Dun Varna gekommen war. Mit Elena und Avonese hatte alles angefangen. Der schäbigen Eifersucht dieser beiden Frauen war Garth Rogar, Luthiens Jugendfreund, zum Opfer gefallen.

Luthien versuchte, die betrunkene Frau aufzurichten, doch die ließ sich immer wieder an seine Brust zurückfallen. »Oh, Ihr seid so stark«, gurrte sie und fuhr mit den Fingerspitzen über seinen muskulösen Arm.

»Stark und allzeit gefällig«, versprach Oliver, der das Problem erkannt hatte und zwischen die beiden getreten war. »Aber zuerst müssen wir, mein Freund und ich, mit dem Herzog reden.« Er schaute sich nach allen Seiten um. »Wißt Ihr vielleicht, wo wir ihn finden können?«

Die Frau achtete nicht auf ihn und langte über seine Schulter hinweg, um Luthien zu berühren. »Geduld«, sagte der Halbling. »Gleich könnt Ihr meinen stattlichen Freund von Kopf bis Fuß betatschen, aber zuerst müssen wir den Herzog sehen. Wo hält er sich zur Stunde auf?«

»Ach, Parry hat sich schon vor geraumer Weile davongemacht«, antwortete sie lallend. »Sich in sein Schlafgemach zurückgezogen.« Luthien seufzte erleichtert auf. Paragor war also im Palast. »Er ist offenbar nicht allein«, fügte flüsternd die Lady hinzu. »Es heißt, Parry hat einen kleinen Schwarm bei sich.« Und dann in verächtlichem Ton: »Eine Fremde.«

»Wir müssen ihn finden«, beeilte sich Oliver zu sagen, »Bevor ...« Der Halbling suchte nach einer hübschen Formulierung und behalf sich, weil ihm nichts einfiel, mit einem neckischen Augenzwinkern.

»Das Schlafzimmer ist irgendwo da hinten«, sagte die Lady und zeigte mit fuchtelndem Arm geradeaus in die bereits eingeschlagene Richtung.

Oliver legte grüßend die Hand an den Hut, drehte die Lady bei den Schultern herum und stieß sie von sich.

»Diese Leute widern mich an«, sagte Luthien, als er mit Oliver durch den Flur davonhastete.

Olivers Urteil fiel weniger streng aus. Er erinnerte sich an viele fröhliche Feiern in vornehmer Gesellschaft und daran, daß er so manchen Ladys, die bei anderen Männern abgeblitzt waren, Trost gespendet hatte. Allerdings gab er dem Freund im stillen recht: Der verkommene Haufe des Adels war zu nichts gut; er wußte nur zu prassen.

Vorsichtig schlichen Luthien und Oliver voran, dem Zentrum des Palastes entgegen. Die Musik wurde leiser, und das Licht nahm ab. Von den Partygästen begegnete ihnen kaum einer mehr; um so häufiger trafen sie nun Wachposten an. Luthien hielt es für angebracht, unter dem magischen Umhang Deckung zu suchen.

»Aber wie sollen wir dann den Herzog finden?« gab Oliver zu bedenken. »Mir scheint, wir müssen uns zu ihm durchfragen.«

»Zu gefährlich«, entgegnete Luthien. »Es wimmelt von Zyklopen, und unsere Tarnung als Gäste taugt hier nicht mehr.«

Schulterzuckend schlüpfte Oliver unter den Umhang. Für andere unsichtbar schlichen die beiden weiter, gelangten bald an eine Wendeltreppe, die sowohl nach oben als auch nach unten führte. Wohin nun? In den vierten oder in den zweiten Stock? Oder sollten sie dem Etagenflur weiter folgen?

Das Glück trat ihnen zur Seite in Gestalt zweier Frauen, die die Treppe herunterkamen. An ihrer Kleidung waren sie unschwer als Dienerinnen auszumachen.

Die ältere der beiden hatte nur noch einen Zahn, der lang, gelb und schief vor die Oberlippe trat. Nuschelnd sagte sie: »Hübscher Vogel, den er sich da eingefangen hat, 'n richtiger Feuervogel.«

»Und viel zu jung für diesen alten, geilen Bock!« erwiderte die andere Magd verächtlich.

»Pssst«, mahnte die Alte. »Hüte deine Zunge!«

»Ist doch wahr«, tönte die andere. »Wie eilig er's hatte, uns abzuwimmeln.«

»Na, mir soll's recht sein«, kicherte die Alte.

Luthien mußte an sich halten und warten, bis die beiden die Treppe freigemacht hatten. Dann stürmte er nach oben, nahm jeweils drei Stufen auf einmal. Der Halbling kam kaum mit.

Im vierten Obergeschoß angelangt, standen ihnen drei Türen zur Auswahl. Ohne lange zu zögern, eilte Luthien auf die mittlere zu, denn die war größer und schmuckvoller als die beiden anderen. Er legte die Hand auf den Griff und mußte feststellen, daß abgeschlossen war. Wütend nahm er Anlauf, um sich mit Gewalt Einlaß zu verschaffen. Oliver konnte ihn gerade nach zurückhalten. Aus seinem Diebsgeschirr holte er einen silbernen Metallhaken und hatte im Handumdrehen die Tür entriegelt. Sie öffnete sich in einen Korridor mit wunderschönen Mosaiken an den Wänden. Zu beiden Seiten befanden sich je drei Türen.

Vor der mittleren Tür links von ihnen waren zwei prätorianische Wachen postiert.

»Heh, ihr dürft hier nicht rein!« knurrte der eine Zyklop und langte nach der mächtigen Keule, die in seinem Gürtel steckte.

»Meinem Freund ist kotzübel. Er muß sich übergeben«, sagte Oliver und gab Luthien einen Schubs in den Rücken. Der wankte auf die beiden Zyklopen zu und verzog das Gesicht wie unter Schmerzen. Die Einaugen mußten fürchten, bespien zu werden, und sprangen vor Schreck auseinander.

Oliver durchbohrte mit dem Rapier den Hals des einen, während Luthien über den anderen Zyklopen herfiel und ihm den *Blender* in den Bauch jagte.

»Hoffentlich sind wir hier richtig«, flüsterte Oliver und eilte zurück, um die Flurtür zu schließen. Luthien fackelte nicht lange, rannte los und warf sich mit lautem Gebrüll durch die Tür ins Schlafgemach von Herzog Paragor.

Paragor saß rechter Hand mit dem Rücken zum Schreibtisch und blickte auf Katerin, die, an Händen und Füßen gefesselt und von zwei Zyklopen flankiert, auf der Bettkante hockte.

Aber da war noch jemand im Raum, ein großer Schatten mit ledrigen Schwingen und rotglühenden Augen.

26. KAPITEL

Dämon und Paladin

Instinktiv drängte Luthien zu Katerin hin, aber er rief sich zur Besinnung, war ihm doch bewußt, daß er sie nur dann würde befreien können, wenn zuvor der Hexer und dessen Dämon unschädlich gemacht wären. Der junge Bedwyr lief drei, vier Schritte auf das Bett zu, wechselte dann abrupt die Richtung und riß den *Blender* mit beiden Händen herum.

Kreischend sprang der Herzog vom Stuhl auf und ruderte mit den dürren Armen, als versuchte er, Ungeziefer abzuwehren. Von der Seite her kam das Schwert in horizontaler Bahn auf ihn zugesaust. Luthien sah nun die bräunlich-gelbe Robe des Hexers in Höhe der Brust aufreißen und Falten schlagen. Erst als das Gewand, von der Klingenspitze mitgenommen, durch die Luft flatterte, gewahrte Luthien, daß Paragor daraus entschlüpft war. Von der Wucht des Schwerthiebes mitgerissen, wirbelte der junge Bedwyr auf dem Absatz herum.

Da war ein Flackern vor der Wand am Fußende des Bettes: Paragor nahm wieder Gestalt an, gekleidet mit dem Gewand, das sich durch nichts unterschied von demjenigen, welches an Luthiens Schwert hing. Und dann kam aus der Ecke Praehotec herausgestürmt, sprang dicht an Katerin vorbei, trampelte den einen der beiden Zyklopen nieder und wischte den anderen mit einem Flügelschlag beiseite.

Luthien wähnte sein Ende nahen.

Oliver war, als Luthien den Herzog attackierte, auf Katerin zugeeilt. Er traute den Augen nicht, als sich Paragor plötzlich in Luft aufgelöst zu haben schien; doch mehr noch erschreckte ihn der Anblick des riesigen, entsetzlichen Untiers, das da auf ihn zustürzte.

Er hatte sich bereits mit einem Hechtsprung unters Bett geworfen, als polternd einer der Zyklopen zu Boden ging. Oliver sah seine Chance, kroch wieselflink auf ihn zu und stach mit dem Rapier zu – zwei-, dreimal –, allein, das attackierte Monstrum war nicht kleinzukriegen und setzte mit wütendem Gebrüll dem Halbling nach, der erneut unter dem Bett verschwand.

Von Praehotecs Flügel aufs Bett zurückgeworfen, rang Katerin nach Luft. Unwillkürlich und mit aller Macht drängte es sie zu Luthien. Wenn es denn sein mußte, so wollte sie an seiner Seite sterben. Aber so billig sollte der Herzog nicht davonkommen ...

Dem Zyklopen, der, ebenfalls von der Dämonenschwinge getroffen, bäuchlings neben ihr auf der Bettkante hing, stemmte sie das Knie in den Rücken; gleichzeitig schlang sie ihm die Kette ihrer Handschellen um die Gurgel.

Noch ehe er sich wieder in Fleisch und Blut zurückverwandelt hatte, war dem Herzog klar geworden, daß er einen Fehler gemacht hatte. Er hätte Praehotec nicht so lange bei sich behalten dürfen. Dem Dämon stand jetzt nur noch eins im Sinn, und er würde es sich nicht nehmen lassen, Rache an Luthien zu üben, Rache für die Schlappe, die dieser ihm auf dem hohen Turm des Ministeriums beigebracht hatte.

Weil er – eingedenk Thowattles Warnung – aber verhindern wollte, daß der Blutrote Schatten zum Märtyrer gemacht wurde, richtete sich Paragors erster Angriff auf Praehotec.

Da der junge Bedwyr nahe bei dem Dämon stand,

schien es, als sei dieser von Paragors gleißendem und knisterndem Blitzstrahl nur aus Versehen getroffen worden. Der Donnerkeil schlug ihm in die Lederschwinge, richtete zwar keinen Schaden an, wehrte aber seinen Angriff ab und warf ihn zurück an die Wand.

Luthien ließ sich die unverhoffte Gelegenheit nicht entgehen, sprang vor und stieß mit dem *Blender* zu. Das prächtige Schwert war vor Jahrhunderten von Zwergen aus dem Hochgebirge geschmiedet worden; sie hatten das Eisen wohl an die tausend Mal übereinandergeschlagen und ausgewalzt, mit dem Ergebnis, daß die Schneide durch den Gebrauch immer schärfer wurde. Sie drang dem Dämon nun tief ins Fleisch. Luthien warf sich mit seinem ganzen Gewicht dagegen, ungeachtet des heißen, grünen Blutes, das ihm entgegensprützte. Bis zur vergoldeten Querstange – den stilisierten Drachenschwingen – verschwand das Schwert im Leib des teuflischen Widersachers.

Luthien blickte ihm in die feurigen Augen, hielt sich schon für den Sieger und dachte, daß nicht einmal ein Monstrum der Hölle solch einem Stoß trotzen konnte.

Praehotec schien in Agonie zu verfallen; grüner Schleim quoll aus der Wunde, doch dann machte sich auf seinem Schlangengesicht ein tückisches Grinsen breit. Mit zitternder Krallenhand schlug er nach Luthien aus; der sprang einen Schritt zurück, wagte es nicht, das Schwert freizuziehen. Ein langgezogenes, tiefes Grollen entfuhr dem schmerzverzerrten Maul des Unholds. Es streckte langsam seinen Arm aus und stieß Luthien von sich ab, aber weil dieser nicht abließ vom Schwert, glitt die Schneide aus der Wunde.

Als der zwölf Fuß große Riese seinen Arm ganz ausgestreckt hatte, steckte der Blender nur noch knapp zwei Zoll tief in dessen Brust. Luthien riß die Waffe mit aller Kraft nach oben, doch bevor er ihm weiteren Schaden zufügen konnte, hatte Praehotec ihn mit Wucht in Richtung Tür zurückgestoßen.

Der junge Bedwyr stürzte zu Boden, rollte sich über den Rücken ab und sah Paragors Blitzstrahl herbeizucken. Doch schon hatte sich Luthien hinter zugeschlagener Tür in Deckung gebracht. Sekundenbruchteile später zerbarst das Holz in tausend Splitter, als Praehotec durch die Tür gefahren kam.

Vor dem nach hinten wegrutschenden Scheusal sprang Luthien zurück in die Türöffnung und sah Katerin einen der beiden Zyklopen würgen. Der andere versuchte vergebens, Olivers schneller Klinge auszuweichen, und mußte einen Treffer nach dem anderen leiden.

»Raus!« rief Luthien, holte den Bernstein aus der Tasche und warf ihn dem Halbling zu in der Hoffnung, daß der Freund mit Katerin zu fliehen versuchte.

Paragor näherte sich; er hatte nur Augen für Luthien, und es schien, als wähnte er sich mit ihm allein auf der Welt. Hinter seinen Ohren flatterten wild die weißen Haarfransen. Er wirkte ebenso unmenschlich und monströs wie Praehotec.

Luthien ahnte, daß ihm der Feind überlegen war, und so zählte für ihn nur noch, daß die Freunde entwischen mochten. Mit aller Kraft, die seine Wut entfesselte, wuchtete er den *Blender* auf Praehotecs Rücken, genau zwischen die Flügel.

Heulend fuhr der Dämon herum, schlug mit der Krallenhand nach ihm aus. Doch Luthien hatte sich rechtzeitig in Sicherheit gebracht, und statt ihn zu treffen, krachte die Pranke in den Türpfosten und ließ einen Splitterregen auf Paragor niederprasseln.

»Du Narr!« brüllte der Herzog und fuhr mit den Händen ans Gesicht, das an mehreren Stellen zu bluten anfing. »Du sollst ihn nicht umbringen.«

Der Herzog hatte den Satz noch nicht zu Ende gesprochen, als Luthien erneut zuschlug und mit dem Schwert auf Praehotecs Schädel eindrosch. Der Dämon kreischte auf, und kein Befehl des Hexerherzogs hätte jetzt seine Wut noch zu bremsen vermocht. Das Scheusal wirbelte herum und füllte den Korridor mit seiner massigen Gestalt, um zu verhindern, daß es Luthien ein zweites Mal gelänge, an ihm vorbeizuschlüpfen.

Sie standen einander gegenüber. Der Korridor war relativ schmal und niedrig. Praehotec mußte den Kopf einziehen und die Schwingen auf dem Rücken einfalten, doch das behinderte ihn nicht weiter. Er kam näher, drängte Luthien zurück und langte mit den Krallenhänden nach ihm, die der junge Bedwyr mit dem Schwert abwehrte. Fast wäre Luthien über einen der Zyklopen gestolpert, der tot am Boden lag, und er wußte: Ein solcher Sturz hätte ihn das Leben gekostet.

Als er wieder sein Gleichgewicht zurückgewonnen hatte und aufblickte, sah Luthien zu seinem Entsetzen armlange rote Lichtlanzen aus den glühenden Augen des Dämons hervortreten. Das Schlangenmaul grinste breit und fürchterlich, als die Strahlen aufeinander einschwenkten, sich berührten und einen dritten Strahl entließen, der auf Luthien zuschnellte und ihn mit Wucht zurückstieß.

Er rang nach Luft, spürte den brennenden Schmerz auf der Brust und sah das grinsende Untier näher kommen. Alles in ihm drängte zur Flucht, doch er stand mit dem Rücken zur Tür, die auf seiner Seite angeschlagen war.

Wäre Luthien besonnener gewesen, hätte er einen Schritt zur Seite getan und die Tür aufgerissen, um dann Hals über Kopf nach draußen zu rennen. Aber die Schmerzen und Praehotecs beängstigende Nähe ließen ihn keinen klaren Gedanken fassen. Und dann war die Chance vertan, denn Praehotec langte mit der Hand aus und verkeilte das Türblatt so, daß es sich nicht mehr öffnen ließ.

»Nun, willst du nicht endlich ins Gras beißen?« hänselte Oliver den Zyklopen und stach ein weiteres Mal

zu. Das Einauge hatte schon mindestens zwanzig Treffer hinnehmen müssen. Im Gesicht, auf der Brust und an beiden Händen klafften blutende Wunden, doch das Monstrum schrie nicht, klagte nicht und wich auch nicht zurück.

Oliver hörte Luthiens Ruf und sah den Stein auf sich zuflitschen. Ohne zu wissen, was es damit auf sich hatte, schnappte er das Ding vom Boden auf. Daraufhin änderte er seine Taktik. Zwar stocherte er weiter auf den Zyklopen ein, wich aber nun zurück und lockte den Gegner tiefer unters Bett. Der steckte bald in der Klemme, kam weder vor noch zurück, und so verpaßte ihm der Halbling einen deftigen Stoß vor die Stirn.

Oliver krabbelte unter dem Bett hervor und sah Katerin, die immer noch mit aller Kraft an der Kette ihrer Handschellen zerrte, obwohl sich das gewürgte Einauge längst nicht mehr rührte.

»Ich glaube, es reicht jetzt«, sagte der Halbling und rief Katerin aus einer Art Trancezustand zurück. »Hab Geduld«, fuhr er fort und sprang einen Schritt vom Bett weg, als der Zyklop am Boden ihn zu packen versuchte. »Gleich kannst du weiterkämpfen.«

Katerin erhob sich, folgte dem Blick des Freundes und sah Paragor das Zimmer verlassen. Doch sofort merkte Katerin, daß sich ein dringlicheres Problem anmeldete. Der Zyklop hatte sich aus seiner Zwangslage unterm Bett befreit. Als er nun aufzustehen versuchte, war Katerin zur Stelle. Sie legte ihm die Kette ihrer Handfessel unters Kinn und warf sich über dessen Schulter in der Absicht, ihm das Genick zu brechen. Doch das Monstrum war widerstandsfähiger als erwartet; auf dem Rücken liegend, langte es mit beiden Händen zu, erwischte Katerin bei den Armen und packte so fest zu, daß ihr ein gellender Schrei entfuhr.

Oliver betrachtete den Bernstein, den er zwischen den Fingern kreisen ließ, und schlenderte wie zufällig

an dem Zyklopen vorbei, der, weil er mit Katerin zu tun hatte, von dem Halbling keine Notiz nahm.

»Verzeihung«, sagte Oliver und tippte ihm mit der Rapierspitze auf die Stirn. Vor Schreck ließ das Einauge von Katerin ab und starrte zu Oliver auf. »Es wird jetzt weh tun«, warnte der Halbling, und schon steckte dem Monstrum die Klinge im Auge.

Oliver trat zurück und musterte wieder den Stein, versuchte, in Erinnerung zu rufen, mit welchen Worten Siobhan ihn Luthien zugesteckt hatte. Derweil machte sich Katerin über den geblendeten Zyklopen her. Der war außer sich vor Schmerzen und fuchtelte mit den Armen in der Luft herum. So hatte Katerin leichtes Spiel und würgte ihn zu Tode.

Oliver schaute nicht hin. Er trat ans Fußende des Bettes, schleuderte den Bernstein vor die Wand und rief dreimal den Namen Brind'Amours. Aufprallend zerbrach der Stein in kleine Splitter, die, ehe sie zu Boden fallen konnten, mit der Mauer dahinter verschmolzen und diese veränderten. Unter wirbelnden Schwaden öffnete sich ein Loch in der Wand.

Auf Anhieb erkannte Oliver den magischen Tunnel. »O mein guter Brind'Amour«, pries er den Zauberer angesichts des rettenden Fluchtwegs. Dann aber blickte er zur zerschlagenen Tür und mußte feststellen, daß weder Luthien noch der Dämon oder Paragor zu sehen waren. »Es ist doch manchmal wirklich lästig, Freund zu sein«, grummelte der Halbling und ging auf die Tür zu.

Kaum hatte er drei Schritte getan, da stürzten zwei Gestalten durch den gelbbraunen Schwadenwirbel ins Zimmer. Oliver riß die Augen auf. Und auch Katerin wagte zu hoffen, als sie sah, wer da kam.

Brind'Amour und Estabrooke.

Zu immer schnelleren Paraden war Luthien gezwungen. Mit hin- und hersausendem Schwert wehrte er

das Scheusal ab, das ihn mit Krallen zu packen versuchte. Luthien wußte, daß er den Angriffen nicht lange mehr standhalten konnte.

Aus den glühenden Augen Praehotecs traten Strahlen roten Lichts hervor.

Luthien stemmte einen Fuß gegen die Tür und warf sich schreiend dem Unhold entgegen und zog im letzten Moment den Kopf ein, als die beiden Augenstrahlen aufeinandertrafen und einen Blitz auslösten, der in die rückwärtige Tür einschlug.

Luthien stieß mit dem Schwert zu und verletzte den Dämon an der Bauchdecke, riß dann die Klinge zur Seite, hackte eine tiefe Kerbe in dessen rechten Flügel und drängte an dem massigen Leib vorbei, um nach hinten in den größeren Teil des Flurs zu gelangen.

Praehotec konnte sich so schnell nicht um die eigene Achse drehen, doch er hob das Bein und rammte dem anderen das Knie in die Seite.

Luthien prallte vor die Wand, stürzte zu Boden und kroch in panischer Hast auf allen vieren der Tür zu Paragors Schlafgemach entgegen.

Da sah er den Saum der bräunlich-gelben Robe, dieser ekligen Farbe, die diesem Ekel so gut zu Gesicht stand.

Luthien mühte sich auf, indem er die Beine streckte und mit dem Rücken über die Wand nach oben rutschte. Bevor er aufgerichtet dastand und bevor er dem Hexer ins Gesicht blicken konnte, empfand er das Knistern hochgespannter Energie.

Blaue Lichtspuren flackerten zwischen Paragors gespreizten Fingern, und als er mit den Händen nach Luthien griff, wuchsen diese Blitze aus zu einem Netz, das sich um den jungen Helden legte.

Luthien verkrampfte sich, die Haare standen ihm zu Berge, und klappernd schlug die Kinnlade auf und zu, wobei er sich einmal so fest in die Zunge biß, daß diese heftig zu bluten anfing. Den Hexer unmittelbar vor

Augen, wollte er über ihn herfallen, doch die Muskeln gehorchten ihm nicht. Der Krampf dauerte an; am ganzen Körper bebend, schlug er mit dem Hinterkopf so heftig gegen die Wand, daß er darüber fast die Besinnung verlor.

Am Rande nahm er wahr, daß sich Praehotec endlich herumgedreht hatte und den langen Arm ausstreckte.

Unter lautem Gebrüll langte die Bestie mit der Krallenhand aus, um ihm, Luthien, den Schädel zu zerquetschen. Doch das Netz aus flackernder Energie wehrte den Zugriff ab. Von einem elektrischen Schlag getroffen, zog Praehotec die Hand zurück, wandte dem Hexer sein wutverzerrtes Schlangengesicht zu.

»Den bekommst du nicht«, sagte Paragor. »Er gehört mir. Von mir aus kannst du dich an seiner Geliebten abreagieren.«

Luthien konnte die Worte trotz der laut knisternden Spannung hören und obwohl ihm vor Schmerzen die Ohren sausten. Paragor hatte dem Dämon erlaubt, Katerin zu schänden oder zu töten.

»Nein!« stieß er mühevoll hervor, richtete sich auf, die Wand als Stütze nutzend, und unter Aufbietung all seiner Willenskraft hob er das Gesicht, um Paragor die Stirn zu bieten. Da sah er hinter ihm den Freund und Zauberer Brind'Amour in der offenen Tür zur Schlafkammer stehen.

Der bewegte die Arme im Kreis und sprach eine Formel, holte dann tief Luft, legte die Hände hinter die Ohren und blies seinen Atem mit aller Macht aus.

Luthien sah sich an das Bild eines Geburtstagskindes erinnert, das die Kerzen auf der Torte auszublasen versucht.

Grelles Licht sprühte, und es fauchte ein Wind, der Luthien vor die Wand preßte und das Energiegespinst, das ihn gefangenhielt, wegpustete.

Paragor fuhr taumelnd herum und starrte den unerwarteten Gegner an, erkannte ihn wieder als jenen alten Mann, den er in seiner Wahrsageschale gesehen hatte. Angesichts der Zauberkräfte, die dieser demonstrierte, war ihm klar, mit wem er es zu tun hatte.

»Du ...«, raunte Paragor drohend, und Brind'Amour wußte, daß der Hexerherzog ihn als den erkannte, vor dem er gewiß schon oft von König Grünspatz gewarnt worden war. Paragor kreischte wie von Sinnen auf und stürzte mit ausgestreckten Armen auf Brind'Amour zu, um ihn zu würgen.

Als Luthien wieder zu Bewußtsein kam, sah er, am Boden liegend, einen goldenen Lichtschleier über sich und dahinter Praehotec, wie der seinen riesigen Fuß hob und ihn niederzutrampeln drohte.

Luthien tastete nach dem Schwert, konnte es aber auf die Schnelle nicht finden, schloß die Augen, schrie auf und fürchtete, zermalmt zu werden.

Und dann war es Praehotec, der auf einmal losbrüllte, entsetzlich laut und qualvoll, denn als er den goldenen Lichtschleier berührte, löste sich sein Fuß in nichts auf.

Brind'Amours Hände schimmerten ebenso blau wie sein Umhang, als er die Arme hob, um Paragors Angriff abzuwehren. Er kam in Berührung mit ihm und spürte dessen eklige Fäulnis auf sich übergreifen. Dagegen half nur eines. Geeignete Heilformeln rezitierend, tötete er die unsichtbaren Krankheitsfliegen ab, die von Paragor ausschwärmten.

Knurrend drängte der Hexerherzog weiter vor. Doch Brind'Amour hielt ihm stand, reagierte geschickt auf jede Bewegung des anderen. Urplötzlich aber schnellte Paragors Hand nach vorn, schlug klatschend dem Alten ins Gesicht und hinterließ dort eine schwärende Wunde. Brind'Amour revanchierte sich auf gleiche Weise und drückte dem Herzog die blau schimmernde

Handfläche auf die Nase, die sogleich vereiste und von Rauhreif überzogen wurde.

Der böse Herzog schnappte nach Luft, bekam die Hand von Brind'Amour zu fassen und fing mit ihm zu ringen an, versuchte ihn zur Seite zu schleudern und war nicht schlecht verdutzt, als der Alte, statt dagegenzuhalten, nachgab, ja, sogar sein eigenes Gewicht mit in den Schwung legte, so daß beide zu Boden gingen und über den Flur purzelten, weg von Luthien und Praehotec.

Luthien schaute gebannt auf die beiden Hexer, so auch der Dämon, der sich nicht länger in acht nahm vor dem Lichtschleier und immer tiefer darin versank, jetzt mit dem Knöchel, mit der Wade ...

Erst jetzt bemerkte Luthien: Das war gar kein Licht, keine Leuchtschicht, wie zuerst vermutet, sondern eine Wolke aus kleinen, scharfkantigen Diamanten, die so schnell umeinanderwirbelten, daß sie wie Licht aussahen und das Fleisch des Dämons abfraßen, zerhäckselten und wegputzten!

Alles wurde plötzlich rot, als Praehotec erneut einen seiner feurigen Augenstrahlen aussandte, worauf sich Luthien von dessen Blut und Glibber wie aus Kübeln überschüttet sah. Als er aufblickte, mußte er feststellen, daß Brind'Amours Schutzschranke verschwunden war – zusammen mit Praehotecs Fuß. Und aus dem Stumpf spritzte der ätzende Lebenssaft des Dämons auf den Boden, auf die Wand und auf Luthien.

Der nahm sein Schwert, wälzte sich unter dem Scheusal weg und sprang auf. In diesem Moment kamen Oliver mit ausgestrecktem Rapier und Estabrooke vorbeigestürmt; das Schwert des Schwarzen Ritters leuchtete wie Weißglut.

Luthien wollte sich ihnen anschließen, fand aber, daß er keine Kraft mehr dazu hatte, und dann war Katerin da; sie umarmte ihn flüchtig, drückte ihm einen Kuß auf die Wange und flüsterte: »Ich muß gehen.«

Luthien bemerkte, daß sie eine Keule in der Hand hielt, die sie offenbar einem der toten Zyklopen abgenommen hatte. Damit rannte sie nun los, aber nicht etwa auf Oliver, Estabrooke und den Dämon zu, sondern in die entgegengesetzte Richtung.

Luthien sah Brind'Amour und Paragor miteinander kämpfen. Mal schrie der eine auf, mal der andere. Ihr Anblick brachte den jungen Bedwyr wieder in Schwung, obwohl ihm alle Glieder entsetzlich weh taten. Doch er konnte nicht untätig zuschauen und biß die Zähne zusammen.

»Igitt!« ekelte sich der Halbling. Fast wäre er in den grünlichen Auswurf Praehotecs getreten. Der Dämon selbst lehnte an der Wand, schien Oliver gar nicht zu registrieren und starrte über ihn hinweg auf den geharnischten Ritter, diesen edlen Sonderling, übriggeblieben aus vergangener, geheiligter Zeit. Der Dämon erkannte ihn wieder als das, was er am meisten haßte.

»Paladin«, knurrte er, und Geifer sabberte ihm aus dem Schlangenmaul. Flügelschlagend richtete er sich auf, soweit es die Deckenhöhe und das halb abgefräste Bein ihm erlaubten.

Oliver war beeindruckt von diesem Schauspiel, nicht weniger von Estabrookes Mut. Denn der Ritter sandte ein Stoßgebet zum Himmel aus, stimmte ein fröhliches Lied an und ging, mit dem Schwert um sich schlagend, zum Angriff über. Jetzt wußte auch Oliver, wer dieser Mann war, den er und Luthien auf den Feldern von Eradoch getroffen hatten, in Wahrheit war, nämlich einer der Zwölf aus der Ritterrunde Karls des Großen.

Estabrooke hackte dem Scheusal einen Arm ab.

Praehotec langte mit dem anderen zu, schickte seine flammenden Augenstrahlen aus, auf daß sie den Panzer des Gegners durchbrennen und bis in dessen Herz vordringen sollten. Gleichzeitig richtete er den Blutstrahl, der aus seinem Armstumpf spritzte, auf Esta-brookes Visier.

Obwohl er geblendet war und unter unsäglichen Schmerzen litt, hörte Estabrooke nicht zu singen auf, sondern attackierte entschlossen weiter, zerfetzte einen Flügel und rammte dem Unhold die Klingenspitze mit großer Wucht von der Seite aus in die Brust.

Praehotec balancierte auf einem Fuß, schaukelte wacklig hin und her, brachte es dann aber dennoch fertig, mit dem Arm zu schlagen, gezielt und mit solcher Wucht, daß der Helm des Gegners wie ein Gong dröhnte. Estabrooke ging zu Boden.

Endlich ließen die beiden Hexer voneinander ab, um Luft zu holen. Brind'Amours Haut war schlimm verkratzt, und die Ärmel seines wunderschönen Gewandes hingen ihm in Fetzen von den Schultern. Paragor sah nicht besser aus; ein Bein war steifgefroren, und im Gesicht und auf seinen Armen hatten sich Frostbeulen gebildet. Der Herzog zitterte am ganzen Leib – ob der Kälte wegen oder vor Wut, war nicht zu erkennen.

Beide brabbelten Zauberformeln vor sich hin und sammelten Kraft. Als dann Paragor den Kampf wiederaufnahm, indem er einen hellgelben Lichtkeil gegen Brind'Amour schleuderte, antwortete der mit einem Blitz in leuchtendem Blau.

Beide nahmen den Angriff des jeweils anderen schutzlos entgegen und ließen es geschehen, daß ihnen Hochspannung um Kopf und Schulter zuckte, um den Körper flackerte und über die Füße in den Boden abging.

»Verflucht!« zeterte Paragor. Es schüttelte beide heftig, doch sie blieben stehen. Erstaunlich kräftig, dieses dürre Klappergestell, dachte Brind'Amour bei sich.

Paragor war am Ende seiner Kräfte. So auch Brind'Amour. Was ihren Kampf aber letztlich entschied, war weder Hexenkunst noch deren Versagen.

Katerin O'Hale hatte sich von hinten an den Herzog herangeschlichen und mit der Keule zugeschlagen, genau zwischen die flügelähnlichen Haarfransen. Man hörte die Halswirbel förmlich knirschen, und der Schädel wurde von dem wuchtig geführten Hieb eingebeult. Paragor bäumte sich noch ein letztes Mal auf und sackte dann tot in sich zusammen.

Dem Dämon war keine Ruhepause, kein Luftholen vergönnt. Bevor er sich herumdrehen konnte, hatte ihm Oliver mit dem Rapier ein tiefes Loch zwischen die Rippen der Brustseite gestochen, die bislang noch unverwundet war.

Verheerender noch schlug Luthien zu. Im Gegensatz zu Oliver wußte der junge Bedwyr mit dem von Praehotec ausgesprochenen Wort ›Paladin‹ nichts anzufangen; dennoch erkannte er in Estabrooke einen edlen Rittersmann, der traditionsbewußt und gottesfürchtig war. Ihn fallen zu sehen hatte Luthien schwer erschüttert. Er mußte an das Böse denken, das sich im Land breitgemacht hatte, an die entweihten Kathedralen, in denen Steuern eingetrieben wurden, an die Versklavung der Zwerge und Elfen. Und das machte ihn nun wütend, so wütend, daß er alle Furcht vergaß. Mit dem Schwert drosch er auf den Dämon ein, was das Zeug hielt.

Praehotec konnte sich auf dem einen Fuß nicht länger halten und kippte der Länge nach zu Boden. Doch Luthien ließ nicht von ihm ab und kratzte ihm die Schuppen vom Leib. Plötzlich, erstaunlicherweise, rückte Estabrooke an seine Seite und schlug mit seinem glänzenden Schwert tiefe Wunden in das Scheusal.

Und wieder richtete sich Praehotecs Zorn gegen den Ritter. Er trat mit dem ihm verbliebenen Fuß aus, sperrte gleichzeitig das Maul auf und bespie Estabrooke mit einem Feuerschwall.

Der Ritter fiel und stand nicht mehr auf.

Kaum waren die Flammen erloschen, wuchtete Luthien ihm sein Schwert ins offene Maul und bohrte die Spitze bis ins Hirn, worauf Praehotec unter Schüttelkrämpfen erbrach. Der junge Bedwyr sprang zurück und sah den Dämon auf dem Boden dahinschmelzen, sich zu einer Pfütze aus grünem, klebrigem Schleim auflösen.

Luthien eilte auf Estabrooke zu, schob ihm sanft seinen Arm unter die Schulter und öffnete das Visier. Verätzt von den Auswürfen Praehotecs, starrten ihm Estabrookes Augen blind entgegen.

Es klopfte an der Tür; ein Zyklop rief nach Herzog Paragor. Luthien aber konnte sich nicht losreißen von dem schwerverletzten Mann.

Der Ritter lächelte matt, wie es schien. »Ich bitte dich, begrabe mich in Caer MacDonald«, hauchte er, und über seine Lippen troff Blut.

Luthien nickte. Er hatte einen dicken Kloß im Hals. Er wollte etwas Tröstliches sagen, dem Ritter einreden, daß es für ihn noch nicht Zeit sei zu sterben.

»Freiheit für Eriador!« sagte Estabrooke mit lauter Stimme, lächelte dabei und gab dann seinen letzten Hauch von sich.

»*Douzeper*«, flüsterte Oliver und ging neben Luthien in die Hocke. »Er war ein Paladin, ein frommer Mann.«

Das Klopfen an der Tür wurde ungehaltener.

»Komm, mein Freund«, sagte Oliver leise. »Hier können wir nichts mehr tun. Laß uns verschwinden.«

»Legt euch hin und stellte euch tot.« Dieser Rat kam von Brind'Amour. Die beiden glaubten offenbar, falsch verstanden zu haben, und gafften einander verwundert an.

»Los! Tut, was ich euch sage«, drängte der alte Zauberer. »Dasselbe gilt für dich«, sagte er an Katerin gewandt, die ebenso perplex reagierte wie Luthien und Oliver.

Schließlich gehorchten die drei und streckten sich

auf dem Boden aus. Brind'Amour half mit magischen Mitteln nach, um den Scheintod überzeugend zu gestalten: Er ließ ihre Haut leichenblaß werden und beschmierte sie mit Blut, vor allem Katerin und Oliver, die selbst kaum Verletzungen davongezogen hatten.

Aus ihrer Verwunderung wurde blankes Entsetzen, als sie die Wandlung mitansahen, die Brind'Amour nun an sich selbst vornahm. Sein langer Bart verschwand, die weißen Haare wurden grau und bildeten hinter den Ohren flügelartige Fransen aus. Der blaue Umhang nahm eine widerliche bräunlich-gelbe Farbe an. Jetzt war den dreien klar, worauf der Zauberer abzielte, und wie auf Kommando richteten sie ihre Blicke auf Paragors Leiche am anderen Ende des Flurs. Statt seiner schien dort jetzt Brind'Amour zu liegen.

Der Zauberer klatschte in die Hände, worauf das Türblatt, das Praehotec in der Laibung verkeilt hatte, unter den hämmernden Fäusten der Zyklopen zersplitterte. Angeführt von Thowattle, dem einarmigen Lakaien des Herzogs, stürmten die Wachen herbei, blieben dann aber wie angewurzelt stehen, als sie die greuliche Szene erblickten: zwei tote Zyklopen, drei verstümmelte Menschen und ein Halbling, dazu jede Menge blasenschlagender Schleim und grüner Glibber.

»Meister?« fragte Thowattle mit Blick auf Brind'-Amour.

»Es ist vorbei«, erklärte dieser in der Stimme Paragors.

»Dann werden wir gleich saubermachen«, versprach Thowattle und machte kehrt. Wahrscheinlich wollte er Eimer und Putzlappen holen.

»Keine Zeit«, blaffte Brind'Amour. »Ruf die Truppen zusammen. Sofort! Bevor es diesen Spitzeln hier an den Kragen ging, haben sie mir noch verraten, daß sich an der Hohen Mauer ein großes Heer versammelt hat.«

Die drei Freunde, die reglos am Boden lagen, hörten,

was der Zauberer sagte, konnten sich aber keinen Reim darauf machen.

»Wie Ihr wünscht«, antwortete Thowattle. »Ich werde ein paar Diener zum Saubermachen kommen lassen.«

»Um die da kümmere ich mich selbst«, sagte Brind'Amour, zeigte mit seinen langen Fingern auf die drei Freunde und fing leise zu singen an. Luthien, Oliver und Katerin spürten ein Zucken in den Gliedern und vernahmen einen telepathischen Ruf des Zauberers, der sie darum bat, ihm zu vertrauen und zu folgen. Und gehorsam standen sie auf, gleichzeitig, wie Zombies.

»Es wird diesen närrischen Rebellen eine nachhaltige Lehre sein, wenn sie die eigenen Helden zu untoten Sklaven ihrer Feinde herabgewürdigt sehen«, sagte der falsche Herzog. Thowattle liebte makabere Scherze; er grinste hintersinnig, verbeugte sich tief und scheuchte die Wachen nach draußen. Mit einem Schlenker aus dem Handgelenk bewirkte Brind'Amour, daß sich die geborstene Tür zurück in die Laibung verfügte.

»Was soll das alles?« fragte Oliver, und im ersten Moment glaubte der Halbling tatsächlich, vor Paragor zu stehen.

»Glen Durritch«, erklärte Brind'Amour. »Unsere Armee hat inzwischen unter Siobhans Führung die gesamte Hochebene rund um Glen Durritch eingenommen.«

»Verstehe«, sagte Luthien. »Die Truppen von Princetown, eilig zusammengetrommelt, werden Hals über Kopf nach Norden ziehen und im Tal von Durritch unseren Leuten in die Falle laufen.«

»Ist doch besser, als sie hier vor den Mauern zu belagern, oder?« schmunzelte der Zauberer, und an Oliver gerichtet: »Erinnerst du dich? Wir haben einmal darüber nachgedacht, welchen Wert der eine oder andere für Eriador haben könnte.« Der Halbling nickte.

Nur Katerin und Luthien wußten nicht, wovon die Rede war.

»Die Zeit ist gekommen«, fuhr Brind'Amour fort. »Allerdings muß ich für den Rest der Nacht ausruhen und neue Kraft schöpfen.«

Ein tiefes, trauriges Seufzen entfuhr ihm, als er den Blick auf Estabrooke richtete. Er hatte sich mit dem Ritter während der vergangenen Tage ausführlich unterhalten können, und es war dann keine Überraschung mehr für ihn gewesen, daß sich Estabrooke für die Sache der Rebellen entschieden und, als es soweit war, darauf gedrängt hatte, in den Zaubertunnel zu treten und zu kämpfen. Sein Tod war ein großer Verlust für Eriador und die ganze Welt, doch es tröstete Brind'Amour, daß der Ritter nach Jahren der Verblendung am Ende die Wahrheit über Paragor erkannt und entsprechend gehandelt hatte.

»Kommt«, sagte der Zauberer schließlich. »Laßt uns sehen, was der Palast des Herzogs vier müden Wanderern an Annehmlichkeiten zu bieten hat.«

27. Kapitel

Diplomatie

Luthien war ratlos, wußte nicht, wie er ihr begegnen sollte. Katerin hockte still und ohne sich zu rühren auf dem Bett der Kammer, die gleich neben dem Schlafgemach des Herzogs lag. Daß er gekommen war, schien ihr völlig gleichgültig zu sein.

Er aber stand da und betrachtete sie, die er schon von Kindesbeinen an kannte, wie eine Frau, die er nun zum ersten Male sah. Sie hatte sich nach dem Kampf gewaschen und trug nicht mehr als ein Unterhemd aus schwarzem Satin; es war tief ausgeschnitten und eine Nummer zu klein für sie. Anscheinend war im Kleiderschrank nichts anderes zu finden gewesen.

Schön, wie sie war, bot Katerin in dieser Aufmachung einen betörenden Anblick, und doch wirkte sie abweisend und kühl. Sie saß aufrecht da mit gestrafften Schultern; die Hände lagen in ihrem Schoß.

Sie hatte den Kampf fast unbeschadet überstanden und auch keine Mißhandlung durch Paragor erleiden müssen. Natürlich war die Entführung selbst entsetzlich genug, doch ihr hätte gewiß viel Schrecklicheres widerfahren können.

Soeben, als noch gekämpft worden war, hatte sie Luthien voller Überschwang umarmt und geküßt; nun war sie ernst. Und Luthien spürte, daß sie Angst hatte. Womöglich fürchtete sie beides: daß er ihr zu nahe käme oder daß er fern bliebe. Bis zu diesem Moment war ihm noch gar nicht richtig bewußt geworden, wie sehr er ihr durch sein Geplänkel mit Siobhan weh getan hatte. Katerins Eifersuchtsszene im Zwelf war ihm damals wie schmeichelhafte Aufmerksamkeit vorgekommen. Ach, dachte Luthien, wenn sie sich doch auch jetzt wenigstens empören könnte! Sie so niedergeschlagen und leidenschaftslos zu sehen, war ihm unerträglich.

»Mir ist Siobhan lieb und teuer«, sagte er, um einen Anfang zu machen. Katerin schaute zur Seite.

»Aber du bedeutest mir noch viel mehr«, beeilte er sich hinzuzufügen und trat einen hoffnungsvollen Schritt auf sie zu.

Katerin zeigte ihm die kalte Schulter.

»Verstehst du?« fragte er.

Keine Antwort.

»Du mußt verstehen«, stammelte er. »Als ich in Montfort war ... da brauchte ich jemanden ...«

Katerin wandte sich ihm zu. In den grünen Augen quollen Tränen. Die Zähne waren fest aufeinandergepreßt.

»Siobhan ist mir eine Freundin, nicht mehr, nicht weniger«, sagte Luthien.

Katerin verzog das Gesicht.

»Zugegeben, sie war mehr als eine Freundin«, korrigierte sich Luthien. »Und ich bedaure auch nicht, daß ...« Wieder geriet er ins Stocken, bemerkte, daß er die falsche Richtung eingeschlagen hatte. »Ich bedaure, dich verletzt zu haben, und wenn ich dadurch unserer Liebe einen nicht wiedergutzumachenden Schaden zugefügt habe, werde ich nie mehr glücklich sein. Nichts könnte mich über diesen Kummer hinwegtrösten, kein Sieg, kein noch so großer Ruhm als ...«

»Du bist der Blutrote Schatten«, sagte Katerin wie beiläufig.

»Ich bin Luthien Bedwyr«, antwortete er. »Der, der dich liebt und nur dich.«

Katerin verzog keine Miene und sagte kein Wort.

Das Schweigen zwischen den beiden zog sich in die Länge, bis Luthien sich geschlagen gab und auf dem Absatz kehrtmachte. »Es tut mir leid«, flüsterte er und ging hinaus.

Er war schon am anderen Ende des Korridors, als Luthien seinen Namen rufen hörte. Herumfahrend sah er sie vor ihrer Tür stehen, groß, wunderschön und mit dem Anflug eines Lächelns im hübschesten aller Gesichter.

Langsam ging er auf sie zu, vorsichtig und voller Angst, daß sie sich wieder zurückziehen könnte, falls er ihr zu ungestüm nahte.

»Geh nicht«, sagte sie und nahm ihn bei der Hand. »Geh nie mehr fort.«

Durch einen kleinen Spalt in der Tür auf der anderen Flurseite spähte Oliver und beobachtete die beiden. »Ah, was gibt's Schöneres, als jung und zur Frühlingszeit in Princetown zu sein«, schwärmte er im stillen vor sich hin, machte diskret die Tür zu und wartete, bis sie verschwunden waren.

Dann trat er leise in den Flur hinaus, gestiefelt und gespornt und mit einem Reisesack auf der Schulter. Er hatte einen weiten Weg vor sich, und der mußte in möglichst kurzer Zeit zurückgelegt sein.

Unter lauten Fanfarenklängen marschierte am nächsten Morgen der stolze Garnisonsverband von Princetown zur Stadt hinaus. Weil es die Soldaten eilig hatten, zogen sie über die breiten Wege nach Südosten in Richtung Glen Durritch, um von dort nach Norden einzuschwenken, der Hohen Mauer zu, wo sie den Rebellen das Fürchten lehren wollten.

Aber die Rebellen waren nicht an der Mauer. Sie hielten sich an den Hängen des Tales versteckt, durch das die zyklopischen Soldaten aus Princetown ziehen mußten.

So prasselte ein Dauerregen von Geschossen auf die

langgezogene Reihe der Zyklopen nieder, und ein Surren von Bogensehnen erfüllte die Luft. Jeder Schütze hatte schon seinen jeweils dritten Pfeil abgeschossen, ehe der erste ins Ziel traf. Als sie sich vom anfänglichen Schreck erholt hatten, versuchten die Zyklopen, eine defensive Aufstellung einzunehmen, aber da kamen die Reiter von Eradoch herbeigeprescht und zersprengten schnell wieder, was sich an Formation hatte bilden können.

Es gab keine Verteidigung, geschweige denn einen organisierten Gegenangriff. Einige Zyklopen versuchten den Ostausgang des Tales zu erreichen, doch der Weg war ihnen abgeschnitten. Die Flucht gelang nur denen, die sich am Ende des langen Trosses befanden und einfach kehrtmachten. Doch auch auf sie wartete eine böse Überraschung, denn in der Zwischenzeit hatte ein großes Heer von Zwergen die Stadt umstellt.

An diesem schicksalsschweren Morgen kam kein einziger Zyklop in die Stadt zurück.

Grünspatz rutschte auf seinem Stuhl hin und her. Er rang sich ein Lächeln ab und tat so, als sei er rundherum zufrieden, dabei war der gasconische Stuhl mit seiner hohen Lehne alles andere als bequem. Aber der König von Avon mußte Haltung bewahren. Er war in Caspriole im Südwesten Gasconys, zu Gast bei Albert deBec Fidel, einem der ersten Feudalherren des ganzen Landes.

Aus irgendeinem Grund, den Grünspatz nicht verstehen konnte, hatte deBec Fidel das Gespräch auf die aktuellen Ereignisse in Eriador gelenkt. Tatsächlich wußte der auf Urlaub weilende König kaum etwas dazu zu sagen. Nach seinem Kenntnisstand befand sich Belsen'Krieg in Montfort. Allerdings hatte ihm vor kurzem eine seiner Helfershexen, Herzogin Deanna Wellworth von Mannington, eine Nachricht zukommen lassen, wonach es immer noch einigen Ärger mit den Rebellen gab.

»Was gedenkt Ihr nun zu tun?« fragte deBec Fidel. Seine unverhohlene Neugier überraschte Grünspatz nicht schlecht. Normalerweise war der Gascone ein vornehm zurückhaltender Mann.

»Im Fall der Rebellen?« entgegnete Grünspatz und machte klar, daß sich diese Frage wohl von selbst beantwortete.

»Mit Eriador«, präzisierte deBec Fidel.

»Eriador ist und bleibt ein Herzogtum von Avon«, stellte Grünspatz fest.

»Ein Herzogtum ohne Herzog.«

Grünspatz hatte sich in der Gewalt und zuckte nicht einmal mit der Wimper. Woher wußte deBec Fidel Bescheid? fragte er sich. »Herzog Morkney hat mich enttäuscht«, gab er zu. »Ich werde bald einen Nachfolger bestimmen.«

»Nachdem Ihr einen Nachfolger für den Herzog von Princetown bestimmt habt?« fragte deBec Fidel schmunzelnd.

Grünspatz verschlug es die Sprache; er hatte keine Ahnung, wovon der Gascone sprach.

»Herzog Paragor ist tot«, erklärte deBec Fidel. »Und Princetown – ah, ich liebe diese wunderschöne Stadt, besonders im Frühling –, nun, Princetown ist in Rebellenhand.«

Dummes Zeug, dachte Grünspatz spontan, doch dann mußte er einsehen, daß deBec Fidel eine solche Nachricht nicht preisgegeben hätte, stammte sie nicht aus absolut verläßlicher Quelle. Und wie stünde er, der König da, wenn er zugeben würde, nichts davon zu wissen?

»Es heißt, daß der gesamte Garnisonsverband von Princetown aufgerieben wurde«, fuhr deBec Fidel fort. »Der Kampfverlauf muß angeblich sehr einseitig gewesen sein. Für die Rebellen ein Sieg auf der ganzen Linie.«

Den hämisch drohenden Unterton in deBec Fidels Stimme registrierte Grünspatz sehr wohl. Der Gascone schien sich köstlich zu amüsieren. Wahrscheinlich, so vermutete der Hexerkönig, war eine Gesandtschaft aus Eriador bei ihm vorstellig geworden, mit dem Angebot günstiger Handelsabkommen und weitreichender Zugeständnisse für Casprioles große Fischfangflotte. Die Allianz zwischen Avon und Gascony war ein wahrhaft zartes Pflänzchen, kaum mehr als eine vorläufige Waffenruhe nach Jahrhunderten zahlloser Scharmützel und Schlachten. Zwar kämpften zur Zeit Grünspatzens Soldaten Seite an Seite mit Gasconen im südlichen Nachbarland Gasconys, doch es konnte keinen Zweifel daran geben, daß die Gasconen vorteilhaften Angeboten aus Eriador den Zuschlag erteilen und sich von Avon abwenden würden.

Was mit einem kleinen Aufstand in Montfort angefangen hatte, war mittlerweile ein Riesenproblem.

Hinter einer der Türen, die zu dieser Kammer führten, hielt Oliver deBurrows sein Ohr ans Schlüsselloch gepreßt und lauschte grinsend den Worten deBec Fidels, mit denen dieser dem König aus Avon zu erklären versuchte, warum es in jeder Hinsicht günstiger wäre, die Unabhängigkeit Eriadors anzuerkennen.

»Andernfalls nähmen die Unruhen kein Ende«, sagte der Gascone. »So war es schon damals, als mein Land über Avon herrschte. Unsereins hat sich genötigt gesehen, die Hohe Mauer zu bauen, um die Wilden aus dem Norden zurückzuhalten. Vergebens, wie sich spätestens jetzt zeigt.«

Olivers Mundwinkel reichten grinsend bis an die Ohren heran. Er hatte seinen Auftrag als Gesandter Eriadors auf glanzvolle Weise ausgeführt. Daß Princetown gefallen war und daß Gascony mit den Rebellen sympathisierte, sollte dem Hexerkönig aus Avon zu denken geben.

»Darf ich Euch für die Nacht beherbergen?« hörte der Halbling deBec Fidel sagen, nachdem es für eine Weile peinlich still geworden war.

»Nein«, antwortete Grünspatz barsch. »Ich werde mich unverzüglich auf den Weg machen.«

Zurück nach Carlisle, dachte Oliver und kicherte in sich hinein. Aber auch für ihn selbst war es an der Zeit zurückzugehen.

28. KAPITEL

Das Wort

Luthien und Katerin saßen hoch zu Roß und blickten von einer Anhöhe auf Princetown herab. Die Sonne war soeben aufgegangen und ließ die polierten Flächen aus weißem, rosageädertem Marmor aufleuchten. Im berühmten Zoo erwachten die Tiere und begrüßten den neuen Tag mit schrillem Getön.

Ansonsten war es still in der Stadt. Die Panik unter den Bewohnern hatte sich rasch gelegt.

»Brind'Amour hat ihnen versprochen, daß sie und ihre Stadt unbehelligt bleiben«, sagte Luthien. »Es scheint, sie vertrauen dem Alten.«

»Etwas anderes bleibt ihnen auch nicht übrig«, entgegnete Katerin. »Wenn wir wollten, könnten wir einmarschieren und töten, was sich uns in den Weg stellt.«

»Sie wissen, daß wir das nicht wollen«, sagte Luthien. »Sie kennen unsere Absichten.«

»Sind uns aber trotzdem nicht wohlgesinnt«, mahnte Katerin. »Glaub mir, wenn sie die Kraft hätten, uns zu vertreiben, so würden sie's tun.«

Luthien antwortete nicht. Er mußte ihr im stillen recht geben. Dabei hatte er gehofft, den Feldzug fortsetzen und bis nach Carlisle weiterziehen zu können, wenn die Bewohner von Princetown erst einmal die Fahne gewechselt hätten. So weit war es jedoch noch lange nicht.

»Wir werden aber nicht zögern, einzumarschieren

und die Stadt in Trümmer zu legen, wenn es Grünspatz einfallen sollte, uns seine Truppen auf den Hals zu hetzen. Auch das kannst du mir glauben«, ergänzte Katerin entschieden.

Luthien hörte kaum hin, weil ihm ihre Worte nicht gefielen. Außerdem lenkte ihn ab, daß Oliver auf Schäbig den Hügel heraufgetrabt kam, und im Süden, noch weit entfernt, näherte sich die erwartete Delegation der belagerten Stadt. Da rollten etliche Kutschen unter flatternden Fahnen auf das Tor zu; vorneweg und hinterdrein ritten Zyklopen in Paradeuniform auf Maulsäuen. Luthien wußte nicht alle Fahnen zu identifizieren, doch er erkannte diejenige von Avon und ahnte, daß die übrigen den ersten Adelsfamilien und den sechs wichtigsten Städten des Landes zuzuschreiben waren. Fast so auffällig wie die Standarte Avons zeigte sich eine blaue Fahne, auf der zwei große Hände dargestellt waren, die über eine Meeresenge hinweg aufeinander zugriffen.

Katerin deutete auf ebendiese Fahne und sagte: »Ich glaube, das ist Mannington.«

»Noch ein Herzog?« fragte Luthien. »Kommt er, um zu verhandeln, oder will er womöglich üble Zaubertricks zum besten geben?«

»Herzogin«, rief der Halbling korrigierend und brachte sein Pony vor den Freunden zum Stehen. »Herzogin Wellworth von Mannington. Sie vertritt den König, der zur Zeit noch in Gascony weilt.«

»Wo kommst du her?« fragten Luthien und Katerin wie aus einem Munde. Sie hatten Oliver seit fünf Tagen nicht mehr gesehen.

Oliver schmunzelte. Die beiden, so dachte er, würden kaum für möglich halten, was er zu berichten hatte. Er war durch Brind'Amours magischen Tunnel gereist, tausend Meilen hin und zurück. Er hatte bedeutende Männer getroffen, die einflußreichsten Politiker Gasconys, ja sogar im Vorbeigehen den Hut gezogen vor König Grünspatz persönlich. »Es war mal wieder an der Zeit, meiner Heimat einen Besuch abzustatten«, antwortete der Halbling. Mehr wollte er nicht verraten. Und weil Luthien und Katerin in Gedanken schon mit dem bevorstehenden Treffen beschäftigt waren, fragten sie auch nicht weiter nach.

Gern hätte Luthien an den Verhandlungen teilgenommen, doch Brind'Amour war dagegen und hatte zu bedenken gegeben, daß der Unterhändler des Königs wahrscheinlich ein Hexer sei und darum in der Lage, ihn, Luthien, zu durchschauen und hinter sein Geheimnis zu kommen. Für Eriador sei es besser, wenn der Blutrote Schatten eine rätselhafte, flüchtige Gestalt bliebe.

Luthien hatte Einsicht gezeigt und freiwillig das Feld geräumt für die Dauer der Verhandlungen. Doch jetzt, da er die lange Karawane hinter den Stadtmauern verschwinden sah, bereute er, sich nicht durchgesetzt zu haben gegenüber Brind'Amour.

Herzogin Deanna Wellworth war eine wunderschöne Frau. Das goldene Haar war schulterlang geschnitten, sorgsam zur Seite gekämmt und mit einer diamantenen Spange zusammengehalten. Obwohl noch jung an Jahren – sie hatte gewiß noch keine dreißig Winter erlebt –, war sie der Erscheinung und dem Auftreten nach äußerst elegant und vornehm, ließ aber dennoch etwas erahnen von einem wilden Temperament. Sie war bezaubernd und wohl auch ohne den Gebrauch ihrer magischen Mittel in der Lage, Männer in Schwierigkeiten zu bringen.

»Und die Flotte?« fragte sie unvermittelt. Es war klar: Sie wollte das Gespräch möglichst schnell hinter sich bringen.

»Hat sich davongemacht«, antwortete Brind'Amour ungerührt.

Deanna Wellworth legte ihre dezent gepuderte Stirn in Falten. »Ihr habt doch zugesichert, daß wir in aller Fairneß miteinander verhandeln«, entgegnete sie ruhig.

»Die Schiffe liegen im Diamantensund vor Anker«, informierte Brind'Amour. Er straffte die Schulter. »Unter der Fahne des freien Eriador«, fügte er hinzu und ließ die Herzogin durch seinen Tonfall wissen, daß der König mit einer Herausgabe der Flotte nicht zu rechnen hatte.

»Und die Gefangenen auf der Insel im Sund? Werdet Ihr sie an uns ausliefern?« fragte die Herzogin.

»Nein«, antwortete der Zauberer kurz und bündig.

»Aber es sind dreitausend!« empörte sich Wellworth.

»Das ist nicht unser Problem.«

Deanna Wellworth klatschte mit beiden Händen auf die polierte Tischplatte und erhob sich von ihrem Platz. Sofort waren ihre prätorianischen Leibwachen zur Stelle. Da meldete sich laut räuspernd der andere Unterhändler am Tisch, ein Zwerg mit rabenschwarzem Bart. Er erinnerte daran, daß ein großes Heer des kleinen Volkes nicht weit entfernt in den Bergen campierte. Princetown war an die Rebellen verloren, und falls es hier und heute nicht – wie von Grünspatz gewünscht – zu einer Übereinkunft käme, würde Avon einem kostspieligen Krieg entgegensehen.

Deanna Wellworth setzte sich wieder.

»Und was geschieht mit den in Glen Durritch gefangengenommenen Zyklopen?« fragte sie mit angekratzter Stimme. »Ich kann nicht mit leeren Händen zurückkommen.«

»Ihr erhaltet die Stadt zurück«, antwortete Brind'-Amour.

»Das war schon abgemacht, bevor ich hierher gereist bin«, maulte Wellworth. »Ich frage noch einmal: Was ist mit den Gefangenen?«

Brind'Amour warf einen Blick auf Shuglin und sagte

gütig lächelnd: »Wir haben keine Lust, mit tausend Einaugen nach Eriador zurückzumarschieren.«

Deanna Wellworth mußte an sich halten, um nicht laut loszuprusten vor Lachen. Zuerst war Brind'Amour leicht verunsichert durch ihre Miene, dann aber spürte er, was die Herzogin tatsächlich bewegte, nämlich große Erleichterung. Und dann fiel es ihm wie Schuppen von den Augen. Nach Carlisle war Mannington die zweitwichtigste Stadt im Lande; sie hatte viele Könige hervorgebracht.

»Wellworth?« erkundigte sich Brind'Amour. »War es nicht ein Wellworth, der vor Grünspatz auf dem Thron saß?«

Schlagartig verfinsterte sich die Miene der Herzogin. »Ein Verwandter«, antwortete sie. »Ein entfernter Verwandter.«

An ihrer Reaktion erkannte der alte Zauberer, daß er mit seiner Frage eine offene Wunde berührt hatte. Kein Zweifel, Deanna war die rechtmäßige Thronerbin. Wie mochte sie wohl eingestellt sein gegenüber diesem Strolch und Hexer, der nun ihr König war? Brind'Amour verzichtete auf weitere Spekulationen. Es standen wichtigere Dinge an.

»Ihr habt ein Geschenk für den König«, sagte er und brachte die Unterredung damit zum Abschluß.

»Allerdings«, erwiderte Deanna, kurz angebunden und sichtlich verstört durch die Anspielung auf ihre königliche Herkunft.

Luthien und Katerin, Oliver und Siobhan, das Heer der Eriadoraner und die Zwerge vom Eisernen Kreuz – sie alle schauten zu, als Brind'Amour, dicht gefolgt von Shuglin und Herzogin Deanna Wellworth, auf die Plattform des höchsten Turmes der Princetowner Kathedrale hinaustrat, seine Stimme erhob und diese magisch verstärkte, so daß er in jedem Winkel der Stadt zu hören war.

»Es wird Zeit«, rief der alte Zauberer. »Wir verlassen die Stadt und kehren in unsere Heimat zurück.«

Und dann sagte er die Worte, auf die Luthien Bedwyr und Katerin O'Hale so lange gewartet hatten.

»Eriador ist frei!«

Monarchie? Demokratie?« Oliver spuckte verächtlich aus. »Pfui Deibel! Alles, was mit Herrschaft zu tun hat, kann mir gestohlen bleiben.« Sie waren schon eine ganze Woche lang unterwegs, und obwohl dem Kalender nach der Frühling Einzug hielt, ließ das Wetter einiges zu wünschen übrig. Für ihren Triumphzug zurück nach Caer MacDonald hatten sie sich Sonne und blauen Himmel erhofft. In der Ferne waren endlich die Stadtmauern sowie die große erhabene Silhouette des Ministeriums zu erkennen, und wie selbstverständlich ging es im Gespräch der Freunde nun um die Krönung eines Königs für das freie Eriador.

Wer dieser König sein sollte, stand für Luthien seit langem fest. Zwar wollten große Teile des Volkes ihn, den Blutroten Schatten, auf den Thron steigen sehen, doch Luthien wußte um seine Möglichkeiten und Grenzen. Mit Brind'Amour als König wäre Eriador sehr viel besser gedient.

»Wieso ›pfui Deibel‹?« fragte Katerin nach.

»Weißt du, worin der Unterschied besteht zwischen Monarchie und Demokratie?«

Katerin zuckte mit den Achseln. Demokratie war für sie ein völlig neuer Begriff, aufs Tapet gebracht von Brind'Amour, als sie die Grenze zu Eriador passiert hatten.

Der Halbling erklärte: »Die Monarchie ermächtigt einen einzelnen, alle anderen auszubeuten. In einer Demokratie ist es umgekehrt.«

Es dauerte eine Weile, bis Luthien und Katerin die Pointe verstanden hatten.

»Demnach könnten wir auf einen König getrost verzichten«, sagte Luthien, »und die Städte bleiben sich selbst überlassen.«

»Die werden sich ohnehin nicht in ihre Angelegenheiten reinfunken lassen«, entgegnete Oliver, und Katerin stimmte mit ihm überein. Von den Bewohnern Eriadors war kaum einer bereit, sich dem Willen eines einzelnen zu beugen, erst recht nicht, wenn dieser aus einer anderen Ortschaft stammte.

»Trotzdem brauchen wir einen König«, meinte Luthien. »Wir brauchen jemanden, der das Volk repräsentiert und in seinem Namen mit den Nachbarländern verhandelt. So war es immer schon.«

»Und Brind'Amour wird das Volk zusammenhalten«, pflichtete Oliver bei. »Den Zwergen und Elfen gegenüber wird er fair sein, davon bin ich überzeugt. Trotzdem, alles, was mit Herrschaft zu tun hat ...«

»Pfui Deibel!« Katerin und Luthien spuckten aus, und alle drei lachten vergnügt.

Die Krönung von König Brind'Amour fand statt an einem strahlend schönen Tag knapp eine Woche nach Rückkehr der siegreichen Armee. Gegenstimmen wurden nicht laut, und selbst die rauhen Hochländer waren einverstanden und zeigten sich beeindruckt von den prächtigen Festlichkeiten.

Jetzt, da die Kämpfe beendet waren und statt der Schwerter nun friedliche Verhandlungen entscheiden mußten, hatte Brind'Amour die Rolle des Anführers übernommen, und Luthien war froh darum, froh, daß ihm die Bürde der Verantwortung endlich abgenommen wurde.

Vorläufig jedenfalls. Luthien machte sich keine Illusionen. So wie Brind'Amour war auch er überzeugt davon, daß Grünspatz dem Friedensschluß nur deshalb zugestimmt hatte, weil er Zeit brauchte für eine neuerliche Aufrüstung seiner Streitkräfte.

Luthien mußte an Estabrooke denken, der so viele

HEYNE
BÜCHER

Das Schwarze Auge

Die Romane zum gleichnamigen Fantasy-Rollenspiel – Aventurien noch unmittelbarer und plastischer erleben.

06/6022

Heyne-Taschenbücher

Jahre dem Königreich von Avon gedient hatte und – Ironie des Schicksals – nun dem eigenen Wunsch gemäß in Caer MacDonald seine letzte Ruhestätte finden sollte.

Aber nur nicht trübsinnig werden an diesem herrlichen Tag, dachte Luthien, als sich die Prachtkutsche der Bühne näherte, die auf dem Vorplatz des Ministeriums aufgebaut worden war. Brind'Amour sah wirklich königlich aus in seinem langen, purpurnen Gewand; die Kopf- und Barthaare waren gestutzt und gebürstet. Er verließ das Gefährt und bestieg die Bühne unter dem vieltausendstimmigen Jubel derer, die sich versammelt hatten.

Versammelt, um den Tag der Freiheit zu feiern – dies rief sich Luthien in Erinnerung und schob alle düsteren Gedanken an Grünspatz beiseite.

HEYNE
BÜCHER

Terry Pratchett

*Kultig, witzig,
geistreich –
»Terry Pratchett ist
der Douglas Adams
der Fantasy.«*
The Guardian

Der Zauberhut
Die Farben der Magie
Zwei Scheibenweltromane
23/117

Trucker/Wühler/Flügel
Die Nomen-Trilogie –
ungekürzt!
23/129

Das Licht der Phantasie
06/4583

Das Erbe des Zauberers
06/4584

Die dunkle Seite der Sonne
06/4639

Gevatter Tod
06/4706

Der Zauberhut
06/4715

Pyramiden
06/4764

Wachen! Wachen!
06/4805

Macbest
06/4863

Die Farben der Magie
06/4912

Eric
06/4953

Trucker
06/4970

Wühler
06/4971

Flügel
06/4972

Die Scheibenwelt
2 Romane in einem Band
06/5123

Die Teppichvölker
06/5124

Heyne-Taschenbücher